EINSTEIN & o RABINO

EM BUSCA DA ALMA

NAOMI LEVY

TRADUÇÃO – JULIA DEBASSE

r.ed

R.ED TAPIOCA – RIO DE JANEIRO
2019

Copyright © Naomi Levy, 2017
Copyright © Red Tapioca, 2019

Publicado sob acordo com a Flatiron Books.
Todos os direitos reservados.

Título original: Einstein and the Rabbi

1ª edição

r.ed

Coordenação editorial
  GUSTAVO HORTA RAMOS
Organização
  EMÍLIO C. MAGNAGO
Tradução
  JULIA DEBASSE
Revisão
  BEATRIZ HORTA RAMOS
Capa e Projeto gráfico
  NATALLI TAMI KUSSUNOKI

Para Rob,
Encontrei aquele a quem ama a minha alma.
— CÂNTICO DOS CÂNTICOS (3:4)

SUMÁRIO

EM BUSCA DA ALMA 9
1 Encontrando a alma 11
2 Einstein e o Rabino 19
3 Se encontrando dentro de si 31
4 Uma selfie da alma 33
5 Encontrando os três níveis da alma 39

USANDO A FORÇA VITAL
A CHAVE PARA A VISÃO E A AÇÃO 45

AUMENTANDO O VOLUME DA VOZ DA ALMA:
ALIMENTANDO E DESPERTANDO A ALMA 47
6 Satisfazendo a alma 49
7 A meditação é um remédio para a alma 53
8 Deixe a música elevar a sua alma 59
9 Comendo para satisfazer a alma 65
10 Rezar e estudar para compreender 71
11 Restaurando a alma com a natureza 77
12 Acolhendo o Shabat 81

ACESSANDO A VISÃO AMPLA DA ALMA 87
13 Recuando para ver mais longe 89
14 Indo além dos pensamentos limitados 95
15 Enxergando através das "verdades" que criamos ... 101
16 Vislumbrando a trama 109

DESCOBRINDO A ENERGIA PARA AGIR 115
17 Se libertando dos padrões já conhecidos 117
18 Eternamente grávido 121

ESCUTANDO A FORÇA DO AMOR 127

APRENDENDO A AMAR PROFUNDAMENTE 129
19 Transformando um coração de
   pedra em um coração de carne 131
20 Experimentando o poder terapêutico do perdão .. 139
21 Rezando pelo medo sagrado 149
22 Reconhecendo o poder salvador
   dos verdadeiros amigos 153
23 Encontrando uma alma gêmea 157
24 Começando um casamento
   com as cinco qualidades sagradas 161

25 Descobrindo o segredo
de um casamento duradouro 165
26 Botando a alma na criação dos filhos 169

DESCOBRINDO A SUA VOCAÇÃO SAGRADA 175

27 Atendendo ao chamado da alma 179
28 Sabendo que você é
a pessoa certa para o serviço 177
29 Sentindo os puxões da alma 191
30 Transformando o seu
ponto fraco em um ponto forte 197
31 Botando a sua alma no trabalho 203
32 Derrotando o adversário da sua alma 207
33 Saiba quem você é 213

RECEBENDO A FORÇA ETERNA
A CHAVE PARA O SEU SABER MAIS ELEVADO 225

VIVENCIANDO A UNIDADE E
EXPERIMENTANDO O PARAÍSO 227

34 Transpondo distâncias e voltando para casa 229
35 Percebendo as quarenta e duas
jornadas da sua alma 233
36 Entendendo como os contratempos
podem te erguer ainda mais 237
37 Vendo o mundo que virá 243

ATINGINDO UMA COMPREENSÃO
MAIS ELEVADA SOBRE O TEMPO E A ETERNIDADE 249

38 Valorizando as bênçãos que nunca nos deixarão 251
39 Vivendo no tempo da alma 257
40 Vivendo a unicidade 265
41 Dando prazer à alma 271
42 Contemplando os fios de conexão 275

FECHANDO O CICLO
A CARTA 287

Agradecimentos 299
Notas 303
Bibliografia 309

Ele me conduz às águas tranquilas;
Restaura a minha alma.

SALMO 23

EM BUSCA DA ALMA

1

ENCONTRANDO A ALMA

O SEU PAI ERA RABINO?
Quando conto para as pessoas que eu queria ser rabina desde que tinha quatro anos de idade, elas sempre me fazem a mesma pergunta. E não, meu pai fazia roupas femininas, mas ele era o *meu* rabino. Quando eu era criança, meu pai lia as histórias de heróis bíblicos e profetas e essas eram as minhas histórias de dormir. Ele me ensinou a rezar, a amar as melodias das preces, e me ensinou a cantar junto com ele quando andávamos de mãos dadas pela rua. Enquanto meus amigos passavam as manhãs de sábado em casa, assistindo desenhos animados de pijama, meu pai me levava à sinagoga e eu me sentava ao seu lado e brincava com as franjas de seu talit[1].

Quando declarei que queria ser rabina na minha sala da pré-escola, todos riram. Algumas pessoas me repreenderam: "As meninas não podem ser rabinos!". Mas meu pai estava torcendo por mim. "Nomi", ele disse, me chamando por meu apelido, "continue sonhando e um dia você é quem vai rir. Mas você não vai rir do 'bem que te avisei'. Quando você se tornar rabina, você rirá de pura alegria". Então eu me agarrei àquele sonho, por mais que ele parecesse uma fantasia.

Meu pai continuou me ensinando e eu continuei aprendendo. Quando eu estava na idade do bat mitzvah[2] minha família frequentava uma sinagoga que não permitia que as meninas recitassem a Torá ou conduzissem qualquer parte das cerimônias da manhã de sábado. Ao invés disso, as meninas só poderiam contribuir com uma leitura dos livros dos profetas na sexta-feira à noite. Meu pai me ensinou a recitar o livro dos Profetas. Quando havia dominado aquela leitura completamente, meu pai começou a me ensinar a conduzir a cerimônia de Shabat[3] da noite de sexta-feira, com

---

1. O talit é um xale com franjas em suas extremidades que é utilizado durante as preces judaicas realizadas na sinagoga.
2. O bat-mitzvah acontece quando a menina completa doze anos e marca uma iniciação formal na vida religiosa. A cerimônia acontece na sinagoga, onde a menina recita preces e canta com seus familiares.
3. O Shabat é o dia de descanso judaico. Ele dura do pôr-do-sol da sexta-feira até o pôr-do-sol do sábado.

todas as suas preces e melodias. Eu absorvi tudo aquilo com muito entusiasmo e naturalidade. Nós dois cantávamos juntos, criando lindas harmonias para Deus. Então meu pai ficou perante o conselho da sinagoga para apresentar o nosso caso. Ele estava lutando por justiça e argumentou com paixão e coragem. No final das contas, o conselho concordou, mas só parcialmente: eles disseram que eu poderia conduzir alguns Salmos, mas não poderia proferir orações ou bênçãos para Deus. Eu amei este meio termo. Meu bat mitzvah se tornou uma linda cerimônia caseira. No púlpito só havia eu e meu pai. Aquilo parecia tão perfeito, conduzir a cerimônia com ele daquela forma.

Seria o rabinato a vocação da minha alma? Eu nunca pensei muito sobre a alma quando estava crescendo. Sim, havia aquelas expressões como "isso tocou a minha alma" em que eu compreendia a alma como uma metáfora para um lugar muito profundo dentro de nós. Um lugar de verdades emocionais. Eu sabia que a música me tocava de maneira muito poderosa. E eu sabia que o amor também vivia na alma.

Meus pais eram almas-gêmeas. Disto eu tinha certeza. Eles eram inseparáveis, sempre um nos braços do outro. Havia algo de raro na maneira como eles interagiam. Todas as manhãs, quando meu pai saía para trabalhar, eles se agarravam apaixonadamente, como se aquela fosse uma separação difícil, e todas as noites, quando meu pai voltava para casa, eles ficavam lá, abraçados na porta de entrada como dois amantes que se reencontram após uma longa ausência. Será que, de alguma forma, eles sabiam que seu tempo juntos estava acabando?

Certa noite, apenas dois anos depois do meu bat mitzvah, quando eu tinha quinze anos, meus pais estavam caminhando pela rua. Um homem se aproximou com uma arma, exigiu dinheiro e depois atirou em meu pai.

Meu pai morreu e o meu mundo desabou.

De repente a palavra "alma" surgia o tempo todo. As pessoas estavam sempre falando sobre a alma do meu pai. No funeral, o rabino fez uma prece para que a alma dele encontrasse a paz sob as asas acolhedoras de Deus. Seria Deus um pássaro? Eu só sabia que meu pai se fora. Eu sentia tanto a falta dele. Eu me sentia tão distante dele. Mais do que qualquer coisa, eu queria conversar com ele, cantar com ele, rezar com ele, me sentar ao lado dele na sinagoga. Eu queria estudar com ele. Silêncio. Não havia nada lá. Eu estava sozinha. Meu pai jamais me daria outra aula.

Tantas coisas morreram quando meu pai morreu. A minha mãe morreu, ou ao menos aquela mulher forte e viva que havia me criado até então. Agora ela me parecia tão pequena e fraca. O Shabat morreu assim como todos os outros feriados. Como se sentar na mesa de uma celebração quando a pessoa que sempre a conduziu não está lá? Meus amigos morreram. Eles ainda estavam ao meu lado, é claro, mas como eles poderiam me entender? Eles estavam conversando sobre espinhas e bailes de quinze anos e eu estava caminhando perdida em uma névoa escura, ao lado deles, mas não com eles. Eu morri. Aquela garota de quinze anos que ria e cochichava com seus amigos sobre os meninos de quem ela gostava e as estrelas do rock. Eu estava anestesiada. As preces morreram também. Todas aquelas discussões intensas sobre Deus, fé e preces que eu tinha com meu pai agora pareciam vãs. De que servia Deus? Eu deixei de querer ser rabina.

Quatro anos se passaram. Eu estava na faculdade e, um dia, estava quieta no meu canto, caminhando pelo campus, e senti o meu pai. Eu senti a presença dele. Era algo muito forte e inconfundível. É difícil descrever exatamente o que foi que eu senti. Mas era uma compreensão profunda, como quando você está dormindo e de repente tem uma sensação intensa de que alguém está próximo, te olhando. No começo foi um pouco assustador sentir esta presença do meu pai, mas depois ela se tornou reconfortante. Ele estava comigo, caminhando ao meu lado.

Eu pensei que esta sensação passaria, mas eu estava enganada. Meu pai não me deixava, eu não conseguia tirá-lo de mim. Eu o sentia o tempo todo.

Comecei a pensar que poderia estar perdendo a noção da realidade. Um dia depois da aula, resolvi contar o meu problema para meu professor de literatura, o Doutor Berk. Ele era o meu mentor e eu precisava desabafar. O dia estava frio e cinzento lá fora. Nós nos sentamos para tomar um café e eu reuni a coragem para contar sobre as visitas do meu pai. "Eu acho que estou enlouquecendo", eu disse. Eu me perguntava se deveria ser medicada.

O doutor Berk sorriu e disse, "Como você pode pensar uma coisa dessas? Isso é uma dádiva!".

Uma dádiva? Parecia mais um fardo. Mas naquela tarde chuvosa, o doutor Berk me falou sobre *Hamlet* e *O morro dos ventos uivantes* e folclore irlandês e Gabriel García Márquez. Nós falamos sobre sentir o ritmo pulsante de todas as coisas — o bater do coração do universo, sobre estarmos sintonizados ao mistério, sobre se entregar à mágica da vida ao invés de tentar controlá-la o tempo todo. Ele disse, "Naomi, você vem de uma tradição de grandes profetas, de Abraão e Moisés, Débora e Samuel — todos eles foram tocados por uma Presença". Eu revi as histórias bíblicas que o meu pai lia para mim quando eu era pequena. O doutor Berk me lembrou que a palavra "psi-cologia" não se refere ao estudo da mente ou do coração

— é o estudo da alma. Ele me disse, com uma certeza resoluta, "'Confie em mim — você não está enlouquecendo. Você está encontrando a sua alma... e a alma do seu pai também".

Naquele dia, caminhei de volta para meu dormitório junto com meu pai. Ao invés de me preocupar com a presença dele, eu a acolhi. E disse para mim mesma: *Então, sofrer de uma doença mental é se sentir isolado e sozinho, ter saúde mental é começar a sentir os espíritos que não podemos enxergar.*

Quando o meu pai morreu, eu me sentia tão distante dele, mas eu estava enganada. A minha dor havia ofuscado a minha capacidade de ouvir e de sentir. Agora eu estava caminhando com ele, descobrindo novas lições naquilo que ele havia me ensinado lá atrás.

E se a alma não for só uma metáfora de um lugar profundo dentro de nós? E se a alma for uma entidade espiritual, um guia sagrado, um eterno mensageiro de Deus que vive em nós? E se a alma puder ver aquilo que nossos olhos não podem perceber? E se a alma tiver desejos e urgências e puder nos brindar com saberes sobre nossa vocação divina e nosso verdadeiro amor, até mesmo sobre o propósito de nossas vidas? E se a alma continuar viva quando morremos? E se as almas de nossos entes queridos que partiram estiverem mais próximas do que pensávamos?

Eu comecei a estudar a alma — seu lugar dentro de nós e sua jornada quando ela nos deixa. Eu comecei a rezar pela capacidade de conhecer a minha alma, comecei a meditar e tentar escutar a voz da minha alma. Lentamente, aquela vontade da menina de quatro anos ressurgiu com uma paixão que eu jamais conhecera. A minha alma estava me chamando, como sempre havia chamado, para ser rabina.

No meu último ano de faculdade, o Seminário Teológico Judaico em Nova Iorque decidiu que aceitaria mulheres na sua escola rabínica. Quando soube disso, a emoção tomou conta de mim, comecei a rir e chorar ao mesmo tempo. Eu estava na primeira turma de mulheres que entrou no seminário. Parecia que eu estava voltando para casa, completando um ciclo. E no dia em que o reitor do meu seminário me chamou para o púlpito e orgulhosamente estendeu um talit sobre os meus ombros para me abençoar e me ordenar rabina, eu sabia que meu pai estava rindo, rindo de pura alegria.

Pouco tempo depois da minha ordenação, comecei a mergulhar nos textos bíblicos, interpretações rabínicas e ensinamentos místicos sobre a alma. Eu comecei a ver que a alma não é só um atalho para a próxima vida, ela também é a chave para esta vida, aqui e agora.

Eu aprendi que nós vivemos naquilo que os místicos judeus chamam de Mundo da Separação, um lugar onde enxergamos apenas meias verdades, onde a vida parece desconectada e desconexa. Eu aprendi ensinamentos judaicos sobre a Mente Limitada e a Mente Expansiva. Tudo isso na verdade é uma sabedoria intuitiva. Nós tendemos a ficar presos em nossa pequenez. Somos mesquinhos e ciumentos. Nossa raiva nos cega, nosso passado nos cega, nossas luxúrias, desejos e ambições nos cegam. Mas nós podemos acessar a Mente Expansiva — a visão que a sua alma pode lhe proporcionar. Ela é a nossa capacidade de enxergar a unidade, ver o mundo com compaixão, testemunhar a beleza e as bênçãos que já recebemos que frequentemente deixamos de enxergar. Quando adentramos este estado da Mente Expansiva, os obstáculos que nos imobilizam se desfazem. Podemos ver nosso caminho através deles, por cima deles, além deles. E assim recebemos olhos para contemplar o Mundo da Unidade, onde todas as dualidades se desfazem.

Ao longo de meus muitos anos como rabina, as pessoas me trazem seus questionamentos existenciais: O que devo fazer com a minha vida? Será que essa é a pessoa certa para mim? Como posso dar uma nova vida ao meu casamento? Como posso descobrir a minha verdadeira vocação? Logo que comecei no rabinato, percebi que a maioria destes questionamentos existenciais são na verdade questionamentos da alma. Nós temos essa incômoda sensação de que a vida que estamos vivendo não é a vida que deveríamos estar vivendo. Nós sabemos que poderíamos fazer mais, que se espera mais de nós, que há mais a ser dado e mais a ser sentido. E nós temos razão!

Nós sentimos estes anseios porque em algum momento nos separamos de nossas próprias almas, daquela voz dentro de nós que está aqui para nos guiar em direção ao verdadeiro propósito de nossa existência. As pessoas frequentemente descrevem seus problemas nos termos da alma: "Me sinto como uma alma penada", "Sinto doer na minha alma". A verdade é que nossas almas não estão perdidas, nós simplesmente perdemos o contato com elas. Se conseguirmos restabelecer a ligação com nossas almas, teremos as respostas para as perguntas que nos atormentam.

Mas se a alma é tão sábia, por que paramos de escutá-la? Porque este é o desafio que se apresenta aos seres humanos. Nós temos o poder de escolher o que queremos ouvir. O corpo tem seus desejos, e o ego tem suas ambições, e o mundo ao redor acena para nós com distrações, tentações e promessas. A alma não pode te forçar a escutá-la, mas ela nunca para de tentar e jamais desiste de você. Ao longo de toda a sua vida, sua alma está lá, te cutucando. É de lá que vem aquela sensação de vazio. O buraco que você está sentindo é a distância entre o lugar onde você está e o lugar onde a sua alma sabe que você poderia estar.

O que podemos dizer sobre a alma? Talvez você enxergue a alma em termos laicos, como uma metáfora para um lugar profundo, dentro de você, onde está a verdade. Talvez a resposta religiosa lhe venha à mente — a alma é sagrada, divina, eterna. Mas o que você conhece da sua alma? Será que você poderia descrever do que a sua alma precisa? O que ela tem a oferecer? Você já se sentiu profundamente conectado a sua alma? Quando esta conexão se perdeu? A grande tragédia da vida é que a alma está sempre próxima, mas segue sendo uma estranha.

É tão fácil se perder e se confundir. Quem nunca passou por isso de alguma forma? Nossos sentidos se enfraquecem tão facilmente — às vezes nos fechamos por causa de um desgosto, mas nossas rotinas são a causa mais frequente. Nós acabamos ficando presos em nossas rotinas, atravessamos nossos dias sem nos esforçar, sem crescer, sem escutar. Um belo dia você acorda e percebe que se afastou muito da sua essência. Você se perdeu tentando agradar os outros. O seu trabalho não reflete mais quem você é. Os seus relacionamentos parecem superficiais. Com tantas obrigações e tanta pressão, você parou de fazer aquilo que ama. Nós vagamos no exílio enquanto esperamos encontrar um jeito de voltar para a nossa essência.

Agora a boa notícia: essa desconexão não precisa ser nossa sina. Existe um caminho que pode nos levar de volta ao nosso verdadeiro eu. Isso depende da nossa disponibilidade para encontrar nossas almas, acessar e escutar a voz dela. Quando se trata de uma questão de amor, sabedoria, orientação ou força, a alma é o seu consultor pessoal. Nós nos tornamos especialistas em ignorar a alma; o nosso desafio agora é aprender a escutá-la e receber os seus ensinamentos.

Bote a sua alma naqueles lugares onde você se sente desconectado e sem rumo e a vida se abrirá perante os seus olhos. Bote a alma nos seus relacionamentos e você descobrirá o que é intimidade. Bote a alma no seu trabalho e você descobrirá o que é ter uma vocação. Bote a alma na sua casa e você descobrirá o que é ter um lar. Bote a alma nos seus estudos e a sabedoria será sua. Bote a alma no seu coração e você descobrirá o alívio que a vulnerabilidade traz e as profundezas de um amor que você nem sabia que existia — um amor que motivará atos de bondade e altruísmo. Bote a alma nos seus medos e você aprenderá a ter coragem. Bote a alma na sua consciência e você será tomado pelo desejo de ajudar os outros — até aqueles que você nem conhecia. Bote a alma nos seus sonhos e você descobrirá a alegria de persistir. Sim: a pura alegria de não desistir de alguma coisa.

A sua alma quer te ensinar sobre a sua força. Ela quer que você acredite nas suas habilidades e nos seus dons. Ela quer que você erga a cabeça com orgulho e tome aquilo que é seu por direito: uma vida que é sua e que você deve viver. A sua alma quer que você a siga através de tempos sombrios, através das brumas e da confusão. A sua alma te guiará até novas alturas, aos amores e à bondade.

A sua alma sente a sua falta. Deus sente a sua falta. A sua alma nunca parou de esperar por você. Sim, ela está torcendo e rezando por você. Então pare de correr, de se esconder, de se distrair. Liberte-se. Fuja dessa rotina que você segue com os olhos fechados e a cabeça baixa. Acolha a sua alma agora que ela está voltando à sua vida. Pegue a mão dela. Deixe que ela te guie nesta viagem rumo ao seu verdadeiro caminho.

Trazer a alma de volta para a sua vida requer prática. E também exige um pouquinho de loucura. Uma loucura sagrada. Estar disposto a acolher e seguir uma entidade espiritual que você não pode provar que existe. Por outro lado, já passamos tantos anos seguindo outras vozes que ninguém pode ver — as vozes do medo, da preocupação, do julgamento, da ambição. Então, acolha essa loucura sagrada.

Viver com alma não significa que toda a dor irá desaparece. Não significa que todas as dúvidas magicamente desaparecerão. Às vezes não conseguimos encontrar nossas almas porque inocentemente acreditamos que isso nos trará uma sensação de paz interior ou êxtase. A verdade é que a alma não trabalha com satisfação ou felicidade. Ela está lá para abrir os seus olhos e o perturbar. A alma quer que você se sinta desconfortável o bastante para se esforçar mais, para crescer, aprender e enxergar o que precisa mudar neste nosso lindo mundo cheio de defeitos. Viver com alma pode fazer você passar a noite em claro. De repente, você começa a ver a humanidade inteira nos olhos de desconhecidos que você antes ignorava. Os problemas deles ganham vida dentro de você. Viver com alma pode machucar. Mas não sei de outra maneira para viver a vida que Deus colocou dentro de nós.

Eu quis ser rabina pois queria ajudar as pessoas a ouvirem suas almas e se conectarem com as almas dos outros — tanto dos vivos quanto dos mortos. Eu já vi as pessoas passarem por transformações incríveis depois de decidirem acessar a alma. O romance volta para casamentos sem vida, dias maçantes ganham uma nova luz, a permanente sensação de isolamento desaparece, aquelas vozes negativas em você se abrandam, a indecisão é substituída por clareza. O medo não necessariamente desaparece, mas deixa de ser um impeditivo. Surge uma nova sensação de pertencimento — de estarmos conectados à nossa verdade e aos outros. As pessoas começam a desvendar propósitos e significados mais profundos e desejam transformar o que era trabalho em vocação. O amor se mostra menos ameaçador, ele se apresenta e flui mais livremente. A fé e a esperança, antes apenas aspirações, parecem mais velhas amigas. A morte parece menos assustadora e menos definitiva. Começamos a ter a sensação de que somos parte de algo, de que estamos conectados a toda a criação. As pessoas frequentemente me dizem que conhecer a alma delas é como voltar pra casa em um novo lugar. E que sentir a presença de uma pessoa amada já falecida é um dom precioso, como eu aprendi com o doutor Berk muito anos antes.

Esta noite, conforme escrevo estas palavras, é o *yahrzeit*[4] de meu pai, o aniversário de sua morte. Faz trinta e sete anos que ele partiu, e ele jamais me deixou. Em nome de meu pai, gostaria de te oferecer a bênção de uma lição que me ensinou há muitos anos:

QUE VOCÊ SIGA O CHAMADO DA SUA ALMA,
E QUE VOCÊ POSSA RIR DE PURA ALEGRIA QUANDO SEU DESEJO
MAIS PROFUNDO SE REALIZAR. AMÉM.

---

4. Yahrtzeit — data judaica do falecimento — julga-se a alma nos mundos superiores. Por este motivo, foram instituídos vários costumes para este dia, que visam a trazer méritos à alma, possibilitando que esta seja elevada a níveis superiores e causar-lhe prazer.

2

EINSTEIN E O RABINO

REANIMANDO A ALMA

HÁ TRÊS ANOS eu comecei a sentir a presença de outra alma me cutucando. Desta vez não era a presença de um ente querido, era a alma de um homem que eu ainda nem conhecia. Eu não estava esperando por isso. Eu estava só quieta no meu canto...

Eu estava fazendo uma pesquisa para um curso chamado "Unicidade". Eu queria que meus alunos aprendessem a ver que estamos todos interconectados — os vivos, os mortos, os animais, as pedras, toda a criação. Eu usaria uma metáfora que eu já havia usado para ensinar meus filhos sobre a alma e tudo que acontece com ela após a morte.

Eu disse, "Todos nós fazemos parte de uma sopa cósmica."

"Uma sopa tipo um caldo de galinha?", eles perguntaram,

"Não, mais espesso", eu respondi.

"Como um caldo de legumes?"

"Não," eu disse, "está mais para um guisado."

E essa tem sido a minha metáfora para o nosso lugar na eternidade. Eu acredito que o mundo físico que observamos na verdade é só uma parte de um mundo espiritual que está tão próximo de nós quanto nossa própria respiração. Todos nós fazemos parte de um guisado cósmico que está sendo mexido, rodeados por almas que não podemos ver. E uma torrente de eternidade nos atravessa, assim como atravessa tudo aquilo ao nosso redor.

Certa tarde, quando eu estava juntando material para este curso, me deparei com uma descrição da nossa relação com o universo feita por Albert Einstein:

> *O ser humano é parte de um todo chamado por nós de "Universo", uma parte limitada no tempo e no espaço. Ele vivencia a si próprio, seus pensamentos e sentimentos, como se fossem algo separado do resto, uma espécie de ilusão de ótica da sua consciência. A batalha para libertar-se desta ilusão é a grande questão da verdadeira religião. Não alimentar esta ilusão, mas tentar superá-la — esta é a única forma de termos alguma paz de espírito.*

As primorosas palavras de Einstein me paralisaram. Ele estava expressando toda a minha crença a respeito da nossa visão limitada e a unicidade que temos dificuldade em enxergar, apesar de todos sermos parte dela. Einstein estava descrevendo os ensinamentos místicos que eu passei anos estudando — a Mente Limitada e a Mente Expansiva, o Mundo da Separação e o Mundo da Unidade que está ao alcance de todos nós. Sim, eu pensei, nós vivemos em um estado de cegueira. Estamos equivocados em nos sentirmos sós. As palavras de Einstein reafirmavam tudo aquilo que eu concluí através da minha própria experiência. Einstein estava dizendo que nós, e todas as coisas, fazemos parte de um todo maior. E é a nossa ilusão de separação que provoca tanta dor, confusão e solidão, quando na verdade todas as coisas estão conectadas e interligadas.

Mal sabia eu que este poderoso ensinamento de Einstein sobre o universo me levaria até a alma de um estranho e me impeliria a seguir o fio sagrado de sua história. Eu me deparei com uma citação de Einstein e isso me guiou por uma viagem que ampliaria a minha compreensão a respeito da alma e da eternidade.

Eu não conseguia acreditar que Einstein havia escrito aquelas palavras. Sua descrição de nosso lugar no universo parecia saída da boca de mestre Zen, ou de um antigo texto místico. Mas ela viera de um homem que não estava se dirigindo a nós como um budista ou místico, mas como um físico que acreditava na unidade de toda a existência, que enxergava as interconexões entre a matéria, o tempo e o espaço.

Quando descobri esta citação comovente na internet, ela estava totalmente descontextualizada. Eu queria saber de onde tinha saído esta passagem, no que Einstein estava pensando enquanto escrevia aquelas palavras. Eu precisava saber a quem ele estava se dirigindo.

E foi aí que a minha viagem começou. Eu comecei a ir cada vez mais fundo e descobri que Einstein tinha escrito aquelas palavras em uma carta para um homem que tinha perdido um filho. Eu pesquisei ainda mais e descobri que a carta de Einstein havia sido endereçada a alguém chamado Dr. Robert S. Marcus, uma pessoa cuja identidade não despertava o interesse de nenhum daqueles que citavam a primorosa passagem de Einstein. Em todos os lugares onde achei a citação de Einstein, ela estava acompanhada pela mesma nota entre parênteses: (carta que Einstein escreveu a um pai de luto). Eu precisava saber mais sobre este pai de luto.

Eu me perguntei quem seria este doutor. Que tipo de doutor ele era? E o que ele dissera a Einstein para suscitar aquela belíssima caracterização do universo que tanto me comoveu?

Eu passei dias e semanas nesta busca, tentando aprender mais a respeito do Dr. Marcus. Então, certa manhã, quando estava remexendo alguns documentos de um arquivo, descobri que o Dr. Marcus não era médico. Ele era um rabino! O rabino Robert S. Marcus era o pai de luto que havia escrito para Einstein. Eu imediatamente me senti próxima deste rabino. As pessoas buscam consolo no clero quando estão sofrendo, mas quem consola o clero? Eu sabia que o rabino Marcus deveria estar sofrendo e procurando por respostas. Mas por que ele havia escrito para Einstein? Eu queria descobrir.

E assim começou uma caminhada de três anos através de livros e cartas, sótãos empoeirado, arquivos e muitas entrevistas. Uma busca que me levou para Nova Iorque, Cincinnati e também para Jerusalém. E lentamente eu comecei a desvendar cada camada deste mistério.

O rabino Robert S. Marcus nasceu em 1909 em Jersey City, no estado de New Jersey. Ele foi ordenado rabino Ortodoxo em 1931, e se formou em Direito na Universidade de Nova Iorque em 1935. Ele começou sua carreira rabínica servindo como rabino de uma congregação, mas rapidamente percebeu que a mesquinhez e a politicagem da vida na sinagoga não eram para ele. Ele sentiu-se impelido a trabalhar para o bem maior do povo judeu no momento em que a subida de Hitler ao poder ameaçava não só a sobrevivência de seu povo, mas a própria consciência do mundo. O rabino Marcus desceu de seu púlpito para se juntar ao rabino Stephen S. Wise, um famoso ativista judeu, no American Jewish Congress. Quando os Estados Unidos entraram na guerra, o rabino Marcus imediatamente se alistou para se tornar o capelão judeu do exército do general Patton. Essa não deve ter sido uma decisão fácil. Ele tinha uma mulher e dois filhos pequenos, mas ele não poderia ficar em casa sabendo que tinha o dever de encorajar e consolar os homens durante a guerra.

O rabino Marcus partiu na primavera de 1944, bem a tempo do Desembarque da Normandia. A esposa dele, Fay, estava grávida de seu terceiro filho. Ele escrevia para Fay quase todos os dias durante a viagem. No rodapé das cartas ele frequentemente incluía um recado especial para Jay, seu filho mais velho, que tinha apenas cinco anos, mas era muito sábio para sua idade. O rabino Marcus e Jay pareciam compartilhar um profundo laço espiritual. As cartas eram uma combinação de encorajamentos, preocupações parentais e saudades. "Querido filho... Por favor tome cuidado para não molhar os seus pés quando você sair porque assim você pode ficar resfriado... Com amor do seu pai." "Você tem saído para o ar fresco o bastante?" "Eu te amo mais a cada dia." "Lembre-se de tomar cuidado quando for nadar..."

Nas cartas, muitas vezes ele falava com Jay como se estivesse falando com uma criança muito mais velha: "Você precisa proteger o Stephen [seu irmão mais novo] e também ficar de olho na mamãe". No dia do desembarque na Normandia, ele escreveu para Jay: "Hoje nossos exércitos invadiram a França para atacar os Nazistas... Eles já mataram 4 milhões de homens, mulheres e crianças judeus... Eu sinto muito porque não poderei estar em casa para comemorar o seu aniversário de 6 anos, mas eu preciso ficar com esses homens corajosos que estão lutando por todas as crianças do mundo. Eu tenho que tentar encorajá-los para que eles não sintam medo. Mesmo que eu não esteja com você, estarei pensando em você, no Stephie e na Mamãe".

O rabino Marcus era capitão na Nona Unidade de Tática Aérea e recebeu seis condecorações por participação ativa em batalha e uma Estrela de Bronze por mérito. Ele estava lá, nas praias da Normandia, e depois no sul da França e da Alemanha, onde consolou e reconfortou soldados assustados, feridos e moribundos. Eu li as cartas em que ele descrevia para Fay os jovens garotos que deram seu último suspiro nos braços dele. Eu também li as cartas cheias de paixão que o rabino Marcus escreveu para os pais de soldados mortos prometendo que as almas de seus filhos continuariam vivas na "morada da vida eterna".

E então, em abril de 1945, o rabino Marcus foi um dos primeiros capelães a entrar no campo de concentração de Buchenwald e participar de sua liberação. Enquanto caminhava por Buchenwald, ele viu a barbárie indescritível. Corpos empilhados até as alturas, o fedor de carne sendo queimada. E então ele encontrou os mortos-vivos. Ele bradou para uma pessoa após a outra: "Você está livre! Você está livre!"

Enquanto ia penetrando naquele mundo infernal, ele encontrava crianças. E isso era inacreditável. As crianças eram as primeiras a serem abatidas nos campos de concentração. Mas, incrivelmente, o rabino Marcus descobriu 904 meninos judeus que haviam sido escondidos e salvos pelos prisioneiros do campo. Eles estavam desnutridos, mas estavam vivos. Imediatamente, o rabino Marcus disparou um telegrama para a OSE — uma organização para o bem-estar de crianças judias — de Genebra: "Nós encontramos 1000 crianças judias em Buchenwald. Tomem medidas urgentes para resgatá-las."

Esses jovens se tornaram uma missão pessoal para o rabino Marcus. Entre eles estava um garoto de dezesseis anos, Eliezer, que aparentava estar mais morto do que vivo. Mas a maioria das pessoas não o conhece por Eliezer — o mundo veio a conhecê-lo como Elie Wiesel.

O colega de rabino Marcus, o rabino Herschel Schacter, teve um vislumbre do que era o estado mental dessas crianças. Ele encontrou um menininho chamado Lulek escondido, assustado em uma pilha de cadáveres.

Com lágrimas correndo por seu rosto, o rabino Schacter pegou o menino no colo. *"Qual o seu nome, meu filho?"*, ele perguntou em ídiche.
"Lulek", respondeu o menino.
"Quantos anos você tem?", perguntou o rabino.
"Que diferença faz?", disse Lulek, que tinha sete anos. *"De qualquer forma, eu sou mais velho do que você."*
"Por que você acha que é mais velho?", o rabino Schacter perguntou com um sorriso.
"Porque você ri e chora como uma criança", respondeu Lulek, *"eu não rio há tanto tempo, e eu nem choro mais. Então, quem de nós é o mais velho?"*

O pequeno Lulek cresceu e se tornou o rabino Yisrael Meir Lau, o rabino chefe *ashkenazi*[5] de Israel.

As pessoas que observaram estes meninos notaram que, como Lulek, eles tinham a aparência de crianças, exceto por duas coisas que se destacavam. Primeiro, seus olhos. Eles não eram os olhos de crianças, mas os olhos de adultos que haviam visto dor e sofrimento demais. E, segundo, eles não brincavam como criança. Eles estavam mais interessados no rádio, nas manchetes dos jornais, e precisavam saber o que estava acontecendo no mundo.

Passaram-se diversas semanas até que a OSE conseguisse vagas em orfanatos para essas crianças. Enquanto isso, elas continuaram em Buchenwald sob a tutela do rabino Marcus. Ele tomou para si a responsabilidade de fazer com que elas fossem crianças novamente. Ele sabia que não seria fácil, mas estava determinado recuperar um pouco da inocência e da alegria de viver delas.

Eram 904 órfãos sem um lar para onde ir, sem pais que os recebessem em casa e sem braços abertos esperando para abraçá-los. O rabino Marcus chamou para si a responsabilidade de ser sua casa, seu pai, sua mãe, seu rabino, seu professor, com os braços abertos e um coração grande o bastante para abraçar todos eles.

É claro que quando ele olhava para os lindos rostos daquelas crianças órfãs, ele não podia deixar de sentir saudades de seus próprios filhos, Jay e Stephen. E ele ansiava desesperadamente por conhecer e aninhar sua nova filhinha, Tamara, nascida em Agosto de 1944.

---

5. Ashkenazi — são os judeus provenientes da Europa Central e Europa Oriental. O termo provém do termo do hebraico medieval para a Alemanha.

Mas o rabino Marcus continuou em Buchenwald, comprometido a recuperar a saúde daqueles meninos e achar uma nova vida para eles. Ele recebia as pessoas para conversas pessoais e conduzia cerimônias religiosas. Ele queria reanimar as almas deles, ensiná-los a crer em um novo dia, a confiar, e ter esperança e fé novamente.

O rabino Marcus foi fundamental para o desenvolvimento de uma fazenda em solo alemão que se propunha a ensinar aos adolescentes as habilidades que eles precisariam para trabalhar a terra na Palestina. Dentre todos os nomes possíveis, ela era chamada de *Kibbutz Buchenwald*.

Eles estavam aprendendo a construir uma vida agrícola comunitária. O rabino Marcus escreveu, em junho de 1945: "Eles têm vacas, cavalos, ovelhas, bois e tratores. Eles reaprenderam a rir, a brincar, a cantar e a refletir sobre as coisas espirituais". Sim, o rabino Marcus estava ajudando a reanimar as almas deles.

Passadas muitas semanas, o rabino Marcus conseguiu arranjar uma rota segura para que as centenas de meninos de Buchenwald pudessem chegar à França. Ele insistiu em levá-los até lá pessoalmente.

Na véspera da viagem, o rabino Marcus posou orgulhoso, sorrindo para uma foto sob uma grande faixa que ele havia feito para as crianças para celebrar a ocasião. Lá se lia, em ídiche e em francês: Nós estamos começando uma vida nova e livre.

De manhã, o rabino Marcus acompanhou os doze vagões repletos de meninos órfãos, incluindo Elie Wiesel, que partiam de Buchenwald. Do trem, os meninos gritavam para os alemães que passavam: "Assassino nazista, onde estão os nossos pais?". Depois de quatro noites insones, o rabino Marcus guiou seus meninos de Buchenwald até uma nova vida na França. Ele escreveu, "Minhas crianças adentraram a luz do sol de um mundo mais livre — e isso me fez feliz."

Quando eu descobri que Elie Wiesel foi um dos meninos de Buchenwald do rabino Marcus, eu tentei entrar em contato, com esperanças de que pudesse falar com ele. Eu queria saber do que o Elie se lembrava, o que ele pensava sobre o rabino Marcus, se ele sabia da correspondências entre o rabino e Einstein. A assistente dele me disse que ele não estava disponível naquele momento, mas me encorajou a ser paciente e tentar novamente. Eu esperei e tive esperanças, mas entendi que estava lutando contra o relógio. A maioria dos meninos de Buchenwald já tinha quase noventa anos e a saúde frágil. Alguns sofriam de perda de memória e confusão mental. Mas eu tive a sorte de falar com meninos de Buchenwald que compartilharam algumas pérolas comigo. Infelizmente nenhum deles sabia sobre a carta de Marcus para Einstein.

Henry Oster, um homem alto e distinto, que com oitenta e oito anos ainda está ativo como optometrista em Los Angeles, caracterizou sua viagem com o rabino Marcus, de Buchenwald até a França, da seguinte forma: "Ele foi o nosso Moisés, nos guiando da escravidão para a liberdade".

Perry Shulman me contou que o rabino Marcus salvou a vida dele quando o levou às pressas ao hospital depois que seu pé infeccionou durante a viagem de trem para a França. Três meses após a viagem para a França, o rabino Marcus viajou de volta para a Alemanha. Miraculosamente ele conseguiu garantir oitenta passagens para a Palestina a bordo do S.S Mataroa, e ele ficou extasiado por que acompanharia pessoalmente mais um grupo de crianças sobreviventes até a liberdade — desta vez os meninos e as meninas do Kibbutz Buchenwald. Uma das adolescentes a bordo era uma garota de dezessete anos que se tornaria a Dra. Ruth Westheimer, a renomada terapeuta sexual.

A Dra. Ruth conversou comigo e se lembrou de como havia muita esperança no ar durante a viagem. Ela disse que era um momento cheio de enormes expectativas e idealismo. Ela me contou que ela e seus amigos cantavam e dançavam músicas folclóricas judaicas no navio e se reuniam no convés sob as estrelas, sonhando com um novo dia. Ela disse, "Havia poucas facilidades, mas havia muito idealismo".

Eles aportaram em Haifa durante o *Rosh Hashanah*[6] e o rabino Marcus conduziu as cerimônias das Grandes Festas no navio. As preces de ano novo ecoaram tão profundamente nos passageiros que eles as recordariam pelo resto de seus dias. Sobre este dia inesquecível, o rabino Marcus escreveu: "O ano novo foi recebido com uma cerimônia inspiradora sob os céus do Mediterrâneo... Nunca antes em minha vida me senti tão feliz por ser judeu... A longa e tortuosa viagem da servidão até a liberdade terminou. Finalmente estamos em casa."

Depois os adolescentes do Kibbutz Buchenwald fundariam um kibutz em solo judeu, o Netzer Sereni. Eu tive a felicidade de visitar este kibutz no verão de 2014 e conhecer remanescentes do Kibbutz Buchenwald. Eles me ofereceram suas recordações do homem que cuidou deles com tanta compaixão. Eu perguntei sobre a correspondência entre o rabino Marcus e Einstein, mas nenhum deles tinha qualquer informação para me dar. Eles permitiram que eu lesse diários do passado, compartilharam fotografias estimadas e cartas preciosas.

---

6. Rosh Hashaná — "Ano Novo judaico" — ocorre no primeiro dia do primeiro mês (Tixri) do calendário judaico. A Torá refere-se a este dia como Yom ha-Zikkaron (o dia da lembrança) ou Yom Teruah.

Sara Feig, uma das adolescentes salvas pelo rabino Marcus, escreveu uma carta para ele de seu novo lar, pedindo que ele realizasse seu casamento: "Para quem foi meu salvador nas dificuldades... Eu sinto uma conexão espiritual com você, meu guia e protetor. Você foi meu professor, meu rabino. Você tomou conta de mim com uma devoção paternal e um amor sem limites... Eu não tenho palavras para expressar, não existe papel ou tinta o bastante para te agradecer por todo o bem que recebi de suas mãos e pela forma como você e sua força me guiaram até uma vida de alegria e bondade".

O rabino Marcus havia testemunhado horrores quase indescritíveis, mas se sentiu honrado em saber que havia ajudado a recuperar as almas daquelas crianças, e por isso ele se sentia grato.

Quando finalmente voltou ao Estados Unidos, o rabino Marcus enfim reencontrou sua esposa, Fay, e seus três filhos — Jay, Stephen e Tamara. Os dias que passou em casa foram realmente especiais. Da mesma forma, as suas experiências na guerra e nos campos de concentração pairavam sobre sua cabeça como um pesadelo do qual ele não conseguia acordar. A sua alma ardia com uma sede por justiça social. Logo ele tomou posse como diretor político do Congresso Mundial Judaico (WJC), onde ele lutou incansavelmente para ajudar os sobreviventes a refazerem as suas vidas. Ele não estava só lutando pelas vidas dos judeus do mundo inteiro, ele estava lutando pela alma da humanidade.

O rabino Marcus se tornou o principal representante da WJC na ONU. Ele trabalhou noite e dia para contribuir com a forma como a ONU desenvolvia políticas de direitos humanos. Estas duas questões que tiraram o sono do rabino Marcus, e as quais ele dedicou toda a sua energia, continuam tão vivas e urgentes hoje quanto eram naquele tempo: genocídios e a situação das pessoas sem pátria. Leia a respeito das matanças no Sudão e saiba que o rabino Marcus estava lutando para impedir essas desumanidades. Ao se preocupar com o destino dos milhões de refugiados sírios, lembre-se que o rabino Marcus previu o suplício deles e batalhou pelos seus direitos em todos os países onde eles agora podem ser recebidos.

No verão de 1949, Fay e as crianças estavam passando o verão em uma colônia judaica rural nas montanhas Catskills. Parecia a forma perfeita de passar as férias de verão junto com outras famílias. Mas de repente uma epidemia de poliomielite se alastrou como um rastilho de pólvora. Todos os três filhos de Marcus contraíram a doença. O rabino Marcus estava a bordo de um navio rumo à França para defender uma proteção maior para os judeus que permaneciam na Europa. Assim que ele recebeu a notícia, ele correu de volta para casa no primeiro voo disponível. Mas era tarde demais. Jay, seu amado filho de onze anos de idade, seu primogênito, cuja alma estava tão interligada à sua, morreu de pólio.

A dor e a culpa eram esmagadoras.

Em sua agonia, o rabino Marcus foi buscar a ajuda de Albert Einstein, e Einstein respondeu com uma linda descrição do universo.

Este foi o homem que escreveu para Einstein e suscitou aquela brilhante conceitualização do universo. Ele não foi só uma nota de rodapé na história. Ele foi um grande homem que dedicou a sua vida à dignidade humana, que protegeu e cuidou de tantas crianças, mas que não conseguiu salvar seu próprio filho tão amado.

O que o rabino Marcus disse para Einstein? O que é que ele queria? Por que um rabino buscou o consolo de um cientista? Eu não tinha como saber, pois não conseguia encontrar a carta que o rabino Marcus havia escrito para Einstein.

Onze meses depois de ter recebido a resposta de Einstein sobre a unidade de todas as coisas, em 18 de janeiro de 1951, o rabino Robert S. Marcus morreu de um ataque cardíaco. Ele só tinha quarenta e um anos. Sua esposa, Fay, aos trinta e cinco anos de idade, roubada de seu filho mais velho e de seu marido, ficou com duas crianças pequenas que ela criaria e sustentaria sozinha.

Quando descobri a respeito da morte precoce do rabino Marcus, pensei que poderia deixá-lo de lado, mas eu não conseguia parar de pensar nele. Ainda assim, percebi que deveria suspender minha busca pela sua carta por um tempo. Quem sabe o tempo abriria uma nova porta? Enquanto isso, eu voltei minha atenção para a carta que ele tinha recebido de Einstein, a carta que havia me comovido tanto e ecoando tão profundamente em mim. Eu deixei a carta presa na parede ao lado da minha mesa e diariamente meditava sobre as suas palavras.

Einstein nunca usa a palavra "alma", mas com apenas quatro frases consegue criar uma imagem da vida eterna que existe aqui e agora, uma vida infinita que nós não conseguimos enxergar. De acordo com Einstein, o objetivo final da religião é nos ajudar a enxergar e vivenciar este conjunto maior do qual fazemos parte. Ele acreditava que temos o poder para nos libertar desta ilusão de que somos entidades separadas, quando na verdade somos todos fios interligados em uma teia complexa e infinita.

Se a missão da "verdadeira religião" de Einstein é nos ajudar a enxergar a unicidade inerente a todas as coisas, então minha missão como rabina deveria ser divulgar uma fé que pode unir as pessoas de todas as raças e religiões. Uma meta-religião a que todos possam aderir e com a qual todos possam concordar. A religião da interconexão universal, da unidade que nos mantem sempre ligados.

De vez em quando você consegue ter um vislumbre da unicidade — a sensação de que você é parte de algo infinito e maravilhoso que não só te envolve, mas flui através de você. Eu acredito que nossa capacidade de encontrar as nossas próprias almas e as almas dos outros é essencial para conseguirmos enxergar este todo. Eu não estou dizendo que Einstein acreditava na alma eterna que vive mesmo depois da morte — na verdade, ele não acreditava nisso. Eu estou dizendo que eu acredito na existência de uma alma divina, dentro de nós, que pode nos ensinar a vivenciar este "todo" que Einstein descreveu de forma tão contundente.

No Mundo da Separação a nossa percepção é limitada. Existem partículas pequenas demais que não enxergamos a olho nu, mas elas estão lá. Existem frequências sonoras que nossos ouvidos não conseguem escutar, mas nossos animais de estimação podem senti-las. Existem vibrações que não conseguimos sentir, mas ainda assim elas nos afetam. Somos limitados pelas fronteiras de nossos corpos. Mas dentro de nós existe uma alma que pode nos guiar e nos ensinar a vivenciar a unicidade que Einstein descreveu tão lindamente. Dentro de nós existe uma força que pode nos ajudar a realizar todo o potencial que Deus nos deu. Uma força que pode nos ajudar a enxergar as conexões entre elementos aparentemente desconexos e avulsos, até mesmo entre os vivos e os mortos. Conhecer e escutar a alma pode transformar nossas vidas, assim como também pode transformar o nosso mundo.

Se conseguirmos aprender a encontrar a alma dentro de nós, poderemos começar a destruir a ilusão de que estamos separados, e poderemos alcançar a visão da unicidade e revelar a alma que existe em tudo. Nós saudaremos a alma, o pedaço de eternidade que mora dentro de nós e ao nosso redor. Nós encontraremos as almas dos mortos e as almas que se escondem dentro de tudo que vemos. E aprenderemos a receber os ensinamentos eternos da alma.

Será que eu encontraria a carta que o rabino Marcus escreveu para Einstein? *Paciência*, eu disse a mim mesma.

O percurso da alma nunca é linear. Ela exige paciência e perseverança. Quando você está prestes a desistir, a porta se abre e você pode passar por ela caso assim deseje. Você é convidado a explorar novos reinos que antes não podia acessar. Será que você virou na direção errada? Será que os becos sem saída foram realmente em vão? Ou tudo isso foi parte do "todo" ao qual Einstein se referia? O todo que engloba todos os caminhos, todas as escolhas, todas as pessoas e todas as coisas. Será que não havia alguém o guiando pela mão durante todo esse trajeto? Olhe para trás e veja a sua trajetória através do tempo e você entenderá que essa é uma pergunta que só a alma pode responder.

QUE VOCÊ CONSIGA ENCONTRAR A ALMA DENTRO DE VOCÊ.

QUE VOCÊ RECEBA SEUS ENSINAMENTOS E POSSA ABRIR OS SEUS OLHOS PARA O MUNDO QUE ELA VÊ E CONHECE:

A UNICIDADE QUE ENGLOBA TODOS NÓS. AMÉM.

3

SE ENCONTRANDO DENTRO DE SI

ACHANDO A SUA ESSÊNCIA INTERIOR

Quando Einstein era menino e ficou doente de cama, seu pai lhe deu um presente. Era uma bússola, um brinquedo para alegrar uma criança. Mas essa bússola marcou o início das indagações de Einstein sobre o funcionamento do universo. Que força fazia com que agulha apontasse para o norte? Anos mais tarde, quando Einstein escreveu sobre a bússola, ele disse que descobriu que "por trás das coisas deveria haver algo profundamente oculto".

Acredito que quando paramos para observar o nosso próprio funcionamento, talvez descubramos que há algo profundamente oculto dentro de nós, sempre nos guiando. Eu imagino a alma como uma bússola que vive dentro de nós, sempre nos indicando a direção das coisas eternas — o amor, a beleza, a plenitude, o propósito, a união, a vocação, Deus.

A alma tem um senso de direção impressionante. Ela pode nos indicar nossa anatomia espiritual única.

A alma pode nos conceder sabedoria, respostas para as perguntas que nos atormentam. A sua alma sabe de algo que você esqueceu. Mas quando impelimos nossas vidas e nossos corações em direção ao seu chamado, recebemos pequenas revelações, aqueles momentos em que a lâmpada acende. Sensações de dejá-vu. Você aprende algo novo e se reconecta com aquilo que você sempre soube. Você encontra uma pessoa nova e compreende o real significado da palavra reunião.

Fios de conexão invisíveis nos atravessam, assim como atravessam o universo inteiro. A consciência da alma nos liga à folha de relva sob os nossos pés, à majestade dos picos mais altos e às almas dos vivos e dos mortos. A alma coletiva de gerações de tempos idos ecoa através de nós e reverbera no ritmo de nossas vidas diárias. A alma percebe que aqueles que amamos e se foram nunca estão distantes de nós. A vida pode terminar, mas a luz de suas presenças continua a brilhar em nós, vinda de um lugar eterno.

Conectar-se com a alma é essencial para que tenhamos uma vida com significado e realização. Mas onde você deve procurar pela sua alma? E como encontrá-la quando você nem sabe pelo que está procurando?

Muitos de nós gostaríamos de ter uma representação visual da alma para nos ajudar a visualizar esse lugar onde Deus está dentro de nós.

Eu nunca havia visto uma representação da alma que me tocasse. E então visitei Praga e entrei na antiga Sinagoga Pinkas no bairro judeu. Em uma vitrine havia desenhos e pinturas feitos por crianças. É um adorável item da exposição — até você perceber onde as crianças tinham criado aquela arte e o que aconteceu com aquelas almas inocente.

As crianças criaram aquelas pinturas dentro do campo de concentração de Theresienstadt durante o Holocausto. Sim, até no inferno a alma consegue produzir beleza. Meus olhos cheios d'água passearam lentamente entre os desenhos, e então me detive, hipnotizada por uma das obras. Eu não conseguia me mover. Era um desenho simples, contornado, de um homem com calças listradas. Ele tinha dois olhos, um ponto por nariz, um bigode e um chapéu. Sem boca, sem braços. Parecia expressar a impotência — sem ter como falar, sem braços para estender. Ao longo de todo o tórax do homem havia outro desenho. Eu olhei mais atentamente. Era a imagem do mesmo homem, só que em miniatura, se abrigando dentro das linhas do outro corpo. O que a criança estaria tentando expressar com aquele desenho? O que significava aquele homem dentro de um homem? Então eu li a pequena legenda daquela imagem. O título do trabalho era "Alma e corpo". Um garotinho de 10 anos, em um campo de concentração, capturou a alma. Ele foi assassinado em Auschwitz quando tinha onze anos. O nome dele era František Brozan.

František estava pedindo que olhássemos a alma com novos olhos. Eu acho que ele estava dizendo que a alma é o Eu dentro de mim. É a versão mais verdadeira de nós, aquela que foi dada por Deus. Esse Eu que não pode ser tirado de nós nem mesmo quando estamos presos. O Eu que jamais está perdido, nem mesmo quando perdemos nossas vidas. É o Eu que contém toda a força e o potencial que Deus botou dentro de nós. Nós rezamos para que esse incrível potencial oculto dentro de nós consiga existir fora de nós, no mundo. František Brozan foi roubado da oportunidade de realizar o seu potencial incrível, mas a sua penetrante visão da alma eterna continua viva e nos convoca a ocupar nossos dias na terra com a plenitude e a força que vêm do Eu dentro de mim.

QUE O EU DENTRO DE VOCÊ TE GUIE E TE FAÇA REIVINDICAR TODAS AS DÁDIVAS INCRÍVEIS QUE DEUS RESERVOU PARA VOCÊ. AMÉM.

4

UMA SELFIE DA ALMA

No verão de 2014 eu estava em Israel com um grupo de rabinos dos Estados Unidos. Nós tínhamos sido convidados para um jantar de *Shabat* na casa de um rabino aposentado. Por décadas, Stuart Geller havia servido como rabino em congregações nos Estados Unidos. Ele era um homem pequeno e careca com um brilho travesso no olhar. A primeira coisa que ele nos disse foi "Bem-vindos! Ah, e se vocês ouvirem um alarme de ataque aéreo, é cada um por si."

O rabino Geller era um sujeito engraçado. Quando nos reunimos em seu pátio para recitar a bênção do vinho, ele disse: "Eu sei que vocês, rabinos, estão todos preocupados com os sermões para as Grandes Festas. Rá-rá! Como é bom estar aposentado, boa sorte para vocês!" Mas depois ele acrescentou, "Na verdade, vocês estão com sorte. Eu vou fazer um sermão."

Eu tinha certeza de que ele nos brindaria com uma sabedoria profunda. Todos nós esperamos com grande interesse. Ele olhou para nós e disse, "Está bem, vocês estão prontos? Aqui vai o sermão: *Selfie*."

E pronto! Só uma palavra.

Todos riram. Isso me lembrou de uma cena em *A Primeira Noite de um Homem* em que Dustin Hoffman recebe aquele conselho sábio, "Plásticos". Então o rabino Geller começou a conduzir a bênção do vinho.

Eu tive dificuldades em me concentrar na bênção. *Selfie? Ele não tinha mais nada a dizer?* Ninguém ao meu redor o levou a sério. Meus colegas todos riram e deixaram para lá, mas eu não. Que ensinamento havia naquela palavra, "selfie"? Eu não conseguia parar de pensar nisso.

No domingo estávamos todos no ônibus de uma excursão e eu não estava prestando atenção. O guia turístico estava falando no microfone e eu estava sonhando acordada com a palavra "selfie". Quando dei por mim, o ônibus havia parado e todos estavam descendo. Nós caminhamos um pouco e chegamos até um mirante deslumbrante.

Eu imediatamente puxei o meu iPhone e comecei a tirar fotos. Era uma belíssima vista panorâmica da Cidade Antiga de Jerusalém. Mas eu olhei ao meu redor e vi que todos os meus colegas estavam tirando fotos do outro lado da rua. Eles estavam todos interessados em algo atrás de mim. Eu comecei a me preocupar. Será que eu não entendi alguma coisa? Será que estamos em um local sagrado especial? Uma ruína famosa? Eu não via nada além de um monte de entulho. Eu não tive coragem de perguntar para os meus colegas o que eles estavam fotografando, então elaborei um plano: *Eu vou tirar uma foto deste entulho e depois dou um jeito de perguntar para alguém no ônibus, na surdina, do que é essa foto que eu tirei.*

Eu me virei e cliquei uma foto do entulho e subitamente percebi o que eu não tinha entendido antes. Meus amigos rabinos estavam todos tirando *selfies* com a linda vista atrás deles.

Selfie. Lá estava a palavra de novo. Ela estava me perseguindo! Que sermão poderia haver em uma *selfie*?

Chamamos a foto que tiramos de nós mesmos de *selfie*, mas ela está longe de nos retratar. Ela não absorve o nosso mundo interior. Ela não consegue capturar a nossa mente, nossa alma, nossos desejos, sentimentos, nossa prece. A *selfie* é só a superfície.

Selfies tendem a exagerar o quanto estamos nos divertindo. Essa viagem que fiz com os rabinos foi interessante, mas foi bem sóbria. Passamos a maior parte do tempo em reuniões. Mas um dos rabinos tirou uma *selfie* do nosso grupo e a postou no Facebook com a legenda: "Rabinos em Israel", e parecia que estávamos o tempo todo em uma festa. A viagem não foi nada assim! As *selfies* fazem a vida parecer mais do que ela é.

Uma *selfie* sempre é uma distorção da realidade. A verdade é que você é só um grãozinho de poeira comparado a uma vastidão magnífica e gigantesca. Mas na *selfie* sempre parecemos desproporcionalmente maiores e a vista majestosa é que parece ser o grãozinho de poeira.

Sim, *selfies* são a realidade narcisisticamente exagerada, mas elas também são divertidas. Elas nos ajudam a lembrar de momentos importantes com as pessoas que amamos e os lugares onde estivemos. Elas não fazem mal. Então, qual era o sermão escondido na *selfie*?

Eu estava ruminando sobre isso e de repente o rabino Geller e seus olhos brilhantes surgiram na minha frente e eu descobri a resposta.

Eu acredito que Deus está para sempre rogando para nós "Escute". Todos os dias exigem que façamos algo que hesitamos em fazer: olhar para o fundo de nossas próprias almas e fazer uma prestação de contas honesta em relação a onde estamos e para aonde vamos. *Onde precisam de mim? Será que eu me afastei do meu caminho na vida? Será que eu fiquei acomodado? Será que parei de aprender, de crescer e de mudar?*

Perguntas grandes. Perguntas de peso que exigem muito esforço. E todos nós sentimos a tentação de olhar para o outro lado. Mas se você passar o tempo todo tirando *selfies*, talvez perca as dádivas que estão te esperando. E algumas dádivas só podem ser reveladas quando você vai fundo na questão.

Eu percebi que havia encontrado o meu sermão: Aprender a tirar uma *selfie* da alma é o nosso desafio nessa vida.

O que é uma *selfie* da alma? É tentar encontrar nossas almas todos os dias. É o nosso desejo de ir além das distrações da superfície e conhecer a nossa verdadeira essência. Tirar uma *selfie* da alma é o processo que eu creio que Einstein estava descrevendo para o rabino Marcus. Ele estava dizendo que temos a capacidade de ir além de nós mesmos e da nossa sensação de separação e adentrar um plano mais elevado onde podemos enxergar um todo maior que une toda a criação.

Tirar uma *selfie* da alma é uma forma de conhecer os contornos da sua alma, seus desejos e anseios, sua sabedoria e seu conhecimento.

É claro que não podemos apontar uma câmera em nossa direção e clicar uma imagem da sua alma. Então o que significa tirar uma *selfie* da alma? Tirar uma *selfie* da alma é o exercício de acolher nossas almas.

E o que é a alma?

Os rabinos nos contam que a alma é um espelho de Deus dentro de nós. A alma preenche o corpo, assim como Deus preenche o mundo. A alma continua existindo após o fim do corpo, Deus continua existindo após o fim do mundo. A alma é uma no corpo, assim como Deus é um no mundo. A alma vê, mas não é vista, assim como Deus vê e não é visto.

A alma é o Deus do corpo. Deus é a Alma do mundo. A alma está te chamando, assim como Deus está te chamando, mas nem sempre é fácil escutar.

Existe uma linda parábola que um mentor meu, o rabino Harold Schulweis, bendita seja a sua memória, gostava de contar:

Quando Deus estava criando o mundo, Ele revelou um segredo para os anjos: todos os seres humanos foram criados à imagem de Deus. Os anjos ficaram indignados, com inveja. Por que uma dádiva tão preciosa deveria ser confiada aos humanos, mortais imperfeitos? É certo que quando os humanos descobrirem seu verdadeiro poder, eles irão abusar dele. Se os humanos descobrirem que foram criados à imagem de Deus, eles conseguirão nos superar!

Então os anjos decidiram roubar a imagem de Deus.

Agora que os anjos estavam em posse da imagem divina, eles precisavam escolher um lugar para escondê-la onde nenhum homem pudesse encontrá-la. Eles fizeram uma reunião e trocaram ideias. O anjo Gabriel sugeriu esconder a imagem no pico da montanha mais alta. Os outros anjos contestaram a ideia. "Um dia os humanos aprenderão a escalar e vão encontrá-la."

O anjo Miguel então disse, "Vamos escondê-la no fundo do mar." "Não", os outros anjos refutaram, "os humanos descobrirão uma maneira de mergulhar até o fundo do mar e vão encontrá-la."

Um por um os anjos sugeriram esconderijos, mas todos foram rejeitados.

E então Uriel, o mais sábio de todos, deu um passo à frente e disse, "Eu conheço um lugar onde nenhum homem jamais irá procurar."

Então os anjos esconderam a preciosa imagem sagrada de Deus nas profundezas da alma dos humanos. E até hoje a imagem de Deus está lá, bem escondida no último lugar onde procuraríamos. Lá ela está mais longe do que você poderia imaginar. Lá ela está mais próxima do que você pensa.

NÓS PODEMOS provar que os anjos estavam errados. Nós podemos aprender a revelar e acessar a imagem de Deus. Tudo que precisamos fazer é localizar o tesouro enterrado dentro de nós.

Chegou a hora de tirarmos uma *selfie* da alma.

Aqui temos quatro questões para você refletir que podem ajuda-lo a tirar a sua *selfie* da alma. Não tenha pressa e responda essas perguntas em uma folha de papel separada — não apenas uma vez, mas diversas vezes ao longo da leitura deste livro:

1. O que a minha alma está tentando me dizer e eu estou ignorando?
2. Que atividades e experiências mais alimentam a minha alma, mas eu não faço o bastante?
3. O que a minha alma quer consertar, mas o meu ego é teimoso e medroso demais para permitir?
4. O que a minha alma quer que eu busque?

As respostas para essas perguntas irão aprofundar e enriquecer as nossas vidas. A resposta, em parte, *é* a nossa vida — ou pelo menos é a parte dela que mais importa.

Se conseguirmos aprender a tirar uma *selfie* da alma, é bem capaz que isso transforme as nossas vidas. Ao decidir acessar e seguir nossas almas, nós embarcamos em uma viagem.

É um trajeto sinuoso, cheio de solavancos e buracos, fins e começos. Às vezes a estrada se torna uniforme, e conseguimos galgar grandes distâncias.

Às vezes ficamos presos em um lugar pelo que parece ser uma eternidade antes de conseguirmos seguir em frente.

E sim, existirão momentos em que nos perderemos, sem saber o que fazer ou para onde virar e isso é assustador e frustrante e nós desejaremos que tudo fosse mais fácil. Com alma pode ser mais fácil.

Os caminhos da vida são tudo menos retos. E ainda assim, por mais que essas vias sinuosas sejam frustrantes, podem nos levar a uma vida cheia de significado e de dádivas.

EU REZO PARA QUE VOCÊ DECIDA SEGUIR A SUA ALMA E A SUA TRAJETÓRIA. QUE ELA TE LEVE POR CAMINHOS DE PAZ. AMÉM.

5

ENCONTRANDO OS TRÊS NÍVEIS DA ALMA

EVAN VEIO ME VER uma semana após seu amigo, James, morrer de câncer aos vinte e oito anos. James e Evan dividiram um quarto na faculdade. Evan estava sentado de frente para mim e estava tremendo, reprimindo tanta coisa. Ele queria me fazer uma pergunta, mas não conseguia achar as palavras. Ele pediu desculpas e disse "Me desculpe, rabina, eu não queria chorar."

Eu disse, "Não há porque se desculpar. As suas lágrimas mostram que isso tem importância para você." Evan respirou fundo e começou a falar. Ele disse, "Rabina, eu quero acreditar que a vida tem significado. Que o James teve significado aqui e que, de alguma forma, ele continua vivo." Evan se descreveu como uma pessoa superficial, obcecado com esportes, mulheres, carros e dinheiro. E agora, subitamente, nada disso tinha importância.

Eu vi o passado e o presente se encontrarem no Evan. Ele se vestia e se apresentava como uma pessoa saída de um anúncio de Budweiser, com um boné, camiseta, shorts tipo cargo e havaianas, com dois bíceps enormes e um pescoço grosso, mas havia uma tristeza profunda em seus olhos, uma tristeza que dizia, "A minha vida tem que ter algum significado." Ele me perguntou, "Rabina, será que você poderia falar mais sobre a alma? Eu quero saber, eu preciso saber."

Eu disse. "Eu gostaria de compartilhar com você uma parte da sabedoria que me guia e me conforta".

Evan puxou um caderno de seu bolso e começou a tomar nota. Eu disse "A primeira coisa que os judeus mais tradicionais fazem ao acordar é recitar uma prece agradecendo a Deus por terem recebido suas almas de volta." Eu contei para o Evan que o imaginário judaico considerava o sono uma mini-morte.

Evan perguntou, "Isso significa que a manhã é uma espécie de mini--ressureição?"

"Sim," eu respondi, "sempre que abrimos os olhos podemos recomeçar cheios de gratidão por termos recebido nossas vidas de volta." Eu segui para a explicação sobre outra prece e disse, "A próxima prece da manhã fala sobre como a alma é pura e como Deus insuflou a vida no seu corpo e no meu." Eu contei para o Evan que, em hebraico, a palavra para alma, *Neshamá*, deriva da mesma raiz que a palavra para respiração. A alma entra com a respiração e também sai com a respiração.

Evan disse, "Eu estava lá quando James respirou pela última vez." Ele começou a escrever freneticamente em seu caderno.

Pensando em Evan no leito de morte de James, eu disse, "A alma não pertence a esse mundo, ela pertence a Deus. Ela vem de um lugar na eternidade e ela retorna para este lugar na eternidade. A alma vem para este mundo contra a vontade dela, e os rabinos dizem que ela também o deixa contra a vontade."

Evan perguntou, "Como assim, contra a vontade dela?"

Eu disse, "Os rabinos dizem que a alma não quer entrar nesta vida aqui embaixo. Deus precisa convencer a alma a deixar o mundo superior. Mas a alma se recusa e implora para continuar onde ela está. Deus tenta tranquilizá-la com uma promessa: 'O mundo para onde você vai é ainda mais bonito do que este.'"

A voz de Evan falhou. "Como este mundo pode ser mais bonito do que o Céu?"

Eu disse, "Eu sempre imaginei que tem algo a ver com a diferença entre potencial e realização. No mundo superior, a alma vive em um estado de potencial puro. Ela é um mensageiro que não tem como realizar a sua missão. Só quando a alma desce para a esfera humana ela pode realmente vivenciar o seu potencial. A diferença entre a alma no Céu e na terra é como a diferença entre sonhar com fantasias românticas e de fato se apaixonar e construir uma vida com outra pessoa."

Evan disse, "Eu ainda não consigo entender como este mundo todo errado poderia ser melhor que o Céu."

Eu disse, "Os rabinos chamam essa viagem da alma de 'ter que descer para ascender.'" Eu expliquei que a alma adentra o nosso mundo desarranjado para poder se elevar, e talvez seja isso o que torna a vida aqui tão bela e também tão trágica.

Evan queria saber sobre os anseios da alma. Eu disse, "Eu acho que, mais do que qualquer outra coisa, a alma anseia por conexão." Eu falei para o Evan sobre o Mundo da Unidade, da onde a alma vem, e o Mundo da Separação, onde a alma se encontra. Eu disse, "A alma quer se aproximar, ela anseia por Deus, pelas coisas eternas como a beleza da natureza e a música. Acima de tudo, ela quer se conectar com outras almas."

Evan ficou em silêncio por um momento. Ele disse, "Sim. Eu também acredito nisso." Evan me contou que tinha ouvido falar que em hebraico a alma tem diferentes definições e diferentes nomes. Eu disse, "Evan, você está falando dos ensinamentos místicos do judaísmo. Na verdade, os místicos viam a alma como uma entidade espiritual dividida em camadas."

Evan disse, "Camadas?"

Eu disse, "Na compreeensão dos místicos, você não recebe a sua alma de uma vez só, ao nascer. A alma vem em estágios. Os místicos acreditavam que podemos aprender a vivenciar cada vez mais o poder de nossas almas. Alguns dizem que a alma, como a sabedoria, só pode ser adquirida com a idade e a maturidade. Outros dizem que a alma só pode ser adquirida através de mérito."

Evan estava em prantos. Ele me contou que achava que James tinha adquirido uma alma muito elevada em seu breve tempo na terra. Ele me contou que achava que sua própria alma era bem rasa e superficial. De repente, Evan se levantou da poltrona no meu escritório e se sentou no chão de pernas cruzadas. Ele parecia um menino no Jardim de Infância. Do chão, ele me pediu que lhe ensinasse mais sobre as camadas da alma.

Eu disse, "Quando eu comecei a estudar os níveis da alma, eu não entendi muito bem o que isso significava. Eu tinha dificuldade em visualizar essa alma escalonada em três patamares mas, com o tempo, a ideia da alma e das suas camadas começou a ser muito cara para mim. Isso nos ensina que precisamos conquistar nossa alma, camada por camada."

Eu conversei com Evan sobre como o corpo se degrada com a idade e como a alma continua a crescer, nos levando cada vez mais alto caso nós deixemos.

"Eu vi isso acontecer com o James," Evan disse. "O corpo dele ficou tão fraco, mas algo lá no fundo ficava cada vez mais forte e cada vez mais sincero. Rabina, ele conseguia olhar para mim e cortar todo o papo-furado."

Foi então que apresentei as três camadas da alma. Eu falei para Evan que a tradição mística judaica compara os níveis da alma às diferentes gradações de cor em uma chama. Eu compartilhei com ele um verso do Livro dos Provérbio: "O espírito do homem é a lâmpada do Senhor." Eu disse, "Evan, estamos carregando a luz de Deus dentro de nós. Ela arde como uma chama-piloto, sempre pronta a nos ajudar e nos guiar. Somos responsáveis por honrar e cuidar desta luz, a compartilhar e a espalhar."

Eu peguei uma vela votiva na minha mesa e me sentei no chão em frente a Evan. Eu acendi a vela no piso de madeira entre nós. Eu disse, "Quando você olha fixamente para esta vela, você consegue ver que a chama na verdade tem cores diferentes? Me diga o que você vê."

Evan disse, "Eu vejo que a parte de baixo da chama é azulada e vejo amarelo na parte de cima. Mas não vejo uma terceira cor."

Eu expliquei, "O nível mais baixo da alma é chamado de Néfesh, a Força Vital. Os místicos nos ensinam que essa alma inferior é como a cor azulada na base da chama. A Força Vital está muito rente ao corpo e às suas necessidades. Ela é a alma que compartilhamos com todos os seres vivos."

Evan perguntou, "Então você poderia chamar essa camada inferior de vontade de viver?"

Eu disse, "Sim, mas também de vontade de agir e de crescer, como a grama que irrompe através de uma rachadura na calçada."

"Acho que eu entendi," Evan disse.

"Com o passar do tempo, a Força Vital se torna um trono para Ruach, a Força do Amor, assim como uma cor da chama se transforma na próxima cor. Os místicos diziam que Ruach é como a luz amarelada que aparece na parte mais elevada da chama. Ruach é o cerne das emoções, é a porta de entrada para a intimidade."

Evan me perguntou, "É a mesma coisa que amor?"

"Sim," eu disse, "mas muito mais do que isso. A Força do Amor permite que nosso coração tenha profundidade e sabedoria. Ela é essencial para a nossa vocação."

"Evan desenhou uma vela em seu caderno. Ele incluiu os nomes da alma em seu desenho e perguntou: "E qual o nome da camada superior?"

"Neshamá, a Força Eterna, é a luz da chama invisível para os olhos humanos," eu expliquei. "Neshamá é o nível mais elevado da alma, o lugar dentro de nós que nos permite nos sentir em união com todas as coisas neste mundo e no próximo." Eu disse, "A Força Eterna é a janela através da qual vivenciamos o Céu na terra."

Evan disse, "Pensei que você tinha dito que esse mundo é mais bonito que o Céu."

"Sim, e nós só conseguimos compreender isso quando vemos este mundo pelos olhos de Neshamá," eu disse.

Enquanto estávamos conversando, a carta de Einstein para o rabino Marcus me veio à mente. Eu percebi que só quando acessamos a Força Eterna podemos começar a entender a visão de Einstein e começar a enxergar a unidade.

Evan disse, "Para mim, a parte invisível da chama é o calor. Você não pode vê-lo, mas quando você põe sua mão sobre a vela, essa é a parte mais quente."

Eu disse, "Neshamá é furtiva e consideravelmente difícil de acessar; a maioria das pessoas passa a vida inteira sem alcançá-la. Mas é essa Força Eterna que pode salvar o mundo." Eu estava pensando sobre Einstein, sobre enxergar além da ilusão de ótica da separação.

Evan e eu começamos a conversar sobre a forma como os três níveis da alma se manifestam no mundo. Eu expliquei como os níveis da alma nos elevam, mas também irradiam para fora, como a ondulação na água de uma lagoa. A Força Vital está mais preocupada com o corpo e as suas necessidades. A Força do Amor é o que nos torna capazes de ter intimidade, amar, ser um amigo de verdade. Ela se propaga de dentro para fora, da família e dos amigos para a comunidade. E é só no nível da Força Eterna que começamos a ver e assimilar o mundo como um todo, e o mundo além deste mundo também.

Evan insistia, "Rabina, eu quero ter uma conexão mais profunda. Por onde eu começo?"

Eu disse, "Deixe que a sua alma o guie. Se faça disponível. Ouça com atenção. Estude. Reze pedindo ajuda."

Evan perguntou, "E como vou saber se estou progredindo?"

Eu disse, "Você vai compreender o poder que o tempo tem e a importância de se esperar pelo momento mais oportuno." Evan parecia confuso. Ele anotou algo em seu caderno. Eu disse, "Mais uma coisa. Trate os seus erros com gentileza. Os enxergue como passos que levam ao aprendizado e ao crescimento."

Evan indagou, "E então?"

"E então...você aprenderá a ver como as duas luzes separadas se juntam para criar algo ainda mais luminoso e mais bonito que qualquer uma das duas poderia ser por si só."

Evan disse, "E aí?"

Eu disse, "E você talvez comece a sentir que o amor que você compartilha ou o trabalho que você faz não vem mais de você, mas através de você. E isso é o que define a Força Eterna — se confundir com o fluxo infinito de Deus."

Evan não queria ir embora. Ele queria continuar fazendo cada vez mais perguntas. Eu disse que estava na hora de encerrar. Convidei-o para estudar os textos judaicos e as meditações comigo.

Enquanto nos levantávamos do chão, eu lhe disse: "Evan, quanto mais você acessar a sua alma, mais vai aprender. Quanto mais você aprender, mais vai crescer. Quanto mais você crescer, mais vai amar. Quanto mais você amar, mais vai doar. E quanto mais você doar, mais vai viver... uma vida bela, com sentido."

"Rabina," Evan disse, "você acabou de descrever o meu amigo, o James."

QUE VOCÊ SE TORNE UM TERRENO FÉRTIL PARA QUE OS TRÊS NÍVEIS DA ALMA VICEJEM DENTRO DE VOCÊ. QUE VOCÊ APRENDA A CRESCER E AMAR E DOAR E VIVER UMA VIDA BELA E COM SENTIDO.

AMÉM.

USANDO A FORÇA VITAL: A CHAVE PARA A VISÃO E A AÇÃO

Nefesh, a Força Vital, o tom azul da chama, é o nível fundamental da alma. Nutra a alma e ela começará a nos alimentar e nos guiar. Conforme a alma fica mais forte, ela começa a nos presentear com uma visão mais ampla. A maior dádiva da Força Vital é o poder para agir, para sair da nossa estagnação e transformar as intenções em realizações.

USANDO A FORÇA VITAL:
A CHAVE PARA A
VISÃO E A AÇÃO

AUMENTANDO O VOLUME DA VOZ DA ALMA: ALIMENTANDO E DESPERTANDO A ALMA

"Não alimentar esta ilusão, mas tentar superá-la..."

— DA CARTA DE EINSTEIN AO RABINO MARCUS

A ilusão de que somos seres separados, sozinhos no mundo, já está até gorda enquanto a alma continua esquecida, faminta e silenciada, esperando que a notem e a escutem. Ame e nutra a sua alma e ela te alimentará, sussurrando os segredos do Senhor. Ela o ensinará e o guiará e cantará para você e o lembrará de que as dádivas que você busca estão mais perto do que você poderia imaginar.

6
SATISFAZENDO A ALMA

O QUE A ALMA QUER?

O Livro de Eclesiastes nos alerta: "Todo o trabalho do homem é para a sua boca, e contudo sua alma não se satisfaz". Eu amo este versículo. Ele capta com perfeição aquele vazio dentro de nós. E isso era tão verdade naquele tempo quanto é hoje em dia. Nós ganhamos a vida e alimentamos nossos egos e nos cercamos de toda espécie de tralha, mas continuamos famintos porque não entendemos do que a alma precisa.

Os rabinos comparam a relação do corpo e da alma a um camponês que se casa com uma princesa. O pobre camponês tenta impressionar a princesa trazendo lindos presentes para ela, mas nada disso lhe importa, pois ela cresceu em um palácio, cercada por riquezas. Ela não casou com o camponês porque queria ser coberta de presentes. Tudo que ela quer é o amor dele. O mesmo vale para a alma. Os rabinos nos ensinam: "Se todos os prazeres do mundo fossem dados a ela, eles não significariam nada, pois ela pertence ao mundo superior."

A alma vem de um lugar eterno e ela anseia por coisas eternas. Ela anseia por Deus, pela beleza, pela natureza, por aprendizado, por união, por paz mas, mais do que isso, existe algo que a alma quer e que só você pode dar. Cada alma é única e tem suas próprias preferências. No seu âmago existe uma missão que só você pode realizar.

Joel está com trinta e tantos anos, tem uma barba *hipster* desleixada e olhos gentis. Ele veio me ver porque dizia que sentia um estado constante de ansiedade que não conseguia compreender. Ele não sabia porque se sentia agitado e incomodado. A coisa estava tão grave que ele tinha dificuldades em segurar as lágrimas que brotavam inesperadamente quando estava no trabalho.

Eu pedi a Joel que fechasse os seus olhos e tentasse identificar o momento em que começava a se sentir inquieto. Eu pedi para que ele realmente pedisse uma resposta para a sua alma. Joel pensou por um instante e as lágrimas começaram a cascatear pelas suas bochechas barbadas. Ele me disse que tinha se tornado professor de ensino médio porque gostava de estimular a mente de adolescentes. Ele adorava os desafios incríveis que os adolescentes traziam para cada discussão. Ele acolhia cada "Como" e cada "Por quê".

Joel trabalhava em uma pequena escola particular onde havia se tornado um professor muito popular e respeitado. Na verdade, ele era tão querido que foi convidado para ser o diretor da escola. Joel aceitou o cargo com muito entusiasmo. Mas no outono, conforme Joel começou a desempenhar sua nova função, ele começou a passar os seus dias em meio a tarefas administrativas, coordenando os professores, lidando com pais zangados. Outra grande parte do seu tempo era dedicada à arrecadação de fundos. E Joel começou a se sentir cada vez mais ansioso durante as intermináveis reuniões que ele tinha todos os dias.

Por fora, Joel parecia ter tudo. Ele disse, "Rabina, eu não consigo entender. A vida é boa." Mas enquanto falava sobre seu trabalho, Joel encontrou aquilo que fazia tanta falta para a alma dele: ele tinha parado de fazer o que amava.

Joel falou sobre como ele poderia tentar remediar essa situação. Ele não queria pedir demissão, mas ele sabia que precisava separar um tempo para voltar para a sala de aula e para os seus alunos. Joel decidiu começar a dar aulas em um seminário para os alunos no terceiro ano. Ele adorou criar um currículo para essa aula, e logo a sensação incômoda que ele sentia diminuiu. Ele havia voltado a fazer aquilo que tinha nascido para fazer.

Nós podemos alimentar nossos egos e nutrir nossos desejos, mas nossas almas continuarão sedentas. Sem uma alimentação adequada, a alma inevitavelmente perde a sua vitalidade. Faminta e com sede, a alma adoece, fragilizada.

A enfermidade da alma nos afeta profundamente. Podemos reconhecer alguns sintomas de uma alma doente: materialismo, uma sensação de vazio, ambição desmedida, ciúme, vícios, medo, ansiedade, melancolia.

Ignorar a alma pode gerar uma vida cheia de confusão e escolhas equivocadas. Sem a voz da alma para nos guiar, podemos começar a fazer escolhas ruins. Nós buscamos confortos fúteis, hábitos destrutivos. Por um tempo até conseguimos nos enganar e fingir que está tudo bem. Perdidos na escuridão, sem um mapa, tateamos sem rumo, esbarrando em coisas e nos agarrando a elas mesmo que não nos façam bem. Só confrontamos a real intensidade deste problema depois de uma crise de grandes proporções. Nestes momentos, conseguimos ouvir a voz angustiada da alma se erguer acima das nossas certezas. Nos arrastamos, aprisionados, até a sala do terapeuta, onde começamos a ver que as escolhas que fizemos não nos salvaram, não nos satisfizeram, não nutriram aquele nível mais profundo do nosso ser.

Existe um ensinamento místico sobre a alma marginalizada que eu acho profundamente perturbador, mas que também oferece uma descrição contundente do que pode acontecer quando deixamos de alimentar nossas vidas espirituais. Se machucarmos nossas almas o bastante, Neshamá, a Força Eterna, o nível mais elevado da alma, simplesmente decide nos abandonar ainda em vida. Ele simplesmente se desliga de nós e volta para seu manancial na esfera suprema, o mundo superior.

Essa metáfora da alma que parte nos ajuda a achar as palavras para descrever a sensação de vazio. Assim como o Homem de Lata no *O Mágico de Oz*, que não tem coração, nosso ser espiritual pode se tornar um vácuo. O afastamento da alma também ajuda a explicar a sensação que às vezes temos quando conhecemos uma pessoa que parece não ter alma. Talvez ela realmente não tenha.

Será que podemos reavivar uma alma ressequida? Será que podemos convencer uma alma fugitiva a voltar para casa?

O salmo mais conhecido de todos, o Salmo 23, "O Senhor é meu pastor", nos lembra que Deus restaura as nossas almas. Como podemos deixar que Deus nos ajude? Como aprender a pastorear nossas próprias almas de volta à vida? Como podemos ajudar a reavivar as almas dos outros?

O poder de curar nossas almas está mais próximo do que imaginamos. Curar a sua alma tem a ver com antender aos pedidos dela. Podemos aprender a voltar a ouvir a alma. Podemos aprender a cooperar com ela, sermos seus parceiros. Precisamos começar a alimentá-la, a cuidar dela. Você cura a alma quando dá a ela o que ela quer.

Algumas pessoas dizem que para curar a alma, precisamos extinguir o ego, pois ele tomou as rédeas. Mas existe um motivo para o ego estar lá. O ego nos dá estímulo e personalidade. Livrar-se dele seria imprudente. Entretanto, precisamos domar o ego, ensiná-lo a escutar para que ele aprenda a ser mais aberto aos outros, a alma e à Deus.

A alma nunca para de falar conosco. Mesmo se o nível mais elevado da alma nos deixar, a Força Vital e a Força do Amor estão aqui para ficar. Nosso desafio é aprender a escutar.

Quando começamos a alimentar nossa alma, o volume da sua voz começa a aumentar. Se treinarmos nossos ouvidos, poderemos ouvir a alma nos cutucando para acordarmos e reivindicarmos o Eu dentro de mim, aquela versão mais verdadeira de nós mesmo.

Eu gostaria de compartilhar seis pequenos capítulos que apresentam formas de alimentar e curar a sua alma. Algumas são práticas espirituais: meditação, oração, estudos e o dia de descanso do Shabat. Outras são experiências laicas que podem despertar e renovar a alma: música, natureza e comida. Pode ser que você não se identifique com todas elas, mas dê uma chance e você descobrirá o que é que desperta a sua alma. É claro, a sua alma talvez tenha sua própria preferência pela arte, exercícios, teatro, dança ou jardinagem. O mundo está cheio de caminhos para restaurar a sua alma. A coisa mais importante é que nós frequentemente deixamos de simplesmente separar momentos para dar para nossa alma aquilo de que ela precisa.Depois que você começar a nutrir e cuidar da sua alma, ela cada vez mais lhe mostrará do que precisa e o que ela tem para lhe dar e ensinar.

ALIMENTE A SUA ALMA E, COMO UM PINTINHO ROMPENDO A CASCADE UM OVO, ELA COMEÇARÁ A ROMPER AS BARREIRAS QUE PRENDEM E SEGURAM VOCÊ.

QUE VOCÊ POSSA IR AO ENCONTRO DA MISSÃO QUE ESTÁ TE CHAMANDO. AMÉM.

7
A MEDITAÇÃO É UM REMÉDIO PARA A ALMA

A MEDITAÇÃO É um remédio para o corpo. Ela pode abaixar a pressão, diminuir a dor, acalmar nossas ansiedades. Ela também é boa para a mente, aumentando nossa concentração, clareza e atenção. Mas a meditação também tem o poder de nos levar além dos domínios da mente e do corpo. A meditação é um remédio para a alma. Ela pode nos conectar profundamente com nossas almas, com as almas dos outros, e com a Alma das Almas. Através da meditação, podemos aprender a aumentar o volume da voz da alma para realmente começar a ouvir o que ela está tentando nos dizer.

Faz mais de vinte anos que ensino a meditação judaica. Na primeira noite da aula para iniciantes, explico para os meus alunos que eles estão prestes a encontrar as suas próprias almas. Mas como?

Tente se sentar em silêncio e você rapidamente descobrirá como nossas mentes podem ser barulhentas. Somos bombardeados por tantos pensamentos: *Preciso me lembrar de comprar pasta de dentes. Será que essa meditação já vai acabar? Estou sentindo uma coceira, será que eu posso me coçar? O que será que eu deveria estar sentindo? Será que eu deveria estar pensando em tantas coisas? Eu não nasci para meditar. Há quanto tempo eu estou fazendo isso?*

Se você prestar bastante atenção ao seu monólogo interno, você vai perceber que há uma forma de consciência observando enquanto a sua mente tagarela. Existe uma presença que está silenciosamente observando todos aqueles pensamentos passageiros e, ao contrário da mente hiperativa, está estável e fixa. Ela é a sua alma, pacientemente esperando a mente se acalmar.

Quando nos permitimos nos acalmarmos, criamos uma oportunidade para que a alma fale conosco e nos mostre o que ela está vendo — um mundo cheio de dádivas e de beleza. Logo começamos a sentir a unicidade, nossa conexão com Deus e com todas as coisas.

É claro que nossa alma não nos leva a novas dimensões espirituais logo de cara. A meditação exige tempo e prática.

Eu descobri que os mantras na meditação são ótimos para começar a acalmar a mente. A meditação com mantras é a prática de silenciosamente recitar um som diversas vezes. Ao repetir este som, estamos ocupando nossas mentes com algo em vez de um fluxo constante de pensamentos. Em algumas tradições da meditação judaica, o mantra não é um som sem significado. Ao contrário, repetimos uma letra, palavra ou frase cheia de significado, uma palavra repleta de ecos, graduações e sabedoria, uma palavra capaz de nos mudar, nos ensinar.

Qualquer palavra pode ser um mantra. Infelizmente muitas vezes nós, inconscientemente, praticamos a meditação com mantras negativos. Aquele juiz exigente que vive dentro de nós infiltra palavras em nossos pensamentos. Essas palavras nos perseguem e as repetimos quando as coisas dão errado e, às vezes, até antes de darem errado.

Nós vivemos com tanto ódio de nós mesmos. Já presenciei tanta maldade autoinflingida ao longo dos meus anos no rabinato: *Eu sou feio, eu sou gorda, eu não sou forte o bastante, não sou esperto o bastante, eu não trabalho o bastante, eu não conquistei nada, eu sou um fracasso, eu sou preguiçosa, eu estou fora de forma, eu não tenho disciplina, eu sou fraco, eu não sou páreo, eu sou um mau marido, eu sou uma mãe ruim, eu sou uma má filha, eu sou um mau amigo, eu sou uma pessoa ruim, ninguém poderia me amar, eu sou covarde, eu sou uma decepção, eu sou velha demais, eu sou jovem demais, eu odeio o meu cabelo, eu odeio o meu nariz, eu odeio o meu rosto, odeio o meu corpo, odeio a minha vida.*

Como podemos querer fazer qualquer progresso quando todas as vezes que damos o mais tímido passo em frente, uma voz grita conosco só porque ousamos tentar?

Imagino que a única vantagem dessas repetidas acusações seja que já temos muita experiência com a meditação com mantras! Se pudermos trocar as palavras que repetimos para nós mesmos diariamente, talvez possamos ter mais gentileza e mais participação nas nossas vidas. Uma simples reorientação, como mudar a linguagem do seu monólogo interno, pode realmente mudar a sua realidade externa.

Eu gostaria de apresentar uma palavra do hebraico que aparece repetidas vezes nas preces judaicas: *husa*. Diga em voz alta: *husa*. Ela soa como ondas quebrando na praia. É uma palavra que solta o ar, traz uma sensação de limpeza.

O que é *husa*? O que significa? Não é pena, nem misericórdia, nem apenas compaixão. *Husa* é um tipo especial de amor, o tipo que um artista sente pela sua própria criação, mesmo quando ela é imperfeita. Essa é a chave para *husa*. É sentir compaixão por algo defeituoso. *Husa* exige a ausência de julgamentos. É por isso que os judeus pedem *husa* para Deus em suas preces: "A alma é Tua, o corpo é Tua criação, *husa*, tenha compaixão pela Tua obra."

Quando ensino a meditação judaica e tento descrever *husa* para meus alunos, peço que eles imaginem o pegador de panela que fizemos no jardim de infância com o tear e os aros de tecido colorido. Ele era meio torto, muito apertado de um lado, muito frouxo do outro, talvez alguns aros de tecido estivessem soltos. Mas, ainda assim, a sua mãe o exibia com orgulho porque você o tinha feito. Ele era disforme, mas era lindo. Sua imperfeição o tornava ainda mais amado, porque mostrava a sua alma tentando se expressar.

Husa é a forma como Deus nos ama, apesar de sermos imperfeitos, apesar de fazermos uma bagunça danada de vez em quando. Apesar de sermos meio tortos. Somos amados em nossas imperfeições. Nossa singularidade nos torna mais bonitos.

Com demasiada frequência, enxergamos Deus como um juiz que quer nos punir. Está na hora de deixar esses pensamentos de lado. Deus é a alma do mundo — Ele acredita, torce, reza por nós, nos fortalece, nos ensina.

Ainda assim muitos de nós andamos por aí cheios de rancor contra Deus: Onde você estava quando eu precisei de você? Por que isso foi acontecer?

A meditação com *husa* é um abrandamento. Através da prática de *husa*, você pode começar a perceber que Deus não fez isso com você. Deus está torcendo por você. Deus está tentando lhe dizer: "Você é precioso para mim".

Husa não só reajusta o seu relacionamento com Deus. O maior poder de *husa* é como isso modifica a forma como nos tratamos e tratamos os outros. *Husa* silencia a nossa voz crítica e aumenta o volume da voz da alma, cheia de esperança e compaixão.

A voz crítica frequentemente se sobrepõe em nossos diálogos internos. Apesar de chamarmos esse processo de olhar para dentro de "vasculhar a alma", muitas vezes não conseguimos encontrar nossas almas quando olhamos para dentro. Em vez de encontrar a alma, esbarramos no juiz.

Como saber se encontramos com a alma ou com o juiz? Quando você estiver se escutando e ouvir uma voz que diz *eu sou horrível, eu não tenho jeito*, saiba que é o juiz. Essa voz não vai gerar mudança ou crescimento, ela só te joga em um buraco de imobilidade e escuridão.

Olhar para dentro não é se odiar, mas se regenerar. É aí que *husa* entra em cena. Quando você está parado, permitindo que essa palavra entre em você, pode ser que você comece a escutar uma voz dizendo, *Tenha compaixão*. Essa é a sua alma falando.

Às vezes achamos ficaremos preguiçosos e não conquistaremos nada se formos mais gentis com nós mesmos. Mas e se estivermos enganados? E se a voz infame do juiz dentro de nós estiver nos impedindo de crescer e desabrochar?

A voz da alma é uma voz piedosa que diz: *Tente novamente, está tudo bem, sacuda a poeira e se levante.*

Então, deixe que *husa* seja o seu mantra, no lugar do mantra infame do juiz. *Husa* não significa cegueira ou negação. Significa que com olhos mais piedosos, conseguimos olhar para nós mesmos sem repulsa e sem ódio, realmente enxergando o que está lá, o que precisa ser reparado. Para que você possa encarar aquilo que não quer ver.

A voz da alma diz, *Eu não preciso fazer um balanço dos seus fracassos, mas dos seus pontos fortes. Eu preciso saber quais dádivas me foram dadas para que eu possa entender os recursos que tenho a meu dispor.*

É a voz cheia de ódio do juiz que faz que entremos em negação, culpando o mundo por nossos problemas. Ela que me fez fazer isso. A culpa é dela. Se você se odeia, isso vai se manifestar na forma como você trata os outros. Essa raiva transborda e causa todo tipo de prejuízo.

Husa pode nos ensinar a abrandar o juízo que fazemos dos outros — entes queridos, colegas, e também completos estranhos. Existem acusações que usamos contra aqueles que nos prejudicaram no passado. *Husa* pode nos ajudar a sermos mais clementes. Fazemos alguns juízos rápidos sobre as pessoas nos baseando em sua aparência ou em um único encontro ruim. Nós rotulamos as pessoas em nosso trabalho, na nossa comunidade, na nossa família também. Botamos elas em caixinhas — imatura, preguiçoso, irritante, burro, feia. E raramente revemos as sentenças que emitimos sobre elas. A verdade é que quando julgamos os outros, nós é que estamos presos em uma caixa, longe das alianças, da amizade, do amor.

Como eu pratico a meditação *husa*? Parece ser muito simples. Sente-se quieto, no começo por pelo menos cinco minutos, e simplesmente permita que a palavra *husa* flutue dentro de você. Não diga a palavra em voz alta. Deixe que ela percorra a sua mente e os seus membros. Você pode imaginar que engoliu a palavra *husa* como se ela fosse um Advil, e logo ela estará aliviando a dor onde quer que ela esteja.

Simplesmente permita que a palavra faça o que ela precisa fazer. Não se preocupe caso perca a palavra por alguns instantes. Caso perceba que a perdeu, apenas volte a repeti-la na sua cabeça. Pegue leve, não tente forçar *husa* ou impô-la. Deixe que ela dance dentro de você como uma chama tremulante, o iluminando por dentro, queimando toda a sujeira.

Tente tornar a vida com *husa* uma prática diária. Deixe que cinco minutos se transformem em dez. Permita que eles se estiquem até dezoito minutos. Esse é tempo de *husa* que eu sugiro como ideal. Na tradição judaica o número dezoito representa a vida. Dia após dia, a palavra *husa* começa a abrandar nossos julgamentos, desfazendo as barreiras. Ela permite que olhemos para os outros com olhos mais clementes. Logo descobrimos que estamos nos sentindo menos estressados e ansiosos. Podemos até notar que estamos mais conciliadores e mais divertidos.

John é advogado, divorciado e tem uma filha adolescente chamada Nicole que definitivamente herdou os talentos argumentativos do pai. Quando ela era mais nova, todos diziam que Nicole era mais apegada ao pai — ela e John eram muito próximos. Mas Nicole ficou mais rebelde depois que entrou pra o ensino médio. Ela sabia como ninguém o que irritava John, e ele sempre reagia de forma exagerada quando Nicole revirava os olhos ou falava com ironia As coisas ficaram tão tensas em casa que Nicole ameaçou morar apenas com sua mãe. Foi então que John veio me ver. Ele me contou que estava procurando formas de não permitir que essas brigas com Nicole começassem. Eu disse, "Eu quero lhe ensinar uma meditação." John pareceu confuso. Ele me disse que não era o tipo de pessoa que meditava. Eu disse, "Experimente fazer isso por um mês e veja se ajuda." Eu falei com John sobre *husa* e como isso poderia ajudá-lo. Ele parecia hesitanteem relação a tudo aquilo, mas concordou em dar uma chance para *husa*.

Algumas semanas depois, John apareceu em meu escritório cheio de energia. Ele disse, "Eu quero lhe agradecer por ter me dado este presente." Ele me contou que agora entendia que Nicole era uma adolescente saudável fazendo aquilo que todos os adolescentes fazem: enlouquecer os pais. Ele tinha parado de se irritar sempre que ela lhe dava uma resposta atravessada. John admitiu que às vezes ainda reagia aos comentários mordazes de Nicole, mas disse que agora percebe quando está fazendo isso e consegue administrar a situação antes que ela saia do controle. John estava impressionado com a velocidade com que as coisas mudaram em sua vida. Ele disse, "Eu deixei de sentir raiva o tempo todo. E a melhor parte é que nós voltamos a rir e nos divertir juntos."

Esse é o poder de *husa*.

Você talvez note que seu humor está mais leve. Que as cores parecem mais vibrantes, mais luminosas. Você começa a se sentir mais alerta e mais vivo. Seus sentidos ficam mais aguçados. Sua mente fica mais fértil. Você talvez tenha uma epifania que brota na sua cabeça, pronta para se materializar e crescer.

Com o tempo, conforme praticamos *husa* e permitimos que ela tome conta de nós, podemos nos profundar, ir além do medo, da letargia, além daquele mudo que separa a mente do coração, o muro que impede que os outros se aproximem. *Husa* nos dá a coragem para nos enxergarmos e a consciência para ver além de nós mesmos.

Com o tempo, *husa* não estará com você só nos momentos em que você medita em silêncio. *Husa* talvez lhe faça companhia na fila do supermercado, acalmando-o quando está com pressa. *Husa* pode visitá-lo quando estiver farto dos seus filhos. *Husa* pode ajudá-lo a lidar com situações tensas. Deixe que *husa* o acompanhe em entrevistas e reuniões. Deixe que ela emane das suas palavras quando você falar.

É claro que haverá dias em que isso não surtirá efeito, em que você vai se sentir inquieto. Você vai meditar com *husa*, cheio de expectativas, mas sairá se sentindo tão perdido quanto antes. Isso também faz parte do processo de *husa* — a arte de continuar no seu caminho mesmo quando a estrada parece inóspita, mesmo quando parece que você não fez nenhum progresso.

Por outro lado, *husa* pode leva-lo a um estado tão elevado que você pode até achar que alcançou a iluminação. Cuidado!

Husa não significa que você pode parar de se esforçar e lutar. A ideia de que você "já chegou lá", ou alcançou a iluminação, ou mesmo a paz de espírito, é um objetivo equivocado. Adin Steinsaltz, talvez o maior Talmudista do nosso tempo, nos ensinava que uma pessoa que se sente completa, ou qualquer pessoa que sente que já chegou lá, é alguém que está perdido. Se a voz dentro de você diz, *Eu estou na mais perfeita paz*, não é a sua alma que está falando. É uma impostora. A alma nos ensina a ver a beleza do que está lá *e* sabe que há mais a ser feito. A alma eternamente nos instiga a progredir.

QUE HUSA TE AJUDE A ESCUTAR A VOZ ESPERANÇOSA DA SUA ALMA.
QUE VOCÊ TENHA COMPAIXÃO POR ESTA PESSOA PARADOXAL,
PRECIOSA E COMPLICADA QUE É VOCÊ. QUE VOCÊ NUNCA CHEGUE LÁ.
QUE VOCÊ CONTINUE A CRESCER, A APRENDER, A VICEJAR,
PARA SEMPRE SE REVELANDO. AMÉM.

8
DEIXE A MÚSICA ELEVAR A SUA ALMA

Quando estava em Israel, há dois anos, tive o privilégio de me encontrar com Ayraham Ahuvia, um dos membros fundadores do Kibbutz Buchenwald, aquele grupo de adolescentes que o rabino Marcus trouxe para Israel. Ayraham já era um homem muito velho e frágil e outros membros do kibutz me aconselharam a não conversar com ele, explicando que quase tudo que Ayraham falava não fazia sentido e ele estava muito surdo. Mas eu disse que correria o risco de me decepcionar, que ainda assim queria conhecê-lo em pessoa. Então entrei no apartamento de Ayraham e sua cuidadora me deu um microfone especial, conectado a fones auriculares que Ayraham usava.

Eu queria perguntar a Ayraham se ele sabia da carta que o rabino Marcus escrevera para Einstein.

Nossa comunicação parecia não ter futuro. Eu gritava perguntas e Ayraham parecia perdido e confuso, murmurando para si mesmo. Eu continuei perguntando sobre o rabino Marcus e ele continuava falando sobre alguém chamada Sonja. Eu não entendia. Eu tentei conduzir Ayraham para longe da Sonja e de volta para o rabino Marcus.

Por fim Ayraham me interrompeu, ele disse em uma voz tênue e aguda, "Eu não posso falar sobre o rabino Marcus sem a Sonja. Eles estão conectados." Eu subitamente percebi que Ayraham estava lúcido e havia passado este tempo todo tentando me contar uma história, mas eu fui impaciente demais para ouvi-lo.

E eis o que Ayraham precisava me contar.

Ele disse, "Um dia o rabino Marcus trouxe uma jovem para nós no Kibutz Buchenwald. O nome dela era Sonja. Ela tinha por volta de quatorze anos, uma garota de rua, sem família.

Ayraham me contou que o rabino Marcus prometeu a Sonja que ele mesmo a adotaria como sua filha e a levaria para sua casa nos Estados Unidos caso eles descobrissem que ela não tinha nenhum parente vivo.

Ayraham continuou, "Deram a Sonja um quarto ao lado do meu. Eu senti uma conexão muito especial com a Sonja", ele disse. "Sonja chorava sozinha em sua cama. Ela me fez prometer que todas as noites eu entraria em seu quarto para lhe dar boa noite."

Eu comecei a me perguntar para onde aquela história estava indo. Eu havia viajado para Israel para ouvir histórias sobre o rabino Marcus, mas Ayraham só queria falar sobre Sonja.

Ayraham disse, "Quando eu ia ao quarto dela, ela me implorava para botá-la na cama 'como a minha Mamãe fazia'". Ela rogava para que eu sentasse em sua cama e lhe desse boa noite, então eu obedeci, mas ela disse, 'Não, não é assim, a Mamãe sempre cantava uma canção de ninar para mim. Me ponha para dormir como a Mamãe fazia.'

Ayraham ficou emocionado, sua voz fraquejou. Ele disse, "Eu demorei diversos dias até aprender os rituais de boa noite da mãe da Sonja. Eu aprendi a cobri-la, sentar na cama e cantar a canção de ninar e dizer boa noite e beijá-la na testa, como a Mamãe, e então ela parava de chorar e me deixava sair".

Enquanto Ayraham falava, me ocorreu que aquele não fora um adulto confortando uma criança pois ele também era um garoto, apenas poucos anos mais velho do que Sonja. Seus pais também tinham sido assassinados de forma inimaginável. Cantar aquela canção de ninar para a Sonja não era só uma forma de acalmá-la, também era uma forma de aliviar a solidão de Ayraham e afagar a sua própria alma ferida.

Ayraham se virou para mim e disse, "A Sonja desapareceu. Eu pensei que ela havia se mudado para os Estados Unidos com o rabino Marcus, mas mais tarde descobri que o rabino jamais adotou Sonja. Eu a perdi e isso me deixa tão triste. Eu amava botá-la para dormir."

Ayraham começou a pegar no sono. Estava na hora de ir embora. Antes de partir, abracei Ayraham e prometi que faria de tudo para descobrir o que aconteceu com Sonja.

Enquanto eu estava saindo do apartamento de Ayraham, me lembrei de um ensinamento hassídico que eu aprendi há muitos anos. "Existem dez gradações de prece e acima de todas está a Canção."

A MÚSICA É SAGRADA. Ela passa batida pela mente e vai direto para o coração. Ela nos dá permissão para chorar. Cante uma canção triste e o coração pesado começa a amolecer e se desprender de seu fardo. Às vezes a melodia pode te erguer, às vezes pode partir o seu coração. Eu acredito que nossos lamentos também partem o coração de Deus. Quando as palavras não dão conta, há uma melodia que pode subir direto para o Céu.

Você se lembra de algum momento em que uma canção o confortou? Que uma melodia permitiu que você sentisse os seus sentimentos ao invés de correr deles? Você já escutou uma canção e ela lhe deu um espaço para suportar todo o impacto de uma mágoa ou uma perda e, de repente, você percebeu que não estava só?

A música pode fazer tudo isso. Ela nos ergue e nos une. Ela permite que pessoas que falam línguas diferentes se conectem e expressem sentimentos comuns, que nenhuma palavra poderia capturar.

Eu ajudei a criar a Nashuva, uma comunidade espiritual que lidero, porque estava procurando novas maneiras de renovar o espírito judaico e reviver as sensações de alegria, propósito e êxtase das preces. Em hebraico, *nashuva* significa "nós voltaremos." Todos nós sentimos a necessidade de voltar — para uma paixão, para nossos sonhos, nosso amor, nossas próprias almas, para o nosso Deus. Eu queria que a Nashuva fosse um lugar onde as pessoas recebessem a infusão espiritual que estavam procurando, sentindo-se transformadas. Nashuva seria um lugar para rezar, cantar, ficar em silêncio e ouvir a voz da sua alma.

Quando eu estava sonhando com Nashuva, antes que ela houvesse começado a existir, eu já ouvia a música na minha cabeça. Antes de saber como essa comunidade seria, eu sabia como a música seria. Eu comecei a procurar por músicos que soubessem como tocar a alma das pessoas.

Um músico trazia outro.

Nós éramos um grupo de interconfessional: judeus e cristãos, e multirracial: negros, brancos, asiáticos e latinos — e estávamos decididos a espalhar o poder da unicidade. A liturgia combinava tradições musicais de todo o mundo. Eu estava começando a me sentir como a Dorothy em *O Mágico de Oz*: cercada por pessoas extraordinárias que pareciam estranhamente familiares, como se as tivesse conhecido em outra encarnação.

A Banda Nashuva e eu começamos a musicar antigas palavras de prece hebraicas com canções folclóricas, ritmos africanos, reggae, música gospel e também melodias country. A primeira prece que tocamos juntas foi: "Venha, vamos cantar para Deus, vamos criar harmonias para o Senhor que nos salva todo dia". Eu estava comovida com a forma como cada um de nós erguia o outro cada vez mais alto, canalizando algo sagrado e divino.

Então chegou a noite do primeiro culto da Nashuva. Nós não fazíamos ideia se conseguiríamos atingir as pessoas ou se elas só viriam uma vez para nunca mais. Começamos a rezar e cada vez mais pessoas entravam pela porta, todas em pé no corredor. Todos na sala pareciam estar se erguendo. Enquanto eu cantava, vi pessoas rezando e chorando, sorrindo, rostos radiantes e chorosos. Tantas lágrimas, tanta luz.

Faz treze anos que estamos junto e fico tão honrada em ver como a nossa música dá vida às palavras das preces e penetra na alma das pessoas, iluminando seus rostos. E simplesmente as faz felizes. Milhares de pessoas estão voltando, seja pessoalmente ou através de transmissões ao vivo pela internet, procurando uma forma de retornarem para suas próprias almas e para a Alma das Almas. Mesmo quando as pessoas não sabem hebraico, elas se pegam cantarolando. Mesmo quando chegam se sentindo perdidas e solitárias, logo estão balançando no mesmo ritmo que as demais.

Fique ombro a ombro com outros cantando uma prece e subitamente a sua alma alça voo e suas preocupações se dissipam. Em um lugar cheio de estranhos, todas aquelas vozes diferentes, cada uma com seus próprios anseios, logo se combinam e se tornam uma unidade, Uma Alma.

Se você estiver se sentindo desconectado da sua alma, se estiver tendo dificuldades em encontrá-la, se não conseguir desligar a sua cabeça, meu conselho é o seguinte: cante. Não importa se você desafinar, pode ser no chuveiro, no carro ou em uma cerimônia religiosa. Onde quer que você esteja, solte a voz ou escute uma canção que você ama e cante junto, e você talvez descubra onde a sua alma estava se escondendo. A música desperta a alma e logo ela se sente segura o bastante para sair para brincar.

A música é prece. Ela é o coração batendo por trás de cada revolução e cada luta por liberdade. Pense na velha canção de protesto "We Shall Overcome" e o impacto que ela teve no movimento dos direitos civis. Este hino instigou e encorajou os manifestantes, acalmou medos, ergueu espíritos e fortaleceu a determinação em ocupações e marchas.

A música é uma viagem no tempo. Todos nós já escutamos uma melodia que nos levou de volta para um momento especial de nossas vidas — a sua infância, seu primeiro amor, os anos de revolta adolescente, o dia do seu casamento.

Meu pai não era um homem de muitas palavras. Mas ele amava cantar — toda a nossa família, todos os quatro filhos e os dois adultos, cantavam em coro o tempo todo. A música era a linguagem escolhida na mesa do Shabat e no Sêder de Pessach[7], quando cantávamos juntos até muito depois da meia-noite.

Ambos os meus pais já faleceram, mas as canções da minha infância seguem comigo através da minha vida como leais companheiras. Elas vêm me visitar quando me sinto sozinha. Uma melodia surge na minha cabeça e eu volto para aqueles dias preciosos, cheios de alegria e risadas. E isso me conforta.

---

7. Sêder de Pessach – jantar cerimonial judaico em que se recorda a história do Êxodo e a libertação do povo de Israel. O Sêder é realizado na primeira noite de Pessach em Israel e na primeira e segunda noites fora de Israel.

A música é a forma como a alma expressa amor — das baladas românticas até a canção de ninar que a sua mãe cantava enquanto você adormecia. A canção de ninar da Sonja.

Eu não esqueci a promessa que fiz para Ayraham. Eu fiz uma investigação sobre a Sonja e sobre o que foi feito dela. Por fim, descobri que ela havia se mudado para Manhattan para morar com sua tia Lucie no Upper West Side, e arranjou um emprego trabalhando como vitrinista em uma loja de roupas. Eu tentei entrar em contato com Ayraham para dizer o que acontecera com Sonja, mas infelizmente ele morreu antes que eu pudesse contar que a Sonja encontrou sua família e seu futuro.

Quando recebi a notícia da morte de Ayraham, o imaginei na minha frente, cantarolando uma canção de ninar, perdido em devaneios. Setenta anos tinham se passado, mas Sonja continuava embrenhada na alma dele. Eu imaginei Ayraham sentado ao lado de Sonja enquanto ela adormecia sentindo-se segura ao lado dele, um garoto desempenhando o papel de uma mãe, cantando uma melodia que continuaria viva.

Quando ensino os estudantes do rabinado sobre como ajudar pessoas que estão morrendo, eles sempre querem saber como podemos ir para casa depois de lidar com uma tragédia e simplesmente sair dessa para conseguir brincar com nossos filhos ou estar junto de nosso parceiro. Eles perguntam, "O que fazer? Você reza? Medita?"

Não é raro que eu passe parte do meu dia de trabalho oferecendo uma bênção para alguém que está em seu leito de morte e, na mesma tarde, me alegre em um casamento ou em um ritual de nomeação de um bebê. Só nessa semana eu oficializei o funeral de um homem notável que eu amei por trinta e sete anos, e depois fui para casa e botei uma fantasia divertida para uma animada festa judaica chamada Purim. Como eu consigo fazer essa transição? Música. A música sempre me salva.

A música é o que me ergue e me reanima. Eu saio de um cemitério depois de um funeral, dirijo em silêncio por um tempo, e depois ponho Beatles, Aretha Franklin ou Bob Marley no volume máximo — e a minha alma é carregada para uma nova esfera da existência. Das profundezas da tristeza, a música me traz de volta para a vida.

EXISTEM DEZ GRADAÇÕES DE PRECES...
ACIMA DELAS ESTÁ A CANÇÃO.

9

COMENDO PARA SATISFAZER A ALMA

QUANDO MEU SOBRINHO, Jared, estava prestes a fazer seu bar mitzvah[8], minha mãe, bendita seja a sua memória, perguntou o que ele gostaria de presente. E esse menino de treze anos, que poderia ter pedido qualquer coisa no mundo para a sua avó, disse, "Vovó, eu gostaria que você fizesse um livro com todas as suas receitas." Minha mãe não poderia ter ficado mais comovida.

Ela passou um ano inteiro escrevendo todas as receitas da família à mão, e junto com as receitas, ela compartilhava suas histórias sobre ocasiões especiais, pessoas especiais, e o que ela achava sobre estar mantendo vivas as tradições de sua mãe e de sua avó. Na primeira página do "Livro de Receitas da Vovó", minha mãe escreveu:

> Querido Jared,
> Sinto-me muito honrada por você ter me pedido para criar este livro de receitas. Eu não sei de nenhum outro neto que tenha feito tal pedido. Eu lhe agradeço. Isso me trouxe muitas memórias de jantares maravilhosos preparados ao longo de diversas festas... É claro que junto destas muitas receitas e refeições, também vieram as memórias de muitas pessoas que se reuniram na minha casa, sentaram-se a minha mesa e ficaram para sempre gravadas na minha mente e no meu coração... Especialmente nas noites de sexta-feira — as velas acesas, o lindo *challah*[9] trançado... os lindos rostos que cercavam tudo isso... Eu me sinto muito inspirada... tudo isso se torna uma expressão criativa do amor que sinto por todos vocês.
> ...Minha relação com a comida se baseia em aproximar as pessoas... sentimentos afetuosos e a celebração da vida. Não há forma melhor de mostrar as infinitas bênçãos e a beleza da natureza que despertam tamanho sentimento de apreciação e gratidão em mim.

---

8. A celebração que marca a iniciação religiosa dos meninos na fé judaica e que ocorre quando a criança completa doze anos. Para comemorar a ocasião, os meninos frequentemente recebem presentes de seus familiares.
9. Espécie de pão trançado de textura leve.

Jared, eu procurei tornar as receitas fáceis de seguir... Espero que elas sejam úteis, que você se divirta com o aspecto criativo da cozinha mas, mais do que isso, que você possa dar aos outros — como eu acredito que fiz — uma oportunidade de compartilhar tudo isso.

Todo meu amor e carinho,

Vovó

Minha mãe não está mais entre nós, então agradeço ao Jared por ter pedido que ela transmitisse o seu precioso legado para todos nós, um pedaço da alma dela. A comida conecta as almas que se amam e forja uma comunidade. As receitas são transmitidas de uma geração para a outra. Os sabores e os aromas da sua infância o moldaram e o lembram da onde você veio e a que gente você pertence. A comida pode te ensinar que você é parte de uma alma coletiva, membro de uma cultura, de um povo, com uma história compartilhada e um destino em comum.

A comida pode destruir a ilusão de separação. Quando compartilhamos comida com um estranho, criamos intimidade. Divida uma refeição com o seu rival e vocês chegarão a um consenso. Recentemente eu estava falando com um colega rabínico sobre maneiras de inspirar e envolver os judeus, e ambos concordamos que a melhor maneira de trazer os judeus de volta para o judaísmo não é através de textos antigos — isso vem depois. Uma tigela de *cholent* (um guisado preparado no Shabat) tem muito mais efeito do que uma discussão sobre Maimônides.

Na Bíblia existe uma maldição que sempre me vem à mente. É uma das maldições mais perturbadoras: "E você comerá e jamais ficará satisfeito."

Esta maldição está sempre pairando sobre nós. Uma sensação de que existe uma fome dentro de nós que não pode ser satisfeita. Usamos a comida para lidar com a ansiedade, para nos consolar. Comemos compulsivamente, comemos porque estamos entediados ou solitários, comemos porque a comida está ali na nossa frente. Frequentemente comemos tão depressa ou tanto que nos sentimos mal e, ainda assim, não ficamos satisfeitos.

Então, como aprender a atingir este estado espiritual em que nos sentimos "satisfeitos"? Coma com a sua alma e você vai aprender a diminuir a velocidade e saborear o que você está ingerindo. Você aprenderá sobre sabor, cor, textura e aroma. Deixe que a comida desperte os seus sentidos. Desperte-se para sentir um prazer profundo.

Existe uma famosa expressão idiomática do ídiche reservada para quando do saboreamos uma comida incrível:

Tem o sabor do Jardim do Éden. A comida pode nos dar um vislumbre do Paraíso.

A comida nos ensina a gratidão. Os rabinos insistem que quem partilha deste mundo sem antes agradecer por ele está roubando de Deus. É por isso que na lei judaica existe uma bênção que deve ser dita antes de comer até o menor bocado de comida ou mesmo antes de tomar um gole d'água.

Na tradição judaica também existem diversas bênçãos para serem ditas após a refeição. Uma bênção que adoro recitar agradece a Deus por ter criado "almas com necessidades". É uma bênção tão esquisita. Por que deveríamos ser gratos por termos nascido incompletos? Eu interpreto essas palavras da seguinte forma: Dá para imaginar como a vida seria entediante se estivéssemos sempre satisfeitos, se não tivéssemos desejos? Se nenhum dos prazeres deste mundo nos tentasse? Também é importante notar que a bênção após a refeição agradece a Deus por ter criado "almas" com necessidades, e não corpos. Isso significa que comer é uma atividade espiritual que satisfaz a alma e da qual podemos participar o tempo todo.

Comer é um caminho para despertar a alma. É por isso que as religiões transformam o ato de comer em ritual. A comida se torna sacramento, unindo o Céu e a Terra. Para os judeus, o matzá no Pessach nos ensina sobre as provações. Nós não apenas lemos sobre a amargura da escravidão, comemos ervas amargas para que nossa alma entre neste estado. No Rosh Hashaná, os judeus comem maçãs mergulhadas em mel e rezam por um ano doce. Eu já refleti muito sobre este anseio por doçura. Em uma cultura que nos oferece tantas alternativas baratas, como aprender a buscar a verdadeira doçura? Nós queremos dias de mel, não de sacarina.

Permita que comer se torne uma meditação, um momento para se estar consciente, atento aos seus sentidos, atento àqueles ao nosso redor. Trate a refeição como uma cerimônia sagrada. Lembre-se que algo tão rotineiro quanto a comida pode nos conectar ao mundo sobrenatural e recarregar nossas almas.

Sim, comida *é* amor. Uma refeição feita para você é uma oferta do coração e da alma. A sua mesa pode se tornar a alma da sua casa, uma força gravitacional que convida a família ampliada a se regalar conosco e criar memórias que durarão uma vida inteira.

Antes de partilhar da comida, se pergunte, *A minha alma quer comer o quê?* Espere um pouco e ouça a resposta atentamente. Satisfaça a sua alma e você se sentirá satisfeito e agradecerá.

Foi o meu marido, Rob, quem me ensinou que saborear uma refeição é algo que toca a alma. Rob me pegou pelo estômago. Eu era rabina em uma sinagoga e ensinava um curso durante a hora do almoço chamado *Amor e a Torá*. Todas as minhas alunas eram mães cujos filhos estavam na nossa creche. Estávamos estudando o Cântico dos Cânticos no meu escritório, e logo um homem começou a trazer presentinhos para a professora. Primeiro foram morangos frescos e maduros comprados na feira. Eles derretiam na boca e escorriam queixo abaixo. Depois ele começou a trazer os temperos mencionados no poema sobre o amor erótico sagrado que líamos em voz alta na aula. Em uma semana foi incenso de olíbano. Na semana seguinte ele trouxe mirra. Eu comecei a ficar tonta sempre que ele entrava no meu escritório. Será que minhas alunas estavam percebendo alguma coisa? As palavras do poema de amor estavam se misturando com os temperos que ele trazia e nossas almas estavam se elevando e se entrelaçando e eu sabia que estava me apaixonando.

Quando convidei Rob para o meu apartamento pela primeira vez, passamos horas conversando e tomando chá. Eu me levantei para ver algo em outro cômodo e Rob usou esta oportunidade para espiar dentro dos meus armários. Aparentemente ele estava faminto. Ele encontrou uma lata de atum e um saco de batatinhas. Sem maionese, sem pão. Quando voltei, o encontrei em pé na minha cozinha. Ele levantou a lata de atum e perguntou "Você come ele direto da lata que nem um gato?" "Sim!", eu confessei. Ele morreu de rir. Quando o vi novamente, ele me trouxe um presente — uma pequena tigela para ração de gato onde se lia "miau", para a minha dieta a base de atum.

Rob e eu estamos casados há vinte e cinco anos, e ele ainda me pega pelo estômago. Rob era chef de cozinha quando o conheci. Ele era dono de um serviço de buffet, havia trabalhado na cozinha de diversos restaurantes e também como confeiteiro. A primeira refeição que ele preparou para mim foi macarrão com molho de tomates e pão, tudo feito em casa, salpicado com azeite, acompanhado por uma garrafa de vinho tinto. Eu amei assistir às mãos dele trabalhando a massa. Não havia nenhuma ansiedade na forma como ele cozinhava, apenas alegria e amor. Antes mesmo de sentarmos, Rob me ofereceu uma garfada do macarrão que estava me fazendo salivar. Tinha o sabor do Jardim do Éden.

Eu ainda amo ver o Rob na cozinha. Ele consegue fazer um jantar para trinta pessoas sem se estressar. Sempre que ele está com a mão na massa, ele me parece uma criança brincando na areia. Ele agora é jornalista, mas em casa, todas as noites, ele é meu chef. Nosso lar é um lugar onde as pessoas se reúnem para curtir uma boa companhia, uma boa conversa e uma boa comida. Nossos filhos cresceram sabendo que ambos os pais se sentariam com eles todas as noites para comerem algo incrível juntos.

Amor, sensualidade, alma, amizade, comunidade, família, comida. Éden. Obrigada, Deus. Eu estou satisfeita.

QUE VOCÊ PARTILHE DE REFEIÇÕES QUE DESPERTEM E NUTRAM A SUA ALMA, REFEIÇÕES QUE O DEIXAM SATISFEITO, REFEIÇÕES QUE O LIGAM AOS SEUS ENTES QUERIDO E ÀQUELE QUE NUTRE TODOS NÓS. AMÉM.

10
REZAR E ESTUDAR PARA COMPREENDER

Assim como o corpo precisa de comida para sobreviver, a alma precisa da prece para vicejar.

Qual foi a primeira coisa que você pensou quando acordou esta manhã? Essa foi a pergunta que fiz aos meus alunos em um curso sobre prece há muitos anos. Eu pedi para eles dizerem suas respostas em voz alta: "Eu estava pensando no bebê chorando." "Eu estava ensaiando uma apresentação que preciso fazer." "Eu estava pensando em fazer o café da manhã para meus filhos e preparar as lancheiras para a escola." "Eu estava pensando em apertar o botão soneca do despertador." "Eu estava pensando em meus e-mails." "Eu estava pensando no café."

Eu disse, "Como vocês acham que seria despertar com uma prece nos seus lábios? Uma prece de gratidão por ter acordado, pela bênção de um novo dia." Meus alunos não eram muito religiosos, eles não rezavam, exceto quando se sentiam coagidos a fazer isso na sinagoga.

Eu disse, "Eu descobri que só uma reza com uma única frase já pode mudar como você lida com o bebê chorando, pode transformar a forma como você aborda aquela apresentação, pode determinar como você vai oferecer o café da manhã para os seus filhos, pode fazer você ter uma nova postura em relação às coisas que precisa fazer".

Seus rostos estavam cheios de ceticismo. Eu disse, "Por que não encarar isso como uma experiência? Tentem recitar a prece da manhã ao acordar por duas semanas e depois conversamos sobre isso."

Quando voltamos a nos encontrar, as reações dos meus alunos foram impressionantes: "Eu tenho sido bem mais paciente com os meus filhos pela manhã" "Há mais diversão na casa, menos resmungos." "Eu tenho dormido melhor." "Eu não aperto mais o 'soneca', eu me levanto de vez depois da prece, ansioso para começar o dia."

Um aluno escreveu para mim dois anos após o curso: "Querida rabina Levy, eu não sei se você se lembra de mim, mas eu fiz o seu curso sobre preces. Na verdade, eu faço a prece todas as manhãs desde que você pediu para experimentarmos, e continuo a incentivar outras pessoas a experimentarem também. Eu percebi que aprecio os milagres diários da vida muito mais profundamente do que antes. A prática me ajuda a viver uma vida mais consciente e grata, e é algo pelo qual eu sou especialmente grato. Mais uma vez, obrigado por essa dádiva."

Algo tão simples quanto uma prece da manhã pode mudar a forma como você encara o seu dia.

"A minha alma tem sede de vós", brada o salmista. Quando estamos vazios, quando sentimos que não temos nada mais a oferecer, a prece nos preenche. Ela reanima nossas almas. Ela acalma, tranquiliza, reacende a esperança. A prece em comunidade conecta almas díspares em uma grande unicidade. A prece a sós o lembra de que você não está sozinho, que O Eterno está próximo. A prece o ajuda a lembrar dos seus sonhos, seus anseios, todas as esperanças que você tem ignorado ou das quais tem fugido. A prece o ajuda a lembrar de que você tem uma alma que grita dento de si. É um espaço que reservamos para que a alma dentro de nós possa falar. É a nossa vida interna transbordando para fora.

Existe um famoso ditado ídiche: "Da sua boca para os ouvidos de Deus". É uma frase cheia de esperança, mas também cheia de atrevimento. Ela mostra como acreditamos que o Deus do universo se importa conosco. Prece é *chutzpah*[10]*!* Ela se recusa a ser um monólogo. Com nossas palavras, trazemos Deus para perto, inserimos Deus na trama da nossa vida. Um Deus que ouve, que está conosco nas celebrações da vida, nas suas dores, e também nos sufocantes dias cinzentos.

"Reze por mim, rabina" provavelmente foi o pedido que mais ouvi das pessoas ao longo dos meus anos no rabinato. Sempre me sinto honrada em conseguir rezar pelos outros. Mas é claro que me preocupo quando as pessoas pedem que eu reze por elas. Será que elas estão me pedindo porque acham que Deus não irá escutá-las? Será que elas acham que para rezar você precisa de uma fórmula especial e que seus clamores não serão ouvidos pois elas não conhecem algum encantamento mágico?

Certa vez, há mais ou menos vinte anos, fui visitar um homem no hospital. Ele disse, "Reze por mim, rabina. Eu não sei rezar." Eu disse, "É claro que eu vou rezar por você. Mas antes me diga, o que você quer que eu diga para Deus?" Ele pensou por um momento e depois começou a tremer enquanto respondia: "Deus, eu sou Seu, eu sei disso. Mas meu lugar é aqui, com a minha família. Meu coração está doendo. Nunca antes me

---

10. NT – Palavra ídiche para a qualidade da audácia, sendo usada tanto com uma acepção positiva — como ousadia, coragem — quanto negativa —como atrevimento, petulância.

permiti amar como estou amando agora. Me dê mais tempo. Eu lhe rogo, Deus, me dê mais tempo." Essas palavras brotaram da alma de um homem que achava que não sabia rezar. Quando ele terminou, suspirou profundamente e pude ver que todas as preocupações e a tensão desapareceram de seu rosto. Ele foi tomado por uma calma, uma luz, uma graça. Eu vi com os meus próprios olhos como a prece cura.

Desde aquele dia, sempre que me pedem que reze por eles, eu faço a mesma pergunta: "O que você quer que eu diga para Deus?" E nunca falha. As pessoas se surpreendem com palavras que elas nem sabiam que existiam dentro delas. A alma fala por conta própria.

Quando eu era criança, meu pai me ensinou uma prece. Eu amava a melodia, mas não entendia o significado das palavras: "Eu sou minha prece para Você, Deus, neste momento de anseio. Deus, em Seu infinito amor, me responda, me responda, com a Sua verdadeira salvação."

Podem se passar décadas até que as palavras que você aprendeu na infância encontrem seu lugar de direito na sua alma. Eu consigo me ver como criança, aprendendo aquela prece. Eu a menina lá, sentada no sofá da sala, as pernas tão curtas que os pés não tocam o chão. Eu vejo o meu pai transmitindo um pedaço de sua própria alma, torcendo para que aquela garotinha o receba e o acolha na alma dela. Eu vejo seus olhos cheios de lágrimas por trás dos óculos de lentes grossas, e minha incompreensão quanto ao porquê daquelas lágrimas. Eu vejo como a sua prece viveu em mim — a melodia, as palavras que eu não conseguia entender, esperando o momento certo.

Eu entendo as palavras agora. Eu já passei pela agonia de "Me responda, me responda", quando a prece parece inútil e até a ideia de Deus parece uma peça que a sua herança cultural pregou em você. Eu já passei por momentos de anseio, de desejo por proximidade, uma profunda vontade de estar na presença do Deus que eu amo.

Eu também passei a compreender o significado de "eu sou minha prece" — quando as palavras não bastam, quando a língua não dá conta daquilo que a alma está tentando expressar. "Eu sou minha prece", tudo de mim. Aceite meu próprio ser, corpo e alma, como minha prece para você, Deus. Eu canto essa prece, os meus olhos cheios d'água, eu ouço o coro de meu pai, nossas almas se estendendo além das fronteiras do tempo.

A prece judaica mais famosa se chama "Shemá Israel", ou "Ouve, Israel". Ela começa: "Ouve, Israel, o Senhor é nosso Deus, o Senhor é Um". Judeus praticantes pronunciam estas palavras de noite e de manhã na cama, antes de dormir, na conclusão do *Yom Kippur*[11], e em seu leito de morte. Por que esta prece? Por que essas palavras retiradas do livro de Deuteronômio? Para mim ela expressa algo além do monoteísmo. Ela nos lembra de que não existe nada além de Deus. A alma dentro de você sabe disso, ela faz o seu melhor para te ensinar isso: tudo que somos, tudo que vemos, tudo é um reflexo Dele. O Shemá fala do "todo" que Einstein mencionava. O Zohar, o livro judaico de sabedoria mística, descreve a unidade da seguinte forma: "Não existe lugar desprovido de Deus." Toda a criação carrega o divino em si. Deus está em tudo que você toca e vê.

O Shemá não é uma solicitação que fazemos, ele não pede nada a Deus. O Shemá é o pedido de Deus, a prece de Deus. É Deus rogando para nós, ecoando através do tempo: "Ouve! Ama! Com todo o seu coração, com toda a sua alma, com toda a sua força." Ouve.

O objetivo da prece não é chegar a um resultado, e rezar nem sempre faz com que você se sinta melhor. A prece é a sua alma se conectando com seu Manancial, a Alma das Almas. A prece permite que vejamos através dos olhos da alma. Ela nos faz enxergar as bênçãos do dia, e nos ajuda a alinhar as intenções mais elevadas da alma com as ações mais elevadas do corpo. A prece nos incita a criar o mundo pelo qual ansiamos.

Qual prece está dormindo no fundo da sua alma? Você só vai encontrá-la se der para a sua alma o tempo e o espaço que ela precisa para se expressar. Deixe que a sua alma o surpreenda. Crie uma oportunidade para que ela fale. Responda sem pressa: O que eu quero dizer para Deus? Deixe que as palavras saiam por conta própria. Ofereça a Deus a sua pergunta, sua esperança, seu protesto, seu anseio, sua gratidão. Reze pelos outros, reze por si mesmo, reze pelo mundo. Diga aquilo que você precisa dizer e preste atenção para ouvir a resposta.

Se você separar um tempo para esta prática diariamente, talvez perceba que as coisas mudam dentro e fora de você. Pode ser que logo você não só sinta vontade de rezar, mas também de aprender.

Existe uma prática que é parceira da prece: o aprendizado. Ele é o outro lado da prece. O grande estudioso, rabino Louis Finkelstein, descreveu isso de uma forma tocante: "Quando eu rezo, eu falo com Deus; quando eu estudo, Deus fala comigo."

---

11. NT – Dia do Perdão, a mais importante data da religião judaica, celebrado no décimo dia de Tishrei (entre setembro e outubro). É dedicado à contrição, às orações e ao jejum, como demonstração de arrependimento e expiação, em busca do perdão divino e de felicidade no ano que se inicia.

A SABEDORIA não vem do nada. O seu ego talvez teça fantasias sobre receber todas as respostas, mas a sua alma quer estudar, ela anseia por se expandir, alargar e aprofundar. Comece a aprender, comece com apenas um verso de um texto sagrado. Desejar ter um conhecimento mais rico do presente e do que está disponível bem aqui, onde você está.

Existe uma tradição judaica que diz que cada nome hebraico está ligado a um versículo bíblico que começa e termina com a primeira e a última letra do nome. Quando a alma passa deste mundo para o próximo, ela pode ficar tão consternada com o mundo superior a ponto de esquecer completamente a vida lá embaixo. Mas a alma jamais esquece o seu versículo, e este versículo ajudará a sua alma a lembrar do seu nome no mundo inferior, e logo ela lembrará de todo o resto.

O versículo ligado ao meu nome hebraico é: "Guarda a tua língua do mal, e os teus lábios da falsidade." Esse verso se tornou meu professor, ele paira sobre mim todos os dias, me lembrando de que devo ter cuidado com as minhas palavras e sempre ver o lado bom das pessoas.

Se você anseia por uma conexão com o divino, comece a estudar e você receberá uma sabedoria eterna. As palavras ganharão vida dentro da sua alma, os versículos começarão a chamar o seu nome. Estude a Bíblia. Estude os textos sagrados de outras tradições religiosas. Leia comentários, misticismo, poesia, literatura. Procure os grandes professores, estudiosos, mentores que poderão te guiar. Acolha um conhecimento novo, novas formas de vivenciar este mundo mágico. Seja sociável, estude com um companheiro, permita que essa pessoa amplie a sua perspectiva e conteste o seu pensamento.

Honestamente, eu não sei o que eu faria sem a minha companheira de estudos, a rabina Toba August. Toba e eu estudamos juntas todas as semanas há quatorze anos. Nós recitamos uma prece antes de começar nosso aprendizado, na esperança de que nossa sessão de estudos nos eleve de alguma forma inesperada. Nosso encontro semanal também é um momento para saber o que está acontecendo, compartilhar anseios, segredos, mágoas e expectativas. Há dias em que entro em nosso escritório distraída, ou cansada ou triste. Mas nunca deixamos de aprender. Nós escolhemos um texto e logo estamos nadando em um mar de significados e alento.

REZE E ESTUDE. FALE COM DEUS E DEIXE QUE DEUS FALE COM VOCÊ. QUE VOCÊ DESCUBRA QUE VOCÊ É UMA BÊNÇÃO. E QUE BÊNÇÃOS O CERQUEM AGORA E SEMPRE. AMÉM.

11

RESTAURANDO A ALMA COM A NATUREZA

UMA DAS MINHAS HISTÓRIAS hassídicas favorita é sobre um garotinho que todos os dias vai para a floresta. O pai do menino percebe que seu filho fica se embrenhando na mata e pergunta, "Por que você entra na floresta todos os dias?" Seu filho responde, "Eu vou lá para encontrar Deus." O pai tenta corrigir seu filho gentilmente e diz, "Meu filho, você não sabe que Deus é o mesmo em todos os lugares?"

O menino responde, "Sim, papai, mas *eu* não sou o mesmo em todos os lugares."

Nós não somos os mesmos em todos os lugares. Em meio à natureza, começamos a ver que fazemos parte da criação, parte de algo vasto, sagrado e eterno.

Há um tempo, eu e meu marido decidimos, de forma espontânea, ir acampar no Parque Nacional da Sequoia. Enquanto subíamos a serra, os carvalhos e eucaliptos foram sendo substituídos por pinheiros e sequoias. Logo nos deparamos com uma tempestade. Havia raios e trovões, escuridão e granizo, e nós nos perdemos nas estradas enlameadas. Não demorou muito até eu começar a me arrepender da decisão de acampar. A verdade é que eu sou do Brooklyn. Já ouvi falar que árvores existem em algum lugar mas, honestamente, eu e a natureza não temos um relacionamento muito afetuoso.

Finalmente estacionamos a uma altitude de 2.651 metros e esperamos a tempestade passar. Depois saímos do carro e tivemos que caminhar por mais de um quilômetro de distância e 92 metros de elevação para chegar ao lugar reservado para campistas. Enquanto eu caminhava serra acima com minha mochila, minha asma entrou em cena e eu comecei a ofegar tanto que soava como o Darth Vader. *Talvez não tenha sido uma boa ideia*, eu comecei a dizer a mim mesma, *eu vou detestar isso*.

Chegamos à área de acampamento quando o sol estava começando a se por entre rosas, roxos e vermelhos. Eu parei para contemplar a vista, a vastidão do céu e aquelas árvores majestosas. Mais tarde escureceu e eu me maravilhei com o céu todo iluminado pela lua e pelas estrelas. A minha mente do Brooklyn estava começando a relaxar.

No dia seguinte, Rob e eu caminhamos por mais de 12 quilômetros até um lago e simplesmente mergulhamos. E eu me vi cara a cara com uma sequoia gigantesca. A árvore tinha dois mil anos. Eu senti a sua alma poderosa e comecei a chorar em frente a ela. Eu a abracei, sussurrando uma prece de gratidão, e por um momento o "Eu" desapareceu — aquela máquina de pensar barulhenta. Tudo que restou foi um ser florescendo sem esforço, com os braços estendidos. Nenhum pensamento, nenhum peso, nenhum chão, nenhum corpo, nenhuma mente, nenhum eu. Eu fui tomada por uma citação de Einstein, "A coisa mais bela que podemos vivenciar é o mistério."

Alguma coisa acontece com você, com o seu corpo, sua visão, seus batimentos, com a sua respiração quando você está em meio à natureza. Você sente a sua alma viva e nutrida. Ela pode ver Deus nos guiando. As palavras do Salmo 23 se tornam pessoais: "Leva-me a descansar em verdes pastos, me conduz às águas tranquilas, restaura a minha alma."

Nossos lares nos protegem do calor e do frio, mas eles também nos protegem do deslumbramento e da maravilha. Nós vivemos em um mundo espetacular, mas frequentemente perdemos isso de vista.

Nossas almas precisam que nós reservemos um tempo para sair dos nossos espaços fechados e entrar na casa de Deus, que é iluminada pela lua e pelas estrelas. Nossas almas estão clamando para fujamos das nossas coisas — das nossas possessões e nossos *smartphones* — para ver Deus entre as árvores e a relva.

O rabino Nachman de Breslau, um grande mestre hassídico que viveu no final do século XVI, aconselhou seus seguidores a falar com Deus ao ar livre todos os dias. Ele acreditava que a natureza era o lugar onde a alma poderia ser reanimada. Ele dizia, "Quando uma pessoa volta de uma dessas meditações, frequentemente consegue ver o mundo de uma forma completamente nova. O mundo lhe parecerá completamente novo, como se não fosse o mundo que ela conhecia antes".

Eu brindo vocês com uma prece comovente composta pelo rabino Nachman:

MESTRE DO UNIVERSO,
CONCEDA-ME A CAPACIDADE DE FICAR SÓ;
QUE EU TENHA POR HÁBITO SAIR PARA O AR LIVRE
ENTRE AS ÁRVORES E A RELVA, ENTRE TUDO QUE CRESCE
E QUE LÁ EU FIQUE SOZINHO E POSSA MERGULHAR EM PRECE,
PARA FALAR COM AQUELE A QUEM EU PERTENÇO.

QUE EU POSSA EXPRESSAR TUDO QUE HÁ EM MEU CORAÇÃO,
E QUE A FOLHAGEM DOS CAMPOS,
E TODAS AS RELVAS E ÁRVORES E PLANTAS
QUE TODAS DESPERTEM QUANDO EU CHEGAR,
PARA INFUNDIR O PODER DE SUAS VIDAS
NAS PALAVRAS DE MINHA PRECE
PARA QUE MINHA PRECE E MINHA VOZ SE FAÇAM INTEIRAS
ATRAVÉS DA VIDA E DO ESPÍRITO DE TUDO QUE CRESCE,
POIS SEU MANANCIAL TRANSCENDENTE OS FEZ COMO SÓ UM.

12

ACOLHENDO O SHABAT

REANIMANDO A SUA ALMA COM UM DIA DE DESCANSO

Quando ainda era muito jovem, entendi que meu pai não gostava de seu emprego. Eu o via se arrastando para o trabalho de manhã. Eu podia ver na expressão em seu rosto, nos seus olhos e na sua linguagem corporal. Quando jovem, meu pai sonhava em ser professor, mas a Segunda Guerra Mundial atingiu seu coração e ele se alistou no exército aos dezoito anos. Durante a guerra, meu pai se apaixonou loucamente pela minha mãe. Quando ele voltou para casa, se casou com minha mãe, e então seu pai o encorajou a assumir a sua confecção de roupas. Por que voltar para a faculdade quando ele poderia estar ganhando a vida? Antes que pudesse se dar conta, meu pai estava preso em um trabalho que não nutria a sua alma. Nem todos conseguem seguir a sua vocação e fazer aquilo que amam. Às vezes você acaba fazendo o que precisa fazer.

Mas nas noites de sexta-feira em nossa casa, quando o sol estava se pondo, minha mãe acendia as velas do Shabat e era como se entrássemos em outro mundo. O aroma do frango sendo assado, a mesa lindamente arrumada, a família toda reunida com conversas, bênçãos e amor. Pular da cama na manhã seguinte e ver o meu pai na manhã do Shabat era como acordar para um homem diferente — seu entusiasmo ao se arrumar para a sinagoga, seu dinamismo, a qualidade melódica de sua voz.

"Vamos lá," ele me chamava como se estivesse cantando este convite.

Ver meu pai na sinagoga, cercado por seus amigos todos enrolados em seus *talits*, era testemunhar a nobreza. Quando esses homens fechavam seus olhos e cantavam, eram transportados para outro mundo. De dia, eles eram homens comuns, com empregos comuns, no Shabat eles eram Filhos de Deus, cada um deles o único filho de Deus. E quando chamavam meu pai ao púlpito para que ele cantasse o livro dos Profetas, eu podia ver que ele havia tomado seu lugar de direito na presença de Deus.

Um vislumbre do mundo que está por vir, era o como os rabinos do *Talmude*[12] descreviam o Shabat. Uma pitada de céu na terra.

---

12. NT – um dos livros básicos da religião judaica. Contém a lei oral, a doutrina, a moral e as tradições dos judeus.

O Shabat é um presente que os judeus deram ao mundo. Todos nós precisamos dar um passo atrás para poder ver, precisamos descansar para conseguir continuar nossa escalada. Ahad Ha'am, um famoso ensaísta judeu, certa vez explicou: "Não é tanto que os judeus tenham mantido o Shabat, o Shabat é que manteve os judeus." Onde quer que estivessem, independentemente da situação, o Shabat era um oásis esperando para aliviar suas almas cansadas.

Algumas pessoas veem o Shabat como um dia de proibições — você não pode fazer isso, não pode fazer aquilo. Mas o Shabat na verdade é um dia de permissão. Um dia em que permitimos que nossas almas sonhem novamente. Por quanto tempo podemos continuar correndo, tentando segurar as pontas, oprimidos pelo estresse e a preocupação? Existem tantas coisas ao nosso alcance que nós não conseguimos enxergar.

Você foi convidado para uma viagem com tudo pago para o Paraíso e não precisa ir a parte alguma para chegar lá. Você só precisa descansar.

Como algo tão simples quanto um dia de descanso poderia transporta-lo para a esfera superna? A melhor forma de achar a resposta para esta pergunta é repetir aquilo que a sua mãe lhe disse quando você era criança e se recusava a provar alguma coisa: "Você só vai saber se experimentar."

"Experimentar o quê?" Henry me perguntou. Henry fundou uma empresa *startup* na internet e ela estava crescendo. Ele estava ganhando mais dinheiro do que poderia sonhar. Ele tinha trinta e seis anos, um casamento feliz e um filho adorável e cheio de energia. "Mas alguma coisa está faltando," Henry me disse. "Rabina, eu não posso reclamar. Me sinto como se tivesse tirado a sorte grande — saúde, amor, família, sucesso... mas me sinto vazio."

Eu perguntei a Henry, "Você poderia descrever esse vazio?"

Henry disse, "É como se fosse uma sensação incômoda, como se tivesse esquecido alguma coisa, mas não sei o que."

Enquanto conversávamos mais, Henry admitiu que em casa ele estava quase sempre distraído. Brincar com seu filho significava responder mensagens no celular enquanto o seu filho brincava por conta própria. Passar tempo com sua esposa era basicamente o mesmo. Ele disse que os dois tinham criado o hábito de ir para cama com seus iPads, o que não era exatamente um grande afrodisíaco. Henry corou e disse, "Acho que faz mais ou menos seis meses que não transamos."

Eu disse para Henry, "Talvez o que você tenha esquecido seja a sua alma e a conexão dela com as pessoas que você ama."

Henry disse, "Mas, Rabina, eu tenho tudo que sempre sonhei."

"Henry," eu disse, "talvez a sua alma tenha outros sonhos." Foi então que sugeri a Henry que ele fizesse uma experiência com o Shabat. E eu pude ver a hesitação em seu rosto.

Eu disse, "Você veio aqui pedir a minha ajuda, e essa é a minha sugestão: tente vivenciar um dia de Shabat." Henry e eu conversamos sobre como desligar a sua mente do trabalho por um dia. Falamos sobre toda a família se desplugar dos eletrônicos e da TV. Falamos sobre acender as velas de Shabat como uma forma de acolher um momento sagrado e uma refeição festiva em casa. Também falamos sobre não usar esse dia para fazer compras ou botar as tarefas em dia, mas estar presente para a sua vida, seus amigos, sua família e para a natureza. Eu disse, "Comece com a noite de sexta-feira. Tente fazer só na noite de sexta-feira. Não se preocupe com Shabat inteiro."

Henry se levantou para ir embora e eu pude ver que ele estava ponderando se havia sido um erro me procurar. Ele não esperava receber um dever de casa, ele já tinha muito que fazer. Eu passei um tempo sem ter notícias do Henry e me perguntei se ele dera uma chance para o Shabat.

Passaram-se muitas semanas e Henry voltou. Havia algo mais leve a seu respeito, uma tranquilidade. Ele estava rindo. "Pode acreditar que nós experimentamos."

"E como foi?" eu perguntei.

"Na primeira noite de sexta-feira eu fiquei o tempo todo pegando o meu telefone, então eu finalmente o desliguei. Mas, rabina, parecia que tinham amputado um membro meu. Eu ficava ouvindo o telefone e procurando ele."

"E?"

Ele disse, "Eu não sei como lhe agradecer. Pela primeira vez, me sinto como um pai de verdade. Acho que antes eu estava só fingindo. Eu amo brincar com o Jake e ler livros com ele enquanto olho em seus olhos." A voz de Henry ficou embargada. "Ele é tão especial, e eu não o estava deixando entrar." Ele continuou, "E a minha esposa e eu encerramos nossos seis meses de seca. Agora vamos para a cama sem eletrônicos. Eu vou para a cama com ela em meus braços".

"Uau," eu disse, "você aprende rápido."

"O estranho é que separar a noite de sexta para o Shabat está afetando todos os dias da semana," Henry disse. A sensação incômoda sumiu. Me sinto rico."

"Você *é* rico," eu disse.

Você pode achar que é muito fácil tomar a decisão de botar a sua lista de afazeres de lado para dar uma espiada no paraíso. Mas para a maioria de nós, a ideia de se desconectar de nossos *smartphones* por uma hora soa como uma forma de tortura. A tecnologia exerce uma força tão grande sobre nós que está lentamente sugando toda a vitalidade de nossas almas — sugando nossa felicidade, intimidade, nossa capacidade de nos deslumbrar e de sermos criativos também. Como podemos nos sentir intensamente vivos quando nossas almas estão esgotadas? Hoje em dia, mais do que em qualquer tempo na história da humanidade, a alma precisa que nós vivamos o Shabat.

Eu não disse que a sua alma precisa que você *observe* o Shabat, eu disse que a sua alma precisa que você *viva* o shabat. Se o Shabat é um vislumbre do paraíso, então é mais do que apenas um momento no tempo — também é um lugar para onde você pode ir e receber aquilo nossas almas mais querem. O Shabat chega e somos convidados a adentrar em sua atmosfera.

Que tipo de lugar é o Shabat? Como você o descreveria? Eu imagino o Shabat como os dias de neve da minha infância. Acordar e espreitar para fora e me deparar com um novo mundo recoberto pelo mais puro branco. Todas as coisas familiares pareciam novas, encharcadas de luz. Todos os ritmos da vida se transformavam e todos estavam livres para brincar naquele dia. Imagine o Shabat como qualquer lugar que já tenha te acalmado e ajudado a respirar mais profundamente, um lugar que o encheu de deslumbramento.

Não importa qual a sua fé, imagine como seria ter um dia de cada semana reservado para o romance, para a família, para a comunidade, para o aprendizado e a prece. Um dia sensual, de prazer físico, de boa comida, natureza e canções. Um dia para receber a presença de Deus no nosso mundo. O Shabat nos ensina como retomar o controle de nossas vidas, como equilibrar o trabalho e a família, a prosa e a poesia, o ego e a alma. No Shabat, o presente dá lugar ao eterno. O tempo nos liberta de seu estranho feitiço. Não permitimos que o relógio nos controle. Paramos de correr e de nos estressar.

Assim como o Henry descobriu, a mágica do Shabat transborda para todos os outros dias — os que ficaram para trás e os que ainda virão. "Meu cálice transborda." O Shabat é a alma da semana. Os dias que o precedem são de expectativa e ávida antecipação, e os dias depois dele são banhados pelo seu brilho, como o céu rajado de púrpuras e vermelhos quando o sol se põe.

Os místicos judeus levaram a ideia do Shabat ainda mais longe. Para eles, o Shabat era mais do que um dia e um lugar. No pensamento místico, o Shabat está vivo. Os místicos ensinavam que no Shabat a presença espiritual de uma rainha sagrada, a chamada Noiva do Shabat, descia do Mundo

Superior para morar entre nós por um dia de cada semana. A Noiva chega para curar os corações e reabastecer as almas abatidas.

Você sente a sensação incômoda de que esqueceu alguma coisa mas não consegue lembrar-se do que? A Noiva do Shabat está aqui, pronta para revelar sua sabedoria secreta, sussurrando o seu nome. Sua missão é aprender a recebê-la. Treinar os seus olhos para vê-la em seu resplendor, coberta de branco, como se você despertasse e visse neve fresca cobrindo todo o mundo, transformando todas as coisas familiares em coisas novas, encharcadas de luz.

QUE TODOS OS SEUS DIAS BRILHEM SOB ESTA LUZ.

MEDITAÇÃO, MÚSICA, comida, prece, aprendizado, natureza, descanso. Encontre os caminhos preferidos da sua alma e os percorra regularmente até que você comece a perceber que as coisas estão mudando dentro de você e ao seu redor. Não tenha pressa, deixe que o caminho o guie até uma calma mais profunda, uma sensação de deslumbramento, uma compreensão. Pode ser que logo você comece a ver um campo maior com mais perspectivas e menos medos bloqueando o seu caminho. Essa é a visão da sua alma. Acolha ela.

E QUE VOCÊ ACEITE A VIAGEM QUE ESTÁ PRESTES A SE DESENROLAR.

ACESSANDO A VISÃO AMPLA DA ALMA

"Uma espécie de ilusão de ótica da sua consciência."

— DA CARTA DE EINSTEIN AO RABINO MARCUS

Alimente e revitalize a sua alma e em troca ela começará a revitalizá-lo. Ao começar a usar a Força Vital, a primeira mudança discreta que você talvez note seja no campo da visão. Aquilo que os seus olhos enxergam é apenas uma parte da verdade. Diariamente, nossos olhos nos enganam e nos desviam do caminho certo. Mas a alma nos oferece a sua visão ampla, uma percepção do todo que temos dificuldades em enxergar. Logo poderemos começar a ver o todo, ver que aqueles fios aleatórios na verdade estão entrelaçados em uma única trama majestosa.

13

RECUANDO PARA VER MAIS LONGE

Há alguns anos, no verão de 2012, eu recebi uma multa. Eu estava correndo para uma reunião quando olhei para trás e vi um policial piscando sua sirene para mim. Eu encostei e ele veio até a minha janela com um ar jovial. Ele disse, "A senhora acaba de fazer um rolamento californiano perfeito." Ele acrescentou, "Eu estou acompanhando as Olimpíadas e se eu tivesse que julgar a execução desse rolamento, eu daria nota dez. Mas em vez de uma medalha, eu vou lhe dar uma multa."
Eu disse, "Eu achei que tinha parado na placa. Será que você poderia me descrever o rolamento californiano?"
"Quando você diminui na placa de pare, mas não para, só continua rolando pra frente — isso é um rolamento californiano."
"Mas eu sou do Brooklyn," eu disse com um sorriso.
Ele disse, "Então vamos chamar de Rosca do Brooklyn."
Eu perguntei para ele, "Para futura referência, como eu posso saber se fiquei parada por tempo o bastante?"
Ele disse, "Freie e conte até três. Diga para si mesma: um, dois, três e você deve sentir seu corpo sendo puxado para trás. Se você não sentir esse puxão para trás, você não parou de verdade."
Eu agradeci ao policial pela sua dica de direção, peguei a minha multa e segui em frente, contando um, dois, três em cada placa de pare. Depois de algumas semanas, me inscrevi em um curso de autoescola online. Eu fiz os testes, passei na prova final e me dei por satisfeita.
Um pouco depois nesta mesma semana, uma jovem chamada Maya veio me ver. Ela era bonita, tinha vinte e três anos e estava confusa. Ela disse, "Rabina, eu não sei o que estou fazendo com a minha vida. Socorro!"
Antes que pudesse abrir minha boca para fazer algumas perguntas, ela disse, "Me ajude. Só diga o que devo fazer."
Maya explicou para mim que ela sempre tivera esse grande plano de se mudar para Nova Iorque e tentar se dar bem na Broadway. Ela disse que estava tendo dificuldades em investir suas energias na sua vida em Los Angeles. Quando perguntei a Maya se ela estava envolvida com a cena de teatro

local, ela me disse que não. Ela disse que estava tão focada no seu grande plano que tinha dificuldades em se comprometer com a sua vida atual.

"Eu agora estou trabalhando em uma loja de roupas", ela disse, "mas não consigo me imaginar fazendo isso pelo resto da minha vida, porque eu quero me mudar para Nova Iorque. E... Eu estou saindo com um cara que é legal, mas não consigo me imaginar com ele pelo resto da minha vida porque ele disse que não tem nenhuma vontade de se mudar comigo para Nova Iorque. E... Eu gosto de Los Angeles, mas não consigo me imaginar aqui pelo resto da minha vida porque um dia eu vou me mudar para Nova Iorque."

De repente, me veio à mente uma pergunta da prova da autoescola. Eu falei de repente, "Maya, você sabe qual distância à sua frente você deve observar quando está dirigindo? Meio quarteirão, dois quarteirões, quatro quarteirões ou até o final da pista?"

Ela olhou para mim como se eu estivesse completamente louca. "Rabina, existe algum motivo para você está fazendo um exame de direção comigo?"

"A resposta é dois quarteirões", eu disse a ela. "Só dois quarteirões! Maya, você não precisa decidir o resto da sua vida hoje. Ao invés disso, só se preocupe com os próximos dois quarteirões."

"Você ficaria feliz no seu trabalho pelos próximos dois meses? Você ficaria feliz com o seu namorado pelos próximos dois meses? Você ficaria feliz em Los Angeles pelos próximos dois meses? Até lá, se você realmente está falando sério sobre ser atriz, por que não começa a fazer testes para peças em Los Angeles?"

Os olhos de Maya se encheram de lágrimas. Ela começou inspirar lenta e profundamente. Seu corpo inteiro pareceu relaxar. "Dois quarteirões," ela disse. "Sim, eu consigo dar conta de dois quarteirões. Dois quarteirões não é difícil."

Quando Maya foi embora, eu percebi como nós frequentemente sofremos porque não conseguimos ver além dos nossos próprios para-brisas. Estamos tão mergulhados em confusão, dúvida e medo que não conseguimos ver para onde virar ou para onde ir. Não conseguimos nem ver o caminho bem à nossa frente quando tudo que precisamos fazer é dar aquele primeiro passo e começar de alguma forma.

Às vezes ficamos olhando para o retrovisor em vez de olhar para a estrada adiante. Ficamos olhando de relance para trás, remoendo acontecimentos que não podem ser alterados. Não é à toa que estamos sempre batendo em algo. E às vezes, como aconteceu com Maya, ficamos tão focados no fim da pista, ou em algum plano que o ego traçou para nós, que nem temos tempo de perguntar para nós mesmo se ainda queremos mesmo ir para onde estamos indo. Muito tempo se passou desde que colocamos um destino no GPS e agora perdemos totalmente nossa visão periférica, com o pé no acelerador, sem tempo para curtir a paisagem, sem nem pensar em mudar de direção.

Mas a alma tem um sistema de navegação extraordinário. Ele vê o passado, o presente e o futuro simultaneamente. Como os antigos rabinos ensinavam, a alma enxerga de um lado do mundo até o outro. Ela está no fuso horário de Deus. Dentro de nós existe uma consciência que é sensível e está aberta para o presente mesmo estando viva no passado e no futuro. Nossos egos, entretanto, podem ficar tão presos a um plano que deixamos de ver a mágica que nos cerca. Nós deixamos de enxergar as brechas que podem mudar nossas vidas se nós permitirmos.

Todos nós já vivenciamos essa obsessão com um objetivo. Quando você ficou tão apegado a algum plano que traçou que não conseguia se desviar dele, mesmo que o estivesse prejudicando. Mesmo que ele estivesse prejudicando as pessoas que você ama?

Há pouco tempo eu estava aconselhando um sujeito na casa dos quarenta que me disse, "Rabina, eu não tenho arrependimentos no passado, mas o futuro me enche de arrependimento." Eu estava tentando entender o que ele estava me dizendo. Como você pode se arrepender de alguma coisa que ainda não aconteceu? E então eu entendi: você pode ver como as coisas estão se encaminhando, ver os planos que traçou, o impulso que você já tomou. Você já pode ver. Você vê os dias e os anos à frente, o quanto se sente preso, o quanto tudo parece em vão. As decisões que você tomou e os erros que cometeu parecem se esticar pelo longo e resoluto caminho adiante.

O maior pecado que podemos cometer contra nosso futuro é perder a esperança. Não precisamos nos arrepender do futuro pois o futuro não é fixo. Não estamos fadados a ir para lugar nenhum. Não precisamos ser escravos dos planos do ego. Podemos dar meia volta. Você está livre para reescrever a história da sua vida. Você pode consertar o que está quebrado. Você não é impotente nem está perdido. Você pode voltar para o início. Você pode começar de novo.

Todos os dias Deus clama para nós, "Há esperança no seu futuro!" Você pode ter ficado preso em um comportamento destrutivo, mas não está fadado a ficar preso. Você tem o poder de mudar a trajetória da sua vida.

Qual o antídoto para a falta de visão periférica do ego?

A resposta é ridiculamente simples, mas difícil de por em prática.

Se continuarmos a fazer rolamentos californianos, sem nunca realmente parar para olhar em volta e reagir ao nosso ambiente, iremos bater mais cedo ou mais tarde. O conselho do policial — parar e contar um, dois, três e sentir o seu corpo ser puxado para trás — é exatamente o que os judeus fazem quando rezam a Amidá, a Meditação Silenciosa de Pé. A tradição é parar e dar três passos para trás antes de começar a prece. Por quê? Nós imaginamos nossas almas saindo deste espaço e entrando em um espaço sagrado. E de repente estamos na presença de Deus.

Quando você diminui a velocidade, desapega-se dos seus planos por tempo o bastante para ver mais perspectivas, o que vem à tona? A revelação.

Como sabemos, muito do que chamamos de sorte tem a ver com planejamento e flexibilidade. Planejar, depois dar três passos para trás para relaxar, refletir e estar consciente. Existem diversas descobertas e tratamentos que salvaram vidas que surgiram quando os planos mudaram, quando houve um incêndio, e alguém continuou flexível e consciente.

Quando nos damos a oportunidade de dar um passo atrás, abrimos um espaço dentro de nós para respostas que jamais imaginaríamos receber. Pode ser um passeio pela floresta ou uma tarde no museu ou até mesmo um banho de espuma morno. Cada um de nós tem o seu jeito de abrandar o foco fixo da mente, criando o espaço que a alma precisa para se expressar e se revelar.

Em dezembro eu fui ao Museu do Grammy no centro de Los Angeles. Enquanto caminhava olhando para recordações do rock and roll, encontrei um pedaço de papel gasto e amassado emoldurado na parede. Nele havia desenhos e palavras rasuradas. Uma anotação feita à mão lia: "L.D. feels like the ice is slowly melting. L.D. feels like years since it's been clear."[13]

Mas embaixo se lia: "H.C.T.S — H.C.T.S (and I say) it's alright"[14]. Havia um simples desenho de um sol com um sorriso. Caso você ainda não tenha entendido, aquilo era a letra de "Here Comes the Sun" dos Beatles.

Naquele dia eu aprendi como essa canção icônica veio ao mundo. George Harrison disse que ser um dos Beatles havia perdido a graça, eram só negócios e "assine isso" e "assine aquilo". Então, certo dia, no início da primavera após um longo inverno britânico, George decidiu fugir um pouquinho dos estúdios da Apple. Ele disse que sentiu um alívio tão grande em estar longe daqueles "contadores estúpidos". Ele foi para a casa de Eric

---

13. NT – "Querida, parece que o gelo está derretendo devagar. Querida, parece que faz anos desde que o céu esteve limpo."
14. NT – "Lá vem o sol. Lá vem o sol (e eu digo) está tudo bem".

Clapton e começou a andar sozinho com seu violão pelo jardim, e então pegou um pedaço de papel e assim surgiu "HCTS."

Inspiração, revelação — tudo é possível quando temos visão periférica e deixamos espaço para as surpresas.

Às vezes a vida destrói os seus planos e o força a repensar tudo. Em sua deslumbrante autobiografia, Em Busca de Sentido, Victor Frankl escreveu que quando ele chegou a Auschwitz, estava escondendo as páginas de um manuscrito acadêmico que ele havia escrito dentro do bolso do seu casaco. Nos seus primeiros dias de Auschwitz, ele viu pessoas que acreditavam que conseguiriam ficar com um anel precioso, um objeto de valor sentimental. É claro, tudo era em vão. Então ele foi até um homem que obviamente já estava em Auschwitz há um tempo e disse "Olha, este é o manuscrito de um livro acadêmico. Eu sei o que você vai dizer, que eu terei sorte se sair daqui vivo... Mas eu não consigo me controlar. Eu preciso conservar esse manuscrito, custe o que custar, ele contém a grande obra da minha vida."

O homem apenas riu dele, zombando. Ele pronunciou apenas duas palavras: "Que merda!"

Como quem diz: Aqui nada tem valor, você acha que esse monte de papel tem importância? É claro que o manuscrito foi destruído e Frankl entrou em um luto profundo por causa disso. Ele ficou devastado porque não deixaria nada, não transmitiria um legado. Será que a vida dele tivera algum sentido?

Mas logo ele recebeu uma resposta para o sentido da vida. Um dia, alguns meses depois, em Auschwitz, Frankl recebeu ordens para entregar suas roupas, e recebeu os farrapos de um homem martirizado que fora mandado para a câmara de gás. Frankl botou o sobretudo do homem e lá no bolso, no mesmo lugar onde ele havia escondido seu manuscrito acadêmico, ele viu que o falecido havia escondido uma única página.

Ele a puxou. Era uma página arrancada de um livro de preces judaico, as palavras do Shemá: "Ouve, Israel, o Senhor é nosso Deus, o Senhor é Um." Frankl escreveu: "Como eu poderia interpretar tamanha 'coincidência' se não como um desafio para que eu vivesse os meus pensamentos em vez de simplesmente colocá-los no papel?" Frankl percebeu que a grande obrade sua vida não era o manuscrito, era aprender a viver cada dia com significado, mesmo nas condições mais desumanas.

Após ser libertado, Frankl conseguiu reconstruir seu trabalho acadêmico perdido a partir da sua memória. Mas, no final das contas, aquela não era sua obra prima. Seu sucesso mais incrível e definitivo foi o livro que escreveu sobre a capacidade humana de encontrar significado e propósito até no inferno.

Quando aprendemos a dar três passos para trás, podemos ser surpreendidos por uma descoberta. Nós temos o poder de abrir espaço para algo real, algo honesto e urgente. Nós temos o poder de abrir espaço para acolher uma bênção inesperada.

Valorize aqueles momentos em que a alma irrompe através das suas defesas e sussurra no seu ouvido: "Abra espaço para novas visões e para uma nova inspiração, pois elas vêm aí!"

Sim, eu realmente acredito que coisas incríveis vêm aí, doces bênçãos. Todos os dias os portões para as novas possibilidades se abrem à nossa frente. E nosso desafio é enxergar essas possibilidades e aproveitá-las.

Quando adotamos a prática de dar três passos atrás, podemos muito bem acabar em um novo lugar. Pode ser que vejamos nossas almas em frente a nós, cheias de força e sabedoria, prontas para nos mostrar o caminho para uma vida cheia de significado e para a realização do nosso propósito divino.

E a pergunta é: será que você está pronto seguir firme no caminho da sua alma?

> SE A IDEIA DE DESAPEGAR-SE DOS SEUS PLANOS LIMITADOS
> O ASSUSTA, SE VOCÊ TEM MEDO DE DAR UM PASSO ATRÁS E
> OLHAR AO REDOR ATÉ RECOBRAR SUA VISÃO PERIFÉRICA,
> SE DAR A MÃO PARA A SUA ALMA E PERMITIR QUE ELA O GUIE
> O PREOCUPA, IMAGINE QUE DEUS ESTÁ DIZENDO, NAS PALAVRAS
> DE GEORGE HARRISON, "ESTÁ TUDO BEM."

14

INDO ALÉM DOS PENSAMENTOS LIMITADOS

FALTAVA UMA SEMANA para o casamento de Beth e Eric. Eles se sentaram no sofá do meu escritório olhando para mim e eles mal conseguiam olhar um para o outro. "Qual o problema?" eu perguntei. Silêncio. Eu esperei e então Beth começou a soluçar, "Ele quer usar um tênis vermelho de cano alto com o *smoking*. Ele está debochando do nosso casamento." Então Eric desabafou, "E as toalhas de mesa! Toalhas de mesa, toalhas de mesa. Não aguento mais ouvir falar das toalhas de mesa. A Beth quer rosa, a minha mãe quer azul e eu fico preso no meio desta briga." Eu sorri, sentada de frente para Beth e Eric. Não era exatamente a primeira vez que via um casal ficar preso nos detalhes de um dia em vez de planejar uma vida.

Se outra pessoa visse aqueles dois se digladiando, acharia melhor cancelar o casamento antes que fosse tarde demais.

Mas eu não estava nem um pouco preocupada. Eu olhei para eles lá, sentados, todos rígidos e zangados. Eu sabia como desarmar aquela bomba. Eu teria que gentilmente conduzi-los daquele lugar mesquinho até um estado de gratidão e generosidade.

Um dos meus versículos favoritos do livro dos Salmos é, "Invoquei o Senhor na minha limitação, o Senhor me ouviu, e me tirou para um lugar largo." Eu amo esse verso, eu o canto para mim mesma o tempo todo, eu o uso como um mantra quando medito. Para mim ele significa que buscamos Deus carregados com os fardos da mente, do corpo e do ego, com todas as pressões que vida exerce sobre nós. E a dádiva que Deus nos dá é a capacidade de vivenciar a amplidão de nossas próprias almas, um sopro, uma abertura.

Todos nós temos o poder de fazer isto — de ir da constrição para a vastidão.

Pode ser que algo aconteça com você, uma tragédia ou uma derrota, ou talvez alguém tenha lhe feito mal. Infelizmente nós muitas vezes esquecemos que existe uma vastidão entre o acontecimento doloroso e a forma como você reage a ele. Você pode reagir impulsivamente e ficar deprimido, enciumado, zangado, magoado ou desesperado. Você pode dizer e fazer coisas das quais se arrependerá. Ou você pode penetrar neste lugar vasto e encontrar reações mais positivas e comedidas para aquela situação dolorosa.

A alma é a força que vive naquela vastidão, assim como é a presença que observa nossas mentes tagarelas quando meditamos. A sua compreensão dos acontecimentos que vivenciamos é muito mais aberta e consciente do que a resposta precipitada do ego.

Se passarmos mais tempo na vastidão de nossa alma, veremos que temos mais opções em relação a como reagimos à vida.

Quando você conseguir entrar na vastidão da alma com mais facilidade, você será mais gentil com as pessoas ao seu redor. Você vai respirar antes de dizer algo de que se arrependerá. Você vai reagir de outra forma — mesmo quando o tiverem incomodado ou discutindo com você.

Afinal, o que aconteceu com a Beth e o Eric, o casal que estava brigando e buscou meus conselhos faltando só uma semana para o casamento? O que eu disse para eles quando parecia que tinham esquecido como amar? Eu disse, "Escutem, nós podemos falar sobre os tênis daqui a pouco. Mas primeiro eu preciso saber mais sobre vocês. Como foi que se conheceram?"

Com esta única pergunta, eles conseguiram passar do problema limitado em questão e apreciar a amplitude e a profundidade da conexão que eles tinham.

Primeiro não houve nada além de silêncio. Depois o Eric falou. "Eu estava no Urth Caffé e os meus olhos pousaram nessa linda criatura, lá, sentada, bebendo café e lendo um livro. Eu pensei comigo mesmo: se conseguisse reunir coragem para falar com ela e ela sorrisse para mim, eu seria o sujeito mais sortudo do mundo."

Beth riu e disse para mim, "Então ele se aproximou e sorriu para mim e tinha um naco de comida gigante preso entre os seus dois dentes da frente."

Agora os dois começaram a rir e de repente a Beth viu que os tênis vermelhos de cano alto até que combinavam com a esquisitice do Eric, e que o casamento não estaria perdido se ele os usasse. Na verdade, isso poderia dar um toque afetivo, um tempero.

Depois Eric pediu desculpas por não ter apoiado a Beth na escolha das toalhas de mesa, e admitiu que sua mãe tinha péssimo gosto. Ele disse, "Eu sei que você quer que tudo fique lindo. E eu admiro muito a forma como você se esforça para criar algo especial."

Pouco depois suas risadas se misturaram com lágrimas e seus corações amoleceram.

Você sabe como a história da Beth e do Eric termina. Ela não termina! Quinze anos se passaram. Eles têm um casamento feliz, dois meninos e uma menina.

"Invoquei o Senhor na minha limitação, o Senhor me ouviu, e me tirou para um lugar largo."

A verdade é que a maioria das nossas discussões gira em torno de coisas banais. Mas deixamos que elas cresçam e se consolidem e, se não tivermos cuidado, elas assumem o comando. Confie na vastidão da alma e você pode muito bem começar a ver a riqueza das pessoas, o que elas significam para você, as suas melhores qualidades.

A mente limitada só enxerga o que está na sua frente. A visão ampla da alma vê as respostas para os problemas que sempre nos importunaram. A vastidão da alma é a revelação, a profecia, aquele momento em que a lâmpada acende, tudo fica claro e o caminho que antes se escondia se mostra livre para nós.

Foi isso que aconteceu com Agar na Bíblia. Ela e seu filho, Ismael, são expulsos e vagam sozinhos pelo deserto até ficarem sem água. Ela está certa de que seu filho irá morrer, então o põe ao lado de um arbusto, pois não suportaria ver o seu bebê perecer. E a Bíblia diz, "Então Deus abriu-lhe os olhos, e ela viu um poço."

Este foi o milagre! Não foi o poço, mas os olhos que viram aquilo que sempre esteve lá.

Neste lugar limitado, partimos do princípio de que não temos nenhuma opção. Com os olhos da alma, percebemos que temos muitas escolhas.

O mesmo vale para nossas preces. Às vezes, em nossa limitação, nós rezamos por migalhas: "Deus, se ao menos eu tivesse um pouquinho mais disto." Mas imagine se pudéssemos ter uma visão maior das possibilidades. Isaías nos ensina, "Erga os olhos e olhe ao redor." Veja o mundo que precisa de você. Veja as suas bênçãos. Veja o seu potencial para causar impacto. "Então verás e serás iluminado." Quando você enxerga com os olhos da alma, você começa a influenciar o mundo ao seu redor.

Ter uma visão ampla significa que você vai reparar todos os relacionamentos e consertar todos os problemas? Não.

Na verdade, é a visão ampla da alma que te desperta e te mostra que o problema *existe*, ou mesmo que está na hora de se afastar. Que você já tolerou coisas demais por tempo demais, que está tudo acabado. Seja um trabalho ou um relacionamento. Que você passou tempo demais acomodado. Que já ficou muito tempo se enganando e fingindo, que é chegada a hora de encarar a verdade com os olhos e o coração abertos, pronto para abraçar uma nova esperança e novas bênçãos.

Não é fácil percorrer o caminho que leva da limitação até a vastidão. Mas todos nós queremos acordar quando estamos perambulando em um estupor. Queremos derrubar as barreiras do caminho para uma vida plena.

Existem algumas medidas que você pode tomar para ampliar a sua perspectiva e enxergar com os olhos da alma. Dê um passo adiante rumo à vastidão da alma e isso pode gerar uma reação em cadeia.

Isso começa com a respiração. Separe um tempo para se acalmar. Concentre-se em respirar de forma constante, lenta, uniforme. Feche os seus olhos. Comece a repetir para si o verso "Invoquei o Senhor na minha limitação, o Senhor me ouviu, e me tirou para um lugar largo." Quando você deixa que mais ar penetre no seu sistema, quando abre espaço para o ponto de vista da sua alma, ele talvez adentre as suas emoções, fazendo com que suas reações não sejam mais automáticas. Talvez os seu reflexo natural seja ficar com raiva ou na defensiva. Ao invés disso, talvez você note que *Poxa, eu não estou com raiva. Na verdade, estou magoado.*

Quando suas emoções começarem a se abrir, seus sentidos também se abrirão — você começará a enxergar o mundo pela perspectiva da alma. Isso talvez passe para os seus olhos e logo você verá coisas que jamais havia notado. E talvez isso afete os seus ouvidos, e você ouvirá coisas que jamais havia escutado. E não vai demorar até que isso passe para os seus pensamentos, e você começará a examinar os problemas por novos ângulos, com uma nova criatividade e uma nova percepção.

E talvez isso depois passe para os seus membros — seus braços e pernas. E você vai começar a se abrir e acolher e ajudar as pessoas ao invés de competir com elas. E você começará a influenciar as pessoas de novas maneiras e terá uma nova compreensão sobre elas.

Eu torço para que você veja que a vastidão da alma é o caminho para uma mudança verdadeira e definitiva. Maimônides, o grande filósofo judeu, em seu *As Leis do Arrependimento* nos ensinou que a verdadeira mudança não ocorre quando você diz que sente muito e pede o perdão de alguém que você magoou. Ela também não ocorre quando você faz as pazes com alguém. Você não ganha a confiança de alguém se desculpando, mas mudando. E a mudança só está completa quando você encara as mesmas circunstâncias que geraram o seu mau comportamento, mas desta vez faz outra escolha. A mesma situação, mas dessa vez você pensa e reflete. Você fica quieto com a sua alma e escolhe um novo caminho.

Então você saberá que mudou. Então você saberá que é uma pessoa diferente. Nós podemos conquistar esta versão de nós mesmos mais vasta e cheia de alma. Não é um milagre, nem um mistério. É apenas a nossa disposição em ver e agir a partir de um lugar vasto. "Invoquei o Senhor na minha limitação, o Senhor me ouviu, e me tirou para um lugar largo." Sim.

QUE VOCÊ SAIA DA SUA VISÃO LIMITADA,
SUAS DISCUSSÕES E RESSENTIMENTOS LIMITADOS.

QUE VOCÊ ENTRE NO LUGAR ONDE A SUA ALMA VIVE
E REAJA COM AMPLIDÃO A TUDO AQUILO QUE VIER
AO SEU ENCONTRO.

QUE VOCÊ PERDOE, CONSERTE, ABRANDE, VEJA.

QUE VOCÊ SE ABRA. A DÁDIVA DA VASTIDÃO É SUA,
CASO VOCÊ A QUEIRA. ELA JÁ MORA DENTRO DE VOCÊ.

QUE DEUS O ACOMPANHE.

E QUE VOCÊ SEJA UM INSTRUMENTO PARA
O TRABALHO DE DEUS, AGORA E SEMPRE. AMÉM.

15
ENXERGANDO ATRAVÉS DAS "VERDADES" QUE CRIAMOS

NA NOITE DE QUINTA-FEIRA de 4 de junho de 2015, eu estava sentada ao lado de meus sogros (os chamamos de Vovó e Vovô) assistindo ao discurso que meu marido, Rob, fez na cerimônia de formatura dos alunos do último ano da Daniel Pearl High School. Rob falou sobre a curiosidade dos jornalistas, sobre ver uma história por todos os ângulos e nunca se deixar enganar pelas aparências.

Nós estávamos tão orgulhosos dele.

Depois, nós quatro saímos para jantar e então Rob e eu fomos de carro para casa.

Quando estávamos nos aproximando de nossa casa, eu lembrei o Rob, "Meu bem, por favor não estacione atrás do meu carro, eu tenho que sair cedo para estudar a Torá, então não prenda o meu carro."

"Sem problema," ele disse. Então nós estacionamos na rua e fomos para a cama.

Na manhã seguinte eu estava saindo às 7:15 para estudar a Torá. Eu olhei... e meu carro não estava na entrada. Eu comecei andar sem rumo pelo quarteirão me perguntando, Cadê o meu carro? Para aonde ele foi? Um carro não pode simplesmente sumir.

Eu liguei para o celular do Rob e perguntei, "Você mexeu o meu carro?"

"Não," ele disse, "Eu não toquei no seu carro."

E foi então que nossa ficha caiu, "Meu Deus, roubaram o carro."

Rob disse, "É melhor você ligar para a polícia."

Eu estava me preparando para uma celebração com a Nashuva naquela noite, e tudo que eu queria fazer era ter um dia de estudo, paz e reflexão, mas parece que Deus tinha outros planos. Então eu liguei para a polícia para relatar o roubo do meu carro. O policial disse, "Bem, qual o número do chassi?"

Eu disse, "Eu não sei, está dentro do carro."

E naquele momento eu soube que teria um longo dia pela frente.

Algum tempo depois, de tarde, eu mergulhei na meditação e consegui me acalmar. Eu me confortei dizendo que era só um bem material. Eu era grata pela saúde e a segurança da minha família. Felizmente, eu tinha seguro, e eu conseguiria um carro emprestado da seguradora até tudo se resolver.

Naquela noite eu estava conduzindo a celebração com a Nashuva e fiz um sermão falando sobre meu carro roubado e a sensação de violação. Eu citei um famoso ditado ídiche, "O homem planeja, Deus ri."
No dia seguinte, Rob avisou aos nossos vizinhos que eles deveriam ficar alertas. Eu comecei a me sentir insegura em nossa casa. Rob ligou para uma companhia de segurança para saber em quanto tempo eles poderiam instalar um alarme. Ele foi comprar holofotes com sensores de movimento. Eu comecei a consultar construtoras para orçar uma cerca de 2 metros ao redor do nosso terreno.

Comecei imaginar o meu carro repleto de seringas com heroína e frascos com crack. Eu imaginei o meu carro sendo destruído e desmontado. Na semana seguinte eu comecei a pensar no que havia dentro do carro. *O que foi que eu perdi?*

Eu percebi que no carro havia sermões escritos à mão que estavam perdidos para sempre porque não foram salvos no computador. E todas as cartas dos meus alunos do curso de meditação estavam no carro. No final do curso, sempre peço que meus alunos escrevam uma carta para eles mesmos sobre o que eles estão aprendendo com as suas meditações. Eu estava prestes a enviar aquelas cartas.

A única carta de meditação que não estava no meu carro era a que eu havia escrito para mim mesma: "Eu realmente estou aprendendo a me conectar mais com a minha alma, a ver e escutar e viver no presente."

Três semanas se passaram. Eu ainda me sentia violada, ainda me sentia insegura em minha casa. Eu lamentava a perda das coisas que estavam dentro do carro e que eu jamais veria. Eu imaginava os frascos de crack e as seringas de heroína. E eu me pegava procurando por meu carro em todos os lugares aonde eu ia. Todas as vezes que eu passava por um Prius azul, eu parava para olhar a placa e ver se não era o meu.

Em 25 de Junho, uma quinta-feira, o corretor de seguros ligou para dizer que o processo estava no fim e eu logo deveria receber a indenização.

Naquele mesmo dia, recebi uma ligação da minha sobrinha, Sari, que havia acabado de se mudar para um apartamento em um bairro meio abandonado no leste de Los Angeles, perto do centro.

Ela disse, "Tia Nomi, você sabe qual era a placa do seu Prius? Era 8CXC874?"

"Sim, essa é a placa. Sari, você está vendo o meu carro?"

Ela gritou, "Eu encontrei ele!"

"Onde? No seu bairro?"
Sari disse, "Ele está parado na casa da Vovó e do Vovô, no estacionamento para convidados."
Eu fiquei completamente confusa. Será que os ladrões tinham devolvido o meu carro?
E depois a minha ficha caiu — eu devo ter deixado o meu carro na casa da Vovó e do Vovô e depois esqueci completamente disso.
Eu comecei a rir tanto que passei a chorar e urrar em um surto de gargalhadas.
Meu filho, Adi, me ouviu rindo e veio perguntar qual era a graça. Eu contei para ele. Ele disse, "Mãe, eu acabo de ganhar uma licença para fazer coisas idiotas. Eu posso até fazer umas coisas irresponsáveis de vez em quando, mas e você, que perdeu um carro de vinte mil dólares?"
Então Adi e eu dirigimos meu carro emprestado até a casa dos meus sogros. Nós entramos no apartamento deles e todos começaram a rir. Eu ainda não conseguia me lembrar de ter deixado o carro lá, mas de uma coisa eu tinha certeza:
Não foi um ladrão, fui eu. Eu simplesmente parei o meu carro e esqueci completamente disso. Nós começamos a nos lembrar daquele mês, e então a minha ficha caiu. Eu dirigi para a casa da Vovó e do Vovô na noite do discurso do Rob na formatura. Quando ele falou sobre a curiosidade, sobre explorar todos os ângulos de uma história! De lá, nós três seguimos juntos no mesmo carro.
Depois eu fui até o meu carro e olhei para dentro. Ele estava em perfeito estado: sem frascos de crack, sem seringas de heroína, nenhum arranhão. Ele passou três semanas sem ser tocado. E então encontrei todas as cartas dos meus alunos de meditação. Devo admitir que a carta de meditação que escrevi para mim mesma não era lá muito verdadeira. Eu não era muito boa em ver, ouvir e viver o presente.
Depois o Rob chegou em casa. Ele estacionou atrás do meu Prius, entrou em casa e disse, "O que aconteceu?" Ele estava completamente confuso.
Eu disse, "Ele estava no estacionamento para convidados da casa dos seus pais esse tempo todo." E tivemos um novo surto de gargalhadas e lágrimas.
Então é claro que este não era um caso de "O homem planeja e Deus ri", mas um caso de "O homem esquece, Deus ri e depois todo mundo ri." O estranho é que nós dois vimos o meu carro na entrada da nossa garagem naquela noite de quinta-feira em 4 de junho. Nós dois.
Eu já virei a casa de ponta cabeça procurando por um único brinco. Mas eu não passei nem um segundo procurando por meu carro ou tentando

lembrar onde o deixei, pois a narrativa que eu criei era perfeita — Rob e eu vimos o meu carro na entrada da garagem na noite de quinta-feira.

Então Rob ligou para a polícia, porque eu não poderia ficar dirigindo um veículo roubado por aí. Ele discou o número e disse "Eu estou ligando para avisar que recuperamos o nosso carro, ele... mmmm... não foi roubado, só estava perdido."

O policial se recusou a aceitar a história do Rob. Eles precisavam ir até nossa casa para ver o que estava acontecendo.

Por volta das 11 da noite, dois policiais tocaram na nossa porta.

Eu estava morrendo de vergonha de falar com eles, então Rob atendeu a porta enquanto eu me escondia na sala e escutava tudo. A conversa que tiveram foi a seguinte:

O policial disse, "O que aconteceu? Como vocês recuperaram o carro?"

Rob começou a contar toda a saga.

O policial disse, "Então, quem deixou o carro na casa dos seus pais?"

Rob respondeu, "A minha esposa."

O policial perguntou, "Mas como ela esqueceu?"

De repente eu ouvi Rob me chamando: "Ei, NOMI."

"O que foi?" eu respondi encabulada.

Rob disse para o policial, "Ela está envergonhada."

Então eu apareci e encontrei os dois policiais. O policial disse para mim, "Me ajude a entender os fatos. Eu preciso botar isso por escrito. É meio difícil de acreditar."

Rob disse para ele, "Você já ouviu falar de alguém que esqueceu o seu carro?"

O policial disse, "Não, nunca ouvi nenhuma história parecida com essa."

Eu disse, "Mas, policial, naquela noite nós tínhamos certeza de que realmente tínhamos visto o meu carro na entrada da garagem."

O policial disse, "Vocês estavam bêbados naquela noite?"

Eu disse, "Não, completamente sóbrios."

O policial continuava descrente. Ele disse, "Então o seu carro ficou na casa dos pais dele por quanto tempo? Três semanas? Desde quatro de junho?"

Eu tentei explicar. "Tudo se resume a história que contamos para nós mesmo. Entende?"

De repente a expressão no rosto do policial mudou. Seu sorriso desapareceu e ele disse, "Bem já aconteceu de, assim, um policial ver alguma coisa, ele jura que viu uma arma... e ele atira e depois não tinha arma nenhuma."

Naquele mesmo momento comecei a pensar sobre como a mente humana tem o poder de criar fatos que não são verdadeiros e de ver coisas que não existem.

Esquecer o meu próprio carro foi um equívoco indolor que provocou gargalhadas.

Mas algumas "verdades" que contamos para nós mesmos podem causar muita dor.

HÁ MUITOS ANOS, quando eu estava começando no rabinato, havia um homem na casa dos oitenta chamado Izzy que sempre vinha para o Shabat na minha sinagoga. Izzy era viúvo. Ele morava sozinho em um pequeno apartamento em Santa Monica. Ele era um homem calado e reservado, com um pesado sotaque ídiche que mostrava que ele vinha de um mundo que não existe mais.

Era difícil entabular um bate papo com Izzy, mas havia um assunto que sempre o animava — seu filho, Howie. Bastava eu mencionar Howie e todo o rosto de Izzy reluzia com orgulho. Howie era engenheiro e morava na Filadélfia e eu tinha a sensação de que ele carregava este fardo especial de ser o filho de imigrantes.

Até que um dia Izzy morreu. Howie veio para o funeral. Eu me sentei com ele no pequeno apartamento de Izzy, o consolando e planejando a cerimônia. Howie estava segurando a caneta-tinteiro dourada de Izzy. Ele me contou que aquela caneta tinha muito valor para ele e ele ficaria com ela.

Ele era calado, como seu pai.

E então Howie disse para mim, "Rabina, meu pai nunca me amou."

"Do que você está falando?" eu perguntei. "Izzy só falava de você."

Howie estava tremendo. Ele disse, "Rabina, eu sempre achei que nunca conseguiria agradá-lo, que não havia nenhuma maneira de estar à altura das suas expectativas."

Eu pensei sobre isso por um momento. Se o Howie fosse da minha congregação e viesse para mim e dissesse, "Rabina, meu pai nunca me amou" e eu não conhecesse o pai dele, eu poderia até corroborar a forma como Howie via a realidade. Talvez eu o consolasse e dissesse, "Eu sinto muito por você não ter recebido o amor do seu pai."

Mas eu conheci o pai do Howie e sabia que tinha uma responsabilidade sagrada, a missão divina, de completar essa história. Eu não estava lá para desmerecer a experiência do Howie. Mas eu precisava dar ao Howie o meu testemunho.

Eu disse para ele, "Seu pai pode ter tido seus defeitos, talvez tenha sido um pai difícil, mas eu sei de um fato e é importante que você tome conhecimento dele. Este é um fato que você precisa escutar e aceitar: aquele homem a amava com todo o seu coração e toda a sua alma."

As lágrimas começaram a escorrer pelo rosto de Howie. Ele estava soluçando. Eu disse para ele, "Receba isso. Receba o amor do Izzy. O seu pai se foi, mas o amor que ele sentia por você é imortal. Leve ele junto com essa caneta-tinteiro, o guarde bem e acredite nele."

Howie me abraçou e disse, "Obrigado, obrigado, eu realmente precisava escutar isso."

Existem verdades que contamos para nós mesmos que simplesmente não são verdadeiras. Você acha que sabe algo, que alguém o machucou. Nossas mentes nos enganam. Mas estamos aqui para ter uma visão mais ampla, ter a perspectiva mais vasta da alma. Nós estamos aqui para nos perguntar: como posso compreender essa pessoa de outra maneira? Como posso ler essa situação de outra forma?

Nós ficamos tão presos ao que achamos que sabemos que nem tentamos enxergar o que realmente está na nossa frente.

E há coisas que nós achamos que estão perdidas, mas que não se foram de verdade — estão só esperando até que nós as resgatemos.

AARON ERA UM DOS GAROTOS de Buchenwald do rabino Marcus. Ele sobreviveu ao inferno e perdeu toda sua família. Após a liberação dos campos, o levaram para um orfanato na França. A princípio ele torceu para que uma carta chegasse, um telegrama, e então ele descobriria que alguém havia sobrevivido, uma tia, um tio, que alguém iria levá-lo para casa. Mas depois de dia após dia sem que nada chegasse e ninguém batesse na porta, Aaron parou de torcer, parou de esperar e de contar com isso.

Um dia, quando já tinha perdido toda a esperança, Aaron soube que seu irmão caçula, Uri, estava vivo e passando bem em um orfanato na Floresta Negra na Alemanha. Ele imediatamente preparou uma trouxa e partiu em busca de Uri.

Após uma semana viajando, Aaron chegou ao orfanato de Uri. Ele estava esperando um reencontro cheio de lágrimas, os dois irmãos se jogando um nos braços do outro. Mas quando Aaron correu em direção a Uri, Uri gritou para ele, "Você não é o meu irmão. Vá embora. Você está morto. Todos estão mortos. Você não é o meu irmão."

Será que você é capaz de entender o que estava acontecendo no coração daquele menino? Aos doze anos de idade, Uri já tinha aceitado o fato de que ele estava sozinho no mundo. E agora surge alguém pedindo que ele reabra o seu coração? Alguém pedindo que ele corra o risco de uma nova perda? Corra o risco de ser abandonado novamente? Ele não iria fazer isso.

Você acha este comportamento insano? Eu já vi muitos adultos incapazes de ter intimidade com alguém por causa do mesmo problema: Como posso me permitir? Como posso dar para alguém o poder de me ferir de novo? Se abrir traz uma dor real.

Bem, Aaron não iria deixar Uri. Quando estava na hora das crianças irem para a cama, Aaron dormiu do lado de fora do orfanato, em um campo, ao relento. No dia seguinte, Aaron seguiu seu irmão caçula silenciosamente e Uri o ignorou. De noite, Aaron mais uma vez dormiu no campo ao relento. Ele não ia à parte alguma.

Isso continuou por um mês inteiro. Uri seguia sua vida, Aaron o seguia silenciosamente.

Então um dia, quando Aaron estava seguindo Uri por aí, Uri parou, se virou para ele e disse, "Está bem, você é o meu irmão. Eu vou para Israel em breve. Venha comigo!"

Um mês depois os dois órfãos embarcaram juntos em um navio indo para a Terra de Israel.

HÁ COISAS QUE NÓS achamos que estão perdidas, mas que não se foram de verdade — estão só esperando até que nós as resgatemos.

Existe alguma coisa que você tem certeza que perdeu, mas que pode estar esperando por você?

Talvez seja um relacionamento que você deixou. Talvez seja um sonho que você abandonou. Talvez seja a sua fé. Talvez seja o seu verdadeiro eu que se perdeu.

A alma dentro de você está lá para ajuda-lo a lembrar, para ajuda-lo a encontrar o que tem procurado.

Pode ser que às vezes você se sinta abandonado por Deus, sozinho e perdido, mas Deus não se esqueceu de você. Deus o tem seguido silenciosamente, o acompanhando noite e dia.

Há uma frase no Talmude que me persegue. Ela diz, "Estou procurando por algo que não perdi." *Procurando por algo que não perdi.*

Existe algo que você desistiu de procurar, mas que você não perdeu. Talvez seja você mesmo. Quando perdemos as esperanças, acreditamos nas piores histórias que a nossa mente é capaz de fabricar, mas elas nem sempre são verdadeiras.

A sua alma está aqui para iluminar o seu caminho e te mostrar o que você perdeu na escuridão.

Eu fico pensando no meu avô que estava sempre me perguntando, *"Nechumaleh,* onde estão os meus óculos? Me ajude a encontrar meus óculos!" E eu dizia, *"Zaydie*[15]*,* eles estão bem na sua cabeça!" E nós dois ríamos. Procurando por algo que não perdi.
Você recebeu tantas graças. Tanta bondade, tanta força. Tanto talento, visão, tanta esperança e fé. E perseverança. E às vezes nós esquecemos o quanto nos foi dado.
Você está aqui para resgatar o que é seu.
E você não precisa fazer um boletim de ocorrência para recuperar nada, porque ninguém pode roubar isso de você. As suas bênçãos estão aqui, morrendo de vontade de serem descobertas. As suas dádivas estão aqui, torcendo para que você as use. O amor o está esperando. A abundância, a cura e a alegria também. Deus está com você, ao seu lado.

QUE UM TEMPO DE DOÇURA SE ABRA PARA VOCÊ
E O RECEBA DIZENDO, BEM-VINDO AO SEU LAR.

---

15. NT — "Vovô" em Ídiche.

16

VISLUMBRANDO A TRAMA

PERCEBENDO AS CONEXÕES OCULTAS

Em uma noite de terça-feira de outubro, 2015, eu estava dando o curso de meditação *husa* para iniciantes. Eu apresentei para eles a metáfora do pegador de panela torto e a mãe cheia de orgulho que o pendura na geladeira. Nós conversamos sobre o que significa amar sem julgamentos, apreciar algo com todas as suas imperfeições. Enxergar a beleza nos defeitos, nos maravilharmos com nós mesmos, essas pessoas frágeis, danificadas. Aquela aula foi uma noite de profunda compaixão e abertura.

Mas a verdade é que há muitas semanas eu me sentia frustrada. O rabino Marcus aparecia nos meus sonhos, não saía na minha cabeça. Eu ficava imaginando o rabino Marcus sofrendo, o coração partido, a crise da sua fé, a profundidade da sua perda. Ao que Einstein estava respondendo quando escreveu aquelas palavras que me comoveram tanto?

Quando voltei para casa naquela noite, disse para mim mesma, *"Husa,* tenha paciência, tudo vai se encaixar." E então eu encomendei um item de um catálogo.

Alguns dias mais tarde, meu marido Rob disse, "Nomi, chegou um pacote esquisito no correio, deve ter sido enviado para nós por acidente. É algum tipo de projeto de arte para crianças."

Eu ri. "Não, é meu mesmo." Ele pareceu confuso.

Eu abri o pacote e comecei a tecer os aros coloridos na estrutura do tear de metal — por cima, por baixo, por cima, por baixo. Eu pensei que eu seria melhor nisso agora que era adulta, mas estava enganada. Eu fiz o meu próprio segurador de panela torto, lindo em todas as suas imperfeições.

Eu pendurei meu pegador de panela — belo, colorido e imperfeito — na parede do meu escritório ao lado de uma cópia da carta do Einstein.

Eu pensei sobre a carta do rabino Marcus e *husa* e sussurrei, "De alguma forma, eu vou tecer esses fios soltos em uma única trama."

Uma semana depois eu estava lendo o New York Times e vi um artigo sobre um soldado norte-americano chamado Alan Golub que lutou na

Segunda Guerra Mundial. Após a liberação dos campos, ele encontrou adolescentes húngaras vestidas em farrapos em uma cidade alemã chamada Eschwege. Elas haviam sido forçadas a trabalhar e passaram fome em um campo de concentração. Alan foi comprar tecidos para as meninas, mas o dono da loja se recusou, então ele puxou sua arma e convenceu o lojista a cooperar.

Com os tecidos, as garotas costuraram lindos vestidos. Essas eram as primeiras roupas que eles vestiam em muito tempo. Eram vinte três garotas, todas vestindo exatamente o mesmo vestido feito com suas próprias mãos, e alguém bateu uma foto delas, posando e sorrindo em seus vestidos.

Setenta anos depois, o New York Times recontava a história e trazia um relato sobre o dia em que três meninas da foto se reencontraram com o homem que providenciou o tecido para recuperar a dignidade delas.

Eu olhei para a foto das meninas usado os vestidos idêntico no *Times*, e quem estava no centro da foto, cercado por todas as meninas? O rabino Robert Marcus.

Eu não conseguia crer no que estava vendo. Meu coração disparou. Eu rapidamente liguei para Eve Kahn, a repórter do *Times*, para perguntar se alguma das mulheres se lembrava do homem no centro do grupo naquela foto. Eve me deu algumas pistas.

Na manhã seguinte, Ibolya Markowitz atendeu ao telefone com seu sotaque pesado e um jeito carinhoso de avó. Eu disse, "Ibolya, você se lembra do rabino Marcus, o homem parado no meio da foto junto com você e todas as garotas?"

Ibolya riu. "Isso foi há muito tempo atrás. Eu me lembro de tudo, *mamaleh*[16]. Eu me sentia tão próxima dele."

Eu perguntei, "Ibolya, do que você lembra?"

Ela disse, "Eu consigo ver esse dia nitidamente. É difícil falar sobre isso, *Mamaleh*. Eu era tão próxima dele. Eu passei muito tempo sem ver o rosto dele."

Eu disse, "O rabino Marcus morreu em 1951. Você se lembra da gentileza dele?"

"Você não se esquece deste tipo de coisa," ela disse. "Ele era muito especial. Ele sempre via se estávamos bem. Se tínhamos tudo do que precisávamos. Ele vinha nos ver. Ele conversava conosco. Nós estávamos amando ele."

"Ibolya, será que você sabe a respeito de uma carta que o rabino Marcus escreveu para o Einstein?"

"Não, *Mamaleh*."

---

16. NT – termo carinhoso para uma menina — algo como "mãezinha".

Ibolya estava cansada. Sua cuidadora a estava ajudando. Ela disse, "Fique bem, *Mameleh*, fique com Deus." E desligamos.

Eu tentei entrar em contato com outras mulheres da foto. A maior parte das mulheres já havia falecido, algumas sofriam de confusão mental ou estavam fracas ou doentes demais para falar. Mas Eve, a repórter do *New York Times*, me botou em contato com uma mulher chamada Laura Goldsmith-Heitner. O pai de Laura, Karl, foi o soldado norte-americano escolhido como governador militar de Eschwege após a liberação. Talvez ele tenha conhecido o rabino Marcus.

Eu liguei para Laurie para averiguar. Laurie disse que seu pai era falecido, mas ela procuraria nos seus documentos para ver se havia alguma menção ao rabino Marcus.

Então Laurie me perguntou, "Me diga, como foi que você se interessou por esse rabino Marcus?"

Eu disse, "É uma história esquisita. Na verdade, foi por acidente. Eu me senti inspirada por uma declaração que Albert Einstein fez sobre o universo, e isso me lançou em uma viagem até o rabino Marcus."

Laurie ficou animada. Ela disse, "Eu fiquei toda arrepiada. Meus olhos estão cheios d'água."

"Por quê?" eu perguntei.

Laurie disse, "Rabina, eu sei que você me ligou para perguntar sobre o meu pai, mas agora que você mencionou o Einstein eu preciso lhe dizer que a minha mãe morou na casa do Einstein quando ela era criança."

"O que?" Eu estava chocada pela forma como todas as peças estavam se entrecruzando.

Laurie explicou, "Einstein construiu a casa de seus sonhos ao lado de um lago em Caputh, na Alemanha, em 1929."

Eu sabia sobre essa casa de veraneio em Caputh. Einstein amava se perder em pensamentos lá, era um lugar onde ele podia sonhar acordado e contemplar o funcionamento do universo. Ele também tinha um barco lá, um presente que lhe foi dado por seus amigos quando ele fez cinquenta anos. Einstein velejava sozinho, ou deixava o barco levá-lo para onde ele quisesse ir. Ele escreveu eloquentemente sobre a vida perfeita que tinha em Caputh: "O veleiro, a vista panorâmica, as caminhadas solitárias, a relativa calma — é o paraíso." Em Caputh, Einstein elucubrava sobre sua famosa Teoria do Campo Unificado, a teoria que ele jamais conseguiu solucionar.

Talvez a beleza pitoresca da casa à beira de um lago tenha inspirado Einstein a escrever "No que eu acredito" em Caputh. Este era um artigo em que ele articulava os fundamentos da sua fé.

A coisa mais bela que podemos vivenciar é o mistério. Ela é uma sensação fundamental e se faz presente no nascimento da arte e da ciência verdadeiristas. Aquele que desconhece esta sensação, que deixa de se maravilhar e não consegue se deslumbrar, está praticamente morto, é uma chama extinta. Sentir que atrás de tudo que vivenciamos existe algo que nossas mentes não conseguem compreender, cuja beleza e sublimidade só chegam até nós indiretamente; isso é religiosidade. Neste sentido, e apenas neste sentido, eu sou um homem ardentemente religioso.

Em 1932 o clima na Alemanha já se tornava ameaçador para todos os judeus. Einstein pressentiu o perigo que estava por vir. Na véspera de uma viagem de três meses para os Estados Unidos, onde Einstein iria dar aulas na Caltech, ele foi fazer uma visita à casa que ele tanto estimava e disse para sua esposa, Elsa, "Olhe bem para ela. Você nunca mais irá vê-la." Suas palavras se mostram proféticas. No início de 1933, Hitler se tornou chanceler da Alemanha e Einstein escreveu para um amigo, "Por causa de Hitler, eu não ouso pisar em solo alemão."

Eu perguntei para Laurie, "Mas onde a sua mãe entra nesta história?"

Laurie me contou que a casa de Einstein em Caputh era do lado de um internato para crianças judias. No inicio de 1930, os pais judeus estavam procurando lugares para onde enviar seus filhos, para que eles ficassem seguros quando Hitler chegasse ao poder. Ela disse que este internato tornou-se um porto seguro para as crianças enquanto esperavam uma passagem segura para a Inglaterra ou para a Suíça. Laurie me disse que antes de partir de Caputh, Einstein disse a Gertrud Feiertag, a diretora do internato, "Na minha ausência, você pode usar a casa para as alunas." Laurie disse, "Quando minha mãe, Marianne, tinha dez anos de idade, seus pais a enviaram a Caputh para que ela ficasse segura. Por seis meses, ela morou na casa de Einstein."

Pouco tempo depois de sua partida de Caputh, os nazistas invadiram a casa de Einstein e também confiscaram seu estimado veleiro. Muitas das crianças não conseguiram fugir a tempo. Em 1938, após a Noite dos Cristais, as crianças foram todas reunidas e enviadas para onde seriam executadas. A diretora, Gertrud Feiertag, também foi assassinada em Auschwitz. A amada casa de Einstein se tornou um dormitório para a Juventude Hitlerista. Mais uma vez, Einstein e o rabino Marcus estavam misteriosamente interligados e se entrelaçando na minha alma. Eu olhei para o pegador de panela na minha parede. Por cima, por baixo, por cima, por baixo.

Mais uma vez, percebi que havia puxado um fio que era a ponte entre muitos mundos — o dos vivos e o dos mortos, o da ciência e o da religião, o finito e o infinito, a mente e a alma.

Eram tantos fios. Como eu poderia criar uma única trama com eles? Seria preciso muita paciência. Como Einstein em seu veleiro, eu deixaria que a história que se revelava decidisse para onde queria ir.

Naquele mesmo momento, abri um livro sobre a minha mesa e meus olhos pousaram sobre estas palavras ditas por Einstein: "A vida é uma grande trama. O indivíduo é apenas um fio insignificante em um padrão imenso e milagroso."

Sim.

QUE VOCÊ COMECE A VISLUMBRAR OS FIOS DE CONEXÃO MÁGICOS.
QUE ESSES PRECIOSOS LAMPEJOS DE CONHECIMENTO ILUMINEM
O SEU CAMINHO E TODOS OS SEUS DIAS. AMÉM.

DESCOBRINDO A ENERGIA PARA AGIR

"A batalha para libertar-se desta ilusão é a grande questão da verdadeira religião."

— DA CARTA DE EINSTEIN AO RABINO MARCUS

A liberdade não é apenas um estado de espírito, é uma mudança de comportamento. Nossos pensamentos podem nos paralisar, mas mesmo quando sanamos estes pensamentos, não somos verdadeiramente livres até começarmos a agir. A Força Vital, a luz azulada na chama dentro da alma, pode nos atiçar e nos botar em movimento. Lembre-se, o corpo precisa da alma tanto quanto a alma precisa do corpo.

O rabino Abraham Joshua Herschel, um grande teólogo e ativista, explicou o poder desta interdependência sagrada: "Sem o espírito, o corpo é um cadáver; sem o corpo, o espírito é um fantasma." É por isso que quando Herschel voltou para casa após marchar com o Dr. Martin Luther King Jr., em Selma, no Alabama, ele escreveu: "Nossas pernas proferiram canções. Mesmo sem palavras, nossa marcha foi um culto. Eu senti que minhas pernas estavam rezando."

Os seus sonhos e preces nascem na alma, mas a alma precisa do corpo para agir e realizar estes anseios. A transformação acontece quando você junta intenção e ação.

17

SE LIBERTANDO DOS PADRÕES JÁ CONHECIDOS

HÁ DOIS ANOS eu estava em uma destas festas de Hollywood onde as pessoas socializam e ficam olhando em volta enquanto estão conversando com você como se procurassem alguém mais importante com quem conversar. Por acaso, acabei ficando do lado de um psicólogo e perguntei a ele sobre seu trabalho. Talvez ele já tivesse bebido muito, pois ele simplesmente desabafou, "As pessoas não mudam de verdade. Elas podem fazer alguns pequenos ajustes aqui ou acolá mas, acredite, as pessoas não mudam." Eu não acho que o psicólogo esperava entabular uma conversa de verdade no meio deste evento esnobe com música e champanhe à vontade.

Eu disse, "Mas eu já vi com os meus próprios olhos." Eu contei para ele que era rabina e continuei, "Eu já vi alcóolatras que pararam de beber. Já vi pessoas terem uma crise de meia idade, voltarem a estudar e trocarem de profissão. Já vi pessoas superarem hábitos destrutivos que as afligiam. Já vi pessoas voltarem a viver após um luto, um trauma, abuso, estupro. Eu já vi pessoas lutarem contra doenças com uma força que elas jamais imaginaram ter".

Eu comecei a ficar com pena deste terapeuta que havia ficado tão cínico. E, claro, fiquei com ainda mais pena dos pacientes dele.

O terapeuta rompeu o silêncio e disse, "Rabina, você acha que poderia me aconselhar?"

Eu dei o meu e-mail para ele e disse que ficaria feliz em encontrar com ele. Eu gostaria de dizer para você que eu me encontrei com ele e nós tivemos uma série de conversas profundas. Mas nós só nos encontramos por acaso naquela festa e eu nunca mais tive notícias dele.

Apesar de ter feito declarações assertivas para o terapeuta cínico, parte de mim se abalou com os comentários dele. Será que nós realmente somos capazes de mudar? Muitas pessoas lutam contra problemas que as atormentam há anos. Ou avançam um pouco por um novo caminho, mas logo retornam aos velhos padrões já conhecidos.

No campo da mudança, acredito que vivemos entre dois polos: SOS e SOS. O primeiro SOS é o do urgente *save our ship* — salve nosso navio. Estamos afundando. O verdadeiro SOS é um terreno fértil para a mudança.

Você chega a um ponto onde finalmente consegue ouvir a sua alma clamar, "Você tem que mudar se não você morrerá." Às vezes precisamos entrar em parafuso antes de conseguir ver a verdade.

É muito mais difícil efetuar uma mudança quando estamos no segundo SOS: "Sistema Operante Superado."

Mas e aquelas pessoas que nunca chegam ao fundo do poço? As que se acostumaram a ir chiando pelas estradas da auto sabotagem, com padrões que as incomodam, mas que não as estão matando. Nosso humor, nossa desorganização, nossa procrastinação, nossa inveja, aqueles quilos que queremos perder, nossa impaciência, nossa preguiça, nosso desejo...

Podemos passar a vida inteira sem escutar a voz da alma nos chamando. E sem um momento de 'tudo ou nada', não há muito estímulo para mudarmos.

Como abandonamos o Sistema Operante Superado e vamos para o lugar da verdade que nos levará a uma mudança real e duradoura?

O tempo e o momento certo são cruciais para nossa escalada.

Uma das chaves para irmos em frente é nossa habilidade de enxergar o tempo através dos olhos da alma. A alma tem uma noção de tempo muito diferente da do ego. A alma eterna sabe como é breve a nossa estadia no mundo material. Pela perspectiva da alma, cada momento que gastamos repetindo um velho padrão destrutivo é um SOS urgente. A alma vê os grãos de areia escorrendo pela ampulheta da vida. Todos os dias, a alma diz para nós, "Você não está vendo como temos pouco tempo? Se ao menos você visse como o Sistema Operante Superado está te matando."

A alma quer que você sinta a efemeridade de tudo, a beleza. Ela quer que você contemple cada dia, cada minuto, como uma dádiva preciosa que não deve ser desperdiçada.

Com a ajuda da alma, podemos aprender a aumentar o nível de alerta e sair do Sistema Operante Superado para um verdadeiro SOS.

UMA FORMA DE TRANSFORMAR nosso Sistema Operante Superado em um caminho para a mudança é aumentando o nível de urgência. Mas existe outra maneira de romper com nossos padrões previsíveis. E ela depende da nossa capacidade de identificar e aproveitar as oportunidades que se apresentam para nós.

Todos os dias nos oferecem oportunidades que podem nos ajudar a chegar até a verdade, oportunidades que podem nos ajudar a despertar do nosso transe. É quando podemos interromper o ciclo do desejo: "Eu quero isso, eu quero isso". Essas oportunidades são o seu SOS caso você aprenda a enxergá-las e recebê-las.

Às vezes algo consegue romper as barreiras e nos atingir. Talvez seja uma sensação inesperada de naturalidade, ou mesmo de santidade, quando você está com uma pessoa amada. Ou talvez seja a energia das palavras que você lê, de uma melodia que você escuta ou de sentir-se em harmonia com a natureza; a energia de uma prece coletiva, de um ensinamento, um conselho que alguém lhe deu há muito tempo. Subitamente a lição que você precisa ouvir não está só passando por cima da sua cabeça — ela o acerta em cheio. Este não é um momento de medo ou urgência. É uma sensação de esperança, o momento em que você sente uma nova possibilidade. Quando você fica quieto o bastante para realmente ouvir a sua alma lhe indicando o caminho.

Os rabinos descrevem estas ocasiões como momentos de graça. Em hebraico, estas oportunidades são chamada *Et Ratzon*, o momento em que se deseja e se é desejado, quando o seu anseio é correspondido por um anseio divino. É um momento espiritual em que as portas, normalmente trancadas, estão abertas. Um momento em que recebemos uma visão que nos mostra nossa vida através de lentes mais amplas, colocando tudo em perspectiva, em que vemos a verdade que estávamos evitando. É o momento em que os polos opostos se alinham. Quando o desejo humano de chegar às alturas é correspondido por um desejo divino de estender a mão. Quando o desejo de consertar o mundo da alma é correspondido por um corpo que deseja agir. Quando a dor insistente do Sistema Operante Superado finalmente se esvai perante os nossos olhos.

Com a ajuda da alma, podemos aprender a conservar essas oportunidades.

Um momento de graça pode se dissipar como uma névoa ou pode nos levar até uma mudança duradora. Isso depende do quanto estamos dispostos a nos entregar a ele e honrá-lo. Ao invés de deixar que esse momento precioso se torne uma memória, podemos aprender a protegê-lo e permitir que ele continue vivo dentro de nós.

No pensamento hassídico, um verso do Cântico dos Cânticos se torna a chave para absorvermos a sabedoria que ganhamos com essas oportunidades momentâneas. Um amante diz, no Cântico dos Cânticos, "Agarrei-me a ele e não o larguei." É assim que devemos encarar os momentos de graça. Agarrá-los com toda a força e não deixá-los escapar. Perceba-o, receba-o, permita que ele deixe uma marca profunda na sua vida para que ele se torne, nas palavras do Cântico dos Cânticos, "como um selo sobre o teu coração."

Sim, do fundo do meu coração, eu acredito que podemos mudar! Você pode não conseguir mudar a sua biografia ou a sua biologia, mas você pode mudar o seu destino.

Recentemente eu tive a honra de entrevistar o Dr. Kip Thorne, um dos físicos mais brilhantes do nosso tempo, em seu escritório na Caltech. Eu estava pedindo para que ele me explicasse do que Einstein estava falando quando se referia ao "todo" do qual fazemos parte. Kip disse para mim, "Rabina, você pode se enxergar como uma entidade estática, separada, mas não existe nenhuma célula no seu corpo que seja a mesma desde que você nasceu." Tudo está sempre sendo recriado, renovado e substituído.

É claro, isso não acontece da noite para o dia, mas permita que seus anseios identifiquem as oportunidades sagradas que podem vir até você. Deixe que elas te acompanhem dia e noite. Permita que o desejo de enxergar através dos olhos da alma penetre nos seus dias e também nos seus sonhos.

QUE VOCÊ NÃO SÓ PERCEBA MAIS OPORTUNIDADES AO SEU REDOR, MAS TAMBÉM MAIS ESPAÇO DENTRO DE VOCÊ. ESPAÇO PARA A MÁGICA.

QUE O SEU SISTEMA OPERANTE SUPERADO SEJA SUBSTITUÍDO POR UMA TRANSFORMAÇÃO VERDADEIRA E DURADOURA. AMÉM.

18

ETERNAMENTE GRÁVIDO

ENCONTRANDO A CORAGEM PARA TERMINAR O QUE VOCÊ COMEÇOU

No ROSH HASHANÁ, o Ano Novo Judaico, os judeus recitam uma frase em hebraico diversas vezes: "Hayom harat olam." Normalmente ela é traduzida como "Hoje o mundo nasce." Soa como uma frase muito alegre. Mas espere um pouco. A história ainda não acabou. Na verdade, eu nunca parei para pensar no que essas palavras significavam. Há não muito tempo, uma professora minha, a Dra. Tamar Frankiel, me ensinou o verdadeiro contexto da frase "Hoje o mundo nasce."

Na realidade esta é uma frase que foi dita pelo profeta Jeremias em um momento de profundo desespero. Jeremias passou toda sua carreira trazendo as palavras de Deus para o povo judeu. Jeremias suplicava para que eles mudassem de vida e rejeitassem a corrupção, os pecados, o materialismo, os rituais vazios e as preces superficiais. Eles o escutavam? Não.

Ao invés disso, eles o desprezavam e o ignoravam. Jeremias se sentia derrotado. Ele estava cansado de ser um profeta a quem ninguém ouvia. Ele desejou nunca ter nascido. "Maldito seja o dia em que nasci", ele disse. E depois ele acrescentou, "Se ao menos minha mãe não tivesse me dado a luz. Se ao menos seu ventre ficasse grávido para sempre."

Se ao menos minha mãe ficasse eternamente grávida.

Essas são as palavras que os judeus recitam alegremente em suas preces. Mas a verdadeira tradução da frase em hebraico não é "Hoje o mundo nasce", mas "Hoje está eternamente grávido." Essa não é uma frase alegre, parece mais uma maldição. O que "Hoje está eternamente grávido" significa exatamente?

Quando aprendi o verdadeiro significado das palavras de Jeremias — Hoje está eternamente grávido — eu subitamente me lembrei de estar grávida de nove meses, segurando o bebê da minha querida amiga Helene no meu colo. Permitam que eu me explique.

Helene nasceu no Brooklyn. Eu nasci no Brooklyn. A escola de Helene era a Yeshiva of Flatbush, e essa também era a minha escola. Quando eu era pequena, ela era muito amiga do meu irmão mais velho, David, mas depois perdemos contato.

Anos depois, Helene e seu marido, Rich, estavam visitando Israel e ela decidiu procurar seu velho amigo David, que vive em Israel. Eles começaram a botar o assunto em dia e David disse, "Ah, por falar nisso, você fez faculdade em Cornell? Adivinha quem também estudou lá? A Nomi, minha irmã caçula." Mais tarde, quando David descobriu que Helene havia se mudado para Los Angeles, ele riu e disse "Adivinha quem também se mudou para Los Angeles e é rabina lá? A minha irmã, Nomi."

Helene ficou impressionada com como nossas vidas eram paralelas — bem, exceto pelo pequeno detalhe de que ela se formou em medicina, e eu em estudos rabínicos. Mas nós duas estávamos em profissões ligadas à cura. Quando dei por mim, Helene estava em um dos meus cultos de oração e nós nos reconectamos. Foi um alento tão grande ter em Los Angeles alguém com uma história tão parecida com a minha.

Um dia eu liguei para Helene e ela disse, "Nomi, como você está?" Eu disse, "Para falar a verdade, eu estou muito enjoada, mas é por uma boa causa— eu estou grávida!"

Ela riu. "Adivinha só? Eu também estou grávida!" Nós duas começamos a rir.

Mês após mês nós trocávamos histórias, e mês após mês nós ficávamos cada vez maiores e compartilhávamos sonhos, preces e antecipação.

A data prevista do parto da Helene era duas semanas antes do meu, em Julho, e em 2 de julho ela deu à luz um lindo menino a quem eles chamaram Michael. Passados uns dois dias, eu fui visitá-la. Ela parecia tão feliz, tão natural, como se ela houvesse nascido para ser mãe. Eu parecia um peru congelado. Eu estava gigantesca e a ponto de explodir. De repente Helene botou seu filho recém-nascido no meu colo grávido. E eu surtei! Por fora eu estava sorrindo, mas era só uma forma de tentar disfarçar o pânico.

Eis o que estava acontecendo dentro de mim: "Meu Deus do céu! O que eu estava pensando? Eu não quero isso. Eu não quero um bebê. Eu não estou pronta para ser mãe. Eu nem gosto de bebês! A minha vida está ótima como está. Por favor, faça isso parar aqui e agora. Eu queria só ficar... eternamente grávida."

Eternamente grávida não é um estado de espírito saudável, podem acreditar em mim. É o estado de espírito do que nunca está vivo, de uma vida em suspensão. Eu acho que os judeus rezam esta frase todo Ano Novo porque ela é um alerta. Cada um de nós está eternamente grávido em algum ponto de nossas vidas. Existe algo que já concebemos e que suplica para nós: "Me deixe nascer." Talvez seja um empreendimento criativo — um livro, uma pintura, um poema, uma canção, um roteiro, uma história, uma ideia para um negócio. Talvez seja uma mudança na sua carreira.

Você tem sonhado e explorado a possibilidade secretamente, mas não faz nada a respeito. Talvez sejam as palavras "Me desculpe", ou "Eu te amo", ou "Eu te perdoo". Elas estão completamente formadas, dentro da sua boca, mas você ainda não conseguiu reunir a coragem para pronunciá-las.

A gravidez eterna não é uma bênção e muitos de nós penamos com esta situação frustrante.

Talvez seja uma partida que você não superou, ou o término de um relacionamento. Você sabe que está na hora de terminar. Você sabe que está na hora de parar de fingir que tudo vai bem quando nada vai bem.

Talvez você já tenha criado alguma coisa, mas esteja com medo de mostrar isso.

Scott Tansey é um homem que há muitos anos participava da Nashuva, a comunidade espiritual que eu fundei. Logo após me conhecer, Scott se ofereceu para fotografar os nossos eventos.

Em todos os eventos da Nashuva, lá estava Scott, tirando uma foto atrás da outra. Desde criança, Scott era apaixonado por fotografia, especialmente por fazer fotografias panorâmicas. Ele me disse, "Rabina, eu gosto da visão ampla das coisas." Scott começou a levar a fotografia a sério quando ele estava na casa dos vinte. Apesar de Scott ter um tremor no braço direito, que não é relacionado à doença de Parkinson, ele sempre dava um jeito de deixar a mão firme no momento certo. Ele nunca deixou que seu tremor interferisse com a sua paixão.

Ao longo de quarenta anos, Scott tirou milhares de fotos, panorâmicas estonteantes do mundo inteiro: glaciares, cumes de montanhas, paisagens de praias e cidades, alvoradas, nuvens, pores do sol, arcos-íris. Ao longo de quarenta anos, Scott tirou milhares de fotos. E ele jamais imprimiu nem mesmo uma única foto. Nenhuma. Por que não? Ele me disse que era falta de confiança. Ele se sentia muito ansioso, preocupado com a opinião dos outros. Mas existia uma razão mais profunda para a ansiedade de Scott.

Quando Scott tinha apenas seis anos de idade, seu pai morreu em um acidente de avião. O trauma fez com que ele carregasse uma sensação de medo difusa, que o acompanhou ao longo de toda sua vida. Ele disse que uma sensação de que algo horrível poderia acontecer a qualquer momento ficou gravada em sua alma. Para ele, se a coisa que você mais amava poderia ser arrancada de você, talvez fosse melhor guardar as fotos. Assim, Scott tirava cada vez mais fotos sem nunca as imprimir.

"Eu simplesmente não conseguia," ele disse. "Eu não conseguia me convencer a me expor ou mostrar o meu talento"

Em 2012, Scott reuniu coragem para participar de uma oficina de impressão. Lá ele aprendeu tudo sobre as habilidades e o poder da impressão. Uma citação do grande fotógrafo Ansel Adams ficou na sua cabeça: "O negativo é como se fosse a partitura de um compositor, e a impressão é a sua performance." Scott percebeu que ele estava guardando suas partituras sem jamais apresentá-las ao público.

Naquele anos, em 2012, Scott estava sentado no culto quando eu por acaso fiz um sermão sobre superarmos os nossos medos e atingirmos nosso potencial. Algo naquele sermão conseguiu penetrar através das defesas de Scott e ecoar profundamente na sua alma. Naquele dia, Scott disse a si mesmo, "Sem mais desculpas." Eu acho que podemos dizer que foi um momento de graça.

Alguns dias mais tarde, Scott disse a si mesmo, "Ok, eu tenho que dar uma foto impressa para a rabina Levy, seria uma forma de agradecê-la." Então Scott imprimiu uma foto que ele havia tirado há muitos meses atrás que mostrava meu marido, Rob, e meus dois filhos, Adi e Noa, e ele a deu para mim.

Que foto deslumbrante! Ela foi tirada na praia. Era tão viva. Scott havia capturado um momento de pura felicidade. Foi a primeira foto que Scott imprimiu em sua vida. De repente, um feitiço havia sido desfeito. Scott percebeu que mostrar as suas imagens não era difícil. Logo as pessoas começaram a falar. O trabalho de Scott já foi mostrado em duas galerias de Los Angeles. Há não muito tempo, ele participou de uma exposição na Galeria Leica e eu estive lá. Eu tenho certeza de que Ansel Adams ficaria orgulhoso. As paisagens de Scott se estendiam ao longo de cada parede — realmente foi uma desempenho magistral. Eu estava pensando em comprar uma de suas obras, e então vi que cada uma de suas panorâmicas custava dez mil dólares.

Quando perguntei para Scott o que ele havia aprendido ao compartilhar sua arte com os outros, ele disse, "Rabina, eu percebi que tenho um dom, e a única coisa que eu preciso fazer é ser eu mesmo." Então ele acrescentou, "Deus te dá dons. Você tem que usá-los. Não tenho vergonha. Eu tenho sessenta e um anos. Tudo bem se as outras pessoas não gostarem do meu trabalho. O meu trabalho é bom. Eu estou bem."

Por quarenta anos, Scott capturou muita beleza. Agora, ele está dando uma vida para ela, permitindo que ela ilumine o mundo.

O que faz você continuar permanentemente grávida? O que te impede de ir em frente? Para alguns de nós, é o medo dos julgamentos. Para outros, é o medo do juiz dentro de nós, aquela voz já conhecida que diz, "Isso não presta. Eu não levo jeito para isso." Para alguns, é o medo da responsabilidade: "Eu não estou pronta para encarar isso. Eu não estou pronta para essa mudança." Em alguns casos, é a *hubris* do ego que nos faz continuar permanentemente grávidos: "Eu tenho todo o tempo do mundo para fazer isso, eu posso fazer isso amanhã." Para alguns de nós, é a inércia do corpo, uma falta de disposição.

Alguns de nós estamos grávidos para sempre porque estamos acomodados com essa situação. Gostamos da nossa rotina como ela é, é mais fácil viver com o status quo do que mudar. E é aí que entra Jeremias e a sua frase assombrosa: hoje está eternamente grávido. Ela ecoa a voz da alma que nos convida a seguir em frente, a nos elevarmos.

Tantas vozes nos detêm, mas a voz da alma nos encoraja. Por que? Porque a alma não pode cumprir a sua missão sozinha. Ela precisa que nós ajamos. A alma conhece o mundo do potencial intimamente. Ela desceu para esta esfera para aprender o significado da palavra "realização".

Hoje está eternamente grávido! E cabe a você escolher o que ficará preso em um estado de puro potencial e o que vai ser lançado para a vida.

Você foi abençoado com o potencial para melhorar o mundo, mas seus dons extraordinários não darão em nada caso você não aprenda a transformar o seu potencial em ação.

Então pare um pouco agora e ouça a sua alma indagando, "Existe alguma coisa que eu estou segurando e que preciso trazer para a vida?" Você consegue ver esta coisa? Consegue ver o te mantem nesse estado de gravidez permanente?

Não estamos fadados a ficarmos eternamente presos. Existem maneiras de fortalecer nossa determinação para agir.

Eu gostaria de lhe oferecer cinco ferramentas que podem ajuda-lo a ir do potencial para a ação.

Reze. Simplesmente converse com Deus sobre os seus anseios. Peça força para vencer os obstáculos e preste atenção para ouvir a resposta.

Converse com outras pessoas. Se abrir para a família, os amigos, ou um mentor de confiança pode aliviar este peso na sua alma e pode ser uma incrível forma de te motivar a agir. Fale para as pessoas que você ama sobre a coisa que você quer, mas trancou em uma gaveta. Peça a ajuda deles. Peça que eles o encorajem.

A honestidade é outro aspecto crítico. Olhe para a sua vida e veja os lugares que você deixou em animação suspensa. Não tenha pressa e encare todo o seu potencial não realizado.

Escutar e ouvir são fatores essenciais no seu trajeto. Acolha aqueles momentos de graça — as palavras que podem lhe dar um novo empurrão —, o artigo no jornal, um livro, um filme. Ouça a voz da sua alma torcendo para que você dê um passo à frente, por menor que ele seja.

Essa última sugestão talvez seja a mais difícil: sinta a dor. Precisamos fazer alguma coisa que a maior parte das pessoas passa a vida tentando evitar — precisamos tentar sentir o desalento. Como já dissemos, temos o poder de aumentar o nível de urgência, transformar o Sistema Operante Superado em um verdadeiro SOS. Sim, às vezes é a sua coragem e a sua garra que o impulsionam. Mas, mais frequentemente, as coisas precisam se tornar dolorosas até que você não aguente mais a gravidez permanente. Você simplesmente não aguenta mais! Então você percebe a profunda dor em nossas almas, a compreensão de que estamos vivendo muito aquém do nosso potencial. E quando nos permitimos sentir essa dor, não conseguimos mais segurar a mudança que precisa chegar.

DUAS SEMANAS APÓS minha amiga Helene dar à luz, eu estava tão desconfortável. Eu estava enorme, com prisão de ventre, azia, não conseguia achar uma posição confortável para sentar, ficar em pé, dormir ou comer. De repente, eu estava louca para tirar aquele bebê de dentro de mim e botá-lo no mundo. Ironicamente, o bebê mudou de ideia. Ele decidiu que não estava pronto para sair. Meu prazo já estava vencido há dez dias. Então eu pulei para cima e para baixo, caminhei, corri — nada. Até fui a um restaurante que foi assunto de uma coluna no L.A Times. O artigo dizia que a salada de vinagrete balsâmico do restaurante fazia mulheres grávidas entrarem em trabalho de parto. Bem, após ler este artigo, eu e meu marido, Rob, corremos para o restaurante. Quando chegamos lá vimos que o restaurante todo estava tomado por mulheres grávidas desesperadas que já tinham passado do seu prazo. Nós nos sentamos e um garçom veio até a nossa mesa e disse "Me deixa adivinhar — você vai querer a salada balsâmica?" Eu comi a salada — mas nada do bebê.

Por fim, tiveram que induzir o parto. E o mundo ganhou um bebê lindo e abençoado. Nosso filho, Adi, está com vinte e três anos agora. E nunca, nem por um dia, eu desejei ter ficado eternamente grávida.

QUE VOCÊ CONSIGA ENXERGAR O QUE ESTÁ ESPERANDO PARA NASCER DENTRO DE VOCÊ. HOJE ESTÁ ETERNAMENTE GRÁVIDO. MAS VOCÊ TEM O PODER DE DAR À LUZ. SE LIBERTE, ROMPA AS BARREIRAS. HOJE É O DIA EM QUE VOCÊ DECIDE O QUE VIVERÁ APENAS NOS SEUS SONHOS E O QUE NASCERÁ E ILUMINARÁ O MUNDO.

QUE VOCÊ ESCOLHA A VIDA. AMÉM.

ESCUTANDO A FORÇA DO AMOR

A CHAVE PARA A INTIMIDADE E PARA DESCOBRIR A SUA VOCAÇÃO

Conforme a nossa Força Vital aumenta e passamos a ter uma visão mais ampla, mais liberdade e poder de ação, nos prepararam para receber a Força do Amor, a segunda camada da alma chamada *Ruach*, a luz amarela dentro da chama. O território de *Ruach* é o da sabedoria do coração, a esfera das emoções e particularmente do amor. Escute a Força do Amor. É a Força do Amor que nos ajuda a baixar a nossa guarda para que possamos vivenciar a intimidade. Ela também é o aspecto da alma que nos revela a nossa vocação. O Eterno não está só nos chamando do seu lugar na eternidade, mas também de dentro de nós. É *Ruach* que te ajuda a desvendar qual missão a sua alma veio realizar.

APRENDENDO A AMAR PROFUNDAMENTE

"Ele vivencia a si próprio, seus pensamentos e sentimentos, como se fossem algo separado do resto..."

— DA CARTA DE EINSTEIN AO RABINO MARCUS

A Força do Amor desempenha um papel fundamental na esfera das emoções. Ela nos ensina como amaciar um coração que foi transformado em pedra por uma vida inteira de mágoas, e como encontrar o poder para perdoar aqueles que nos feriram. É *Ruach* que nos dá a capacidade de ser um verdadeiro amigo e um verdadeiro parceiro no amor. E é esta mesma Força do Amor que nos permite sermos pais com toda a alma e oferecermos um amor puro e incondicional.

19

TRANSFORMANDO UM CORAÇÃO DE PEDRA EM UM CORAÇÃO DE CARNE

SEMPRE A MESMA COISA. Todo ano, quando as Grandes Festas Judaicas se aproximam, eu tenho um sonho gerado pela ansiedade. Este ano não foi diferente. Eis o meu sonho:
Eu estou de férias em um lindo cenário campestre com um grupo grande de pessoas. É tudo muito bucólico e calmo. Devo estar em algum retiro. De noite, todos nos sentamos em um círculo em uma cabana de madeira e instantaneamente eu percebo que todos ao meu redor estão olhando para mim, esperando que eu fale. E eu não falo. Depois alguém me pergunta, "Então, rabina, qual o significado do Yom Kippur? Qual é a verdadeira essência desse dia?"
Eu olho para as pessoas. Eu estou prestes a responder, mas a minha mente dá um branco. Completamente branco! Nada me vem a mente. É como se essa pergunta nunca tivesse passado pela minha cabeça. Como se eu não soubesse nada sobre o Yom Kippur. Eu fico nervosa. Eu não tenho absolutamente nenhuma ideia do que dizer. E então eu abro a minha boca e as palavras começam a sair sozinhas. As palavras não são realmente minhas. Eu me ouço dizendo para o grupo de pessoas reunidas ao meu redor:
O Yom Kippur basicamente se resume a dois temas. O primeiro é "E eu removerei o vosso coração de pedra e vos darei um coração de carne."
E o segundo... Eu posso ver todas as pessoas se inclinando para frente, esperando ansiosamente pelo segundo tema. Eu também estou curiosa para ouvir o que vai sair da minha boca agora. Eu digo, *E segundo:* "*E eu removerei o vosso coração de pedra e vos darei um coração de carne.*"
E então eu acordei.
Que sonho mais estranho. Eu não conseguia parar de pensar nele. Na vida real, eu jamais teria respondido a esta pergunta desta forma. Eu teria falado sobre olhar para dentro de si e fazer mudanças. Eu não teria apenas citado um versículo do livro de Ezequiel, capítulo 36, versículo 26. Eu também me perguntava por que eu disse que havia dois temas, quando tudo o que fiz foi citar exatamente o mesmo versículo duas vezes.

E eis o que eu entendi a respeito do meu sonho — eu percebi que tudo que desejamos e pelo qual rezamos na vida se resume a transformar um coração de pedra em um coração de carne. Não existe possibilidade de intimidade, não há qualquer esperança de mudanças ou de perdão se o seu coração é uma pedra.

Mas eu ainda não conseguia entender por que eu disse que o Yom Kippur se resumia a dois temas e depois só apresentei um. E então eu percebi: realmente havia dois temas presentes nas palavras que eu falei. Primeiro, você precisa remover o coração de pedra, um feito incrivelmente delicado e difícil. E depois você precisa obter um coração de carne, e essa é outra questão.

O que é um coração de carne? O que é um coração de pedra? Como um coração de carne se transforma em pedra? O que um dia de jejum tem a ver com isso?

De acordo com os místicos judeus, o amor não vem do coração. O amor vem do segundo nível das nossas almas, chamado de Ruach, a Força do Amor. É este nível mais elevado da alma que desperta o coração para que ele dê e receba o amor. O amor acontece quando o coração e a alma trabalham juntos em harmonia. Se o coração fica congelado, a alma amorosa não tem um canal para se expressar ou se conectar com as outras almas ou com Deus. Sem a capacidade de receber e compartilhar amor, a alma fica fraca e ressequida.

Mas o que esta conexão entre o coração e a alma tem a ver com o Yom Kippur?

Na véspera do Yom Kippur, os judeus recitam uma prece chamada Kol Nidrei, que é uma prece que anula votos. A prece diz, "Que os nossos votos não sejam votos. Que os nossos juramentos não sejam juramentos." Por que o Judaísmo deixaria as pessoas se safarem tão facilmente? Será possível que esta prece realmente esteja dizendo "Não tem problema, você não precisa cumprir as suas promessas. Dar a sua palavra não tem nenhuma importância"? Eu acho que não.

No começo da vida, todos têm corações abertos, curiosos, amorosos. Depois, inevitavelmente, nós nos machucamos. A vida pode ser cruel. Alguém o deixa na mão, alguém o humilha, o trai, alguém parte o seu coração, alguém o abandona, Deus não responde as suas preces. Então começamos a fazer *promessas: Nunca mais deixarei que alguém me engane assim. Nunca mais falo com ele. Nunca vou perdoá-la pelo que ela fez comigo. Eu nunca mais vou me arriscar assim.* E também fazemos promessas em relação a Deus: *Eu nunca mais vou rezar.*

Essas promessas que nós fazemos calam fundo no coração. Nós as carregamos conosco e, lentamente, dia após dia, anos após ano, o coração aberto e curioso se transforma em pedra. Faz sentido, não é mesmo? Quem quer se machucar novamente? Mas é claro, nosso plano tem um problema. O coração de pedra não é só uma armadura que nos protege dos ataques contra nós. Ele também nos torna menos receptivos ao amor, às surpresas e às bênçãos direcionadas a nós. E o coração de pedra impede que todas as coisas boas em nossa alma — o amor, o perdão, a alegria, a espontaneidade, o romance — possam sair. Nós ficamos cautelosos, controladores, críticos, cínicos e intransigentes. De repente estamos vivendo dentro de um espectro de emoções cuidadosamente controlado: alegre/triste, interessado/entediado. Mas a sua alma é capaz, a sua alma está louca para vivenciar todo o espectro das emoções. E acho que é por isso que os judeus recitam o Kol Nidrei todos os anos. Eles se juntam para anular os votos que eles fizeram e que causaram o endurecimento dos nossos corações. "Que os nossos votos não sejam votos. Que os nossos juramentos não sejam juramentos."

Quando penso na cena do meu sonho e nas palavras que falei, não posso deixar de me perguntar: Por que este sonho foi enviado a mim? O que a minha alma estava tentando me dizer? O que é que eu precisava aprender? A verdade é que eu acho que sonhei com este verso de Ezequiel porque eu conheço bem os corações de pedra. Eu vivi com um deles.

O assassinato de meu pai foi um terremoto que devastou a minha vida. No dia anterior, eu era uma adolescente feliz, uma garota curiosa e divertida, vivendo com a sua família incrível. E depois meu mundo caiu e eu aprendi cedo demais o que era ter um coração de pedra. Eu estava repleta de raiva.

Eu me odiava por se fraca e vulnerável. Eu odiava a minha mãe por não ser forte por mim. Odiava o meu pai por ter me abandonado. Odiava os meus amigos por se preocuparem com coisas banais como festas e penteados. Odiava o Shabat e todos os feriados por me lembrarem dos lindos dias que agora estavam mortos. Eu odiava as preces com todas suas falsas promessas sobre todas as coisas maravilhosas que Deus faz. É mesmo? Onde Deus estava? Eu odiava Deus por não fazer nada.

Esta foi a promessa que eu fiz quando eu tinha quinze anos: "Eu agora estou sozinha. Eu não preciso de mais ninguém."

Uma tempestade estava desabando dentro de mim. Mas por fora, meu objetivo era ser normal. Esse é o sonho de todo adolescente no ensino médio:

eu sou legal, eu sou normal, eu sou perfeita. *Eu só tiro 10. Só não sinta pena de mim. Só não se aproxime demais. Só não me faça sentir nada.*

Então certa tarde, quando eu estava ainda no ensino médio, o alto-falante anunciou no meio da aula: "Naomi Levy! Atenção, Naomi Levy, por favor se apresente na sala do psicólogo da escola". Eu me senti tão humilhada. Alguém na escola decidiu, contra a minha vontade, que eu precisava de um psicólogo? E gritou isso para a escola inteira ouvir? Eu podia ver os olhos dos meus colegas me seguindo. *Essa é a menina, o pai dela foi assassinado.* Eu tentei não olhar ao meu redor. Eu me levantei e atravessei a escola até a sala do psicólogo. A placa na porta dizia que o nome dela era Sra. Schwartz. Quando entrei vi que ela era uma judia hassídica — usando mangas compridas e uma saia longa e uma peruca. *Ótimo!* eu pensei.

Eu me sentei e cobri minha boca com a mão sem pensar. Eu estava tão zangada e tão chateada e nada no mundo me faria conversar com aquela mulher. Eu estava certa de que ela iria dizer, "Me fale sobre o seu pai", ou "Como estão as coisas em casa com a sua mãe?", ou "Como você está se sentindo?"

Eu sabia que essa mulher não me faria ceder nem um centímetro. Mas meus olhos estavam se enchendo d'água. Eles estavam me traindo. Cada fibra do meu ser estava concentrada em não desabar, e eu sabia que ela podia ver a explosão que eu estava segurando, a tempestade que eu estava usando toda a minha energia para conter.

Ela disse, "Está tudo bem. Você não precisa dizer nada para mim. Você não precisa nunca mais me ver." E então ela disse, "Ei, você quer que eu lhe ensine uns truques para segurar o choro? Eu posso ensiná-la a não chorar."

A forma como ela reagiu foi tão inesperada. Ela não estava tentando perfurar o meu muro. Ela estava dizendo "Eu posso ajuda-la a manter o muro de pé." Ela estava dizendo que estava no meu time. Ela estava me mostrando que eu estava sendo reconhecida e compreendida. E apesar de ter feito uma promessa — *Eu agora estou sozinha* -, ela estava me dizendo que eu não estava sozinha.

Quando me levantei para ir embora, ela disse para mim, "Um dia, quando você estiver pronta, as lágrimas virão. E acredite, elas serão bem-vindas."

Um ano mais tarde, no primeiro aniversário do assassinato de meu pai, eu estava com dezesseis anos fazendo minha primeira viagem a Israel com meus amigos de acampamento. Fomos visitar o Kotel[17], o Muro Ocidental de Jerusalém. Eu andei até o mundo. Primeiro eu apenas toquei as pedras históricas. Depois eu me aproximei cada vez mais e senti o cheiro. Eu senti

---

17. NT. – Em português o Kotel é mais conhecido como "Muro das Lamentações".

o cheiro do Kotel. E ele tinha o mesmo cheiro que o meu pai. Ele não só tinha o cheiro do meu pai, ele cheirava como a axila do meu pai!

Lá estava eu, com os dois olhos fechados, os braços estendidos, tão completamente apoiada contra o muro que não sabia dizer se estava em pé ou deitada. Eu estava apenas lá, deitada com o meu nariz na axila de meu pai. E eu comecei a soluçar. O meu muro veio abaixo. E eu soube que eu tinha um pai que jamais me deixaria. E eu tinha uma mãe com um coração com mais amor e sabedoria do que eu poderia conceber. E eu tinha irmãos que me adoravam e eu que adorava. E eu tinha amigos que nunca me deixaram na mão.

E eu tinha Deus, que talvez fosse meio sem jeito. *Você me ouviu, Deus?*, eu disse. *Você é meio sem jeito, mas eu voltei a te amar ainda mais. Você é muito menos poderoso do que eu imaginava, mas é mais perfeito do que qualquer um de nós poderia conceber.*

E eu também tinha a mim mesma. E eu não era tão fraca assim afinal de contas. Até que ser eu não era tão ruim. Ser vulnerável não era tão ruim assim. Então eu anulei minha promessa de uma vez por todas. Eu não precisava mais encarar tudo sozinha. Eu não estava só.

Eu nunca estive só.

O que amolece um coração de pedra? Às vezes, uma memória sensorial que atravessa todas as suas defesas e o leva de volta para um lugar precioso. Foi isso que aconteceu comigo no Kotel. É como aquele momento no longa de animação *Ratatouille*, quando o crítico de restaurantes malvado prova o ratatouille e imediatamente é transportado de volta para a mesa de sua mãe. "Mamãe!"

Agora eu entendia por que a famosa canção hebraica sobre o Kotel diz, "Existem pessoas com corações de pedra, mas existem pedras com corações de carne."

Atravessar o coração de pedra e chegar até o coração de carne não é algo que só se faz uma vez. O coração de pedra não vai embora tão facilmente. A cada perda, a cada decepção, a cada novo desafio, ele sempre está pronto para voltar e ocupar seu velho lugar dentro de você. E ficar viva, vulnerável e tenra exige muita coragem.

Hoje em dia eu gosto de me sentir perdida e magoada e saber que sentir essas coisas é crucial pois isso significa que você está viva e tem um coração de carne capaz de sentir êxtase, alegria, excentricidades e abandono. Então deixe de lado o *Eu nunca vou perdoá-lo.* Deixe de lado esta postura teimosa. Deixe de lado o *Eu não vou ser a primeira a pedir desculpas* que você usa para se distanciar de Deus. Perdoe. Perdoe a vida. Perdoe ela. Perdoe ele.

Se perdoe. Que seus votos não sejam votos. Abaixe a sua guarda e vá até o coração de carne.

É tão cansativo carregar esse pedregulho por aí. Largue-o! Talvez ele seja uma dor que você está carregando, um ressentimento, uma inveja, uma culpa, uma raiva. Solte isso. Permita que o seu coração se liberte dessas garras. Nossas almas estão nos chamando de volta para nós mesmos. Nós queremos ser flexíveis novamente.

Você pode arrancar toda a sujeira que está embaçando a luz da sua verdadeira alma luminosa. E Deus está sempre sussurrando para nós: *Me dê uma abertura do tamanho de um buraco de agulha e lhe darei uma abertura larga o bastante para uma carruagem atravessar.*

Então este talvez seja um bom momento para ouvir a sua alma lhe perguntar: "Do que você está fugindo? Você tem medo do quê?" E talvez este seja o momento certo para todos nos perguntarmos, *Quais corações se endureceram para mim? E para quem o meu coração se endureceu?*

Com esforço e força de vontade, se você realmente se dedicar de corpo, alma e coração de pedra, é possível conseguir abrandamentos surpreendentes. Mas mesmo quando você conseguir um momento de abrandamento, seu trabalho ainda não terminou. Ele está apenas começando.

Lembre-se do versículo do meu sonho: são duas etapas. A primeira é remover o coração de pedra. A segunda, obter o coração de carne. Para obter um coração de carne, mantenha-se aberta até quando sentir o ímpeto de se fechar e regredir para os seus padrões antigos.

Mas quando você começa a se dedicar a isso diariamente, a esse trabalho diário de amolecimento, muitas dádivas inesperadas começam a surgir. Essas são as dádivas que a Força do Amor derrama sobre nós. É assim que obtemos um coração de carne.

A mudança na sua respiração talvez seja a primeira coisa que você vai notar. Ao invés de uma respiração acelerada e superficial, ela será tranquila. O aperto no seu peito será substituído por uma sensação de abertura.

As discussões que você tem com as pessoas mudarão. No lugar da necessidade de vencer, você sentirá a necessidade de ouvir e de ser ouvido.

A sua relação com seus filhos pode mudar. Você será menos rígido e abrirá mais brechas para a diversão.

Talvez a sua abordagem em relação trabalho mude. Ao invés de conseguir as coisas se impondo e fazendo força — o que soa mais como uma prisão de ventre —, você estará mais aberto para a inspiração, para as novas ideias e as colaborações, em vez da competição.

Talvez a forma como você dirige também mude. Se alguém tentar cortá-lo no acesso a uma via expressa, ao invés de buzinar e erguer o seu dedo médio, o que apenas te faz ser uma pessoa zangada com a pressão alta, você dirá, *Só vou perder um segundo*. Talvez esse sujeito esteja atrasado para o trabalho. Você fará um gesto indicando *Pode passar*. E ao longo do dia você pensará consigo mesmo: *Eu sou o tipo de pessoa que ajuda os outros*.

A forma como você reza pode mudar. Ao invés de só dizer *Eu quero, eu quero, eu quero*, você se sentirá grato: *Obrigada, Deus*.

A sua vida amorosa pode mudar. Em um encontro, ao invés de se perguntar, *Qual será o problema desse otário?* Você vai começar a pensar *Hum, o que essa pessoa tem de bom?*

O seu casamento pode mudar. Talvez a sua rotina previsível seja substituída pelo romance.

Até a forma como você lê as notícias pode mudar. Ao invés de tomar conhecimento do sofrimento de pessoas inocentes dizendo, *Isso não é problema meu*, algo vai comove-lo e você dirá para si mesmo, *O que posso fazer a respeito disso? Como posso ajudar? Eu preciso participar*.

No geral, a sua vida terá menos resmungos, menos preocupação, e mais encantamento, alegria, e uma gama mais vasta de emoções.

E logo as pessoas começarão a gravitar na sua direção porque você vai emitir uma luz. A luz da sua alma. Logo as pessoas no trabalho, em casa, e os seus amigos da vida toda, vão lhe perguntar, "Ei, qual é o seu segredo? É um terapeuta novo? Um novo antidepressivo? Uma dieta nova? Uma atividade física nova?" E você dirá para eles, "Aqui está o meu segredo: Ezequiel 36:26. Eu estou transformando o meu coração de pedra em um coração de carne."

Mais uma vez volto para aquela frase desconcertante do Talmude: "Eu estou procurando por algo que não perdi." Este é o paradoxo de nossas vidas. Nós passamos nossos dias procurando por coisas que já recebemos. E Deus clama para nós, "Se ao menos você pudesse ver!" Os relacionamentos já estão aqui. Tudo que precisamos fazer é consertá-los. O coração de carne já está aqui. Só precisamos chegar até ele. Um mundo repleto de surpresas e milagres está aqui. Só precisamos notá-lo.

Uma das minhas citações favoritas vem do filme *Feitiço da Lua*, quando a Cher conta para sua mãe que quer casar com Nicolas Cage.

A mãe dela diz, "Loretta, você ama ele?"

Ela responde, "Sim, mãe, eu o amo terrivelmente."

E a mãe diz, "Ah, que pena!"

É preciso muita coragem para largar o seu coração de pedra e substituí-lo por um coração de carne.
Existe motivo para sentir medo? Sim
É possível que você se machuque? Sim.
Alguém pode partir o seu coração? Sim.
E, ainda assim, vale a pena amolecer o seu coração de pedra? Sim.
Por que? Porque não queremos mais estar mortos para a vida. É preciso coragem para romper o muro, mas, ah, que recompensa!
Lembre-se de que você vale muito. Você é sagrado. Você é amado. Você é forte.

QUE TODOS ENCONTREM O PODER PARA REALIZAR A PROFECIA DE EZEQUIEL: REMOVER O SEU CORAÇÃO DE PEDRA, E PERMITIR QUE O SEU CORAÇÃO DE CARNE O LEVE DE VOLTA PARA A VIDA QUE VOCÊ VEM PROCURANDO. AMÉM.

20

EXPERIMENTANDO O PODER TERAPÊUTICO DO PERDÃO

Eu conheço a minha amiga Rachel há dezesseis anos. Eu quero pintar um rápido retrato da Rachel na terça-feira de 19 de julho de 2011. Ela tinha quarenta e oito anos de idade e um casamento feliz com Larry há vinte anos. Ela era uma mãe incrível e dedicada para seus três filhos de dezoito, quinze e sete anos de idade. Rachel sempre estava arrumada — uma daquelas mulheres que consegue ser mãe, motorista da rodada na escola, ter uma vida profissional e receber os amigos, tudo sem perder o rebolado.

Ela mesma lhe diria que era uma perfeccionista que dava conta de tudo. Seu marido era um homem de sucesso que vivia uma vida emocionante — dando festas, conhecendo senadores, até presidentes.

Ela me disse, "Eu fui abençoada." Havia algo a seu respeito que dizia que nada nunca daria errado.

Mas ela também era geniosa. Se uma mãe se atrasava para pegar seu filho da casa de Rachel, ela já a tinha como uma irresponsável. Ela me disse, "Eu era muito crítica e autoindulgente, eu não tinha compaixão pelas pessoas que cometiam enganos."

Agora eu quero passar só uma página no calendário — vamos para quarta-feira, 20 de julho de 2011. Era o típico dia de uma supermãe de Los Angeles como Rachel. Ela acordou e fez ginástica. Ela ia sair com seu filho de sete anos, Joshie, para substituir o chaveiro que ele tinha perdido, e depois ela iria passar na loja da Apple para buscar seu filho mais velho, Jamie.

Naquele mesmo dia, havia um homem judeu com oitenta e poucos anos chamado Jack. Ele era dono de uma pequena loja de varejo, um negócio de família, onde trabalhava com sua esposa, Hannah, e seu filho, Kevin. Eles estavam planejando uma viagem para pescarem juntos, só pai e filho. Em alguns poucos minutos, Jack iria atravessar a rua para ir ao banco em frente a sua loja, com o talão de cheques em mão. Era um lindo dia. A vida era boa.

Rachel estava riscando tarefas da sua lista de afazeres mental enquanto dirigia e esperava a ligação de uma mãe a respeito de um encontro com um colega do Joshie. Ela ainda vestia as roupas de ginástica que botou de manhã. Joshie estava no banco de trás. O telefone dela estava no porta objetos central — ela não queria perder a ligação sobre o encontro com o colega do seu filho. Mas o telefone caiu do porta objetos e foi parar embaixo do banco do carona. Com uma mão, ela tateou o chão para tentar encontrá-lo.

Nos filmes a trilha sonora sempre o alerta, as notas ameaçadoras que lhe dizem que uma cena feliz em um dia ensolarado está prestes a dar uma guinada terrível. Rachel desviou os olhos da estrada por um segundo para pegar o seu telefone e quando olhou novamente havia um homem andando na faixa de pedestres. Era Jack, talão de cheques em mão.

Ela gritou, jogou o telefone, meteu o pé no freio. Ela me contou, "Ele me viu, os olhos dele se arregalaram de medo. Eu não consegui parar a tempo. Eu o acertei."

Tudo aconteceu muito rápido. Josh estava dormindo, mas se assustou. "O que foi isso?"

"Ah, meu Deus do céu, meu Deus, eu o acertei," Rachel gritou. "Fique aqui," ela disse para Josh. E então ela correu e se ajoelhou ao lado de Jack. Uma mulher atrás dela gritava e a xingava, "Você não o viu?". Os passantes se aglomeraram ao redor deles.

Rachel gritou, "Liguem para o 911!"

Ajoelhada ao lado de Jack, Rachel disse, "Vai dar tudo certo, estão vindo busca-lo." De repente a esposa de Jack, Hannah, surgiu gritando, seguida por seu filho, Kevin.

O tempo congelou. Parecia que os paramédicos jamais iriam chegar. Rachel olhou para as calças rasgadas de Jack. Ele não estava muito ensanguentado. Ela pensou consigo mesma, *Parece que ele só quebrou o braço*. Ela estava torcendo para não ser grave. *Por favor, permita que ele fique bem*, ela rezou.

A polícia chegou e submeteu Rachel a um teste de sobriedade.

Joshie já tinha saído do carro. Ele havia ido para a calçada, assustado e confuso. Por algum milagre, o tio de Rachel estava sentado em um café ali perto naquele momento. Ele ficou com Joshie e o reconfortou. Ele levou Josh para casa.

Rachel estava atordoada, em choque.

Mais tarde naquele mesmo dia, ela descobriu como os ferimentos de Jack eram graves e o que estava quebrado: ele tinha fraturado o crânio, as costelas, o quadril, a espinha, havia hemorragia interna. Os médicos achavam que ele não sobreviveria até o dia seguinte.

Rachel disse para si mesma, *A vida como eu a conhecia acabou*. E ela rezou, *Por favor, Deus, permita que ele fique bem*.

Jack sobreviveu à primeira noite, ele agonizou no hospital. Rachel estava fora de si com tanta preocupação, *Ele vai conseguir, ainda não é a hora dele. Por favor, por favor, permita que ele fique bem.* Os dias se passaram. Rachel acendia velas e rezava. Ela sabia que não poderia visitar Jack no hospital — ela foi a pessoa que o atingiu. Mas o rabino dela foi em seu lugar e ficou do lado de fora do quarto de Jack e rezou por ele. Isso foi muito reconfortante para ela.

O advogado de Rachel disse para ela não se aproximar. A polícia disse que ela não deveria entrar em contato com a família. Ela escreveu cartas, mas não as enviou. Ela disse para mim, "Eu era odiada. Eu era uma pessoa maligna. Eu não poderia aparecer na frente da família de Jack."

Rachel se manteve distante o quanto pode, mas um dia ela não aguentou mais. Ela não ligava para o que o advogado havia dito, ela precisava se desculpar. Ela disse ao policial que estava tratando do caso, "Eu sei que você me aconselhou a não entrar em contato, mas eu preciso enviar essas cartas para Jack e sua família."

Cinco minutos mais tarde, o policial ligou de volta para ela, "Eu tenho más notícias. Jack acaba de morrer."

Rachel perdeu o chão pela segunda vez. O pior havia acontecido. Ela me disse, "Eu me sentia como se estivesse caindo por uma fenda sem fundo; você nunca vai tocar o chão. Caindo, caindo, caindo, afundando, caindo para dentro de mim mesma, caindo em um abismo de horror e desespero."

Agora ela estava sentado no escritório de um advogado criminal, tremendo. Ela nunca se vira como uma criminosa. Ela tinha três filhos que precisavam dela, um marido. Como ela poderia continuar com a sua vida e viver naquele abismo?

Rachel disse, "Eu queria tanto dar um telefonema de condolências para a família de Jack, mas sabia que não poderia". Então ela começou a rezar o Kadish, a prece de luto, por Jack todos os dias.

Eu me encontrei com Rachel naqueles primeiros dias após a morte de Jack. Ela queria saber como poderia receber o perdão — de Deus, de Jack, da família dele, dela mesma.

Eu me lembro de dizer para ela, "Eu quero lhe oferecer ferramentas práticas." Eu disse: "Você pode começar lendo os Salmos. O livro dos Salmos é um clamor para Deus em um momento de dor e cura." Eu também criei um amuleto sagrado, conhecido como Kamea, para Rachel usar o tempo todo. Eu disse, "Isso não é mágica, este amuleto está aqui para lembrá-la de que Deus está com você. Está aqui para ajudá-la unir as suas preces mais profundas a sua realidade externa."

Eu me lembro de conversar com Rachel sobre a graça de Deus. Eu disse, "A graça é amor que não merecemos. Deus não nos ama porque somos dignos de seu amor, mas porque somos incompletos e defeituosos."

Eu encorajei Rachel a comprar um livro de preces, e mostrei para ela quais ela poderia dizer de manhã, quando acordasse, e quais poderia dizer à noite, antes de dormir.

Então Rachel me disse, "Eu quero pedir perdão para Hannah e Kevin, mas não posso falar com eles, não querem saber de mim. E eu quero pedir perdão para Jack, mas jamais poderei fazer isso."

Eu disse a ela, "Você pode rezar e pedir perdão para Deus e deve achar um caminho para se perdoar, mas não deve colocar a esperança de ser perdoada sobre a família de Jack. Você precisa abandonar essa ideia. Um dia talvez surja uma abertura, mas também é possível que essa abertura jamais aconteça".

E então eu disse, "Quanto ao perdão do Jack, eu tenho uma sugestão. Eu posso lhe ensinar algo das Leis do Arrependimento do Maimônides. Ele afirmava que se você pecou contra uma pessoa que está morta, você pode ir até o túmulo dela implorar por perdão para a sua alma."

Rachel disse, "Jura? Eu posso fazer isso? Eu posso pedir perdão para o Jack?" "Sim," eu disse. "É uma antiga prática judaica.". Eu vi os olhos cansados e entristecidos de Rachel brilhar levemente.

Rachel começou a ler os Salmos todos os dias. Ela me disse que as palavras a faziam desligar a sua cabeça e tranquilizavam os seus medos. Ela me contou que era reconfortante ler sobre a angústia de outra pessoa. Eu perguntei se ela tinha um Salmo favorito. Ela disse, "Sim, essas palavras: Já estou cansado do meu gemido, toda a noite faço nadar a minha cama; molho o meu leito com as minhas lágrimas."

Pouco a pouco, Rachel começou a confessar para seus amigos. Ela disse, "Contar para eles me dá um pouco de alívio."

Ela começou a rezar as preces matutinas e noturnas. Ela me disse, "Eu amo que existam essas palavras que podem me guiar até os sonhos — a noite é muito assustadora. E eu amo que existam palavras para acordar, no momento em que a dor hostil da realidade me atinge." Ela disse que o livro de preces a estava tirando do seu estado de pânico.

E então chegou o dia em que Rachel estava pronta para seguir o conselho de Maimônides. Foi assustador dirigir até o cemitério, o coração dela estava batendo depressa. Ela pisou no gramado e então encontrou o túmulo de Jack, ainda sem sua lápide definitiva. Ela começou a conversar com Jack — de alma para alma. Ela começou a implorar a Jack por perdão. Ela rezou, ela recitou o Kadish. Ela estava soluçando em um turbilhão de lágrimas. Era um dia quente, abafado. Quando ela terminou de derramar toda a sua alma, ela subitamente sentiu uma brisa roçando sua pele e se perguntou se isso era um sinal. Ela me contou, "Eu senti que o Jack me escutou."

As Grandes Festas estavam se aproximando e Rachel estava absolutamente desesperada pensando em encarar Deus na sinagoga. Ela disse, "Antes eu nunca senti que havia pecado. E lá estava eu agora, me sentido como uma assassina. Sabia que tinha sido um acidente, mas havia tirado a vida de um homem."

Rachel se inscreveu em um curso sobre a Torá chamado "Como se Preparar para o Perdão". Ela se sentia como se cada palavra do professor fosse uma acusação. A palavra "pecado" a apavorava. Ela tinha certeza de que ninguém na sua turma estava lidando com o seu tipo de pecado. E de repente, quando o professor estava falando sobre arrependimento, ele disse exatamente estas palavras: "Eu não estou falando sobre assassinato, só sobre o pecado de fofocar sobre a sua sogra."

Rachel começou a respirar depressa. No fim da aula, ela saiu correndo e mal conseguia respirar. De repente ela percebeu que estava no quarteirão do lar da sua infância, a casa onde ela havia crescido e sonhado com um lindo futuro se desenrolando à sua frente.

Lá ela clamou: "Ah, meu Deus, olha o que eu fiz! Eu tirei a vida de um homem."

E então ela ofereceu seu próprio Salmo a Deus, das profundezas da sua alma, um Salmo de desgosto amargo.

Ouça meus gemidos, ó Deus
Estou tonta de desespero
Eu tremo perante o Senhor
Você é minha testemunha.

Yom Kippur foi um dia horrível e interminável perante Deus e o tribunal celestial. Rachel estava destroçada pela culpa, a dor e a angústia. Ela recitou a prece confessional batendo contra seu peito. Me lembro de Rachel dizendo para mim, "Acho que nunca antes na minha vida eu havia rezado de verdade. Eu estava só cantando e lendo as palavras. Agora eu vejo que cada prece foi escrita para mim."

O Yom Kipur for uma provação, mas também foi o começo da cura. Um dia de misericórdia e perdão.

Mas depois havia outro tribunal que Rachel tinha que encarar. Ela foi acusada de homicídio culposo na direção de veículo automotor.

Uma matéria sobre o acidente apareceu em um jornal local. Rachel me disse, "Eu me senti nua e exposta." Ela achava que o farmacêutico, o dono do mercado e todo mundo estava sabendo e falando sobre ela.

Rachel começou a fazer seu serviço comunitário na praia com seus colegas criminosos, todos vestindo coletes laranjas — acompanhada por traficantes e ladrões. Ela me disse, "O meu crime era o pior de todos." Ela tinha vergonha de dizer o seu crime.

Aqueles dias limpando privadas e cavando areia estavam ajudando na cura de Rachel. Ao fim de cada dia, ela estava dolorida e exausta. Ela queria estar dolorida, ela queria estar sofrer.

Um dia ela finalmente disse o que tinha feito para o motorista que guiava o seu grupo de serviço comunitário. Em vez de julgá-la, ele foi gentil e solidário. Ele disse, "Meu Deus, cara, que barra." Ela percebeu que ninguém a estava julgando.

Rachel me disse que o Kamea — o amuleto que fiz — estava com ela o tempo todo. Ela disse, "Eu tocava ele o tempo todo, como se fosse uma bolinha antiestresse. Eu sentia o bambu e me lembrava da mensagem dentro dele."

Um ano se passou. Rachel fazia terapia, recitava preces e Salmos. Mas ela não sabia como se perdoar. Rachel não se sentia muito cativante ou muito merecedora de amor — se sentia como um monstro.

Mas ela estava começando a sentir o perdão de Deus. Pouco a pouco começou a senti-lo e começou a dizer para si mesma que, *se Deus conseguia amar aquela mulher que era tão arrogante, se o meu marido ainda consegue me amar, se meus filhos ainda conseguem me amar e me abraçar, se os meus amigos conseguem me amar, eu preciso achar alguma maneira de me amar. Eu mereço uma segunda chance.*

Rachel começou a fazer palestras para adolescentes em sinagogas e escolas públicas. Ela me disse, "Essas palestras ajudaram muito mesmo." Ela estava confessando publicamente. Cada vez que ela confessava seus erros para uma nova plateia, ela se sentia um pouco mais leve. Ela rezava para que pudesse salvar uma vida com cada palestra. Ela dizia para os garotos: "Durante o tempo em que você tirou os olhos da estrada e leu uma mensagem, você dirigiu o comprimento de um campo de futebol americano sem enxergar." Ela implorou para que eles absorvessem as palavras da Prece Confessional Tecnológica: "Pelos pecados que cometi perante Vós ao mandar mensagens enquanto dirigia. Pelos pecados que cometi perante Vós ao ler um e-mail em um sinal vermelho." Ela pedia que eles compartilhassem isso com seus pais e parentes.

Dois anos se passaram. Três anos.

Todos os anos Rachel acendia uma vela em memória de Jack. Ela continuava rezando para que, um dia, conseguisse pedir perdão para a família dele, mas ela entendia que este dia talvez nunca chegasse. De tempo em tempo, ela entrava em contato com Hannah e Kevin e perguntava se eles gostariam de se encontrar com ela. A resposta sempre era não.

Três anos e meio se passaram. Rachel entrou em contato novamente. Desta vez a resposta foi "Sim."

Ela me disse, "Eu passei três anos e meio esperando por este momento." Rachel não estava esperando um momento em que todos cantariam de braços dados. Ela estava se preparando para o pior. Ela disse, "Tudo que eu queria era a oportunidade de olhar nos olhos deles e dizer o quanto eu lamentava."

O encontro aconteceria na sinagoga da família de Jack, com o rabino deles e Rachel e seu rabino.

No dia do encontro, Rachel chegou lá uma hora mais cedo. Ela estava ansiosa e não sabia o que fazer. O seu coração batia acelerado. Então enquanto ela estava entrando, ela viu Hannah virada de costas através do vidro do escritório do rabino. Rachel ficou pálida e assustada. A última vez que Rachel vira Hannah ou Kevin fora há três anos e meio, naquele dia terrível quando eles correram pela rua para encontrar Jack deitado no chão.

Rachel entrou e disse um angustiado "Olá." Ela me contou, "Eu estava preparada para eles pularem em cima de mim, berrassem comigo, me agredissem, me batessem, me arranhassem." Mas Hannah estava tão bonita, tão nobre, e Kevin tão digno.

Rachel falou primeiro. Ela disse, "Eu estou tão grata por vocês terem permitido que eu falasse com vocês. Eu quero que saibam o quanto eu lamento. Todos os dias eu penso sobre o Jack, sobre o que eu fiz. Quero que vocês saibam que eu mudei. Eu sinto muito, eu sinto tanto por ter tirado a vida de Jack."

Hannah estava segurando diversas páginas. Ela se virou para Rachel e disse, "Eu fiz algumas anotações, mas elas não são muito gentis. Eu não vou lê-las." E ela as guardou em sua bolsa.

Ao invés disso, ela disse, "Vamos apenas conversar."

As palavras foram saindo, palavras que precisavam ser ditas e ouvidas. E então os rabinos sugeriram, "Será que podemos dizer uma bênção agradecendo a Deus por nos trazer a este dia e este momento?"

E todos rezaram de mãos dadas: "Abençoado seja Vós, Senhor nosso Deus, Senhor do universo, que nos deu a vida, sustentou nossas vidas e nos permitiu chegar a este momento de alegria. Amém."

Todos estavam chorando.

Então Hannah se virou para Rachel e perguntou, "Como está o seu filho?" Rachel simplesmente derreteu, ela se desfez em lágrimas. Ela me contou, "Foram eles que sofreram a perda e ela estava preocupada com o Joshie? Isso foi tão solidário."

Então Kevin disse, "Posso lhe dar um abraço?"

Rachel me contou, "Este homem que eu havia magoado tanto queria me abraçar?"

Rachel disse, "E então Hannah me abraçou e eu chorei nos braços dela, repetindo, "Eu sinto muito, eu sinto muito." Rachel sentiu que Hannah a abraçava como uma mãe.

Hannah disse para Rachel, "Deus a abençoe."

Nem nas suas preces mais delirantes, Rachel poderia acreditar que viveria para passar por este milagre — um encontro de almas.

A sala ficou silenciosa.

E então Hannah rompeu o silêncio com estas palavras: "Agora estou pronta para a cerimônia da lápide[18]."

Três anos e meio se passaram sem que Ana colocasse a lápide de Jack. Ela finalmente estava pronta. O perdão era o que sua alma precisava para se permitir, enfim, fechar aquele ciclo.

Foi um dia inesquecível, uma cura sagrada para todos.

FAZ QUATRO ANOS que Jack morreu. Rachel sabe que ela jamais irá superar o que fez e o que aconteceu. Ela diz: "Isso faz parte de mim."

Mas Rachel também sabe que cresceu. Ela aprendeu que existe algo dentro de cada pessoa que vai ajudá-la a superar até o pior dos pesadelos. Ela aprendeu a ser bondosa consigo mesma e não permitir que sua vergonha a oprima. Ela aprendeu a ser mais clemente com os outros. Esta provação a deixou mais gentil. Ela aprendeu, do jeito mais difícil, que somos todos filhos de Deus e todos cometemos erros. Algumas pessoas cometem erros terríveis. Rachel não julga mais as pessoas — ela foi abençoada com o poder terapêutico do perdão.

Agora Rachel escuta mais. Ela não faz mil coisas simultaneamente. Ela sabe que não podemos fazer duas coisas ao mesmo tempo. E ela espera que as pessoas que leiam sua história compreendam o seguinte: se você sempre fez mil coisas ao mesmo tempo e nada nunca deu errado, isso não

---

18. Os ritos e tradições judaicos contam com uma cerimônia em que a lápide (*matsevá*) é eregida um tempo depois da morte do falecido.

significa que sempre vai dar certo. É perigoso transformar o seu carro em um escritório. Quando você está dirigindo e escreve uma mensagem, checa os seus e-mails, disca um número ou tira os olhos da pista, você está arriscando a sua vida e a dos outros. Um carro é uma arma e exige toda a sua concentração.

Rachel sempre me disse, "Eu sempre senti Deus na minha vida, mas agora eu sinto uma conexão com Deus que eu antes não tinha" Ela disse, "Tudo que eu queria era voltar a ser a Rachel feliz do dia antes daquele dia trágico. Mas agora eu sei que eu jamais poderei voltar para o início." Ela me disse, "Naomi, eu não estou mais no início. Eu andei uma casa."

TALVEZ VOCÊ ESTEJA rezando para que as coisas na sua vida voltem a ser o que um dia foram, voltem ao normal. Eu prometo que elas não voltarão. Você não voltará. Você não pode. Nós não estamos aqui para voltar ao normal. Na verdade, você foi abençoado com o poder de *retornar* para um lugar *novo*. Um plano mais elevado. Uma sabedoria maior. Atravessar o torpor e chegar até um lugar autêntico. Uma honestidade mais profunda.

Talvez você esteja alimentando um ressentimento, talvez esteja protelando um pedido de desculpas. Talvez você tenha deixado de falar com alguém. Você pode ver como essa evasão o está impedindo de crescer? Por favor, saiba que o perdão que você está adiando pode libertá-lo para seguir em frente.

O perdão é um milagre. São palavras tão simples:
"Por favor, perdoe." — "Eu o perdoo."

Eu rezo para que você encontre a humildade, a coragem e a compaixão para pronunciar estas três palavras abençoadas. Você quer passar o resto da vida segurando estas palavras? Por que esperar até ter que seguir a prescrição de Maimônides e recitar um monólogo de arrependimentos e mágoa na lápide de alguém, quando a cura pode começar bem aqui e agora?

Estamos indo na direção do abrandamento. Ansiamos por dias de graça, dias de ascensão. Onde poderemos subir da primeira para a segunda casa, cada vez mais alto.

QUE A SUA GRAÇA, SEU AMOR, SEU PERDÃO E SUA CURA CONTINUEM A SE ELEVAR. AMÉM.

21

REZANDO PELO MEDO SAGRADO

APRENDENDO A PENSAR ANTES DE AGIR

"O QUE EU ESTAVA PENSANDO?" O rosto de Rick estava consternado, ele estava balançando para frente e para trás de tanta angústia. Ele repetia, "No que eu estava pensando, rabina?" Rick me contou sobre como teve um caso e perdeu sua esposa, seu lar, seu cachorro e, o pior de tudo, o respeito de sua filha. Ela se recusava a falar com ele.

Eu senti pena de Rick enquanto ele se sentava na minha frente, tomado de dor e arrependimento. Todos já fizemos algo que gostaríamos de desfazer. Se ao menos tivéssemos enxergado as consequências antes de agir. Se ao menos pudéssemos ver nossas palavras e nossas ações repercutindo através do tempo. As pessoas normalmente vêm conversar comigo quando o fato está consumado. Depois do caso, depois da transgressão, depois do ataque de raiva. Só quando despertamos para as consequências de nossas ações começamos a nos perguntar: *o que eu estava pensando?*

Existem medidas que podemos tomar para evitar estes enganos no futuro.

A alma dentro de você dispara um alarme quando vê que você está prestes a se ausentar do seu próprio Eu superior. Você já o escutou.

O problema é que temos dificuldade em sentir essa urgência da alma. Nós somos especialistas em ignorar ou dar pouco crédito ao clamor da alma.

Para conseguirmos mudar, precisamos aprender a ouvir esta voz superior, ao invés da voz inferior que nos seduz e nos faz acreditar que ela sabe o que é melhor para nós. Compreenda que a sua vida depende de você escutar a sua alma. A sua felicidade, tudo que você ama e no qual confia, depende da sua capacidade de escutar.

Quando aconselhei Rick, ele perguntou, "O que eu estava pensando?" e ele me implorou para ensiná-lo técnicas para lutar contra seu desejo poderoso.

Eu lhe disse ele, "Eu gostaria de educá-lo a respeito do Poder Positivo do Pensamento Negativo."

Ele perguntou: "O que?"

"Você também pode chamar isso de Vantagem da Desvantagem," eu disse. Rick esperava que eu o incetivasse com algumas palavras animadoras sobre coragem e o otimismo. Grande parte da sabedoria espiritual em oferta hoje em dia, venha ela dos púlpitos ou dos livros de autoajuda, ressalta a luz sem nunca dar muita importância a escuridão.

Mas eu levei Rick por um caminho que reforçava a urgência do grito de alerta da alma. Eu comecei a falar sobre o mundo superno que espelha o nosso mundo. Eu disse, "É como se fosse a imagem de um teste de Rorschach, ou o Lago Espelhado no Parque Nacional de Yosemite." Rick assentiu, escutando atentamente. Eu continuei, "O mundo espiritual está próximo, espelhando-o como uma sombra." Eu vi Rick absorvendo aquilo tudo. Eu expliquei que, desta mesma forma, a tradição mística judaica imagina uma árvore da vida que contém todos os atributos divinos de Deus no céu acima de nós e uma árvore embaixo, dentro de nós, que espelha estes mesmo atributos. Eu disse para ele, "Nós fomos criados a partir da árvore superna."

Então eu pedi para o Rick olhar pela janela. "Olhe para aquela árvore por um momento." Rick olhou para um velho fícus imponente. Eu disse, "Olhe para a base da árvore e saiba que o sistema de raízes no subsolo é tão intrincado quanto os galhos e as folhas. Existe muita coisa acontecendo além do nosso campo de percepção. A árvore superna da Cabala, a estrutura contendo as qualidades sagradas de Deus, não cresce como as árvores aqui na terra. As suas raízes estão no céu, lá estão os seus nutrientes, e seus galhos e folhas se estendem na nossa direção." Rick fechou os olhos e tentou imaginar tudo isso. Eu disse, "Imagine esta árvore de ponta cabeça crescendo para baixo, em nossa direção."

Foi então que comecei a explicar o número de equilibrismo sagrado que eu gostaria de compartilhar com você:

Existem dois atributos divinos que emanam desta árvore para nós: o amor e o medo. O amor e o medo estão sempre se contrabalançando, como o ying e o yang. O amor é uma onda que flui da alma, se derramando e se espalhando como a água. Mas o amor também pode ser perigoso. O amor descontrolado pode sufocar, como um pai que não deixa que seu filho cresça. Como um rio sem represas, ele transborda e alaga tudo em seu caminho. O amor descontrolado é um oceano sem uma praia para delimitá-lo. Sem uma barragem para contê-lo, as águas do amor engolem todos nós.

O amor descontrolado é o desafio da pessoa que foi abençoada com um talento enorme e nenhuma disciplina.

O amor descontrolado está na gênese deste culto à positividade que invadiu a sociedade americana. A Nike diz, "Just do it!"[19] Mas a Bíblia diz,

---

19. O slogan da Nike pode ser traduzido como "Apenas faça!" ou "Vá em frente!"

"Não vá em frente!" Não há nada de errado com este incentivo à coragem, mas o ego descontrolado pode nos destruir e o desejo desenfreado nos levará para muito longe do caminho sagrado.

É aí que entra o medo, o segundo atributo divino. O medo está aqui para contrabalançar o amor. Não é aquele medo primitivo, que paralisa e impede que realizemos o nosso potencial, mas um medo sagrado. O medo sagrado é o comedimento, a reverência, o tremor. O medo de perder tudo. É uma força dentro de nós que diz, *Pare!* O medo sagrado é uma voz que diz, pense antes de se jogar, meça as consequências antes de agir, pare um pouco e reflita antes de apertar "enviar". Reconheça a beleza do que você já tem antes que você espezinhe isto.

Nos casamentos judaicos a tradição manda que o noivo pisoteie uma taça enquanto a comunidade aplaude, "Mazel tov!" Uma das minhas explicações favoritas para este ritual inusitado vem do Talmude, onde um rabino espatifa uma taça em um casamento, espanta os convidados, e exclama: "Toda celebração precisa de um tremor."

Um casamento é um dia alegre, mas também é um pacto sagrado, uma responsabilidade assombrosa, e com demasiada frequência nós botamos ênfase no amor e ignoramos o tremor. O seu relacionamento precisa da sua devoção e, sim, até do seu medo. Uma cerimônia de casamento é chão sagrado, é a base para uma vida — e ainda assim nós nos preocupamos mais com a festa do que com a reverência.

O medo sagrado não é pânico. É a clareza do pensamento, até mesmo calma: o momento em que você reconhece como é pequeno perante o vasto universo majestoso de Deus. É o momento em que a sua alma o sacode e você percebe como é profundamente abençoado.

As Grandes Festas judaicas não são conhecidas como dias de paz e amor. Elas são chamadas de Dias de Reverência. Durante os Dias Sagrados, os judeus rezam, "Por favor, Deus, nos encha de medo." Que tipo de louco reza por medo? Quem pediria mais medo?

Mas os sábios entendem o que significa estar conectado ao sistema de alarme da alma. Esta prece é anseio por um nível superior de medo — o medo de desperdiçar a sua vida, o medo de jogar a sua vida fora, o medo de não enxergar a missão sagrada que Deus depositou em suas mãos. Rezar por medo é autopreservação. As emoções sombrias estão aqui para nos ensinar algo.

Eu expliquei o medo sagrado para o Rick e ele disse, "Rabina, no começo eu não entendi o que você estava falando. Mas agora entendi o que falou sobre o poder positivo do pensamento negativo."

O seu medo é uma dádiva. A reverência é um estado sagrado. A sua vulnerabilidade é a sua força.

Pare de temer o medo, pare de fugir do medo. Saiba que o medo sagrado é uma qualidade divina que já está dentro de você. É uma qualidade que pode mudar a sua vida e ensiná-lo a viver em um novo plano, um nível superior de poder e paixão. Você não precisa procurar muito para encontrá-lo. Dentro de você há uma árvore invertida que guarda o amor sagrado e o medo sagrado em um equilíbrio divino.

Eu sempre tentei imaginar este equilíbrio, visualizar a árvore sagrada dentro de nós. Mas foi só quando fui diagnosticada com asma, no último Janeiro, que realmente consegui enxergar isso. Eu estava sentada no consultório da pneumologista e ela estava me explicando sobre a asma. Então ela estendeu o braço e me mostrou um pôster médico. Eu perdi o fôlego quando vi o diagrama na minha frente — lá estava eu, cara a cara com a árvore superna sobre a qual meditei por anos. Minha médica disse, "Rabina, os pulmões humanos são como uma árvore invertida." E eu soltei um suspiro de profunda compreensão e disse, "Sim, mas é claro!"

O sopro de Deus flui através de nós. As qualidades divinas estão dentro de nós, presas em um equilíbrio poderoso. Nossas raízes estão no céu. O medo sagrado é a nossa salvação, permita que ele o guie e o erga para além dos pensamentos e sentimentos inferiores. Toque esse lugar dentro de você. Escute a voz que diz, *Pare*. Pense antes de agir. Pare e realmente escute. A sua vida lhe agradecerá, a sua alma lhe agradecerá, a sua família e seus amigos lhe agradecerão. Você sofrerá muito menos e machucará menos as pessoas que você ama. Sinta a urgência do alarme, acolha o alerta da alma. Ache a reverência dentro de você.

A RESPOSTA ESTÁ MUITO MAIS PRÓXIMA DO QUE VOCÊ IMAGINAVA. ELA ESTÁ DENTRO DE VOCÊ. VOCÊ NÃO PRECISA MAIS VIVER COM O ARREPENDIMENTO DO "O QUE EU ESTAVA PENSANDO?" QUE, AO INVÉS DISSO, VOCÊ POSSA TER O PODER DE VIVER NA ESFERA DO MEDO SAGRADO, DIZENDO, "COMO SOU ABENÇOADO POR TUDO QUE ME FOI DADO." AMÉM

22

RECONHECENDO O PODER SALVADOR DOS VERDADEIROS AMIGOS

Quando tinha setenta e quatro anos, meu avô subitamente caiu em uma depressão profunda. Ninguém conseguia entender o porquê. Ele passava o dia inteiro sentado em sua cadeira com o olhar perdido. Ele não estava morando sozinho, ele era casado com o amor da vida dele. Estava cercado por parentes, a nossa tribo, seus três filhos adultos e seus cônjuges todos moravam nas redondezas com seus nove netos. Todos estavam lá. E o varejo da família, que ele havia começado, ainda estava florescendo — mas ele parou de ir trabalhar. Ele simplesmente não saía de sua cadeira. Um dia minha mãe se sentou ao lado dele e disse, "O que houve, papai? Qual o problema?"

Ele ficou em silêncio por um tempo e depois disse, "Não sobrou ninguém." A princípio minha mãe não conseguia entender — meu avô fora abençoado com saúde, uma esposa, filhos e netos ao seu redor. Mas então ele acrescentou, "Não tem ninguém com quem *kibbitz*." Kibbitz é uma palavra ídiche que engloba todo o maravilhoso 'não fazer nada' que você faz com seus amigos — curtir, brincar, fofocar, implicar, contar histórias, desabafar, ouvir, rir, e tudo mais...

Meu avô havia enterrado, algumas semanas antes, o último dos seus amigos mais próximos. Aqueles homens do seu país de origem, que se sentavam e jogavam xadrez, sentados com as calças tão altas que o cinto cingia seu peito, bebendo chá em copos, fumando charutos. Todos se foram.

De repente minha mãe entendeu as profundezas da perda de seu pai. Dizer ao meu avô "Qual o problema, papai? A sua família está aqui," seria uma incompreensão da questão, subestimar o tamanho de sua perda. Em vez disso, minha mãe disse a ele, "Sim, você realmente tem motivos para chorar, papai. Eu agora entendo."

Será que você se lembra de uma fase da sua vida em que você se sentiu sozinho? Talvez você tenha se mudado para uma cidade nova, uma nova escola onde você não conhecia ninguém — talvez um novo emprego. Tente se lembrar de quando você não sabia com quem se sentar no ônibus, com quem almoçar, ou com quem brincar no recreio. A sensação de vazio desta experiência é palpável. Sem amigos, a vida é agonia. A diferença entre não ter nenhum amigo e ter um amigo é o mesmo que estar perdido e ser encontrado.

Lembro-me de sentir isso na faculdade. Andando por aí desamparada e sozinha, vagando pelo campus como um fantasma. A ausência de amigos pode realmente parecer uma morte. E então encontrei a Rebecca. Ela disse, "Eu trabalho no cinema. Vá lá! Eu vou te dar pipoca de graça." Ela gostou de mim! Eu nem precisei impressioná-la. Amá-la era tão fácil. Ela me aceitou sem que eu tivesse que me provar. Alguém me viu, me puxou do meio da multidão e eu me senti viva e reconhecida. Eu não era mais um fantasma.

Talvez seja por isso que há uma bênção que judeus dizem quando se reencontram com um velho amigo depois de muitos anos: "Abençoado seja Aquele que ressuscitou dos mortos." A amizade dá vida à alma. Ter uma amizade duradoura significa que vocês podem ser separados pela distância e pelo tempo, ainda assim, quando se juntam, parece que não passou tempo algum.

Na Bíblia, o paradigma do verdadeiro amor não é um vínculo romântico, mas a amizade entre Davi e Jonatas. A conexão entre o príncipe e o candidato ao trono é profunda, instantânea e desafia toda a lógica. Jonatas tem todos os motivos para temer Davi, para sentir-se ameaçado por ele mas, ao invés disso, não pode deixar de confiar nele e adorá-lo. A alma de Jonatas se entrelaça com a alma de Davi. Jonatas ama Davi tanto quanto ama a si mesmo. Por causa deste amor, Jonatas prontamente abre mão do trono por seu amigo. Quando Jonatas morre, Davi se lamenta com estas palavras: "Me angustio por ti, meu irmão Jonatas. Mais maravilhoso me era o teu amor do que o amor das mulheres." A verdadeira amizade pode transcender o romance. São almas que se unem.

A alma chega neste mundo com uma profunda necessidade de se conectar com outras almas. A alma dentro de você deseja intimidade e honestidade. E adivinha só? As almas de todos ao seu redor não são diferentes. A alma anseia pelo amor da família e pelo amor romântico de um parceiro e, ainda assim, o amor de um amigo pode ser a salvação da alma.

Você pode sentir uma paixão louca pelo seu parceiro, mas ainda assim você sabe que existem partes de você que o seu parceiro não consegue ocupar. Eu fico preocupada quando aconselho um casal que supõe que o seu parceiro tem que completa-lo. Em todos nós existem lugares vazios que só os nossos amigos sabem ocupar. Os seus amigos o escutarão quando o seu parceiro fingir que está ouvindo, os seus amigos o consolarão quando o seu parceiro perder a cabeça. A beleza é passageira, o romance esmorece, mas os seus amigos não precisam que você seja bonito, jovem ou sexy.

Há alguns anos, um casal jovem se integrou à nossa comunidade. Jeff e Denise haviam se mudado para Los Angeles recentemente para ficarem mais próximos da família porque Denise estava grávida. Os dois sabiam que precisariam de mais apoio e mais ajuda. Mas Jeff não esperava a invasão das amigas de Denise.

Jeff veio reclamar para mim. Ele me disse que estava se sentindo um pouco ameaçado pelas duas melhores amigas de Denise, Margo e Allie. Ele queria Denise só para ele. Ele queria ser a pessoa mais importante na vida dela. Ele tolerava as amigas mas, lá no fundo, desejava que elas pudessem simplesmente desaparecer. Eu gentilmente sugeri a Jeff que essas amigas que ele tanto ressentia poderiam vir a ser inestimáveis.

Seis anos se passaram.

Denise estava com trinta e oito quando foi diagnosticada com o câncer de mama. Jeff não conseguia lidar com aquilo. Ele não sabia o que dizer para ela, ou como ser forte por ela, ou como confortá-la. Seu medo de perdê-la era tão grande que ele só conseguia pensar nele mesmo. *O que eu vou fazer sem ela? Como vou criar as crianças sem ela?*

Imediatamente, as duas melhores amigas de Denise, Margo e Allie, entraram em cena e deram conta de tudo — a comida, o transporte, o lazer das crianças, as consultas, a companhia, as preces, a escuta, a torcida. E Jeff recebeu a ajuda de braços abertos. Ele não mais se sentia ameaçado por essas duas mulheres cheias de força e o laço que elas compartilhavam com a sua esposa. Ele entendeu como era abençoado por tê-las.

No dia em que Denise faria a mastectomia, Jeff descobriu que tinha uma força que ele jamais havia acessado antes. Ele estava lá, foi calmo, forte, amoroso, presente. E mais tarde, naquela noite, quando voltou para casa por alguns minutos só para abraçar as crianças e tranquiliza-las, ele olhou em ao seu redor. Margo estava secando os pratos depois de ter cozinhado o jantar. Allie estava botando os pijamas das crianças depois de ter dado banho nelas. E Jeff caiu em prantos. Ele virou-se para elas e disse, "O que seria de mim sem vocês?" Ele estava grato, tão grato pelos dois anjos da guarda que Deus enviou para Denise.

Com um amigo, você atravessará o abismo e os momentos mágicos. Com os seus amigos há sempre brincadeira e risadas, não importa a sua idade. A amizade é um equilíbrio sagrado que não o drena, o reabastece — dar é receber, receber é dar. Um amigo é alguém com quem você pode conversar e confessar segredos, alguém que não diz o que você quer ouvir, conhece os seus truques e não cai neles. Quando você está com um amigo, pode despir a máscara que usa para encarar o mundo e ficar nu, revelar a sua alma. Você diz para ele: *Olhe! Não há parte de mim que você ache feia, porque você conhece a minha alma.*

Ao longo dos anos, aconselhei montes de pessoas que compartilharam suas decepções com membros da família que não as entendiam ou não se conectavam com elas: "Eu sei que deveria amar a minha irmã porque ela é minha irmã, mas eu simplesmente não gosto dela." Não podemos escolher a nossa família, mas escolhemos os nossos amigos.

Escolha bem. Preste atenção à sua alma. Ela já sabe a diferença entre os amigos que vão elevá-lo e os que o puxarão para baixo. Evite aqueles que são críticos ou julgam demais os outros, e desconfie de quem tem a boca grande. Você pode ter muitos conhecidos e muitos relacionamentos pouco profundos. O Facebook talvez chame essas pessoas de amigos. Eu não os chamo de amigos, chamo de "amigáveis". Pergunte a si mesmo: será que essa pessoa é mesmo minha amiga? Ou será apenas amigável? Você pode ser amigável com muitas pessoas. Os verdadeiros amigos? Eles são anjos da guarda.

QUE ASSIM SEJA PARA VOCÊ.

23

ENCONTRANDO UMA ALMA GÊMEA

O Talmude nos conta que quando o trabalho de criação havia terminado, o Criador assumiu uma nova missão: a de casamenteiro. Se você acha que essa é uma tarefa banal demais para o Criador, saiba que, para Deus, unir as almas é tão difícil quanto abrir o Mar Vermelho. De acordo com os rabinos, Deus começou a formar casais com Adão e Eva e continua fazendo isso até hoje.

A palavra ídiche para "alma gêmea" é *bashert*, que significa 'predestinado' ou preestabelecido. Ela é a crença de que a Alma das Almas já escolheu a pessoa certa para a sua alma.

Em outra passagem, o Talmude diz que quarenta dias antes de uma criança nascer, uma voz celestial proclama quem está predestinado a se unir com ela quando for o momento de se casar. Zohar, o livro de sabedoria mística, afirma que a alma começa sua existência como um ser composto e, logo antes de descer para este mundo, Deus a separa em dois, e essas meias-almas entram cada uma em um corpo. A alma passa seus dias na terra procurando aquele que poderá torná-la inteira novamente.

Será que o Senhor já escolheu um parceiro para você? Será que cada alma só tem um parceiro certo? Até Maimônides tinha dificuldades em aceitar a ideia de *bashert* pois ela nega o livre arbítrio, e Deus nos criou para sermos livres.

No entanto, não podemos negar o mistério das almas que se unem no amor. Eu sei que me senti desta forma quando me apaixonei por Rob, meu marido. Não foi de imediato, ele soube antes de mim. No dia em que me conheceu, ele disse para o seu melhor amigo, "Eu vou me casar com essa mulher". Eu demorei um pouco mais para me dar conta.

Nós nos conhecemos brevemente em um corredor da sinagoga. Ele era parte de um grupo de alunos que estava fazendo uma aula com um rabino Ortodoxo que alugava uma sala no nosso prédio. O rabino disse aos seus alunos, "Rapazes, vamos conhecer a rabina."

O Rob me conheceu e imediatamente soube que eu era a pessoa para ele, mas eu não tenho nenhuma lembrança deste encontro. Ele começou a frequentar o meu grupo de prece nas noites de sexta-feira e nas manhãs de sábado e ficava após o fim do culto para discutir a Torá e fazer um lanche.

Depois foram os presentinhos que ele levava para mim durante o curso sobre o Cântico dos Cânticos. Ele nem era uma pessoa religiosa, um frequentador de sinagoga. Eu não sabia disso. Pensei que ele estivesse a fim de Deus, mas ele estava a fim de mim. No nosso casamento, onde havia uns trinta rabinos presentes, o irmão de Rob, Mark, fez o seguinte brinde: "Rob, eu nem sabia que você era judeu!" Eu realmente acredito que a alma sabe antes da mente saber. Intelectualmente, eu estava tratando Rob como um membro do meu rebanho, mas bem lá no fundo, na alma, estava acontecendo algo mais. Ele me parecia familiar, como se o conhecesse a minha vida inteira.

Um dia, depois da aula, Rob me convidou para um chá. Eu disse sim. Nós andamos um quarteirão até um café. Qualquer pessoa que olhasse para nós diria que éramos incompatíveis. É possível que eu rejeitasse o perfil dele em um site de encontros. Ele estava de camiseta, calças jeans rasgadas e sandálias de dedo e eu estava vestida com um tailleur com saia. Mas assim que nós nos sentamos, minha alma sabia que eu estava em casa.

Quando as pessoas me perguntam, "Como vou saber se essa pessoa é a certa? Como vou reconhecer a minha alma gêmea?" Eu digo, você talvez fique nervoso no início, talvez um de vocês demore um pouco para entender quem é o outro. Mas, mais cedo ou mais tarde, você vai se sentir em casa.

Baal Shem Tov, o fundador do judaísmo hassídico, tem um famoso ensinamento:

"De cada ser humano se ergue uma luz que sobe direto até o céu. E quando duas almas predestinadas a ficarem juntas se encontram, seus feixes de luz se combinam, e uma única luz, ainda mais brilhante, nasce da união de seus seres."

Eu não acredito que cada alma tenha só um parceiro certo. Eu acredito que a alma tem a capacidade de conhecer o amor com mais de uma única pessoa em todo o universo. Isso é o que permite que as pessoas se casem novamente após um divórcio ou após a morte de um parceiro. Existe vida depois de um coração partido, assim como existe vida após a morte.

Qual o papel da alma na busca e na preservação do amor? A alma é nossa maior professora. Ela está sempre nos lembrando de que não podemos apressar o amor. Você tem que ser paciente e precisa ter a coragem de baixar a guarda para que outra pessoa possa entrar. A vulnerabilidade é essencial para o amor. E a alma está aqui para nos lembrar de que o primeiro ímpeto do amor e da paixão deve estar ancorado na realidade, nas rotinas diárias da vida, ou ele simplesmente irá voar para longe como um balão de gás. O amor pode parecer uma força poderosa mas, na verdade, um

ENCONTRANDO UMA ALMA GÊMEA

relacionamento de amor é uma cor frágil que precisa da nossa atenção, proteção e do nosso cuidado. O amor só pode florescer com honestidade, lealdade, bondade, comprometimento e confiança. Quando o casal funciona, as duas almas se encaixam tão perfeitamente que se tornam uma só.

QUE VOCÊ ENCONTRE O AMOR PELO QUAL TEM REZADO.

QUE A SUA ALMA GÊMEA ENTRE NO SEU CORAÇÃO, NA SUA CASA, NO SEU CORPO, NA SUA ALMA. QUE O SEU AMADO ENTRE NA SUA VIDA, NOS SEUS DIAS, EM CADA PENSAMENTO E CADA RESPIRAÇÃO.

AMÉM.

24

COMEÇANDO UM CASAMENTO COM AS CINCO QUALIDADES SAGRADAS

Quando fico em frente a um casal e os uno sob o arco de casamento e recito as bênçãos de casamento judaicas tradicionais, me lembro de que a última bênção nos ensina que existem cinco qualidades que nos levam a um relacionamento sagrado — um relacionamento capaz de durar e acolher a presença eterna de Deus. São elas: alegria, romance, amizade, camaradagem e paz.

Alegria: Durante as minhas sessões de aconselhamento antes do casamento, sempre faço a mesma pergunta aos casais: "Qual é a qualidade do seu parceiro que você mais aprecia?" E quase sempre ouço a mesma resposta: "O seu senso de humor" ou "a forma como ele me faz rir."

Sim, os relacionamentos exigem trabalho e responsabilidade, mas quando as almas se encontram, há risadas, reconhecimento e uma sensação de entrega. A vida já é difícil, o amor deve deixar o seu fardo mais leve.

A cerimônia de casamento judaica não tem só uma palavra para a alegria. Ela fala de seis formas de alegria: júbilo, felicidade, canto, dança, celebração e euforia. Se você está se perguntando se o seu par seria um bom companheiro para toda a vida, se pergunte: essa pessoa me faz rir?

Romance: O que seria de um casamento sem a paixão ou química? Essa qualidade sagrada não pode ser comprada. Ela é uma dádiva divina. A maioria dos casais é abençoada com isso desde o princípio. Temos o desafio e a responsabilidade de alimentar e proteger esta bênção sagrada. Muitos casais cometem o grave erro de achar que o romance sempre estará lá. Com o tempo a paixão se esvai e o romance precisa ser reconquistado, reavivado e ressuscitado o tempo todo.

A amizade é a habilidade de conversar, compartilhar e se divertirem juntos. O Cântico dos Cânticos nos lembra: "Tal é o meu amado, e tal é o meu amigo." Nós devemos aprender a sermos ambos. Ao contrário da química, a amizade não é uma dádiva dos céus. É uma qualidade que você precisa construir com a honestidade e conquistar com a lealdade — uma amizade profunda, verdadeira. O casamento exige que a amizade de vocês cresça em sua profundida, sua sabedoria e suas bênçãos.

A Camaradagem é semelhante ao amor entre irmãos. Não é incesto! Está no sangue. É profundo, lúdico, é a vontade de chamar o seu amante de 'minha família'. Isso é o que o dia do casamento cumpre de forma mágica, transformando o amante e o amigo na sua família nuclear. No dia do casamento, sempre digo aos casais que já moram juntos há anos: "Depois de hoje, tudo será igual e nada será igual. O mesmo amante, o mesmo lar, e tudo será novo e recriado à luz do Criador."

Paz. Em hebraico a palavra *shalom* significa tanto "paz" quando "plenitude". Você entra em um relacionamento romântico com atributos únicos e específicos. E às vezes essas diferenças podem gerar antagonismos, raiva e distanciamento. Mas *shalom* significa que as suas diferenças geram um todo mais amplo. Isso exige visão — para enxergar que eu sou maior com você. E exige humildade — para enxergar que devo fazer concessões, ceder e aprender com você.

No pensamento místico judaico existe um conceito chamado *Tzimtzum*. Significa contração. No início do tempo, o Criador ocupava todos os espaços. Para conseguir dar vida ao mundo, o Criador precisou se contrair para poder criar espaço para todas as outras coisas. A criação foi um ato de amor que se deu por este processo de encolhimento divino.

Eu acredito que a paz e a plenitude que buscamos no casamento só podem ser conquistadas através do processo sagrado de contração.

Ao longo de meus muitos anos aconselhando casais, notei que a causa de dor e mágoa mais comum entre os parceiros tem a ver com as pessoas teimosamente imporem a sua vontade. Quando converso com casais que têm problemas com essa inflexibilidade, eu digo para cada um deles:

Você pode escolher o restaurante onde vai comer todas as noites da semana. Você pode decorar a casa do seu jeito. Você pode ver o filme que desejar. O problema é o seguinte: você terá que fazer isso sozinho.

Se você quer criar uma vida junto com outra pessoa, você precisa descobrir dentro de si os recursos para aprender a sagrada arte do encolhimento. Você precisa se contrair para crescer. Quando você deixa alguém entrar, você se torna muito mais do que era antes. Quando você sintoniza a frequência certa, pode ouvir o que o seu amado está tentando lhe dizer e sair do caminho. Você se contrai porque amar significa reconhecer, ver e ouvir cada pessoa.

Mas como fazer isso? Ao invés de ser guiado pelo ego, deixe que a alma o guie. A sua alma é a vela de Deus dentro de você. Ela desceu do Mundo Superior e se contraiu para poder entrar em você! Ela sabe tudo a respeito da arte da concessão, da escuta e da conexão com a alma do seu amado.

A sua alma não quer apenas que vocês se deem bem, ela quer dançar, brincar e se deleitar com a doçura que você e o seu amado podem ter. Então, ao invés de exibir o seu ego, revele a sua alma e as suas discussões insistentes serão substituídas por compreensão, gargalhadas e abraços.

UMA BÊNÇÃO PARA AS PESSOAS CASADAS

QUE O CRIADOR O ABENÇOE COM UMA VIDA CHEIA DE RISADAS.
QUE A SUA PAIXÃO POSSA FICAR MAIS FORTE A CADA ANO.
QUE A PROFUNDIDADE E A FORÇA DA SUA AMIZADE CRESÇAM.
QUE OS LAÇOS DA SUA FAMÍLIA FIQUEM MAIS PROFUNDOS E MAIS ESTREITOS. E QUE DEUS O ABENÇOE COM UMA PAZ SAGRADA QUE REFLETE A PLENITUDE DE DUAS ALMAS QUE SE TORNARAM UMA.
AMÉM.

25

DESCOBRINDO O SEGREDO DE UM CASAMENTO DURADOURO

HÁ ALGUNS ANOS eu voei para Chicago para uma palestra. Eu tive que acordar às 5 da manhã para pegar o meu voo, o avião estava lotado e abafado e eu estava presa no assento do meio. Depois que pousei, eu peguei um táxi para ir para meu hotel. Meu motorista era um russo chamado Victor. Eu lhe dei o meu endereço e depois recebi uma ligação de uma amiga querida que queria saber o que eu achava de uma desavença que teve com seu chefe. Eu a estava aconselhando, falando sobre a melhor forma de lidar com a situação. Nós desligamos e eu pensei, *Finalmente, um pouco de paz.* De repente eu ouço,

"Com licença?" Era Victor, o taxista.

"Pois não," eu disse.

"Será que podemos conversar sobre o meu casamento?"

"O que?"

Aparentemente o motorista gostou da forma como eu aconselhei a minha amiga. Ele disse, "A minha esposa me expulsou. Devo tentar voltar com ela?"

Eu não podia acreditar que estava tendo aquela conversa com o taxista.

Eu disse, "Por que ela o expulsou?"

Victor começou a contar toda a história. Como ele e a esposa se conheceram e se apaixonaram e depois veio o casamento e o bebê. "Mas, sabe, as coisas ficaram complicadas... Dinheiro, brigas, acabou o sexo, eu a traí... Então, o que você acha? Devo tentar voltar com ela?"

Eu disse, "Mm... Será que você pode voltar um pouco nessa lista das coisas que deram errado?" Eu me senti como o padre ouvindo a confissão naquela cena de *Feitiço da Lua*.

"A parte do dinheiro?" ele disse.

"Não."

"As brigas?"

"Não."

"Talvez a parte eu que eu traí?"

"É, essa mesma."

"Mas eu pedi desculpas por isso e não foi só minha culpa. De qualquer forma," ele disse, "quando um não quer, dois não brigam."
Eu disse, "Victor, você não pode pedir confiança, você tem que conquistar. E pode ser que dois não brigam, mas também não gingam e você precisa assumir a responsabilidade pelos seus passos".
"Então, você acha que eu devo tentar voltar com ela?" ele disse.
"Não tem nada a ver com o que eu acho, tem a ver com os passos que você está disposto a tomar para mudar e conquistar a confiança dela."
"Passos!" ele disse. "Sim, agora eu entendi, passos."
Ele continuou repetindo isso: "Passos. Passos."
E então ele deu uma palmada no volante e riu. "Obrigada, senhora, eu agora entendi, passos."

Passos.
Um relacionamento sagrado não tem nada a ver com um grande gesto romântico ou uma extravagância, e não tem a ver com ficar de quatro por alguém. Sua essência está nos detalhes diários que compõe uma vida. Na forma como você mede as suas palavras e controla o seu apetite. Diariamente abandonar velhos padrões de dor e auto sabotagem. Aprender a despir camada após camada da nossa armadura. Aprender a conquistar a confiança através de ações, e aprender a confiar mais uma vez, para que você mais uma vez possa receber.
Receber não é uma coisa simples. Como aprender a confiar? Como reunir a coragem para continuar vulnerável e aberto não só por um ano ou dez, mas por uma vida inteira?
A abertura do Mar Vermelho pode ter sido a fuga para a liberdade dos Filhos de Israel, mas sua peregrinação de quarenta anos pelo deserto foi seu *Schlep*[20]. E esse *Schlep* é tão importante quando o próprio Êxodo. Um não pode existir sem o outro, e isso se aplica a todas as áreas da vida — o parceiro com quem você casa, o trabalho que você conquista, os filhos que você bota no mundo. São estes passos, estes simples atos sagrados, que são os detalhes preciosos que compõe uma vida.
O amor à primeira vista é uma dádiva do Céu. O romance, a química, a torrente de emoção, o barato! Mas o casamento é outra história. Sim, podemos vivenciar algo grandioso e intenso na esfera do amor, mas o que fazer quando o romance se esvai, quando o orçamento está apertado, quando as pressões da vida aumentam?

---

20. NT – Palavra do ídiche que foi incorporada a língua inglesa. Como verbo, define a ação de arrastar algo com dificuldade, como substantivo, define uma jornada penosa.

Quando alguém está sofrendo, dizemos que o tempo é o melhor remédio, mas, no caso do desejo sexual, o tempo é o inimigo. Com o tempo, a paixão dá lugar à familiaridade e à rotina. Como evitar que a monotonia e o estresse terminem na sua cama? Aqui, a alma é essencial. Ela pode nos ajudar a deixar as pressões do dia de lado e transformar os padrões previsíveis em um encontro mágico cheio de intensidade e surpresas. A alma quer te ensinar a retomar a paixão que uma vez ardeu tão intensamente. O corpo fica cansado, a mente se distrai, mas a alma sempre anseia por união e quer te mostrar o caminho até o romance, o arrebatamento e as bênçãos da unicidade.

Não é por isso que todos nós rezamos? Para sermos liberados, libertados da maldição da separação. Ser inteiramente conhecido, ser compreendido. Um conhecimento que transcende as palavras, que transcende até a carne.

Construir um casamento duradouro exige não só que vejamos a importância da perseverança ou mesmo a sua recompensa, mas a dignidade, a graça e a beleza de se seguir no mesmo caminho através de tempos ensolarados, mas também dos dias cinzentos.

As dádivas que um casal recebe pelos anos juntos são algo que o amor jovem jamais poderá oferecer: parceria, união, a combinação das almas, tão profunda como uma antiga árvore majestosa que espalha seus galhos e sua sombra sobre os viajantes cansados.

Eu não estou dizendo que você deve ficar com um parceiro que constantemente mente e trai. A perseverança não é um ideal em si só. Existem casos onde não resta nenhum amor no casamento, ou o relacionamento simplesmente está tão despedaçado ou é tão destrutivo que não vale a pena. Nesses casos, a perseverança na verdade é um erro.

Mas botar a alma em um casamento também significa que precisamos botá-la nas nossas desavenças. Os casais podem discutir de forma saudável ou prejudicial. Você pode enxergar os defeitos do seu parceiro, na verdade você deve enxergá-los. Mas isso é diferente de tratar o seu parceiro como se a própria essência dele fosse defeituosa. É importante acreditar em quem que você ama, acreditar que ele tem a capacidade de dar a volta por cima e mudar. O seu parceiro pode cometer um erro, mas precisamos ter fé de que ele não é inerentemente mau ou burro, perverso ou defeituoso. A alma dentro de cada pessoa é pura, uma vela de Deus. Precisamos aprender a valorizar os que amamos, enxergar a divindade que existe neles mesmo diante de todas as suas imperfeições.

Certa vez li um estudo sobre a longevidade dos casais, e os pesquisadores descobriram que poderiam prever se os casais ficariam juntos com uma precisão surpreendente. O fator mais determinante para a longevidade de um casal se resumia a uma palavra: desdém.

Os casais podem discutir, brigar, discordar. Eles podem ter origens diferentes, até mesmo gostos e preferências distintas. Mas a sentença de morte para um casal é o desdém. Eu já observei isso. Tenho certeza de que todos já testemunhamos isso — um marido ou uma esposa que trata o seu ou a sua parceira não só com irritação ou raiva, mas com absoluto desprezo. É uma experiência aterradora e cruel, e nenhuma alma pode prosperar neste ambiente.

Cuidado com a forma como você reage nos momentos de raiva e estresse. O seu humor é um fogo que pode queimar tudo no seu caminho. Meça as palavras, segure a língua, contenha a voz dentro de você que busca vingança e destruição.

Lembre-se, você tem o direito de se aborrecer, sentir mágoa, raiva, até frustração em relação ao seu parceiro. Mas se você botar a alma nessas situações, enxergará as coisas boas a respeito dele, o que há de divino nele, o que é sagrado e precioso. Quando a alma entra em cena, o desdém sai.

QUE OS LAÇOS DO SEU AMOR SE APROFUNDEM MAIS A CADA ANO.
QUE VOCÊ SEJA ABENÇOADO COM SAÚDE, ALEGRIA, ROMANCE E PAZ.
AMÉM.

26
BOTANDO A ALMA NA CRIAÇÃO DOS FILHOS

Os pais de Ryan, Greg e Sharon, se conheceram e se apaixonaram quando ambos eram estudantes de uma prestigiosa universidade de elite. Durante a infância de Ryan, Greg sempre relembrava seus dias no grêmio estudantil. Ele era louco por futebol americano universitário. Greg e Sharon ficaram tão entusiasmados quando Ryan foi aceito na universidade em que seus pais estudaram. Greg esperava conseguir viajar para os jogos importantes, e torcia para que Ryan corresse para o seu grêmio. Ele ficava falando com Ryan sobre as festas e as meninas.

Um dia, no final do verão antes de começar seu primeiro ano na universidade, Ryan veio me ver. Ele estava claramente incomodado. Demorou algum tempo até ele finalmente conseguisse articular o que estava evitando falar, "Rabina, eu sou gay." Ele me disse que não estava interessado em futebol, nem no grêmio estudantil, e queria seguir carreira na área do design de moda. Eu falei para Ryan que estava muito feliz por ele conseguir se compreender, e muito honrada porque ele se sentia seguro o bastante para revelar a sua verdade para mim.

Ryan disse, "Rabina, estou com tanto medo de contar para os meus pais. Você não imagina o que é se sentir uma decepção."

Eu senti tanta dó do Ryan. É terrível achar que o seu próprio ser é uma decepção para os seus pais, que "quem eu sou" é uma decepção — não o que eu estou fazendo, mas quem eu sou.

Uma forma infalível de destruir a alma dos seus filhos é esperar ou exigir que sejam algo que não são. Muitas vezes aconselhei jovens que se distorciam e contorciam para receber a aprovação, a atenção ou o amor dos pais.

Eu disse para Ryan que acreditava que seus pais iriam aceitar e me ofereci para conversar com eles. Pouco depois de Ryan ter saído do armário para os pais, Greg e Sharon se encontraram comigo. Ambos estavam claramente abalados. Greg repetia, "Parece que morreu alguém na família."

Mas, depois de conversar um pouco, eu perguntei delicadamente, "Houve algum reconhecimento, alguma sensação de que você já sabia que o Ryan era gay?"

De repente Sharon se virou para Greg e disse, "Meu bem, sempre soubemos que ele era gay. Nós simplesmente não queríamos saber." E este foi o começo de um novo começo.

Frequentemente nós sabemos, mas estamos fugindo do que sabemos. A criação dos filhos é uma tarefa sagrada. Ela exige que você acesse a sua própria alma porque a sua alma sabe. E ela exige que você se desapegue e compreenda que uma alma preciosa foi confiada a você. Você recebeu a oportunidade de criar e nutrir uma alma preciosa que não é uma extensão sua, nem uma réplica, e não está aqui para terminar aquilo que você começou — qualquer que seja a missão que a sua alma não conseguiu completar. Como pais, nossa missão é abrir espaço para que a alma que trouxemos ao mundo possa encontrar a sua própria maneira de crescer, se desdobrar e brilhar, iluminando o mundo.

O livro do Êxodo descreve a famosa revelação que aconteceu quando Moisés ficou no topo do monte Sinai e Deus disse as palavras dos Dez Mandamentos. Foi no Sinai que eles receberam os ensinamentos divinos, superiores. Mas no Sinai eles também vivenciaram algo terreno que nunca havia acontecido antes. Que segunda revelação foi esta?

No Sinai, quando Deus confiou os Dez Mandamentos aos Filhos de Israel, eles responderam, "Nós assim faremos e escutaremos e compreenderemos." Os rabinos dizem que, quando o povo disse estas palavras, Deus foi pego de surpresa. Assombrado, Deus perguntou, "Quem revelou o segredo do Mundo Superior para os meus filhos?"

Acho que podemos comparar a reação de Deus à sensação que todo pai sente quando um filho intuitivamente faz algo sem que você tenha falado sobre aquilo ou lhe ensinado ele antes. Você fica admirado com aquele avanço gigantesco e pergunta, "Como você aprendeu a fazer isso?" ou "Quem ensinou isso pra ele?"

Então, qual segredo do Mundo Superior o povo desvendou, para a surpresa de Deus? O que há de tão incrível na frase: "Nós assim faremos e escutaremos e compreenderemos?"

A ordem destas palavras é confusa para a mente racional. Normalmente, preferimos escutar algo, entender isso e, depois, se fizer sentido e parecer útil, decidimos que assim faremos. O que há de tão sagrado em fazer algo antes mesmo de entender o porquê daquilo? Como isso pode ser o segredo do Mundo Superior?

Nós chegamos ao mundo com instintos físicos inatos. Ano passado eu vi um filhote de bode nascendo em uma fazenda. Ninguém precisou ensinar o filhote a ficar de pé. Ninguém precisou ensiná-lo a mamar, ele simplesmente se acoplou a sua mãe e sabia exatamente o que deveria fazer. Ninguém precisa nos ensinar a comer quando temos fome ou dizer para o bebê chorar quando estiver incomodado.

Assim como o corpo tem seus saberes, existem instintos espirituais que são parte da trama das nossas almas. Mas para a maioria de nós, os instintos são tão discretos que nem sabemos como acessá-los. É por isso que a mente racional diz, "Primeiro explique isso para mim, e depois eu vou decidir se vou fazer isso ou não."

Mas quando lidamos com as grandes questões sagradas, a alma sabe, e este saber é muito claro. Quando a alma sabe, ela imediatamente diz, "estou dentro!" Não estou falando sobre um comportamento impulsivo ou arriscado. Nós nos precipitamos quando ouvimos os desejos do corpo ou as ambições do ego sem antes consultar a alma. Estou descrevendo o que são os momentos sagrados em que a alma pode sentir o que é o certo para você. Ela não precisa saber de nada além disso.

Esta foi a segunda revelação que os Filhos de Israel receberam no Sinai. Foi uma auto-revelação, a Torá dentro de nós. O segredo do Mundo Superior é a voz que já foi posta dentro de você que instintivamente sabe o que é bom, o que é verdadeiro, e o que Deus quer de você.

Existem livros sobre a criação de filhos que ensinam como criar filhos corajosos, filhos bem sucedidos, filhos com autoestima. Mas eu acredito, lá no fundo, que todos nós sabemos como criar filhos bondosos, cheios de alma e autênticos. E você não precisa ler nenhum manual para pais para aprender o que a sua alma já sabe instintivamente.

Assim que dei à luz a nosso filho, Adi, me senti uma mãe tão desorientada. Eu não sabia como amamentá-lo, banhá-lo, trocar suas fraldas, ou como aninhá-lo e acalmá-lo quando ele estava chorando. Quando fui liberada do hospital e eles me mandaram com Rob para casa, eu pensei, *Será que estão doidos? Isso com certeza é negligência infantil.* Eu fiquei paralisada com a ideia de levar aquela nova vida tão frágil para casa comigo.

Mas não demorou muito até eu me tornar uma especialista nas necessidades do meu filho, perita em decifrar os seus sons e confortá-lo. A criação dos filhos realmente pode ser assustadora, mas "intuição materna" é apenas outra forma de descrever este saber da alma. Se permitirmos que ele nos guie, criaremos filhos que também conhecerão as suas próprias almas.

Para aprender esta verdade, você só precisa escutar aquilo já foi colocado na sua alma e partir daí. Veja, confie e conheça a sua própria alma e depois você saberá como ver, confiar, e conhecer a alma dos seus filhos. Crie-os eles para que se tornem o que eles já são. Se você enxergar o seu filho, realmente enxergar a alma dele, o seu filho também irá querer enxergar os outros em sua plenitude, e isto é fundamental para a bondade.

Minha querida amiga Elaine Hall adotou uma linda menina da Rússia a quem ela chamou de Neal. Logo ficou claro que Neal era autista. Houve médicos que sugeriram que Elaine internasse sua filha, houve amigos que aconselharam a mandá-la de volta para a Rússia. Mas Elaine via Neal como uma bênção, mesmo nos momentos mais incertos e desafiadores. Ela não precisava que nenhum especialista dissesse o que a sua alma já sabia — que ela poderia e conseguiria achar uma forma de acessar a voz da alma de Neal. Elaine transformou a arte do conhecimento das almas no trabalho de uma vida toda. Ela fundou uma organização, a Miracle Project, onde ela e seus colegas usam a música e o teatro para despertar o talento e a paixão de jovens adultos com autismo. Através da dramaturgia, da música e da arte, os alunos do Miracle Project estão aprendendo a revelar as suas almas e incitar as pessoas a ouvirem, acolhendo-os como as bênçãos divinas que eles são.

Há muitos anos uma jovem mãe chamada Diana me ligou chorando. Seu filho, Charlie, tinha paralisia cerebral e usava uma cadeira de rodas para se locomover. No seu aniversário de nove anos, quando ele estava soprando as velas do bolo, Diana perguntou, "Que desejo você fez?" Charlie disse, "Este ano, eu quero andar."

Diana me contou esta história aos prantos. Ela não sabia o que dizer para seu filho. Me lembro de perguntar a ela, "Quais são os dons de Charlie?"

Diana começou a listá-los. "Ele é sábio, bondoso, generoso, alegre..." E então ela parou e disse, com uma certeza que vinha da sua alma, "Rabina, Deus não deu pernas para meu filho andar, Deus lhe deu asas para que ele pudesse voar, e meu trabalho é fazer com que ele encontre estas asas."

Em todas as situações da sua vida, a alma tem uma resposta para você. Como pais, todos nós temos nossos desafios, nossos temores, e todos temos frustrações. Mas a sua alma consegue enxergar além de casa fase, cada revolta e cada crise e ver as bênçãos que estão lá e todas que estão por vir.

Eu tenho uma sugestão para os pais: deem a bênção aos seus filhos. Nas noites de sexta-feira, quando o Shabat começa, os judeus tradicionalmente põem as mãos sobre as cabeças de seus filhos e os abençoam. Eu faço isso desde que cada um de meus filhos nasceu. Meus filhos já cresceram e saíram de casa, mas toda sexta-feira eles me ligam — não importa se minha filha está em uma festa ou se meu filho está em um bar, eles me ligam e dizem, "Mãe, você já pode me dar a bênção."

Se você der a bênção aos seus filhos, pode ter certeza de que suas mãos sempre estarão sobre as cabeças deles, não importa o quão longe você esteja neste mundo ou no próximo. Nunca é tarde demais para começar a abençoar quem você ama.

Na bênção do Shabat tradicional, rezamos para que nossos filhos venham a ser como nossos patriarcas e matriarcas e dizemos as palavras da Bênção Sacerdotal: "Que Deus o abençoe e o proteja. Que a luz de Deus o ilumine e encha de graça. Que a presença de Deus esteja com você e lhe dê paz."

Sim, é maravilhoso desejar que nosso filho venha a ser como um dos patriarcas ou das matriarcas, mas acho que é importante abençoar nossos filhos para que eles possam ser como suas próprias almas singulares.

Eu lhe ofereço esta bênção que escrevi para que os pais a digam aos seus filhos:

QUE TODOS OS DONS ESCONDIDOS EM VOCÊ CONSIGAM VIR À TONA.

QUE TODA A BONDADE DOS SEUS PENSAMENTOS POSSA SER EXPRESSA EM AÇÕES.

QUE O SEU APRENDIZADO LHE TRAGA SABEDORIA.

QUE OS SEUS ESFORÇOS LHE TRAGAM SUCESSO.

QUE TODO O AMOR NO SEU CORAÇÃO SEJA DEVOLVIDO.

QUE DEUS ABENÇOE O SEU CORPO COM SAÚDE E A SUA ALMA COM ALEGRIA.

QUE DEUS O GUARDE NOITE E DIA E O PROTEJA DO MAL.

QUE AS SUAS PRECES SEJAM ATENDIDAS. AMÉM.

E, leitor, aqui está minha bênção para você:

QUE A SUA ALMA O ENSINE A VOAR E QUANDO VOCÊ COMEÇAR A SUBIR ATÉ AS ALTURAS QUE DEUS ENTÃO RIA SURPRESO E DIGA, "QUEM LHE ENSINOU O SEGREDO DO MUNDO SUPERIOR?" AMÉM.

DESCOBRINDO A SUA VOCAÇÃO SAGRADA

> "...— esta é a única forma de termos alguma paz de espírito."
>
> — DA CARTA DE EINSTEIN AO RABINO MARCUS

Conforme a Força do Amor cresce dentro de você, é possível que você comece a ouvir e sentir alguma coisa o convocando. Talvez o estejam chamando. Este chamado não está restrito à sua vida profissional. Sempre há chamados sagrados querendo nossa atenção, e você pode aprender a sentí-los e responder a eles. Até mesmo aquilo que o desafia pode ser essencial para a sua vocação.

Todos os dias você se faz necessário. Todos os momentos dizem o seu nome e pedem que você revele os seus dons. Mas como descobrir qual a sua vocação? E como ter forças para responder a este chamado quando queremos fugir dele ou ignorá-lo? Você já sabe como botar o seu corpo, a sua mente e o seu ego no seu trabalho. Imagine como a sua vida poderia mudar caso você também aprendesse a botar a sua alma.

Eu acredito que a alma dentro de você está tentando te acordar para agarrar a vida que lhe pertence. Existe uma profecia ecoando através do tempo e o único destino dela é você.

27

ATENDENDO AO CHAMADO DA ALMA

HÁ MUITOS ANOS, eu estava dando uma palestra na Carolina do Norte enquanto um motorista me esperava do lado de fora do hotel, pronto para me levar para o aeroporto. Eu sentei no banco de trás do carro e ele disse, "Quando foi que você recebeu o chamado?" Eu achei que ele estavivesse falando sobre uma ligação da empresa de transportes, mas percebi que ele estava falando do Chamado.

A Bíblia descreve encontros humanos com o divino que me deixam toda arrepiada. É exatamente isto que o Dr. Berk estava tentando me dizer quando, na faculdade, eu senti a alma do meu pai ao meu lado e achei que estava enlouquecendo. Ele disse, "Naomi, você vem de uma tradição de grandes profetas, de Abraão e Moisés, Débora e Samuel — todos eles foram tocados por uma Presença." Ele me tranquilizou, "Confie em mim, você não está enlouquecendo. Você está encontrando a sua alma... e a alma do seu pai também."

Nem sempre é fácil ouvir este chamado ou compreender o que ele quer de nós. Na Bíblia, o jovem Samuel escuta uma voz o chamando, mas ele imagina se tratar de seu mentor, Eli, exigindo sua presença. Só após três viagens até a casa de Eli o jovem noviço percebeu que o chamado não vinha de seu mestre.

Já o problema do profeta Jonas é outro. Ele ouve o chamado claramente, mas ao invés de atendê-lo, ele foge. Às vezes sabemos o que o universo quer de nós, compreendemos o nosso dom, mas o reprimimos. Alguns fogem de seu chamado porque ele exige um esforço imenso. Outros fogem porque eles depreciam os dons que receberam. A alma os guia em uma direção, mas o ego tem seus próprios planos.

Nossa filha, Noa, sofre de hipotireoidismo e precisa tirar sangue com bastante frequência. Deus a abençoe, mas as veias dela não ajudam muito. Já nos disseram que ela tem "veias bailarinas" — veias que têm vida própria e se assustam facilmente. Assim que a enfermeira acha uma, ela já foge. Cada coleta de sangue envolve muitas perfurações em um braço e depois, inevitavelmente, a enfermeira termina indo para o outro braço, normalmente sem sucesso. Depois é a vez das compressas quentes, mais perfurações até que, de alguma forma, conseguem convencer o sangue a sair.

No ano passado fomos tirar sangue. O coletor era um homem negro com quarenta e muitos anos que devia ter mais de dois metros de altura. As mãos dele eram gigantescas e me perguntei se elas seriam delicadas o bastante para detectar as veias invisíveis de Noa. Ele olhou para o braço esquerdo de Noa e o rejeitou imediatamente. Ele disse para Noa, "Nunca ofereça o seu braço esquerdo." Então ele olhou para o seu braço direito e rapidamente encontrou a veia e tudo terminou. Eu disse, "Graças a Deus."

Ele disse, "Sim, graças a Deus."

Ele deixou que essas palavras simplesmente flutuassem entre nós até que tive que perguntar, "O que você quis dizer com 'graças a Deus'?"

Então ele confessou, "Quando eu era mais jovem, eu lutava contra isso, eu não queria aceitar esse dom que Deus me deu. Eu tinha sonhos maiores, então eu ficava fugindo disso. Mas Deus me deu este dom e eu sou bom nisso." Ele me disse que passou anos achando que seria um astro do basquete, mas isso nunca deu em nada. Eu disse, "Você não tem ideia de como é talentoso. Você tem um dom e está ajudando as pessoas. Use-o com orgulho."

O aclamado educador Parker Palmer certa vez ensinou: "Nosso maiores dons normalmente são aqueles que mal percebemos que possuímos."

Muitas vezes nós ansiamos por algo que na verdade está indo contra cada fibra de nossas almas. O ego tem outros planos para nós. Palmer ensinou que a palavra "vocação" vem da palavra do Latim para "voz". Ele dizia que a vocação não é "uma meta a ser alcançada", mas "um chamado que eu escuto." Ela não é algo que determinamos. É algo que escutamos.

Quando ainda estava no ensino fundamental, nosso filho, Adi, começou a correr em círculos pela casa. Ele às vezes passava horas fazendo isso. Era um comportamento bizarro. Alguns amigos sugeriram que eu tentasse distraí-lo, tentasse acabar com este hábito. Eu também estava um pouco preocupada. O que será que estava passando pela cabeça dele? Será que ele estava ansioso? Chateado? Então eu simplesmente perguntei a ele, "Adi, no que você pensa quando você corre em círculos?"

Ele disse, "Eu fico inventando histórias."

Eu disse, "Eu adoraria ouvi-las. Você não quer escrevê-las?"

Logo, Adi começou a escrever e escrever. Eram histórias sobre piratas e naufrágios e vaqueiros, com heróis corajosos e vilões canalhas. Era um contador de histórias notável. E jamais parou de escrever ou de correr.

Ele se tornou capitão da equipe de corrida em trilhas da escola. E hoje é dramaturgo e vive em Nova Iorque.

Encontrar o seu caminho na vida não é tanto uma questão de escolher uma direção. O importante é descobrir a voz da sua alma, o chamado que já está escrito em você, e reunir a coragem para encarar os seus medos e permitir que a sua verdadeira voz seja ouvida.

Um dos meus versos favoritos do Cântico dos Cânticos é quando o amante anuncia, "Deixe-me ouvir a sua voz, pois a sua voz é suave." Os antigos rabinos insistiam que era Deus quem estava falando estas palavras para cada um de nós, "Deixe-me ouvir a sua voz, pois a sua voz é suave."

Achar a sua voz exige tempo e coragem. Nós passamos tanto tempo de nossas vidas tentando imitar os outros ou tentando viver conforme as projeções dos outros. Ou conforme as projeções que nós mesmos criamos.

Demasiadas vezes, atendemos ao chamado do ego e ignoramos o chamado da alma.

Já vi alunos do ensino médio se contorcerem para entrarem em universidades prestigiosas e depois ficarem infelizes porque aquele ambiente não era adequado às suas almas. As pessoas buscam as posições que afagam a sua vaidade, mas anestesiam a sua alma. Demasiadas vezes cometemos o mesmo erro nos relacionamentos. Confundimos a aparência física ou o dinheiro com amor.

Quando nós conseguimos entrar em sintonia com o chamado da alma, parece que a vida subitamente entrou nos eixos e os medos que antes enchiam o seu peito começam a ser substituídos pela intensa sensação de que temos um propósito.

Quando estava lendo as cartas que o rabino Marcus escreveu para sua família durante a Segunda Guerra Mundial, as descrições do inferno na terra que era a Europa quando ele estava lá dando apoio aos soldados, eu encontrei esta poderosa descoberta que ele compartilhou com a sua esposa, Fay.

> Meu amor,
>
> Voltei para o quartel após um dia difícil no campo...
>
> O que importa para mim é a esperança que eu posso levar para o coração dos meus rapazes nos campos de batalha; fazer com quem eles pensem de forma inteligente a respeito deste mundo melhor pelo qual estamos lutando, consolá-los quando o inimigo os abate, e ajudá-los a ter uma paz espiritual interna nos momentos

de provação e perigo. É estranho, querida, mas fazer essas coisas fez com que eu perdesse totalmente a noção de medo. Isso me fez extremamente feliz de uma forma eufórica.

Meu amor para você, minha mais cara, sempre,

Bob.

Fazer o trabalho que você foi criado para fazer, mesmo que seja um trabalho devastador, fará com que você se sinta alegre e realizado.

A SUA ALMA ESTÁ ACENANDO PARA QUE VOCÊ DESCUBRA A SUA VOCAÇÃO. OUÇA. DEIXE QUE A SUA ALMA O LEVE ATÉ O VERDADEIRO TRABALHO, O VERDADEIRO AMOR, A VERDADE EM TODOS OS SEUS CAMINHOS. AMÉM.

28
SABENDO QUE VOCÊ É A PESSOA CERTA PARA O SERVIÇO

MINHA BUSCA POR mais informações sobre o rabino Marcus e a sua correspondência com Einstein me levou até uma mulher notável que recebeu uma ligação inesperada.

No dia em que o rabino Marcus entrou em Buchenwald e descobriu mil garotos judeus que haviam sobrevivido miraculosamente, ele enviou um telegrama para a OSE, uma organização em Genebra que cuidava do bem estar de crianças judias. Uma jovem chamada Judith Feist estava trabalhando na OSE em Genebra tornou-se a receptora de um telegrama espantoso. Judith tinha apenas vinte e um anos e estudava assistência social. Quando os nazistas chegaram ao poder na França, o pai dela foi capturado e assassinado em Auschwitz. Sua família se escondeu, vivendo o tempo todo com o pânico de ser descoberta. De alguma forma, sua mãe e seus dois irmãos mais novos conseguiram se esgueirar pela fronteira e ficaram em segurança na Suíça. Mas mesmo em liberdade, Judith estava atormentada. Ela sofria de uma insônia terrível, não conseguia comer.

E lá estava ela, lendo a respeito destes meninos que haviam sobrevivido miraculosamente. Lendo seus nomes.

Era abril de 1945, a Guerra havia terminado. De alguma forma, por alguma razão, Judith sentiu uma conexão imediata com aqueles garotos que ela jamais vira e começou a traçar planos para encontrá-los. "Acho que me sentia muito próxima dos garotos porque meu pai foi mandado para Auschwitz," ela me contou.

Enquanto Judith procurava por uma forma de encontrar os garotos de Buchenwald, o rabino Marcus acompanhava 245 deles em um trem para a França, a caminho de um orfanato chamado Ecouis na Normandia. Quando os garotos chegaram, foi um pandemônio.

Os adultos estavam esperando um grupo de crianças miseráveis, educadas e gratas por qualquer migalha de bondade. Mas não foi isso que eles receberam. Os garotos estavam explodindo de ódio. Eles suspeitavam de todos. Eles tinham pânico de médicos pois eles os lembravam do Dr. Josef Mengele, o infame médico sádico de Auschwitz. Os garotos mal falavam. Eles eram violentos e roubavam e estocavam comida obsessivamente.

Muitos dos garotos não conseguiam lembrar seus nomes. Sempre que um adulto perguntava a um garoto "Qual o seu nome?" ele respondia recitando o seu número do campo de concentração. Os meninos todos se pareciam, com suas cabeças raspadas, rostos macilentos, e os círculos escuros ao redor de seus olhos frios e apáticos. Eles não sabiam como rir, sorrir ou brincar. Os especialistas que observaram estes garotos anunciaram seu diagnóstico severo: eles eram marginais, casos perdidos.

Uma tarde, um dos orientadores do Ecouis trouxe um presente francês especial para os meninos: um queijo Camembert. Os garotos de Buchenwald sentiram o cheiro fedorento do queijo e imediatamente se convenceram de que ele estava envenenado. Juntos, todos começaram a jogar o queijo contra os adultos em um ataque de fúria. Estas explosões e o comportamento rebelde persistiam dia após dia.

Mas houve um dia que se destacou. O dia que continuaria gravado na memória dos meninos. Neste dia, o rabino Marcus veio visitá-los. Eles estavam tão entusiasmados em vê-lo e ele estava tão feliz por este reencontro. Eles correram até ele e o cercaram. Eles se sentaram juntos na grama. Os meninos ansiosamente esperaram que o rabino Marcus dissesse alguma coisa.

O rabino Marcus queria falar, ele tentou falar, mas quando ele abriu a boca, simplesmente caiu em prantos. Os garotos estavam olhando para ele e ficaram consternados com a profundidade dos sentimentos que aquele homem tinha por eles. Eles contemplaram a ternura e a vulnerabilidade do homem que fora o seu salvador. Fazia muito tempo desde que eles tinham visto um adulto chorar e há muito suas próprias lágrimas haviam secado.

De uma vez só, todos os muros de defesa ruíram e os garotos começaram a chorar com o rabino que os havia libertado. Um dos garotos descreveu a visita do rabino Marcus da seguinte forma: "O Capelão nos devolveu nossas almas. Ele despertou sentimentos que estavam enterrados dentro de nós" A reunião com o rabino Marcus abriu as comportas das memórias. Garotos que haviam bloqueado seus passados totalmente, começaram a se lembrar de seus pais e irmãos e, pela primeira vez, compartilharam histórias.

Mas assim que o rabino Marcus partiu, os garotos continuaram com suas confusões incorrigíveis.

Muitas semanas depois, cem garotos do Ecouis foram transferidos para outro orfanato francês chamado Ambloy. Ambloy era um orfanato para os garotos que queriam seguir o Shabat e a alimentação kosher. Em Ambloy, o comportamento chocante dos garotos continuou — brigas constantes e roubo de comida. Os garotos húngaros e poloneses passavam a noite se batendo em seus quartos compartilhados.

Quando Judith descobriu que alguns dos garotos de Buchenwald do telegrama do rabino Marcus estavam vivendo em um orfanato em Ambloy, ela imediatamente tomou providências para ir para lá. Ela sentia que estava sendo chamada.

Judith conheceu estes meninos, que haviam sido descritos para ela como marginais, quando ela chegou a Ambloy em uma quinta-feira. Eles pareciam frios e indiferentes e mal consideraram a sua presença. Mas quando o Shabat chegou, Judith assistiu aos meninos cantando as preces que eles haviam aprendido na infância. Eles cantavam com tanta paixão. Instantaneamente, Judith entendeu que estes garotos não eram frios ou indiferentes. Eles haviam sido congelados pelas experiências indescritíveis de horror e de perda.

Logo nos primeiros dias de Judith em Ambloy, o diretor do orfanato se demitiu. Ele disse que não aguentava mais. Ele estava chocado com os garotos e seu desrespeito, sua rebeldia e sua violência. Como os outros especialistas que havia os analisado, o diretor concluiu: "Os garotos eram psicopatas de nascença, frios e indiferentes por natureza." Ele argumentou que foram aquelas personalidades insensíveis que permitiram que eles sobrevivessem aos campos, quando tantas outras crianças haviam perecido.

Sem ninguém para substituí-lo, a OSE pediu que Judith entrasse em cena e assumisse o comando.

E foi assim que uma refugiada de vinte e dois anos sofrendo de insônia chamada Judith se tornou diretora do orfanato Ambloy. Ela era responsável por cem garotos que haviam sobrevivido a Auschwitz, a marcha da morte e a Buchenwald. Garotos que foram arrancados dos braços carinhosos de suas mães, garotos que testemunharam as mortes de seus pais, seus irmãos, seus amigos. Garotos sem nada, sem família, sem um lar, sem futuro. Os especialistas disseram que eles eram irredimíveis, casos perdidos. Seu destino estava traçado. Cem marginais incorrigíveis, sociopatas.

Como esta jovem de vinte dois anos conseguiria dar conta destes delinquentes calejados? O desafio era enlouquecedor. Judith não fora treinada para dirigir um orfanato. Ela não era psicóloga. Ela estava estudando assistência social, mas ainda não se formara. Ela não era nem professora.

Às vezes a vida nos força a irmos além das nossas limitações.

Eu perguntei para Judith, "Você ficou assustada quando a OSE pediu que você assumisse o comando do orfanato?"

Judith respondeu, "Eu estava muito confiante. Eu não me importei nem um pouco." "Jura?" eu disse. "Você não ficou nem um pouco preocupada?"

Judith disse, "Eu tinha certeza de que eu era a pessoa certa no lugar certo. Eu era a pessoa certa para o serviço."

Eu adoro esta resposta. Ela captura perfeitamente a confiança e a clareza que surge quando permitimos que a alma cumpra a sua missão sem fazermos confusão, sem pensarmos demais.

A palavra "certeza" surgia o tempo todo enquanto Judith falava sobre seus dias em Ambloy. Lá no fundo, ela sabia que estava fazendo aquilo que fora criada para fazer.

Conforme assumia o comando da sua centena de marginais, Judith começou a pensar, *Como posso recuperar a esperança e o sorriso destes meninos?* Então, com praticamente nenhum treinamento, Judith se tornou a Mary Poppins judia.

Judith sabia que conquistar a confiança dos garotos seria seu primeiro desafio. Aprender o nome de cada garoto era a sua prioridade. Ela percebeu que dizer o nome dos garotos era lhes devolver a sua identidade única. Ela disse que podia perceber a sombra de um sorriso sempre que cumprimentava um garoto usando seu nome. Ela também começou a aprender o máximo de ídiche possível, porque os rapazes jamais se afeiçoariam ao seu alemão natal e nenhum deles falava uma palavra de francês.

Judith compreendeu que deveria criar aberturas para que os garotos começassem a falar sobre seus pais, seus irmãos e irmãs. Ela disse, "Eles precisavam falar e eu estava escutando." Judith contava coma ajuda de uma notável jovem chamada Niny Wolf. Muitos dos garotos estavam totalmente gamados na linda e compreensiva Niny. Esta também era uma indicação de que os corações calejados estavam derretendo. Os garotos estavam perdidamente enfeitiçados.

Agora Judith estava determinada a reparar a relação que os garotos tinham com a comida e como a roubavam e estocavam. Quem poderia culpá-los? Eles haviam passado fome por tanto tempo. Para resolver este problema, Judith ouviu os seus instintos. Ela disse aos garotos que, de agora em diante, a cozinha permaneceria aberta vinte e quatro horas por dia, e eles poderiam entrar e pegar comida quando quisessem. Da noite para o dia, os roubos pararam. Logo a cozinha se tornou a alma do orfanato — sim, um lar também tem uma alma. A cozinha se tornou o lugar onde os garotos adoravam se reunir — especialmente ao redor de Niny.

Havia um garoto que não ia para a cozinha com os demais. Ele ficava sentado, escrevendo em um diário. Será que ele era antissocial? Introvertido? Ou será que essa escrita era, de alguma forma, o início de uma abertura?

Após solucionar a questão do roubo de comida, Judith enfrentou outro desafio. Ela precisava achar uma maneira de por fim as brigas que os garotos poloneses e os húngaros travavam em seus quartos. Esta não era uma questão simples. Os garotos estavam ficando machucados e feridos. Judith contemplou a divisão dos quartos no orfanato e achou uma solução tão engenhosa quanto simples. O diretor anterior havia agrupado os garotos nos quartos de acordo com a sua idade. Judith estabeleceu uma nova regra. Ela disse que os grupos seriam formados de acordo com as cidades natais dos garotos.

Foi uma jogada de mestre.

Agora que os garotos estavam vivendo com garotos das suas mesmas vilas e povoados. Havia meninos de oito anos vivendo com garotos de dezesseis, mas havia aconchego na familiaridade. Os garotos mais velhos cuidavam dos menores, os menores tinham os maiores como exemplo. Eles orgulhosamente escreveram os nomes de suas vilas nas portas de seus quartos. E as brigas e as agressões acabaram.

Judith estava testemunhando como pequenas modificações podiam provocar uma mudança gigantesca para os garotos.

Os garotos melhoravam diariamente, mas ainda eram atormentados pelos *flashbacks* das lembranças horríveis. Muitos deles não estavam prontos para aceitar que seus pais e seus irmãos jamais voltariam para buscá-los. Em vão, eles aguardavam e torciam. E então chegou o Yom Kippur e a hora do Yizkor, a cerimônia fúnebre para os falecidos.

Uma discussão começou entre os garotos. Judith escutou o debate. Alguns garotos insistiam que seria errado rezar o kadish, a prece dos mortos, para seus pais e seus irmãos. Eles talvez não estivessem mortos. "Seria horrível e desonroso rezar por eles como se eles estivessem mortos."

Os outros contra-argumentaram: "Mas você estava em Auschwitz! Você viu a câmara de gás com seus próprios olhos, a fumaça, os corpos. Você viu o que aconteceu com as mulheres e as crianças. Por que manter essa ilusão? Precisamos dizer a prece dos mortos."

Por fim, um grupo de garotos saiu da sinagoga em protesto. Os que restaram, ficaram de pé e suas fachadas duras e indiferentes desabaram. Imaginem estes sessenta garotos pranteando tudo e todos — mãe, pai, irmãos, irmãs, avós, tias, tios, primos, vilas inteiras. Em uma só voz eles começaram: "*Yisgadal, veyiskadash, shmey raba.*"

Aquela cerimônia de Yizkor marcou uma grande mudança nas vidas dos garotos que conseguiram recitar o Kadish do enlutado. Foi uma libertação, a disposição para seguir em frente e enfrentar um novo dia. Judith me disse que percebeu uma mudança flagrante nos rostos dos meninos que recitaram o Kadish. "Eles conseguiram ver que haviam perdido alguém," ela me disse. "A aparência deles mudou, eles pareciam menos desesperados. Eles conseguiram dizer adeus."

Pouco depois, Judith e os garotos se mudaram de Ambloy para um novo orfanato em uma cidade francesa chamada Taverny e rapidamente se acostumaram com a vida lá. Judith insistia que os garotos tivessem tarefas, que eles realizavam relutantemente, mas todos colaboravam entusiasticamente com as preparações para o Shabat, pois ele trazia lembranças de seus lares na infância. Um garoto chamado Menashe ansiosamente esperava para conduzir a cerimônia com alguns dos garotos mais velhos.

Vez por outra um novo órfão, faminto e perdido, batia à porta e perguntava se poderia morar lá. Ao invés de tomar a decisão sozinha, Judith virava para os garotos e perguntava, "O que os pais de vocês fariam? Eles acolheriam este menino?" Ela deixava que eles tomassem o controle e convidassem o garoto para morar com eles.

O que Judith estava fazendo com isso? Ela estava recuperando a sensação de controle de crianças que haviam sido totalmente roubadas de seu controle e da sua liberdade. Agora eles poderiam tomar decisões. E, ao mesmo tempo, ela estava os lembrando de que eles vieram de lares amorosos. Ela os estava lembrando de que eles foram amados e seriam amados para sempre. E que eles amariam novamente.

Agora os cabelos dos meninos já haviam crescido e seus rostos estavam mais rechonchudos, e Judith teve outra ideia. Ela levou os garotos de trem até um fotógrafo para que eles pudessem tirar uma foto. Estes eram garotos que haviam perdido toda a sua noção de identidade. Não havia espelhos nos campos de concentração. Os garotos ficaram fascinados com seus próprios rostos. Eles não se cansavam de se ver em seus retratos. Judith me disse, "Eu acho que eles viram que estavam vivos."

Logo, havia sorrisos e risadas.

Um dia, Judith comprou ingressos para que os garotos assistissem A Flauta Mágica na Casa de Ópera de Paris. Ela conseguiu lugares na primeira fila do camarote. Judith me contou, "Esta foi uma tarde muito, muito emocionante." Ela se deleitou vendo as expressões sonhadoras nos rostos dos garotos na viagem de trem de volta para casa. Ela estava dando uma nova vida aqueles corações calejados e, dia após dia, eles amoleciam.

Judith foi muito mais bem sucedida do que poderia imaginar. Ela transformou aquele grupo de garotos incorrigíveis em uma família e o orfanato em um lar. Ela realmente havia devolvido a alma deles. Mas, um a um, ia chegando o momento dos garotos partirem. Parentes que descobriram que eles estavam vivos mandaram buscá-los. Logo os garotos estavam indo para a América do Sul, a Austrália, Canadá, Israel e para os Estados Unidos. Judith me disse, "Sempre que um garoto partia, os que ficavam sofriam." E é claro que Judith sabia que seria ainda mais difícil para aqueles que estavam partindo.

Como estes garotos poderiam se inserir em famílias, em escolas, em uma sociedade que jamais compreendera os horrores que eles haviam suportado e as perdas que haviam sofrido?

As primeiras cartas que chegaram eram desoladoras. Um garoto escreveu para ela da Bolívia, "Meus dois irmãos me receberam muito bem, mas eles não me entendem... Eles mostram para todo mundo o número do campo de concentração tatuado no meu braço. Eu sou uma criatura estranha, uma peça de museu viva. Eu vou conseguir um trabalho, juntar dinheiro e voltar para Taverny. Responda logo e me diga que meu lugar não foi tomado e sempre estará reservado para mim."

Judith teve que se segurar para não responder a estas primeiras cartas. Ela sabia que precisava esperar um tempo até que os garotos se adaptassem. Um a um eles partiram até que em 1947, após dois anos de dedicação, não restava nenhum.

Judith tinha só vinte e três anos e se viu privada de seu incrível ninho, mas ela também estava muito orgulhosa. Ela provavelmente jamais veria os garotos novamente, mas seu consolo era saber que tinha realizado bem seu trabalho, ela havia os mandado para o mundo com corações esperançosos.

Judith me contou, "Enquanto eu ajudava os garotos, eles me ajudavam. Eu me sentia muito, muito confiante. Isso foi por causa deles. Eu me sentia muito, muito forte. E muito, muito grata porque pude ajudá-los."

E havia toda uma vida incrível esperando por ela: amor, casamento, três filhos maravilhosos, dezessete netos e sessenta e quatro bisnetos! Além deu um mestrado e um doutorado em assistência social.

E o que foi feito dos marginais dela? Aqueles psicopatas irrecuperáveis? Eles se tornaram empresários bem-sucedidos e respeitados, contador, artista, cirurgião, engenheiro elétrico. Menashe, o garoto que gostava de conduzir o culto, se tornou um rabino e um acadêmico, o rabino Menashe Klein, que tomou seu lugar de direito como líder rabínico de uma dinastia hassídica no Brooklyn. Ele publicou vinte e cinco volumes de comentários e se tornou o diretor de um centro de estudos talmúdicos. Naphtaliv Lau-Lavie se tornou um jornalista no jornal israelense Ha'aretz, depois foi braço direito de Moshe Dayan e porta voz do Ministério da Defesa israelense e, posteriormente, cônsul geral de Israel em Nova Iorque. O seu irmão mais novo, Lulek, se tornou o rabino Yisrael Meir Lau, o rabino chefe ashkenazi de Israel. Kalman Kalikstein virou um físico nuclear de renome internacional e professor da Universidade de Nova Iorque. Mas havia também aquele menino sempre rabiscando em seu diário. O nome dele era Elie Wiesel. Ele escreveu o primeiro rascunho de "A Noite" sob os cuidados de Judith no orfanato de Ambloy.

UM DIA, VINTE ANOS APÓS ter encontrado com os garotos em Ambloy, Judith foi convidada para um celebração em Nova Iorque onde se comemoraria o aniversário de vinte anos da liberação de Buchenwald. Os seus garotos de Buchenwald lhe enviaram uma carta. Ela me disse, "Eles organizaram tudo e pagaram pela minha viagem para Nova Iorque."

No voo para Nova Iorque, Judith não parava de estudar uma foto dos garotos que fora tirada em Ambloy. Vinte anos era muito tempo. Será que ela os reconheceria?

Eles a receberam no aeroporto com um buquê de flores. Judith disse, "Foi um encontro muito comovente."

Dá para imaginar este encontro? Muitos dos garotos viajaram para este evento e não viam os outros há vinte anos. A maioria deles já estava casado e tinha filhos, mas eles se cumprimentavam como se tivessem se visto na véspera. Eles se lembravam de todos os antigos apelidos e brincavam um com o outro. Eles ainda chamavam um garoto de "ruivo", ainda que agora ele estivesse completamente careca!

Então chegou a noite do jantar. Menashe, agora um rabino com uma longa barba cinzenta, se levantou e conduziu os garotos em uma bênção aos recomeços: "Abençoado seja Vós, Senhor nosso Deus, Senhor do universo, que nos deu a vida, sustentou nossas vidas e nos permitiu chegar a este momento de alegria."

E então Menashe disse, "O encontro de hoje serve como uma continuação do Yom Kippur que passamos em Ambloy quando alguns de nós se recusaram a participar no culto de Yizkor, eles se recusaram porque ainda tinham esperanças. Hoje nós sabemos que nossos pais e nossos parentes jamais retornarão... Vamos nos levantar e pensar neles, vamos recitar o Kadish."

Juntos, em uma só voz e com lágrimas correndo por seus rostos, os garotos de Buchenwald começaram, "Yisgadal, veyiskadash, shmey raba."

Após homenagear a memória dos falecidos, era chegado o momento de homenagear a mulher que tanto tinha se esforçado para trazê-los de volta à vida. Eu perguntei a Judith, "O que eles disseram?"

Modesta, ela disse, "Eles me agradeceram." E depois repetiu, "Foi um encontro muito comovente."

Judith escreveu um livro chamado *The Children of Buchenwald* sobre a sua experiência com seus garotos marginais. O prefácio é uma sincera carta para Judith:

> Querida Judith,
>
> ...Você sabia, Judith, que nós tínhamos pena de você? Nós sentíamos dó de você... Você achava que poderia nos educar... Nós a observávamos com desconfiança e zombaria...
> Como você conseguiu nos domar, Judith?... Não deve ter sido fácil educar um grupo de crianças como nós, com nossas particularidades e nossas obsessões. E você também não tinha nenhuma diretriz para seguir.
> Nós não queríamos a sua ajuda, a sua compreensão... O fato é que todas as crianças poderiam ter optado pela violência, ou o niilismo, mas você conseguiu nos orientar para a confiança e a reconciliação. Você nos apoiou e nos encorajou a apostar no futuro e na comunidade.
> Judith, será que você sabe quanto a nossa própria existência deve a você?
>
> Elie Wiesel

Eu perguntei a Judith, "Você já tinha algum pressentimento de que Elie Wiesel se tornaria uma voz da consciência do nosso mundo?"
Ela riu, "Eu não sabia que ele era extraordinário."

RECENTEMENTE, JUDITH COMEMOROU seu aniversário de noventa e três anos. Eu fui visitá-la em Jerusalém há dois verões. Ela vive em um lar de idosos com seu marido, Claude. Eu estava esperando encontrar uma velhinha, mas Judith é incansável, cheia de energia e força. Ela não faz grande caso de suas realizações.

Quando nos sentamos, perguntei a Judith se ela queria que eu lesse a carta que Einstein havia escrito ao rabino Marcus, a carta que havia me levado até ela. "Sim, por favor, leia," ela disse. E eu li.

Por três vezes, Judith pediu que eu lesse a carta. Ela parecia estar meditando profundamente sobre ela. Finalmente, ela disse, "Sim, sim! Isso é um consolo... Sim! Paz de espírito!"

E então Judith disse para mim, "Eu adoraria conversar mais, queria, mas veja bem, eu tenho uma aula de piano". E quando dei por mim, lá estava Judith, sentada ao lado de seu professor de piano estudando uma peça clássica que ela estava tentando aperfeiçoar.

Eu aprendi tanto com a Judith. Ela me ensinou o que pode acontecer quando você segue o chamado da sua alma. Ela me ensinou a respeito da confiança que nasce quando você sabe que é "a pessoa certa no lugar certo." Todos nós já fomos derrubados pela vida. Dentro de nós existe uma voz que prefere fugir quando as lembranças dolorosas emergem, assim como aqueles garotos de Buchenwald que não estavam prontos para recitar o Kadish. A voz que prefere ignorar e negar a dor. Mas, conforme Judith me ensinou, em algum lugar do nosso passado, alguém estava nos abençoando. E essas bênçãos, elas nunca morrem. O tempo não consegue diminuí-las.

Vinte anos podem desaparecer em um instante. De repente você mais uma vez se lembra da mão afagando a sua cabeça, do cheiro da cozinha da sua mãe, da risada, dos sorrisos, do amor, das lições. As bênçãos que continuam nos abençoando. As memórias ternas que sempre nos acompanharão em cada novo dia.

E essas bênçãos que nós recebemos,, elas nos enchem de força e de vontade de abençoar e curar os outros.

QUE VOCÊ PERCEBA QUE É A PESSOA CERTA PARA O SERVIÇO. QUE VOCÊ VIVA PARA DIZER "COM CERTEZA" E FICAR FIRME E FORTE COM AS SUAS CONVICÇÕES. QUE VOCÊ SEJA TOMADO POR UM DESEJO DE RECUPERAR AS ALMAS DOS OUTROS. E QUE VOCÊ PERCEBA QUE QUANDO VOCÊ SALVA OS OUTROS, ESTÁ SALVANDO A SUA PRÓPRIA ALMA. AMÉM.

29
SENTINDO OS PUXÕES DA ALMA

TODOS OS ANOS, os rabinos de Los Angeles se reúnem no final de agosto para nosso seminário de sermões para as Grandes Festas. A ansiedade no ambiente é palpável e contagiosa. Depois da palestra principal, temos pequenas sessões abertas. Diversas aulas acontecem simultaneamente. Em um ano em especial, tive dificuldades em escolher em qual sessão eu participaria. Eu pensava comigo mesma, *E se eu escolher essa sessão e ela for chata? E se aquela lá no fim do corredor tiver um debate mais interessante?* Quando eu finalmente escolhi minha sessão, tive dificuldades em prestar atenção à palestra porque ficava imaginando as discussões incríveis que estariam acontecendo na sala ao lado.

No final do dia eu sentia que precisava de um Valium. Quando estava dirigindo para casa, um rabino amigo meu ligou e disse, "E então? Teve alguma ideia para o seu sermão?"

"Não", eu disse. "Eu só conseguia pensar que eu estava na sala errada. Eu fui para a sessão três, mas conseguia ouvir todo mundo rindo na sessão quatro. Eu queria saber o que aconteceu na sessão quatro."

O meu amigo disse, "A sessão quatro? Eu estava nessa. Acredite, nada aconteceu na sessão quatro a não ser um falatório sem fim!" Ele parou um instante e depois disse, "Então você passou o dia inteiro sem nenhuma ideia para um sermão?"

E então tudo ficou claro para mim. A sala errada. A sessão errada. O lugar errado. Nós passamos tanto tempo de nossas vidas com a incômoda sensação de que não estamos no lugar certo. Onde quer que estejamos, estamos perdendo algo. Estamos sendo puxados em mil direções diferentes e isso está nos despedaçando. E não conseguimos sentir o único puxão que realmente precisamos sentir — o de nossas próprias almas.

Existem tantas forças nos puxando. Quantos pais que trabalham fora já não compartilharam comigo esta frustração? "Quando estou em casa, sinto que deveria estar no trabalho. Quando estou no trabalho, sinto que deveria estar em casa." O resultado é uma pessoa que não consegue aproveitar o trabalho nem consegue aproveitar seu tempo em casa.

Na Bíblia, quando Caim mata seu irmão, Abel, sua punição não é uma sentença de morte. Sua punição é: "Você será um fugitivo e errante pela terra." A punição dele é a inquietação, incapacidade de encontrar um lar. Talvez esta punição seja pior que a morte. Infelizmente somos todos descendentes de Caim. Quantos entre nós temos dificuldades em simplesmente parar quieto?

Um comentário rabínico sobre o Livro de Eclesiastes diz, "Os homens deixam este mundo sem terem realizado metade de seus desejos." Este nosso problema de querer coisas demais não é novo, é tão antigo quanto a humanidade.

Primeiro, ele envolve um pouco de inveja — *Eu quero o que ela tem. Eu quero uma vida como a dele. Aquela casa, aquele carro, aquele emprego, aquela esposa, aquele corpo, aquelas férias, aquele filho.*

Mas não é só inveja. Nossa inquietude é parte do paradoxo da escolha. Eu quero a liberdade para fazer escolhas, mas não quero escolher de fato e abro mão desta liberdade.

Há pouco tempo li um livro chamado *Força de Vontade* do Roy Baumeister e aprendi algo interessante: a palavra "decidir" tem a mesma origem que a palavra "homicídio". Tomar uma decisão é o mesmo que matar todas as outras possibilidades. Queremos tanto manter as alternativas vivas, manter as nossas opções abertas.

Em algum lugar lá no fundo, sabemos que não podemos ter tudo ao mesmo tempo. O desafio que hoje se apresenta para nós é que a tecnologia cria a falsa esperança de que podemos estar em diversos lugares ao mesmo tempo, sem precisar escolher. Isso não passa de soberba, achar que não pagaremos um preço por nossas tantas atividades simultâneas.

Isso está afetando nosso raciocínio, nossa criatividade, nossos relacionamentos, nosso trabalho, nossos corpos, nossas emoções, a forma como dirigimos, nossas vidas sexuais. Está afetando as nossas almas.

Há não muito tempo, recebi uma ligação de um rabino que tinha um filho adolescente que havia parado de falar com ele. Meu amigo admitiu que ele frequentemente fora um pai distante e ocupado.

Ele começou a soluçar e disse, "Eu agora entendi. Eu me camuflei, me escondi e agora que quero me aproximar, ele não olha para mim." Ele continuou, "Naomi, eu me lembro dele me puxando, eu ainda sinto ele me puxando, o meu menininho, 'Papai, venha ver!', 'Agora não,' eu dizia. 'Pare,' eu dizia. E agora não consigo me aproximar dele".

Quem o está puxando? O que você está ignorando? Eu acredito que nossas almas estão constantemente nos puxando assim como uma criança puxa os seus pais.

Ao longo da sua vida, sua alma está puxando você: "Olha só!" A alma está sempre tentando lhe mostrar o que é belo: "Por favor, será que você pode parar e olhar isso?" "Você poderia passar mais tempo com esta pessoa?" "Será que pode estudar estes ensinamentos?" "Será que você pode ir mais devagar?" Mas nosso ego tem outros planos, o seu corpo tem coisas melhores para fazer. A sua mente fica confusa e distraída.

Parker Palmer escreveu que a alma só fala conosco nos momentos de calma. Ele disse que se encontrar com a alma é como se encontrar com um veado na floresta. Todos já fizemos isso, silenciosamente contemplando uma criatura deslumbrante.

Imagine que você está em uma floresta, perto de um rio. O sol está se pondo e você está cercado por árvores até onde a vista alcança. E então você a vê, uma corça. Vá devagar. Seja muito silencioso. Muito lento. Qualquer barulho irá assustá-la. Você é paciente. Você olha nos olhos dela. Você se aproxima um pouco mais. Passos curtos. Você para. Você a contempla.

E você agradece por este encontro precioso.

É isso que você precisa fazer para se encontrar com a sua alma. Ela tem algo a lhe dizer. Algo para lhe dar. Mas como podemos ter um verdadeiro encontro com nossas próprias almas, com as almas dos outros, com o divino, quando estamos constantemente assustando-os?

Se ao menos soubéssemos o que estamos perdendo. Se ao menos pudéssemos ver todos os momentos perdidos. Certa vez li um comentário rabínico que clamava, "Sim, você pode se arrepender de um pecado, mas quando a sua vida inteira está passando enquanto você dorme, o arrependimento não lhe servirá de nada. Você não consegue nem ver o que precisa mudar."

Na Bíblia, Deus está preparando Moisés para o momento da revelação no Monte Sinai. Deus diz, "Suba esta montanha em minha direção e esteja lá." "Suba," nós podemos entender. Mas por que Deus precisa acrescentar "e esteja lá." Onde mais Moisés poderia estar? Se Moisés já está no topo da montanha, por que Deus precisa dizer, "e esteja lá?"

Aqui vai a minha interpretação favorita deste versículo: Deus acrescenta o "e esteja lá" porque você pode estar na própria presença de Deus, no topo do Monte Sinai, e ainda estar com nossos pensamentos presos ao mundo lá embaixo. Se Moisés teve que lutar contra as distrações quando estava sozinho no topo de uma montanha, na presença de Deus, como vamos conseguir nos fazer presentes para o divino quando estamos sempre sendo puxados por outras coisas? Não é só a alma que está nos puxando. Deus está nos puxando também. Baal Shem Tov, o fundador do hassidismo, nos ensinou que Deus nunca para de nos chamar. Todos os dias, a voz de Deus ecoa, vinda de um lugar na eternidade. Ela atravessa o tempo, nos puxando: "Voltem, meus filhos." Mas, tragicamente, não conseguimos escutar.

Não, nossos ouvidos não conseguem ouvir o chamado, mas nossas almas escutam, e este chamado faz com que elas nos puxem. Todo o dia Deus nos envia estes pequenos puxões, nos chamando de volta para o caminho certo quando nos desviamos. São pequenos sussurros: "Volte."

"Eu dormia, mas meu coração velava, eis a voz do meu amado, ele bate." Eu amo tanto este versículo do Cântico dos Cânticos que eu e meu marido temos ele gravado no interior das nossas alianças.

Eu estou dormindo, mas há um pequena parte de mim que está acordada e ela consegue ouvir as batidas. O amor está batendo. A alma está batendo. Deus está batendo.

O puxão de Deus não é só mais uma distração no seu dia. Ele não é um chispado, é um bote salva-vidas, uma voz o chamando, *Segure firme que eu vou erguê-lo, segure firme e eu lhe mostrarei como este mundo é mais belo que o Céu.*

O que é um puxão? Não são as inquietações da sua lista de afazeres. Não é aquilo que você precisa fazer. É o puxão do que você nasceu para fazer. Demasiadas vezes nós seguimos a voz do "Do que eu preciso?" Mas um puxão não é "Do que eu preciso?" É "Onde precisam de mim?"

Como responder a estes puxões? Como no caso daqueles preciosos momentos de graça, na maior parte das vezes nós os ouvimos e deixamos que eles passem como se fossem um sonho. Ou dizemos, "Agora não.' Dizemos, "Eu não posso." "Eu não sou forte o bastante, talentoso o bastante, eu não sou bom o bastante." "Eu não sou o bastante."

E a forma como puxamos os outros? Você quer a atenção de alguém, mas não está a recebendo. Você quer ser compreendido. Você quer ser amado. Você quer ser valorizado. Você quer ser lembrado. Você quer ter importância, você quer fazer algo por este mundo lindo e imperfeito.

Talvez você tenha esquecido como dar estes puxões. Talvez você tenha medo de pedir. Talvez você se lembre de quando foi repelido após dar um puxão. Talvez você tenha medo de ser rejeitado. Talvez você tenha medo de querer. Talvez simplesmente lhe faltem as palavras.

Nós também damos puxões em Deus. Não é para isso que rezamos?

Em uma deslumbrante descrição do que é a prece, o rabino Kalonymus Kalman Shapira, o grão-rabino de Piaseczno, na Polônia, que foi morto no Holocausto, escreveu estas palavras para nós:

Às vezes também acontecerá de você não sentir a necessidade de dizer as palavras de uma prece e você não sentirá necessidade de pedir algo para Deus, e ainda assim você sentirá algo difícil de descrever, uma espécie de jogar-se sobre Deus para tornar-se mais querido por ele, como uma criança que importuna o seu pai docemente — ela não quer nada, então fica apenas gemendo e suspirando, "Papai, papai." Seu pai pergunta, "O que você quer, meu filho?" Ele responde, "Nada." Mas ela continua a chamar, "Papai, Papai..." Você às vezes também sentirá... este tipo de anseio, sem fala e sem palavras e sem nada para pedir a Deus. É apenas o canto mudo da sua alma, "Mestre do Universo, Mestre do Universo..."

A alma reza: *Deus, eu só preciso saber que Você está aí.* Só isto basta. Sem palavras, só um apelo e uma ânsia por ser escutado. Toda essa inquietude que nos aflige — "Eu quero isso, eu queria estar lá" — é apenas o nosso ego nos confundindo. Existe algo real acontecendo e estamos perdendo isso porque estamos prestando atenção demais às coisas que não são reais.

O puxão é mais do que uma promessa que você fez para os outros. Não é só uma promessa que você fez para si mesmo. O puxão da alma *é* a sua promessa.

Há algumas semanas, um homem que estava passando por um momento muito difícil me perguntou, "Rabina, você acredita em anjos da guarda?"

Eu pensei um pouco. Eu não queria frustrar as suas expectativas, mas eu também queria ser honesta. Eu disse, "Eu não acredito em campos de força que repelem todo o perigo. Mas eu acredito na torcida organizada."

Um famoso comentário rabínico diz, "Cada folha de relva tem um anjo que paira sobre ela e sussurra: 'Cresça, cresça.'"

Pense no puxão da alma como a alma dentro de você sussurrando, "Cresça, cresça."

Então, da próxima vez que você sentir um puxão, não deixe que ele passe batido por você. Se pergunte, *O que foi isso?* Tente se aproximar. Deixe-o entrar. Assim como aprendemos a aproveitar os momentos de graça, se segure firme, assim como você segura o seu parceiro. Concentre-se no verso do Cântico dos Cânticos, "Agarrei-me a ele e não o larguei."

AGARRE ESSES PUXÕES SAGRADOS COM TODA FORÇA.
E QUE ELES O CONDUZAM ATÉ BÊNÇÃOS. AMÉM.

30

TRANSFORMANDO O SEU PONTO FRACO EM UM PONTO FORTE

COMO ACOMPANHAR A sua alma em uma missão? A mente racional lhe diz, Use os seus pontos fortes. Olhe para os seus dons e as suas paixões e eles indicarão o caminho. Mas a sua alma sussurra, *Também olhe para as suas deficiências!* Os seus pontos fracos podem ser a chave para a grande obra da sua vida.

O Dr. Alan Rabinowitz é um dos zoólogos mais respeitados do mundo e já caminhou para os últimos recantos intocados da terra para garantir que animais quase extintos possam ter um lar. Alan é fundador e CEO da Panthera, uma ONG dedicada a salvar felinos selvagens. A revista Time descreveu-o como "O Indiana Jones da proteção da fauna silvestre."

Meu primeiro encontro com Alan foi pelo rádio enquanto eu dirigia. Fiquei fascinada ao ouvi-lo contar uma história. Eu queria falar com ele ao vivo porque sabia que ele poderia compartilhar importante ensinamento da alma comigo.

No dia da entrevista nós dois estávamos desconfortáveis. Alan está acostumado a ser entrevistado pela National Geographic, por que ele estava falando com uma rabina?

O tom seco de Alan indicava que ele achava que aquela seria uma conversa rápida. Mas eu e ele acabamos conversando por muitas horas ao longo de dois dias. Ele me disse que a nossa conversa foi a entrevista mais longa que ele já deu em sua vida. No fim das contas, um rabino pode aprender muito com um zoólogo sobre sabedoria espiritual.

Eu gostaria de compartilhar com você o que Alan me ensinou.

Eu perguntei para Alan, "Como um garoto judeu do Brooklyn criado nos anos 50 acaba passando a sua vida em selvas remotas entre tigres, leopardos e onças ameaçados de extinção?"

Alan disse, "Rabina, quando eu era criança, sofria de uma gagueira muito, muito forte." Ele me explicou que naquela época as pessoas não sabiam como lidar com a gagueira. "O sistema de educação pública de Nova Iorque me botou em uma turma especial, uma turma que as outras crianças chamavam de "turma dos retardados", para que eu não atrapalhasse o sistema de educação 'normal'." Alan disse que a sua gagueira era tão grave que ele simplesmente parou de falar com as pessoas.

Enquanto ouvia Alan falar, eu imaginei uma criança vibrante e profundamente incompreendida.

Alan me falou sobre os seus pais e sobre como eles tentaram ajudá-lo. "Os meus pais tentaram me dar todo o apoio. Mas eles eram simples judeus de classe média, eles não sabiam o que fazer." Ainda assim, eles fizeram o que podiam. Ele disse. "Eles tentaram me mandar para a terapia, hipnoterapia, tratamentos com drogas, psiquiatras. Em um dado momento, eu até passei por uma rodada de terapia eletroconvulsiva, pensando que isso me deixaria normal."

Alan se descreveu como uma criança cheia de raiva e de mágoa. Ele passava o dia inteiro mudo na escola, não tinha nenhum amigo com quem brincar ou conversar.

Eu perguntei a Alan, "Mas ninguém entendia?"

Ele riu. "As únicas criaturas vivas para quem eu podia expressar os meus sentimentos eram os meus animais de estimação." Extraordinariamente, Alan disse que conseguia falar frases inteiras, fluentes, para os seus bichos sem gaguejar. Como o Super-homem, Alan levava uma vida dupla. De dia ele era esquisito e excluído. E então, como Clark Kent se transformando dentro de uma cabine telefônica, Alan entrava no closet do seu quarto à noite e sua verdadeira identidade vinha à tona.

"Eu chegava em casa da escola — onde me viam como diferente no melhor dos casos, e como retardado no pior deles - e ia para o meu pequeno closet escuro com a minha tartaruga verde, meu camaleão, um hamster, uma cobra — bichos de estimação de Nova Iorque — e conversava com eles."

Alan acreditava que os animais o compreendiam, e ele também sentia profunda empatia com eles. Alan disse, "Eu percebi que eles também não tinham voz. Os animais têm pensamentos e sentimentos, mas as pessoas os tratam como se eles não os tivessem. Então eu jurei que se um dia eu conseguisse a minha voz de volta e aprendesse a controlar a minha gagueira, usaria para falar pelos animais."

O pai de Alan tentou ajudá-lo a lidar com sua raiva o levando ao lugar que ele mais amava no mundo: a velha Casa dos Grandes Felinos no Zoológico do Bronx.

Eu havia estado neste mesmo lugar quando criança e para mim era um lugar deprimente com um fedor que dava ânsia de vomito. Então eu perguntei a Alan, "O que você gostava tanto a respeito da Casa dos Felinos?"

Ele disse, "Havia um grande felino após o outro nessas celas de prisão de concreto, vazias e feias. Havia leões, tigres e uma onça. A velha Casa dos Felinos emanava energia e poder, mas um poder contido, e era isso que me atraia. Era uma energia que estava implorando para ser liberada, mas continuava aprisionada.

Eu disse, "E o garoto gago se identificava com isso?"

Alan disse, "Eu simplesmente captava totalmente aquela energia porque era a mesma energia que eu sentia dentro de mim, preso dentro da minha própria cabeça, sem conseguir sair." Ele continuou, "Eu caminhava até um dos dois felinos e me inclinava contra as grades e colocava o meu rosto o mais próximo possível da jaula e sussurrava para os felinos. Eu conversava com eles como conversava com os animais no meu closet. Eu falava com eles sobre como eu me sentia. E que eu sabia como eles se sentiam."

Quando estava prestes a sair da Casa dos Felinos, Alan sussurrava repetidas vezes, "Eu vou achar um lugar para nós. Eu vou achar um lugar para nós." Alan disse para mim, "Eu não acredito que soubesse que o que isso significava quando eu era criança. Eu não fazia ideai de que me tornaria um biólogo especializado em fauna selvagem e salvaria grandes felinos como eles. Eu só sabia que eles eram como eu e de alguma forma eu acharia um lugar para nós."

Por fim, Alan foi para uma clínica no interior de Nova Iorque onde ele recebeu um tratamento intensivo e aprendeu a controlar a sua fala.

Alan tinha 19 anos quando finalmente aprendeu a falar. Ironicamente, quando Alan conseguiu falar, percebeu que não queria viver no mundo dos seres humanos. Ele me contou, "Eu estava tão empolgado para me unir à sociedade normal, mas nada do que as pessoas diziam me interessava." Seu trabalho com os animais era uma fuga muito bem-vinda. Ele estudou zoologia e conservação da fauna.

Não demorou muito até que Alan — o garoto gago e solitário que falava com seus bichos no closet — se tornasse um gigante da conservação da fauna. Ele estava determinado a cumprir as duas promessas que fizera para os animais quando era criança: "Se um dia eu encontrar a minha voz, eu serei a sua voz" e "Eu vou achar um lugar para nós."

Alan honrou as suas promessas. Ele fundou a primeira reserva para onças do mundo em Belize e conquistou a maior reserva para tigres do mundo em Burma. Alan me contou que seu maior feito foi a criação do Corredor das Onças, um habitat gigante onde os jaguares podem se mover livremente e que vai do México até a Argentina.

Eu perguntei para Alan, "Você já viu o seu trabalho salvando animais como uma vocação divina?"

Alan riu. Ele disse que passou muitos anos com raiva de Deus. "Eu passei tantos anos sendo torturado pela gagueira, pensando *Por que eu? Por que Deus torturaria uma criança?*"

Mas Alan me contou que com o passar dos anos, nas selvas mais intocadas, ele encontrou um caminho de volta para Deus. Eu pedi que ele descrevesse como vivenciava Deus. Ele riu e disse, "Rabina, quando eu mencionei aquilo, soube que você me pediria isso."

Ele disse, "Para mim, Deus é uma presença, uma energia que envolve tudo. Quanto mais eu sei sobre a ciência, quanto mais eu conheço esse mundo incrível, mais eu percebo que sabemos muito pouco...Existe uma esfera que jamais iremos alcançar."

Eu disse a Alan que sua história me comoveu porque me lembrava de um ensinamento místico que aprendi há muito tempo. Ele diz que se você estiver tendo dificuldades em descobrir por que Deus o botou aqui, a resposta talvez seja aquilo que mais o desafia, a área da sua vida em que você se sente mais travado.

E eu perguntei para ele, "Alan, olhando em retrospecto para aquele menino atormentado, você acha que a gagueira foi essencial para a sua vocação?"

Alan ficou entusiasmado. Ele disse, "Rabina, eu não desejaria gagueira a ninguém. Mas eu realmente acredito que foi uma dádiva que me foi dada e que me permitiu chegar onde eu estou hoje. Eu jamais teria conseguido realizar este trabalho tão exigente se não fosse por algo tão difícil quanto a gagueira."

Eu comecei a conversar com Alan sobre Moisés, o mais famoso judeu gago, e perguntei se alguma vez ele havia pensado sobre esses paralelos óbvios entre ele e Moisés. Eu disse, "Moisés começou a vida sem conseguir falar, e aquele gago assustado acabou se tornando o maior profeta e orador. Eu vejo muitas similaridades entre você e Moisés. Ele libertou os judeus, você libertou os tigres."

Alan ficou perplexo. Ele disse, "O fato de que um gago se tornou o maior orador não me surpreende."

Nós terminamos nossa conversa naquele momento. E a recomeçamos no dia seguinte. Alan me disse que havia passado a noite pensando sobre nossa conversa. Ele disse, "Rabina, para o deleite da minha esposa, contei para ela que você me comparou com Moisés."

Eu disse, "É uma boa comparação."

"Na verdade você me fez pensar muito a respeito disso. Sobre coisas em que normalmente não penso. Como se as coisas que eu faço fossem guiadas por propósito superior." Ele disse que sempre achou que a sua vida tinha uma missão. Mas nunca imaginou que fosse uma missão divina.

Eu ri e disse, "Eu só pensava nisso quando você estava falando comigo." Alan descreveu sua gagueira como uma dádiva fenomenal que também o ensinou a decifrar as pessoas.

Eu perguntei a ele, "O que você enxerga nas pessoas?"

"Eu consigo ouvir as pessoas melhor quando elas não estão falando," ele disse. "Eu sempre escuto o que está entre as palavras. Eu as decifro em suas pausas, em seu silêncio."

Eu fiquei chocada com as palavras de Alan, e também com a calma dele.

Alan acrescentou, "As pessoas acham que eu as encaro demais. Estou tentando enxergá-las. As palavras são quase irrelevantes para mim."

Eu disse a Alan, "Isso que você está descrevendo me parece ser a alma."

Alan disse, "Rabina, a linguagem é uma ferramenta limitada. Quando você está falando, isso não está vindo do seu eu mais profundo. Como uma frase, limitada, pode conter emoções infinitas?"

E então Alan me disse, "Você não precisa de palavras para conhecer a alma de outra pessoa."

ACOMPANHAR A ALMA é como rastrear uma majestosa criatura em extinção. É tão fácil não escutar a sua súplica silenciosa, é tão fácil ignorar seus puxões e chamados. A alma está aqui para guiá-lo, mas você nunca sabe onde ou quando a sua presença será necessária. A missão da sua alma talvez o leve para muito longe do lugar onde você pensou que iria. Se você estiver tendo dificuldades em descobrir o seu caminho, talvez, como Alan, você deva procurar no lugar que tem evitado, na área da sua vida que mais lhe causa dor.

Nossas fraquezas e os desafios que enfrentamos podem nos destruir, ou podem nos moldar se deixarmos. Eu não desejaria os meus sofrimentos para ninguém. Mas eu sei que os meus sofrimentos me chamaram e me inspiraram a confortar as pessoas. E por isso, eu sou grata.

Alan me disse que ele costumava perguntar, "Por que eu?" Agora ele pergunta "Por que não eu?" Ele disse, "Qual o significado de um desafio? O significado é bom se eu torná-lo algo bom."

Talvez a chave para o seu futuro esteja escondida dentro do desafio que você está enfrentando agora.

Qual é o seu maior desafio? Todos têm dificuldades. O seu obstáculo pode ser a chave para a missão da sua alma.

A vida não é justa. E sentir raiva é natural. É natural dizer "Por que eu?" Isso é natural. Mas nós não estamos aqui para sermos naturais! Por que ter uma expectativa tão baixa de nós mesmos?

Dentro de você existem poderes que você ainda nem começou a acessar. A sua vida tem um propósito. Um propósito superior. Transforme a sua vergonha em orgulho. Você pode fazer isso. Você pode se erguer. E, conforme você se ergue, você também erguerá os outros.

QUE VOCÊ VIVA PARA TRANSFORMAR AS SUAS MALDIÇÕES EM BÊNÇÃOS, O SEU MEDO EM FORÇA, O SEU MAIOR BLOQUEIO NA SUA MAIOR ABERTURA. AMÉM.

31

BOTANDO A SUA ALMA NO TRABALHO

Já passava da meia-noite e eu estava dormindo profundamente quando o meu telefone tocou. Ainda sonolenta, ouvi a voz trêmula de um homem, "Rabina, a Cate tentou se matar." Era o pai da Cate, Craig. Ele começou a soluçar.

Cate era uma garota de doze anos esperta que estava estudando comigo para o seu bat mitzvah. Ela adorava me bombardear com perguntas e me mostrar que não tinha medo de criticar Deus. Eu lhe disse que as perguntas dela eram bem-vindas e que o nome Israel significa "Aquele que briga com Deus." Eu me vesti às pressas e corri para o hospital.

Cate estava trancada na unidade psiquiátrica. Encontrei seus pais no corredor. Eles pareciam destroçados, enfraquecidos. A mãe, Lauren, repetia confusa, "Por quê? Por quê?"

Perguntei se poderia falar com Cate a sós. Ambos estavam ansiosos para entrar e falar com ela. Na porta do quarto de Cate havia um homem alto e musculoso com um uniforme da polícia. Ele entrou no quarto comigo. Ele falou de forma dura com Cate, como se ela fosse uma criminosa. "Não vá tentar fazer nenhuma burrice. Eu sou o seu guarda, e não tem nada nesse quarto que você possa usar para se machucar. Então fique quietinha e não faça uma idiotice. Eu vou ficar o tempo todo do lado de fora." Cate e eu ficamos aliviadas quando o guarda truculento saiu do quarto.

Eu caminhei até Cate e a abracei. Eu disse, "Pode contar comigo. Está tudo bem."

Cate disse, "Eu não sei por que eu fiz aquilo, realmente não sei. Não sei o que eu estava pensando. Simplesmente aconteceu." E então ela ficou em silêncio. Eu decidi que respeitaria aquele silêncio e não tentei interrompê-lo com palavras. Alguns minutos se passaram e Cate disse, "Eu estou assustada." Ela pegou a minha mão. As mãos dela estavam geladas. Eu comecei a esfregá-las para esquentá-las. Pouco depois alguém bateu na porta. Era outro guarda, havia mudado o turno. Esse homem era ainda mais alto e mais musculoso do que o anterior. Eu me perguntei quais palavras de sabedoria aquele personagem rude iria oferecer.

O guarda veio em nossa direção. Ele se sentou na beirada da cama de Cate e falou, "O meu nome é Michael e o bom Deus me enviou para ser o seu anjo da guarda. É isso mesmo. Eu estou aqui para cuidar de você e garantir que esteja livre do perigo. O meu trabalho é cuidar de você e protegê-la."

Eu vi o rosto de Cate ser tomado por uma calma. Os olhos dela se encheram de lágrimas de gratidão. Ela não esperava que este desconhecido fosse tão solidário, e eu também não. As mãos de Cate estavam se esquentando dentro das minhas. O guarda se levantou e disse, "Eu estou logo atrás daquela porta. Se você precisar de algo, pode me chamar. Se lembre, eu sou Michael, sou seu anjo."

Esta noite aconteceu há uns vinte anos atrás. Cate foi para casa depois de um par de dias e começou a fazer terapia. Ela ficou mais forte e confiante e hoje tem trinta anos, está casada e tem uma filha.

Eu me lembro de muitas coisas a respeito daquela noite, mas o Conto dos Dois Guardas foi o que ficou gravado no meu coração. O primeiro homem estava fazendo o seu trabalho, mas estava agindo através do ego e da dominação. Michael agia através da empatia, do amor e da luz. Ele via seu trabalho como uma missão divina e ele estava fluindo e se conectando através da alma.

Você tem o poder de escolher como irá abordar qualquer profissão. Você pode só se preocupar em executar a tarefa, ou pode entender que está aqui para realizar a obra de Deus. Você pode exigir respeito, ou você conquistar admiração.

O que você bota no trabalho? O ego ou a alma? Como seria se você acordasse todos os dias pela manhã acreditando que você foi incumbido de uma missão divina? Em hebraico, a palavra para "anjo" significa "mensageiro", nada além disso. Um anjo não é uma criatura com asas, é uma alma que sabe que foi posta aqui por um motivo.

Você pode ver o seu trabalho como um suplício, você pode intimidar as pessoas para fazê-las andar na linha, ou você pode botar a sua alma no trabalho e compreender que o bom Deus o colocou aqui para ajudar e para melhorar alguma parte deste mundo. Você pode mandar nas pessoas, e receber obediência, ou você pode liderá-las usando a sua força interna e incitar os outros a se unirem a você na sua missão pelo bem maior.

A escolha é sua. Você quer só executar a tarefa ou você tem um futuro em mente e entende que precisa plantar as sementes e ter paciência? Se você criar um clima de colaboração que encoraja a paixão, a perseverança e a criatividade, você um dia colherá frutos incríveis. O esforço que você faz pode transformar milhares de vidas sem que você jamais tome conhecimento delas.

Você acha difícil ver o seu trabalho como uma tarefa sagrada? Talvez você já tenha ouvido o chamado, talvez você já tenha sido cheio de entusiasmo, mas agora tem dificuldades em se lembrar desta sensação.

Às vezes você acorda e consegue se lembrar do que sonhou, você tem certeza de que se lembra, mas quando você se levanta da cama, o sonho já desapareceu.

Ele simplesmente escapa por entre os seus dedos. Ele está lá em algum lugar, em algum lugar na sua cabeça, mas você não consegue alcançá-lo, ele desapareceu como fumaça.

Mas e se eu e você, nós, formos um sonho de Deus? E se Deus tiver nos sonhado, mas estivermos escapando por entre os dedos Dele? E se Deus continua tentando nos alcançar, *Onde está aquela pessoa com quem eu sonhei? Por que ela não se materializou? O que ela está esperando? Por que ela não consegue ver os dons que tem? Por que ela não vive a promessa da sua alma?*

Há uma vida que quer ser vivida através de você. Há uma luz que quer brilhar através de você. Há um sonho que quer ser realizado em você. Há um sofrimento que quer ser interrompido por você. Há um mundo esperando por você.

Do Éden, o chamado de Deus continua viajando através do tempo: "Onde você está?" Não é um chamado aleatório de um universo indiferente. É pessoal.

Se você quiser viver a missão da sua alma, a sua reação deve ser "Sim, eu estou aqui." Precisamos aprender a dizer amém para o chamado da alma. Fazer parte do fluxo. Ser um veículo para o bem. Você é tão maior do que a sua pequenez. Você é tão maior do que o seu ego e a sua sede de vaidade e elogios.

Você é até maior do que aquilo pelo que você reza.

Lembre-se, "a alma dos homens é a vela de Deus." Nós viemos ao mundo para iluminá-lo.

Eu nunca mais vi Michael, o anjo da guarda, mas tenho certeza de que, onde quer que ele esteja, neste mundo ou no próximo, ele continua a cuidar de nós de acordo com os desejos do bom Deus.

Em sua Canção de Zion, o poeta medieval Yehuda Halevi escreveu, "Eu sou a harpa para todas as Vossas canções." É isso que estamos pedindo a

Deus quando procuramos pelo nosso caminho na vida. Nós estamos querendo ser tocados magistralmente pela Mão que conhece intimamente cada corda e cada acorde.
Essa é a chave.

PERMITA QUE EU SEJA O VOSSO INSTRUMENTO, DEUS. ME DEDILHE, EU SEREI VOSSA HARPA. ME SONHE, O VOSSO SONHO AINDA ESTÁ VIVO E BEM EM MIM. ME USE, PERMITA QUE EU SEJA O VOSSO INSTRUMENTO PARA O BEM. ME ILUMINE E EU BRILHAREI.

ME TOQUE, DEUS, EU ESTOU PRONTO PARA VIVER À ALTURA DO SEU SONHO, O SONHO ME CHAMOU. AMÉM.

32

DERROTANDO O ADVERSÁRIO DA SUA ALMA

ANDREA É UMA ASPIRANTE a documentarista de trinta e poucos anos. Ela veio me ver porque estava incomodada consigo mesma. Ela me disse que recentemente havia recebido uma verba para realizar o projeto dos seus sonhos. Mas, ao invés de mergulhar de cabeça em seu filme, Andrea estava perdendo tempo. Ela disse, "Rabina, eu fico apertando o botão soneca do despertador. Eu levanto ao meio-dia e surfo na internet e quando me dou conta, perdi o dia inteiro. Parece que tem um diabinho no meu ombro."

Eu disse para Andrea, "Eu acho que você encontrou o seu *Yetzer*."

"O meu o quê?" ela disse.

Eu conversei com Andrea sobre a batalha eterna que devemos travar.

Quando você estiver perto de realizar a missão da sua alma, de viver a sua vocação, você provavelmente despertará o adversário da sua alma, uma voz que diz, *Nada disso vai dar certo, para que tentar?*

De quem é essa voz?

Primeiro, vamos parar um pouco para refletir profundamente sobre o que você quer. Pelo que você reza e anseia? Tente visualizar isto. Como é? Você consegue sentir?

Agora que você identificou o desejo mais profundo da sua alma, aqui vai uma segunda pergunta: você tem o recipiente certo para receber isso que você quer? Certa vez estudei um ensinamento hassídico que diz que a chave para realizar a sua missão é encontrar o equilíbrio entre o fogo e o recipiente que permite que o fogo continue ardendo. O fogo é paixão, adrenalina, as bênçãos divinas que nos incitam. O recipiente é muito menos interessante. Ele é o vasilhame que você precisa criar e conservar para que o fogo continue ardendo.

Então, o seu recipiente é confiável? Quanto espaço você abriu para receber o fogo e mantê-lo vivo? Você preparou um alicerce que vai conter o fogo para que ele não se espalhe descontroladamente?

Este é um equilibrismo sagrado — o fogo e o seu recipiente. Na esfera do amor, será que o ego está ocupando espaço demais? Você já aprendeu a se encolher e criar espaço o bastante para outra pessoa entrar?

Em relação a sua boca, como está o equilíbrio entre a sua moderação e as suas palavras? Entre respirar fundo e dizer o que vem a mente?

A verdade é que construir uma base forte para o fogo depende da constância, de todos os dias se dedicar ao amor, a viver a sua vocação, em tudo o que você faz. Uma coisa é certa: você não consegue ser constante virando a noite e deixando tudo para a última hora. Só existe uma forma de exercer a constância e, de acordo com o ensinamento hassídico, sem um recipiente confiável, você acaba andando por aí como alguém com os bolsos furados. Todos os dias você recebe dádivas sagradas, faíscas do divino, e todas elas se perdem porque você não construiu um vasilhame apropriado para segurar as suas próprias bênçãos, aquelas que você já recebeu.

Pode ser que você tenha construído um alicerce seguro, mas você deixou o convidado errado entrar. Você percebe que se tornou um lugar muito confortável para o *Yetzer*, que os rabinos definem como uma força espiritual que está sempre tentando impedi-lo de viver à altura dos seus próprios dons e da sua missão sagrada.

O que eu posso lhe contar sobre o *Yetzer*?

No Talmude aprendemos que cada pessoa nasceu com um impulse bom e um impulso mau. Dentro de nós, existe todo um mundo de bondade, mas o impulso mau, que em hebraico é conhecido como *Yetezer Hara*, tenta nos distrair e impedir que nossas mais nobres intenções se transformem em ações.

O *Yetzer* é o tentador, o nosso adversário, a voz que sempre está procurando criar obstáculos para impedir o nosso crescimento. Quando você está quase realizando a sua missão, o *Yetzer* entra em ação e desperta. O *Yetzer* é o arqui-inimigo da alma, lhe esperando, tentando criar obstáculos quando você está prestes a passar pela porta que leve ao seu caminho na vida. O *Yetzer* está lhe procurando. Ele quer fazer você tropeçar. Ele usa toda espécie de truque sorrateiro. Ele nos distrai, desmoraliza, nos faz sair do rumo. O *Yetzer* não permite que vejamos as mudanças que precisam ser feitas. O *Yetzer* alimenta nossas tendências destrutivas. O *Yetzer* nos seduz com um desejo profano por bens materiais. O *Yetzer* nos leva ao desespero: *Não há esperança*, ele sussurra.

O *Yetzer* infunde em nós aquela característica que Einstein descreveu para o rabino Marcus em sua carta: a ilusão de ótica de que estamos separados do resto. O *Yetzer* nos engana e limita a nossa visão, sussurrando falsidades, fazendo com que você se acomode ao invés de crescer. Ele vive da surdez e da cegueira.

Muito antes de Freud nos ensinar a respeito do ID, os rabinos definiram nossa batalha eterna contra o Yetzer. Os rabinos compreendiam que, como o ID, o Yetzer é um motor que nos move. O Talmude nos brinda com uma história dramática sobre um duelo entre os rabinos e o Yetzer. Nesta história, os rabinos conseguem pegar e enjaular o Yetzer. Eles ficaram eufóricos. Finalmente haviam conseguido destruir o Yetzer e livrar o mundo do mal. Mas os rabinos perceberam que durante os três dias em que o Yetzer ficou preso, a vida estava parando. Até as galinhas pararam de botar ovos. Eles subitamente compreenderam que, se matassem o Yetzer, o mundo se desfaria. No fim das contas, os rabinos foram forçados a libertar o Yetzer.

Este é o paradoxo do Yetzer. Nós precisamos dele para sobreviver mas, se não o controlarmos, ele nos destruirá assim como todos ao nosso redor.

O Yetzer é um inimigo, mas não podemos viver sem ele. Ele não é necessariamente uma força demoníaca. A maior parte do tempo, ele é só tolo e preguiçoso, como se o Homer Simpson resolvesse morar dentro de você, decidido a não o deixar realizar nada. Então pare um pouco e pense, *Será que eu criei um lar para o Homer dentro de mim?* De acordo com os rabinos, no início o Yetzer é uma visita, mas, se não formos cuidadosos, ele se torna o dono da casa.

Se deixarmos o Yetzer ficar a vontade, ele põe os pés pra cima e toma conta de tudo. Ele não necessariamente o incita a trair o seu parceiro ou mesmo mentir e roubar, mas ele também pode guiá-lo nessa direção. Na maior parte das vezes, o Yetzer não o faz roubar de ninguém além de você mesmo. O Yetzer diz, *surfe na internet, olhe o seu e-mail e o Facebook; preciso de calças novas.* Ele diz, *Eu estou cansado demais, o sol está muito forte, está muito nublado, está quente demais, está frio demais...*

Qualquer passo em direção à realização do chamado da sua alma irá despertar o Yetzer. Ele se sente ameaçado pela nossa escalada, e precisamos aprender e enxergar através das cortinas de fumaça que ele cria para nós. O Yetzer sabe muitos truques, todos feitos para derrubá-lo — inveja, orgulho, raiva, indecisão, desânimo. O Yetzer tenta te nos fazer dormir, nos seduz até a complacência.

Todos nós estamos cientes das desculpas do Yetzer e de como permitimos que ele nos use. Sim, você pode até ter construído um recipiente seguro, mas ele está cheio de porcaria. Nós consumimos lixo, escutamos lixo, lemos lixo. Um ciclo de vinte quatro horas de lixo.

Como podemos parar de ser um lar acolhedor para o Yetzer? Como podemos aprender a seguir no caminho da nossa alma quando o Yetzer está sempre criando obstáculos? No Talmude, os rabinos dizem: se você perceber que o Yetzer está dominando a sua vida, estude a Torá. Se você conseguir subjugá-lo, tudo ficará bem; caso não consiga, recite a prece do Shemá. Se você conseguir vencer o Yetzer, tudo ficará bem; caso não consiga, reflita sobre o dia da sua morte.

Eu amo este ensinamento. Como pensar sobre o dia da sua morte pode ajudar a superar o Yetzer? O que isso significa? Significa que, ao pensar sobre a morte, você sentirá medo do julgamento divino? Eu não acho que seja isso.

Eis o que eu acho que este ensinamento diz: enquanto pensa sobre a morte, você verá a sua vida e perceberá que a sua alma foi posta no mundo para realizar algo e verá como você permitiu que o Yetzer minasse o caminho da sua alma na sua missão sagrada. E assim você realmente terá um bom motivo para chutar o Homer para fora do sofá.

Eu não disse para jogar o Homer na rua! O Yetzer não é opcional. Os rabinos compreenderam que nada poderia acontecer sem ele. Eles disseram que se não fosse pelo Yetzer, você não construiria uma casa, ou se casaria, ou teria filhos, nem mesmo trabalharia. Então por que o Yetzer fica tão indócil quanto mais nos aproximamos da verdade sobre a missão da sua vida? Talvez ele tenha medo de ser excluído quando você não precisar mais da ajuda dele.

Eu só conheço uma forma de desarmar os obstáculos que o Yetzer tenta colocar no seu caminho. Ao invés de demonizá-lo, chame o Yetzer para se juntar a você no seu caminho. Trate-o como parceiro, mas dome-o. Deixe que ele saiba quem está no comando. De acordo com os rabinos, o Yetzer deseja controlá-lo, mas você deve aprender a controlá-lo. Tome a dianteira com humildade, amor, respeito, e sem julgamentos. Mostre ao Yetzer que você o aceita. Diga para ele, "Venha comigo. "Eu não posso cumprir a minha missão sem você".

O Yetzer não será apaziguado tão facilmente. Ele continuará a tentar o corpo com desejos e encher a mente com confusão e desesperança. Ele tentará lhe desviar para longe do chamado da sua alma, incitando o seu ego com ambições fúteis.

Saiba que a arma mais poderosa do Yetzer é uma palavra: amanhã. Parece ser uma palavra tão inofensiva. Talvez até esperançosa. Mas poucas palavras conseguem causar mais problemas do que esta. É possível que ela seja o maior obstáculo para honrarmos e vivermos a altura da nossa bondade. "Amanhã" gera tantas oportunidades perdidas. Um dia se confunde com o próximo e muitos de nós não começamos a nos preparar para a grande dádiva do despertar que está esperando por nós.

O Yetzer diz, "Eu concordo com você. Você pode realizar a missão da sua alma. Mas vamos começar amanhã."

A resposta para o "amanhã" do Yetzer está tão próxima. A resposta é tão simples, embora difícil de concretizar. O único antídoto para "amanhã" é "hoje." Hoje é o único dia que Deus nos dá. Você precisa dizer para o seu Yetzer: Hoje não é o seu dia. Hoje, não. Eu não vou deixar você roubar este dia.

Todos os dias recebemos a oportunidade de perguntar: Será que eu construí um recipiente adequado para a minha alma e todas as suas bênçãos? Porque, no fim das contas, não estamos perguntando "O que eu quero conquistar?", mas "O que é que eu nasci para fazer e quão longe estou dos dons que recebi?"

Todos os dias você pode refletir sobre o caminho da sua vida, em que áreas você ficou acomodado, a sua incapacidade de sentir o divino diariamente, ver o divino diariamente, viver o divino diariamente e caminhar com a Alma das Almas diariamente.

A sua alma sabe alguma coisa e ela quer lhe ensinar, e isso não diz respeito ao fogo da paixão. Criar um alicerce forte é tudo menos excitante. Nós gostaríamos de gastar tempo e dinheiro com projetos arquitetônicos mirabolantes. Ninguém se importa com o alicerce. Mas é este alicerce robusto que nos segura, este processo diário de abrir espaço com a humildade para que a alma possa se esticar e criar um lar dentro de você. Construir este alicerce com o que você lê, o que você estuda, os seus silêncios, sua escuta, sua constância. Nem o menor passo positivo deve ser subestimado, porque até as menores mudanças podem ter repercussões eternas.

Quando comecei a escrever o meu primeiro livro, fui adotada por uma mentora. Ela dizia, "Naomi, não fiquei esperando a inspiração. Trate a escrita como se você fosse uma banqueira. Simplesmente acorde de manhã, se sente e escreva. É um trabalho, apenas um trabalho." Quando eu estava no ensino médio, uma professora disse para nós, "Se você quer aprender, primeiro precisa botar o traseiro na cadeira." Essa é a chave para atingir qualquer objetivo. Um traseiro disposto a permanecer em uma cadeira.

Construir o alicerce não é muito glamoroso, mas pode ser algo majestoso, e mágico também.

Como rabina e fundadora da Nashuva, uma comunidade espiritual, eu sei que a vida religiosa comunal tem muitos momentos de exaltação. Temos os picos, as conexões intensas, as preces coletivas poderosas, experiências que te elevam. Mas também sei que o Nashuva não existiria sem o seu alicerce. São essas pessoas que nos doam seu tempo, seu talento e até seu dinheiro sem pestanejar para manter o nosso lindo projeto vivo, para dar asas a ele e manter o seu fogo ardendo. A comunidade não existiria sem todos estes pequenos esforços prosaicos e anônimos.

É a nossa constância diária, as práticas pequenas e simples, que nos ajudam a subir para além de todos os obstáculos do Yetzer.
Cada dia tem a sua missão e o seu poder.

QUE VOCÊ POSSA FAZER JUS AO PODER SAGRADO DE HOJE. AMÉM.

33

SAIBA QUEM VOCÊ É

RECONHECENDO O SEU VERDADEIRO PODER DIVINO

EM ABRIL DE 2016 eu notei uma pequena pinta no meu nariz, tão pequena quanto uma alfinetada. Ela parecia totalmente insignificante. Eu a ignorei, imaginando que ela desapareceria, mas ela não desapareceu. Na manhã da sexta-feira de 9 de julho, eu fui ao médico para remover aquela pinta. Supostamente seria um procedimento rotineiro. Mas aquela pequena pinta revelou-se a ponta de um iceberg, e abaixo dela havia um grande tumor infiltrativo. No final daquele dia, uma grande parte do meu nariz havia sumido. Grande mesmo.

Tudo aconteceu tão depressa. E o câncer não estava no meu braço, ou na minha perna: ele estava bem no centro do alvo, no meio da minha cara. O meu nariz se foi e eu precisava arranjar um novo — e depressa. O cirurgião que removeu o câncer me disse que ele precisaria de uma reconstrução nasal completa. Eu não entendi o que isso significava ou a quem eu deveria pedia ajudar.

Foi tudo tão louco, tão inesperado.

E eu sempre gostei do meu nariz!

Eu achava que eu tinha um nariz ótimo. Admito, era um nariz de judeu. Mas o meu nome é Naomi Nechama Levy, pelo amor de Deus, eu sou rabina. Por que eu não deveria ter um nariz de judeu? Ele combinava comigo. E de uma hora para a outra, puf, ele desapareceu.

E eu sentia falta dele.

É estranho. Essa era uma parte da minha anatomia sobre a qual eu nunca pensei nem por cinco minutos, e agora eu estava de luto por ela. Subitamente percebi que meu nariz era o sinal do meu clã. Você faz parte daquela tribo, o nariz Levy, ele tem essa aparência. Dava para ver a semelhança familiar. Ele era o selo da minha família gravado no meu rosto.

Em hebraico a palavra para rosto é *panim*. Em inglês a palavra "face" significa a superfície das coisas, mas em hebraico *panim* significa o interior de algo. O seu rosto revela o que está dentro de você, e agora o meu rosto estava desfigurado, assustador, uma atração de circo.

Os místicos judeus tem um conceito chamado *Rishima*. Ele se refere às marcas que as experiências deixam em você. Se você passa por algo e depois simplesmente se esquece disso — se isso não o afeta de alguma forma, se você não aprende nada com isso —, então é como se este acontecimento jamais tivesse se passado, como se o passado desaparecesse quando você se move para frente. Mas se você passa por algo que deixa uma marca em você — se você aprende, cresce e muda por causa disso —, então um momento difícil se torna um professor abençoado. As lições devem ser compartilhadas. Então eu gostaria de compartilhar uma lição importante que aprendi durante minha aventura com o câncer de pele.

Na sexta-feira de tarde, depois da cirurgia do câncer de pele, minha querida amiga e dermatologista, Dra. Helene Rosenzweig, começou a me ajudar a encontrar um cirurgião que pudesse fazer a cirurgia de reconstrução. Helene tinha uma lista de sete cirurgiões plásticos indicados por seus colegas. Eu comecei a procurar os nomes da lista na Yelp. Eu decidi que se um médico tivesse mais de três avaliações negativas no Yelp, pronto, eu riscaria o nome da lista.

No domingo à tarde eu tinha dois médicos na minha lista e duas consultas marcadas para segunda. Mas, nessa mesma tarde, me lembrei de uma mulher chamada Byrdie Lifson Pompan, que já participou das celebrações da Nashuva. A Byrdie, mas é claro! Eu me lembrei da história dele.

Byrdie era uma das principais agentes de talento da Creative Artists Agency. Ela vivia uma vida corrida, fechando contratos para filmes de Hollywood. Ela tinha as habilidades perfeitas para cuidar de seus clientes e comandar negociações complexas. É claro que ela só viajava de primeira classe. De noite se deitava na cama e lia roteiros. Mas de repente Byrdie desenvolveu uma paralisia facial, e um médico de Los Angeles, famoso e respeitado, a diagnosticou incorretamente com uma simples paralisia temporária quando, na verdade, ela tinha um tumor cerebral.

A vida de Byrdie ficou de ponta cabeça. Não só isso, mas pouco depois seu pai descobriu que ele tinha só mais dois meses de vida. Byrdie encontrou um médico que prometeu que daria ao seu pai não dois meses, mas dois anos com qualidade de vida. Com sua persistência, Byrdie permitiu que seu pai tivesse mais tempo com as pessoas que ele amava antes de partir. E então o irmão de Byrdie foi incorretamente diagnosticado com dores de cabeça devidas a tensão. Ele morreu de câncer cerebral.

Tantas tragédias. Eu imagino que Byrdie poderia ter olhado para todo este sofrimento e esta perda e ter dito, "Eu fui amaldiçoada" ou "Deus está implicando comigo." Ou ela poderia ter ficado amarga ou amedrontada.

Mas as experiências de Byrdie, ao invés de destruí-la, a despertaram e transformaram a vida dela. De repente, Byrdie percebeu que poderia usar aquelas mesmas habilidades que a tornaram uma agente importante de Hollywood, as habilidades que a distinguiam dos demais, para lutar por pacientes.

Então a Byrdie pediu demissão da CAA e foi em busca de sua nova vocação: ser uma agente para os pacientes, encontrando o melhor médico possível para a doença de cada paciente. Com as mesmas habilidades que ela usava para fechar contratos de filmes, ela agora salvava vidas.

Sempre que penso na Byrdie eu imagino a trajetória da vida dela pelo ponto de vista de Deus. Todos aqueles anos em que Deus esperou pacientemente, dizendo "Sim, a minha Byrdie está ganhando bastante dinheiro e ajudando as pessoas. Mas quando será que ela vai perceber por que eu dei esses poderes para ela?".

Eu imagino Deus dizendo, "Eu dei todas as habilidades certas para ela, mas quando será que ela vai cair em si e usá-las pelo motivo certo, pelo propósito que eu plantei dentro dela?"

Hoje em dia, ao invés de ler roteiros de noite, Byrdie lê publicações médicas e todos os artigos recentes sobre ensaios clínicos. E a Byrdie não viaja mais de primeira classe. Mas, pode confiar, ela está voando bem mais alto.

NAQUELA NOITE DE DOMINGO, conforme eu procurava o médico certo para realizar a minha cirurgia de reconstrução, eu sabia que a Byrdie poderia me ajudar e me dizer o que fazer. Eu entrei em contato com ela e contei o que havia acontecido comigo. Em pouco tempo, Byrdie me deu a resposta: "Naomi, existe só uma pessoa certa para você nessa cidade toda, e o nome dele é Dr. Babak Azizzadeh."

Graças a Deus, o Dr. Azizzadeh já era um dos dois nomes na minha lista. Eu já tinha uma consulta com ele logo cedo na manhã seguinte.

Mas apesar da Byrdie ter recomendado este Dr. Azizzadeh, eu ainda queria uma segunda opinião. Nada neste mundo me faria desistir de ouvir uma segunda opinião.

Na segunda de manhã eu estava me sentindo assustada e ansiosa. Helene, meu anjo da guarda, tirou o dia de folga do seu consultório médico só para ficar comigo e me ajudar a decidir. Ela me pegou e dirigimos até o consultório do Dr. Azizzadeh em Beverly Hills. O consultório era lindo e todos lá eram tão lindos. A recepcionista era linda, até o pacientes na sala de espera eram lindos. E lá estava eu, toda enfaixada e sem nariz.

Alguém chamou o meu nome e me levou para a sala de exames.

E então o Dr. Azizzadeh entrou. Imediatamente pude sentir a bondade dele.

Ele começou a tirar os curativos para examinar o meu nariz ausente. Eu comecei a me sentir mal. Eu disse para ele, "Eu acho que vou desmaiar." Ele foi e trouxe uma caixinha de suco para mim, como as que eu dava para os meus filhos, com um canudinho acoplado.

Eu dei um gole e disse, "Olha, eu preciso lhe dizer que estou assustada. E que eu também quero ter certeza de que nunca vou ver meu nariz no seu estado atual. Por favor, não me mostre." Ele prometeu.

Eu podia sentir a compaixão dele. Ele então expos a situação para mim. Eu estava me preparando para o que ele iria dizer. Ainda havia uma parte de mim torcendo para que ele dissesse que, com o tempo, o meu nariz se recuperaria sozinho.

O Dr. Azizzadeh se sentou na minha frente e disse, "Olha, o seu câncer de pele foi muito extenso e você vai precisar fazer três cirurgias diferentes durante as próximas seis semanas." O meu coração disparou. O que? Ele me falou sobre a perda de tecido. Ele estava gentilmente tentando me dizer que não havia sobrado muita coisa.

E então ele explicou o que a minha primeira cirurgia reconstrutiva envolveria. Como ele precisaria tirar um pedaço do meu couro cabeludo e da minha testa e inverteria isso tudo e costuraria tudo isso ao meu nariz. E ele também usaria cartilagem tirada das minhas orelhas para reconstruir o meu nariz.

Ele disse que a cirurgia para a remoção do câncer já tinha ficado para trás e agora eu só precisava me preparar para as três que faltavam.

Meus olhos estavam se enchendo de lágrimas. Resumindo: pelas próximas seis semanas, eu teria um tromba de elefante saindo da minha testa até o meu nariz. Seria uma visão horrorosa.

Mas o Dr. Azizzadeh me prometeu que, ao fim de sete semanas, eu teria um nariz. Eu não poderia torcer o meu nariz para essa proposta — eu não tinha nariz.

Helene e eu assimilamos tudo que o Dr. Azizzadeh disse e depois o agradecemos, saímos e fomos ver o segundo médico na minha lista. Vamos chamá-lo de Dr. Smith.

Ele, também, fora muito recomendado. Ele já tinha concordado em fazer a minha cirurgia e já havia me encaixado na sua agenda.

Me pediram para entrar para ver o Dr. Smith. Ele também foi extremamente gentil e paciente e explicou como faria a cirurgia.

Eu estava prestando atenção a tudo que o Dr. Smith tinha a dizer, e então subitamente ele me perguntou, "Você já se consultou com algum outro médico?"

Eu disse, "Sim, eu acabei de ver o Dr. Azizzadeh."

E o Dr. Smith, que é muito respeitado, olhou para mim, respirou profundamente e ficou um momento em silêncio. Então ele disse, "Eu quero que você faça com ele. Eu quero que você fique com o Dr. Azizzadeh. Ele é melhor do que eu."

Eu fiquei chocada. Que medico diz isso?

À noite, o Dr. Smith ligou para a minha casa. Ele disse, "Não me leve a mal. Eu sou muito bom no que eu faço. Eu simplesmente quero o melhor para você e não que você olhe para trás e se arrependa porque poderia ter conseguido um resultado melhor. O Dr. Azizzadeh é o melhor e é isso que eu quero para você."

E então ele disse, "Rabina Levy, você me disse que, nas suas palavras, estava assustada, mas não foi isso que eu vi. Eu só quero que você saiba disso." Eu fiquei tão comovida. Eu disse, "Eu não sei como lhe agradecer o seu zelo e a sua humildade."

Ele ficou calado por um minuto e então disse, "O Dr. Azizzadeh sabe quem você é?"

Eu não entendi o que ele quis dizer, e então ele repetiu, "Você precisa se certificar disso. Ele precisa saber quem você é."

"Está bem, eu prometo." eu disse.

Mas quando eu desliguei, fiquei me perguntando: *Quem sou eu?*

Eu logo receberia a resposta desta pergunta...

ASSIM, TODOS OS CAMINHOS levavam a um homem, o Dr. Babak Azizzadeh. Eu teria que botar o meu nariz nas mãos dele.

Era uma noite de segunda-feira e a minha primeira cirurgia seria naquela quarta. Na terça, o Dr. Azizzadeh me ligou para conversarmos sobre a cirurgia. Ele disse que a cirurgia duraria por volta de quatro horas, com anestesia geral. E me lembro de perguntar para ele, "Será que você não consegue só recriar o meu nariz antigo?" Ele disse, "Não, eu não posso, isso é impossível, eu não posso lhe dar aquilo que Deus lhe deu, mas eu prometo que darei o melhor nariz que puder lhe dar."

Eu disse, "Mas eu posso te mandar fotos do meu nariz antigo?"

Ele disse, "Claro."

Depois que desligamos, fui para o meu laptop procurar fotos do meu nariz antigo. Algumas não eram nada atraentes. Mas e daí? Eu não estava montando um portfólio para uma agência de modelos. Eu queria que ele visse o meu nariz de nascença.

Eu imaginei que muitos de seus pacientes pedem que ele faça alterações em seus narizes, mas eu só queria o meu de volta. Eu comecei a anexar uma foto após a outra e as enviei para o Dr. Azizzadeh. Eu me sentia tão impotente. Mandar aquelas fotos foi o único ato de controle a meu alcance.

Eu não consegui dormir na noite de terça-feira. Eu estava apavorada e a minha cirurgia só aconteceria às 5 da tarde de quarta-feira. O dia inteiro sem comer e sem beber. Parecia um ensaio para o Yom Kippur.

Na quarta de manhã eu estava nervosa e à flor da pele e o medo parecia piorar com o passar do tempo. A minha mente me levava a pensamentos sombrios. O choque da perda do meu nariz se desfez e foi substituído pela realização daquilo que eu estava prestes a enfrentar.

O que você quer que eu diga? Eu não sou uma guerreira estoica, eu sou uma histérica do Brooklyn. Eu estava andando de um lado para o outro para passar o tempo. Eu estava surtando.

Finalmente chegou o momento de ir para a cirurgia. Eu peguei o meu livro de preces e uma cópia de *Talking to God,* um livro de preces que eu escrevi em 2001, e eu e Rob saímos de carro.

No carro eu estava começando a sentir um frio na briga. Eu não conseguia botar a cabeça no lugar. Eu sou rabina há vinte e seis anos e sei que Deus me deu o dom de ajudar os outros, rezar por eles e confortá-los. Mas conforme o dia passava, eu já não tinha tanta certeza de que aquelas preces poderiam me ajudar ou se eu seria capaz de ajudar a mim mesma.

Eu estava começando a me sentir como uma impostora. Como naqueles comerciais que sempre passavam na TV quando eu era criança. O ator aparecia e dizia "Eu não sou médico, mas eu interpreto um médico na TV."

Agora, na hora da verdade, eu era totalmente incapaz de ajudar a mim mesma. Eu era uma criança assustada, indefesa, chorosa. Eu estava me deixando na mão. Eu sentia que não tinha os recursos necessários, e me preocupava achando que talvez eu não tivesse esses recursos.

Eu não sou uma rabina, eu pensei, *estou só interpretando.*

No centro cirúrgico estávamos eu, Rob e minhas amigas, Helene e Carol. Helene me conhece desde que eu tinha onze anos de idade, Carol, desde que eu tinha quatorze. Fiquei tão comovida com o fato de que quisessem estar lá comigo.

Eles estavam sentados na sala de espera e eu sabia que precisava rezar, então eu fui para um pátio externo com meu livro de preces e comecei a rezar a prece tradicional: "Minha alma está em Suas mãos."

E então me chamaram. Estava na hora de fazer a preparação para a cirurgia. Eu estava em frangalhos.

Agora eu estava com a camisola hospitalar e uma enfermeira colocou um acesso para soro na minha mão. O meu coração estava a mil por hora.

Rob, Carol e Helene estavam comigo, e apesar da presença, do amor e do apoio deles ser um consolo e tanto, eu precisava que eles fizessem mais uma coisa. Eu peguei minha cópia de *Talking to God* e abri no capítulo das preces de cura. É claro, quando escrevi essas preces curativas em 2001, eu não estava as escrevendo para mim. É claro que não! Eu as escrevi pensando em todas as pessoas doentes para quem já rezei e tentei ajudar, jamais pensei que, um dia, eu precisaria da prece. A pessoa que escreveu aquelas palavras jamais imaginou que as rezaria.

E então, ali, na sala do pré-operatório, eu abri o livro e comecei a rezar. Rob, Helene e Carol me cercaram em roda, e eu comecei a recitar em voz alta as preces curativas que eu escrevera quinze anos antes. Conforme eu rezava, não me reconhecia naquelas preces. Foi como se o eu do passado houvesse captado exatamente as palavras que eu precisava ouvir agora. Era eu falando comigo mesma. Eu simplesmente recebi aquelas preces como se fossem um presente de alguém.

Eu chorei. As coisas começaram a mudar, até mesmo a atmosfera do quarto.

Então eu disse para Rob, Helene e Carol: "Agora eu gostaria que todos vocês colocassem suas mãos na minha cabeça e dissessem essa bênção para mim." Eu fechei os meus olhos mas podia sentir as mãos deles sobre mim enquanto eles recitavam a bênção do meu livro.

Depois eu disse, "Por favor, não tirem as mãos, eu preciso meditar agora."

Eu conseguia ouvir toda espécie de ruído fora da nossa pequena sala de pré-operatório. É um centro cirúrgico, afinal — pessoas conversando, passos, portas se abrindo e se fechando. Mas você poderia ouvir um alfinete caindo dentro da nossa pequena sala. Todos eles ficaram parados ao meu redor, perfeitamente imóveis, com suas mãos sobre mim, e eu comecei a meditar.

Havia uma espécie de sensação elétrica ao nosso redor, uma vibração, uma energia que circulava. Todos nós nos fundimos em uma única prece, tão unida, íntima, tão poderosa. Ninguém interrompeu a energia poderosa da prece. Ninguém se moveu.

E logo nós nem estávamos mais naquela sala. Não havia mais nenhum ruído vindo de parte alguma. O quarto inteiro simplesmente levitou. Nós estávamos voando para um plano superior, lindo e luminoso. Flutuando, subindo. Eu perdi a noção do tempo, o tempo simplesmente se desfez.

Naquele exato momento, uma enfermeira abriu a porta e disse, "Puxa!" Ela imediatamente sentiu o que nós estávamos sentindo. Ela disse, "Tem alguma coisa muito poderosa acontecendo aqui," e ela saiu e fechou a porta atrás de si.

O meu coração ainda estava batendo forte em meu peito. De olhos fechados, repeti mentalmente o verso em hebraico que uso como mantra:

*Invoquei o Senhor na minha limitação, o Senhor me ouviu,
e me tirou para um lugar largo.
Eu invoquei o senhor no meu aperto,
e o Senhor me ouviu e me tirou para o um espaço aberto.
Eu invoquei o Senhor na minha privação,
e o Senhor me trouxe a graça.*

Eu continuei repetindo esses versos na minha cabeça seguidas vezes. E de repente eu atravessei um rio. Das ondas violentas que estavam me tragando, para as mais imóveis e puras águas que já vi. Eu não fiz isso, simplesmente aconteceu. Graça.

Toda a turbulência terminou, e eu só sentia a mais absoluta tranquilidade. A tranquilidade era tão real, tão palpável, tão clara como o dia. *Ele me conduz às águas tranquilas; Restaura a minha alma.*

E então... eu ouvi uma voz.

Antes de continuar, tem três coisas que eu quero que você saiba:

1. Eu não sofro de nenhuma psicose... ou pelo menos acho que não sofro.
2. Naquele momento, não havia ainda nenhuma substância no meu soro.
3. Eu não estou falando de forma metafórica ou figurativa.

Eu estou lhe dizendo que eu ouvi uma voz. Eu ouvi, alta e calma. Ela ecoou através de mim. A voz disse: "Saiba quem você é."

Saiba quem você é. E imediatamente eu entendi o que isso significava. Eu não sou uma impostora. Eu não estou interpretando uma rabina na TV. Eu não sou uma criança medrosa, eu sou uma filha de Deus. Completa e constante, amada e forte, com recursos que eu não sabia que possuía.

Eu poderia ser a minha própria rabina. De repente eu vi, na minha alma, que esta é a forma como fui criada. Não existe nenhuma costura entre quem eu sou e quem eu sou, e acho que eu nunca tinha entendido isso até aquele momento. De repente me veio à mente aquilo que o Dr. Smith falou sobre aquilo que eu deveria me certificar que o Dr. Azizzadeh sabia: "Ele precisa saber quem você é!".

Não foi só uma questão de deixar o medo para trás. Daquele meu lugar tranquilo, eu enxergava que eu não só tinha o poder de abençoar a mim mesma, mas compreendi que tinha o poder, e o súbito desejo, de abençoar os outros naquele mesmo momento.

Quando abri os meus olhos, eu sabia qual era a próxima coisa que eu precisava fazer — abençoar as pessoas ao meu redor enquanto eu mesma me sentia abençoada.

Naquele momento, minha enfermeira entrou no quarto. Eu disse, "Eu gostaria de abençoá-la." Eu percebi que ela ficou um pouco desconcertada, que não era algo que escutava todos os dias, mas ela queria a minha bênção e eu a abençoei.

Depois a anestesista entrou no quarto e eu disse uma prece para ela, e eu pude ver que ela estava assimilando aquilo da forma mais linda e aberta.

Então o Dr. Azizzadeh entrou pela porta. Eu disse para ele, "Eu acabei de dizer uma prece para você." E eu o abençoei. Me lembro de olhar nos olhos dele e dizer: "Eu sei quem você é. Eu sei que você não é apenas um médico, você é um artista e eu sei que você me levará ao melhor resultado possível. Eu acredito em você. Eu estou nas mãos de Deus e estou em suas mãos. Eu tenho a mais completa fé em você, e Deus o abençoe pelo trabalho divino que você realiza. Deus o abençoe, e obrigada por cuidar de mim." Eu confiava totalmente naquele homem extraordinário.

Ele pegou a minha mão e disse, "Rabina, é uma honra poder fazer isso por você."

Naquele mesmo instante pude sentir, no meu âmago, "Agora estou pronta."

Eu estava no lugar das águas tranquilas. Calma, confiança, fé, beleza, Deus, conectada à minha alma, abençoada.

A cirurgia durou quase quatro horas. Quando abri meus olhos na sala de recuperação, eu pude sentir que eu era uma visão do inferno. Grampos no meu couro cabeludo, uma tromba de elefante ligando minha testa ao meu nariz, um buraco na minha testa tão profundo que dava para ver o meu crânio. Minha orelha estava meio à lá Van Gogh.

Se você me visse naquele momento, provavelmente diria, essa pessoa deve estar se sentindo tão infeliz, tão desesperada. Mas quando eu abri os meus olhos, tudo que senti foi gratidão, euforia, até mesmo êxtase.

Ainda zonza, vi o Dr. Azizzadeh em pé ao meu lado, e eu sei que estava realmente fora de mim e divagando de forma desconexa, mas me lembro claramente de dizer, "Obrigada. Deus o abençoe."

E então a sua colega, uma mulher chamada Dra. Irvine, entrou com um sorriso luminoso e acolhedor. Ela disse para mim, "O Dr. Azizzadeh foi tão meticuloso durante a sua cirurgia. Você sabia que tinha uma foto sua pendurada durante toda a cirurgia?"

Eu devo ter bombardeado o pobre Dr. Azizzadeh com umas quinze fotos diferentes na noite anterior. Eu me perguntei qual foto estava pendurada durante a minha cirurgia. Ela disse, "Foi uma visão e tanto, uma foto em que você estava vestida com o *talit* de olhos fechados, as suas mãos sobre a cabeça do seu filho, o abençoando."

Saiba quem você é, eu sussurrei pra mim mesma, ainda zonza.

Naquele noite, eu atravessei um rio, e a coisa mais estranha é que eu nunca mais voltei atrás. Este é um lugar de onde eu não quero sair. É um conhecimento que eu recebi. Como uma herança. Mas ao invés de recebê-lo como você recebe de sua mãe um anel que pertenceu a sua avó, o recebi do Céu e eu não quero perdê-lo.

E neste momento tudo que quero fazer é compartilhar a herança que recebi com você, concedê-la a você.

Você está pronto para recebê-la? Aqui vai:

Saiba quem você é!

Saiba que existem recursos que foram colocados dentro de você para que você faça coisas que nem imagina ser capaz de fazer. Essa é a minha prece para você. Uma grande mudança reveladora.

Saiba quem você é. Que essas quatro palavras se tornem o seu mantra.

Não sonhe pequeno. Saiba do que você é capaz. Você é um filho de Deus. Você é forte, você é amado, você não está sozinho.

Pelo que você está rezando? O que você quer? O que é que você mais pede para a Alma das Almas? Deus deposita muita esperança em você. Você recebeu o poder de ir até um lugar muito sagrado. Então, pelo amor de Deus, escute. Tente escutar a voz. A voz que lhe dirá algo que você ainda não sabia sobre quem você é. Tente escutar.

Saiba quem você é. Não é o cargo que está impresso no seu cartão de visitas. Nem está escrito no seu diploma. Você não vai encontrar isso no seu currículo. Está gravado na sua alma e cheio de visão, de clareza, de amplidão.

A voz da sua alma é o chamado de Deus. Diariamente, Deus está falando sobre você as mesmas coisas que eu imaginei que Ele falava sobre Byrdie: "Veja quantos dons eu lhe dei. Quando você irá usá-los para o propósito que eu botei dentro de você?"

Muitos de nós sentimos a sensação incômoda de que desperdiçamos nossa vida de alguma forma. Que dormimos enquanto ela passava, que não participamos de nossas vidas. Que nunca nos dedicamos o bastante. Esta sensação incômoda é a sua alma falando com você, tentando acordá-lo.

Quando paramos para olhar para trás, normalmente nos arrependemos por dois tipos de pecados diferentes. O primeiro tipo são os pecados que cometemos — as ações das quais nos arrependemos: Eu menti, eu magoei alguém. Ações que ainda podem ser consertadas.

O segundo tipo de pecado é muito mais difícil de lidar. São aquelas coisas que você não fez. Todas as coisas que você poderia ter feito, todas as coisas que você nasceu para fazer, mas não fez. Como consertar isso? Eu não estou falando de uma lista de aventuras que você gostaria de viver antes de morrer. Eu estou falando do pedido de desculpas que você nunca fez, do perdão que nunca ofereceu, das palavras que nunca falou, todo o bem que planejou fazer. A pessoa que almejava se tornar. A missão que a sua alma foi posta na terra para cumprir.

Esses pecados são os mais dolorosos de se enfrentar. Uma vida que não foi vivida. Como consertar isso?

Qual é o sonho ou a prece sobre a qual você não fala, seja porque tem receio ou porque está bloqueado demais para isso? Por qual anseio você deixou de lutar porque teve medo? O que a sua alma tem desejado? O que você quer? Será que você consegue visualizar como conquistar isso?

Eu gostaria de ajudá-lo com essa visão.

A maioria de nós veste ou dirige algo que vem com a marca do fabricante. Nós somos outdoors ambulantes para as empresas que produzem nossas roupas, tênis, bolsas, nossos carros. É como se essas coisas dissessem algo sobre quem nós somos.

Eu quero que você saiba que, agora mesmo, a marca de um fabricante que está em você.

E pode acreditar em mim, essa marca não é da Prada nem da Porsche.

Ela está escrita em caixa alta na sua testa e no seu coração: DEUS.

O selo do Criador está em você. Permita que Ele esclareça as suas ações, os seus pensamentos. O selo de Deus está em você, na sua essência. Você foi feito para ser uma propaganda ambulante Daquele que o desenhou.

Você é único, sem igual, nunca houve ninguém igual a você.

Saiba quem você é.

Esta foi a lição que aprendi com a minha primeira cirurgia de reconstrução. Esta é a herança que eu recebi e me sinto muito honrada em compartilhar com você: **existe uma distância muito grande entre quem você pensa que você é e quem Deus sabe que você é.**

Sim, eu ainda tinha uma jornada de sete semanas pela frente, mais duas cirurgias e muitas outras lições para aprender e compartilhar, mas o incrível Dr. Azizzadeh me consertou e me abençoou com a capacidade de voltar para o mundo de cabeça erguida. Por isso, eu serei eternamente grata.

O SELO DO CRIADOR ESTÁ EM VOCÊ. DEUS ESTÁ ESPERANDO PARA QUE VOCÊ FINALMENTE USE OS DONS QUE JÁ FORAM COLOCADOS DENTRO DE VOCÊ. UM NOVO TEMPO DE BÊNÇÃOS O AGUARDA.

SAIBA QUEM VOCÊ É! AMÉM.

RECEBENDO A FORÇA ETERNA

A CHAVE PARA O SEU SABER MAIS ELEVADO

Conforme alimentamos e despertamos a alma, a Força do Amor se transforma em um trono para Neshamá, a Força Eterna, a terceira camada da alma, a luz invisível da chama.

Sentir Neshamá não é um evento isolado. Poucas pessoas aprendem a viver completamente no âmbito da Força Eterna, ela de fato é elusiva e raramente pousa sobre este trono. Mas quando Neshamá está em ação dentro de você, isso dificilmente passa despercebido. Você toma consciência da divina sensação de unidade da sua alma, similar à descrição que Einstein fez do "todo" que nós normalmente não conseguimos enxergar.

A Força Eterna abre nossos olhos para vermos vislumbres do Céu. O tempo se desfaz e dá lugar à eternidade. A morte parece menos assustadora e menos conclusiva. Nós podemos começar a perceber que nossos entes queridos já falecidos nunca estão longe de nós, ou talvez eles nunca nos tenham deixado.

VIVENCIANDO A UNIDADE E EXPERIMENTANDO O PARAÍSO

"O ser humano é parte de um todo chamado por nós de 'Universo...'"

— DA CARTA DE EINSTEIN AO RABINO MARCUS

Quando a voz da alma fica cada vez mais forte, uma nova percepção lentamente começa a emergir das profundezas. É uma compreensão quase profética, uma revelação de que todos estamos conectados, enxergamos além da ilusão de ótica que Einstein queria que superássemos. Esta é a Força Eterna se movendo dentro de você. Receba-a. Pode ser que o mundo logo comece a reluzir sob a luz do Criador, e você pode vir a enxergar como todas as almas são parte da Grande Unicidade.

34

TRANSPONDO DISTÂNCIAS E VOLTANDO PARA CASA

Quando eu era criança, meu pai teve uma sucessão de calhambeques caindo aos pedaços. Eles eram fedorentos, os assentos de vinil trincados com a espuma amarela pulando pra fora. O carpete gasto e fosco. Não tinham ar-condicionado e as janelas abriam com uma manivela.

Meu pai fabricava roupas esportivas femininas, e ele tinha uma pequena confecção com dificuldades em um bairro pobre com a criminalidade alta do Brooklyn chamado Bushwick, que agora se tornou um lugar de gente deslocada e moderna. Mas, quando eu era criança, você evitava até parar nos sinais vermelhos em Bushwick.

Meu pai achava que se ele tivesse um carro velho e feio, ninguém nem tentaria arrombá-lo. Um carro legal só chamaria a atenção.

Houve um ano em que meu pai vendeu o seu carro velho caindo aos pedaços e comprou um Buick LeSabre. Ele não era exatamente um carrão, mas já era um avanço, pois era apresentável. Meu pai disse que o carro era bom de dirigir e ele estava feliz com ele. Eu nunca o havia visto tão feliz com um carro.

Um dia, quando eu tinha mais ou menos doze anos, eu estava voltado para da aula de coral depois da escola. Eram 17h30 de uma noite fria e escura de dezembro.

Eu estava andado para casa do ponto de ônibus e vi, há uns dois quarteirões de distância, um homem tentando apagar um incêndio dentro do painel de seu carro. *Coitado*, eu pensei comigo mesma. A situação parecia tão infrutífera. O homem estava tentando sufocar as chamas com alguns trapos, e claramente estava perdendo a batalha.

Eu continuei caminhando, olhando para dentro das casas com luzes e para as vitrines. Conforme me aproximava, vi que as chamas estavam crescendo e o homem agora estava do lado de fora do carro simplesmente observando. *Que terrível*, eu pensei. Quando eu me aproximei mais eu vi — era o nosso carro, o LeSabre, e o homem era o meu pai. Instantaneamente meu pensamento foi de *Coitado* para *Eu, não*.

Isso não pode estar acontecendo comigo, com o meu pai, conosco.

Eu agarrei a mão de meu pai, meu coração batia depressa. Um monte de gente agora assistia enquanto as labaredas subiam tanto que atingiam o vidro do poste de luz acima de nós. As pessoas se afastaram com medo. Os caminhões dos bombeiros chegaram e quebraram as janelas do carro para extinguir o incêndio.

Depois que toda a agitação passou, meu pai e eu andamos para casa de mãos dadas. Não me lembro exatamente do que meu pai disse enquanto andávamos para casa, mas tenho certeza de que ele me tranquilizou e disse que tudo ficaria bem e me lembrou de que deveríamos ser gratos pois ninguém havia se ferido.

Mas a parte da história que eu acho mais perturbadora foi algo que não compartilhei com meu pai naquela noite: o momento em que percebi que o homem de quem eu havia sentido pena era o meu próprio pai.

Até me aproximar o bastante para reconhecê-lo, eu estava olhando para o meu próprio pai e repetindo o refrão de alívio de todos que o observavam: "Graças a Deus foi com ele e não comigo."

Eu agora compreendo que havia caído naquela armadilha que Einstein descreveu para o rabino Marcus: a ilusão de ótica da nossa consciência que faz com que nos vejamos como algo separado do resto, quando na verdade estamos todos ligados. A ilusão da separação frequentemente gera sensações infundadas de superioridade e invulnerabilidade que nos tornam indiferentes ao sofrimento humano.

Quantas vezes eu já disse as palavras, "Graças a Deus não foi comigo." Não sei quantas vezes já aconselhei pessoas que me disseram — ao se depararem com uma adversidade profissional, ou diagnóstico hostil ou uma perda devastadora: "Isso não pode estar acontecendo comigo. Comigo, não." Esse tipo de coisa acontece com outras pessoas, aquelas pobre almas desventuradas.

Nós nos iludimos pensando que estamos separados dos outros porque não queremos sentir o quanto somos pequenos e vulneráveis. Mas essa nossa negação nos apequena. Ela é a causa da dor, da distância, e também da insensibilidade. Nós temos o poder de reagir ao sofrimento com a alma. Nós temos o poder de sair de nossa vida para entrar na vida dos outros, com compaixão e com o coração. Quando você perceber que está sentindo pena de alguém que está sofrendo, saiba que esta reação não vem da alma. A pena é a forma do ego se proteger e não admitir sua vulnerabilidade. Mas a alma não precisa de proteção. Ela anseia por conexão.

Nós somos capazes de tantas coisas maiores que "comigo, não." A sua alma quer guiá-lo pelos caminhos da consciência, da bondade e da solidariedade. Ela quer que você enxergue além das barreiras cognitivas que você construiu para manter os outros afastados. Ela quer que você compreenda que você é parte da alma coletiva que engloba toda a criação. Então ponha a alma naquelas partes de você que o impedem de participar plenamente da vida. Se apoie na sua alma e permita que ela lhe mostre como você está amarrado a pessoas que você nem mesmo conhece. Permita que a sua alma guie os atos de abnegação. Permita que ela faça com que você se posicione, se envolva, lute pela justiça. Bote a alma nas causas que despertam a sua vontade de agir.

Se envolver, dizer "É comigo", é reconhecer que sou humano, mortal e perpetuamente ligado a toda a humanidade. Abraçar a nossa fragilidade é a chave para a nossa sabedoria. Ou, em outras palavras, reconhecer que somos pequenos é o que nos torna grandes.

Todo dia temos o poder para receber as profundas conexões da alma neste mundo e no além.

Eu recentemente descobri que a palavra *hobo* é uma abreviação de *homeward bound*[21]. Todos somos *hobos* procurando o caminho de volta para o que há de bom em nós, a nossa essência sagrada, nosso Criador, nossos próprios corações e almas.

E a Alma das Almas continua nos chamando, "Voltem, meus filhos". Você consegue ouvir? Este é um chamado que a sua alma conhece intimamente.

Então ao invés de dizer, "Comigo, não", diga "Conte comigo." A boa notícia é que este retorno ao lar que você está procurando já está dentro de você, dentro da sua própria alma. Você foi feito para o amor. Você foi feito para a generosidade e a humildade, feito para confortar e ser confortado. Feito para ajudar. Feito para se conectar.

Você pode transpor as distâncias. Você pode reparar o que foi partido.

Confie em Neshamá — a Força Eterna, o nível mais elevado da sua alma — e pode ser que logo você adentre um período de graça em que as coisas estão alinhadas e as verdades ficam mais aparentes. A sua visão fica mais aguçada, sua mente, mais astuta. Todas as camadas de detritos e defesas do seu coração são removidas e ele se suaviza. O seu ego é despido, camada por camada, até que chegamos ao ponto em que tudo aquilo que você acreditava ser sólido se desfaz. Você adentrará um período de compreensão em que consegue enxergar a luz do dia através da escuridão. Você verá que as grandes distâncias podem ser transpostas. Não é tarde demais! Você ainda pode remendar os laços com as pessoas que você ama,

---

21. NT – *Hobo* é um mendigo, pedinte ou pessoa sem teto. *Homeward Bound* pode ser traduzido como "A caminho de casa".

até mesmo com aqueles que você julgou. Toda aquela amargura pode ser adoçada. As distâncias entre desconhecidos podem ser transpostas, entre inimigos também, nada está perdido.

Padrões de pensamento contraproducentes como "Comigo, não", padrões que o atrapalharam a vida inteira, podem ser mandados embora desta forma. E tudo que era nebuloso começará a ganhar forma dentro de você, e todas as coisas que estavam adormecidas irão acordar, prontas para ouvir e reagir.

Você verá que as pessoas que você antes categorizava de "os outros" na verdade são seus irmãos e irmãs.

A Força Eterna está aqui para lhe ensinar, ela deseja lhe mostrar uma visão mais ampla do mundo ao seu redor e o seu lugar nele. Todo dia há uma missão que você foi posto aqui para cumprir. O estado do nosso mundo exige isso de você. Resgate e assuma a profundidade da sua própria humanidade porque, ao resgatar a sua empatia, você também estará resgatando o seu destino. E, ao fazer isso, você viverá para abençoar pessoas que nem conhece.

Diga, "Comigo, sim!" Se revele, com todas as suas imperfeições e toda a sua força incrível.

As distâncias entre o quanto você se bloqueia e tudo do que você é capaz podem ser transpostas. A distância entre a sua mente e o seu coração, entre a sua alma e a Alma das Almas.

Você não precisa fazer uma longa viagem para retornar, mas terá que viajar profundamente. Este mundo precioso espera muito de você.

QUE VOCÊ COMECE A ENXERGAR A SUA PRÓPRIA ALMA NOS OLHOS DOS OUTROS. A SUA VIDA ESTÁ ESPERANDO QUE VOCÊ A OCUPE. O NOSSO MUNDO ESTÁ ESPERANDO QUE VOCÊ O CONSERTE. QUE VOCÊ POSSA ADENTRÁ-LO COM BÊNÇÃOS E ALEGRIA. AMÉM.

35

PERCEBENDO AS QUARENTA E DUAS JORNADAS DA SUA ALMA

No verão passado, eu e meu marido, Rob, passamos as férias em Bali. Lá era tão lindo e tranquilo. Enquanto estávamos lá, nos encontramos com um homem santo que começou a me fazer toda espécie de pergunta sobre a minha vida. Quando chegávamos ao fim da nossa conversa, ele disse, "Eu vejo alguma coisa. Eu vejo que um problema do passado continua a ser um problema."
"Poxa, obrigada!" eu disse.
Ele disse, "Mas não é um problema muito grande."
Eu pensei a respeito disso. Sobre como um problema do passado nunca realmente vai embora. Mas aquilo que antes parecia uma montanha, uma obstrução bem na sua frente, bloqueando o seu caminho, pode se tornar uma montanha ao longe, que você pode admirar à distância como se estivesse em um mirante. Algo que você pode ver, mas que não está mais o impedindo de seguir em frente. Isso é parte essencial de um percurso.

Na Bíblia, no final do Livro dos Números, há uma listagem de todos os lugares onde os Filhos de Israel foram durante sua caminhada de quarenta anos pelo deserto. É uma lista super empolgante, permita-me dar só um gostinho dela:
"E partiram do Mar Vermelho e acamparam no deserto de Sim. E partiram do deserto de Sim e acamparam em Dofca. E partiram de Dofca e acamparam em Alus. E partiram de Alus e acamparam em Refidim..."

É como se estivéssemos lendo uma página em branco, tão instigante quanto assistir tinta secar. O texto continua até listar quarenta e duas paradas. Qual o propósito dessa lista? O que ela significa para mim e para você?

Talvez esse relato de cada etapa da jornada fosse importante para a geração do Êxodo porque eles se lembravam do que aconteceu em cada um destes lugares. Mas como uma lista de lugares que não estão mais no mapa pode significar algo para nós hoje em dia? Quem se importa com onde eles foram? E por que deveríamos saber onde eles pararam e acamparam? Que lição espiritual essa lista deveria nos ensinar?

O rabino Sholom Noach Berezovsky escreveu um dos meus comentários hassídicos favoritos, chamado *Paths of Peace*[22]. Em sua análise desta insípida lista bíblica, o rabino Berezovsky oferece uma interpretação que abriu a minha cabeça e o meu coração. Primeiro ele cita Baal Shem Tov, o fundador do Hassidismo, que nos ensinou que esta lista esconde importantes segredos não só sobre aquela geração, mas sobre todas as gerações. Ele disse que as quarenta e duas jornadas enumeradas no texto nos ensinam que cada alma deve passar por quarenta e duas jornadas desde seu nascimento até a jornada final de volta para o mundo superior. Ele disse que esta lista dos lugares para onde os Filhos de Israel foram e acamparam é um rascunho das nossas vidas, nos ensinando como devemos seguir nossas almas de uma jornada até a outra.

Eu acho que Baal Shem Tov estava indicando o seguinte: Alguma vez você já sentiu que a sua vida estava pausada? Ou que você virou na rua errada em algum lugar? Ou que uma alguma fase da sua vida foi um desperdício de tempo completo? Um erro?

Talvez você esteja errado. Sim, às vezes a vida pode parecer aleatória, mas cada lugar aonde você foi, cada adversidade, até as piores maldições, tudo isso vem sutilmente elevando sua alma degrau a degrau e o fazendo avançar.

A lista bíblica não se resume aquelas pessoas no passado remoto, ela é eterna e é pessoal. É o nosso mapa, nosso caminho. Existe uma história e ela se chama vida — aonde você foi, onde o derrubaram, onde você se rebelou, sentiu medo, onde teve fé, onde você foi tentado pelo desejo, onde partiram o seu coração, onde você triunfou, com quem estava, como deu e como recebeu amor.

Existe uma missão que a sua alma deve cumprir em cada etapa da sua vida. Uma forma de crescer é aprender através do estudo. As experiências de vida são outra maneira de crescer, aprendendo com cada encontro. Os comentários de *Paths of Peace* chamam essas lições de vida de "a sua Torá pessoal." Você compreende a sua Torá pessoal quando entende que a sua alma tem um trabalho a fazer em qualquer lugar aonde você vá e em tudo que acontece com você.

As jornadas não são fáceis. Algumas irão exigir tudo de você. Às vezes a sua alma precisa lhe ensinar sobre força de vontade, o que deve ser evitado. Às vezes a sua alma deve lhe ensinar sobre se aproximar, lhe mostrar como o seu coração é grande e quanta dor você consegue suportar. Às vezes a sua

---

22. NT – A obra não foi publicada no Brasil, mas seu título poderia ser traduzido como *Caminhos da Paz*.

alma lhe ensina a receber. E, às vezes, sua alma tem a tarefa de lhe ensinar a dar e dar sem nunca pensar em receber algo de volta.

Paths of Peace apresenta outra teoria sobre os quarenta e dois lugares da lista bíblica. Ela vem de Rashi, o grande comentarista bíblico medieval. Rashi nos ensinou que os lugares onde os Filhos de Israel pararam e acamparam são chamados de "jornadas". Os seus percalços, os pontos onde você parou, são jornadas que podem erguer a sua alma mais alto se você permitir. Você não precisa se martirizar pelo tempo que ficou paralisado — ame e aprenda, essa é a chave.

Você já se sentiu guiado? Sentiu que foi a algum lugar, ou conheceu alguém, ou criou algo, mas isso não parecia vir de você, mas através de você?

Será que você consegue sentir onde você está na jornada da sua alma? Pare um momento e tente relembrar o percurso da sua vida até agora. Pegue uma folha de papel, se sente em silêncio e comece a escrever uma lista das jornadas da sua vida — os grandes momentos e os desafios. Ao botar isso por escrito, pode ser que você comece a ver um padrão, uma direção, uma visão mais ampla. Nada foi desperdiçado. Tudo o trouxe até o lugar onde você está neste momento.

Por que você está aqui agora? Será que você deveria dar alguma coisa? Há alguém que você deveria encontrar? Será que você está aqui para receber algo? Não deixe que este dia sagrado passe sem extrair o segredo sagrado que está esperando por você agora mesmo.

Sempre que preciso escrever um discurso fúnebre, eu peço para que os parentes enlutados compartilhem comigo histórias sobre o falecido. Às vezes eles me contam coisas meio aleatórios, fragmentos. Às vezes tudo que eles conseguem ver são esses fragmentos. Eu estou sempre tentando enxergar a narrativa, o arco, as quarenta e duas jornadas da alma, desde seu nascimento até a jornada final.

Não faz muito tempo, uma mulher incrível que eu conheci e amei por vinte e sete anos faleceu. O nome dela era Dina Sneh. Dina cresceu em Grodno, uma pequena cidade na fronteira da Polônia com a Lituânia. Quando os nazistas invadiram a Polônia, Grodno passou para a mão dos Soviéticos. Os Soviéticos deportaram Dina, seus irmãos, sua mãe e sua avó para a Sibéria. Esta parecia ser a pior das maldições — temperaturas congelantes, condições atrozes, sem dinheiro e sem alimentação. Mas quando a guerra terminou, Dina descobriu que todas as famílias judaicas da sua cidade foram assassinadas no Holocausto. Ela sobreviveu *por causa* da Sibéria.

Quando olhamos para trás, algumas de nossas provações mais duras se revelam as maiores fontes de sabedoria. Um desafio pode ensinar sobre a nossa força. Um percalço pode salvar a sua vida. Cada vivência é uma oportunidade para desvendar as coisas boas que estão lá, esperando por você. Cada etapa da sua jornada o está esperando, esperando para que a sua presença única possa a erguer. Saiba que tudo que você faz, cada boa ação, cada passo adiante, e até mesmo os passos atrás, criam reverberações cósmicas.

Uma das falácias mais dolorosas com as quais convivemos é a incomoda percepção de que a vida que vivemos não tem significado, não é interessante ou poderosa o bastante para ser uma vida "de verdade". Ninguém quer viver uma existência sem sentido. O que nós não conseguimos enxergar é que nenhuma vida é uma bagunça caótica desprovida de sentido, estrutura ou mensagem. Cada dia tem a sua história. Através dos olhos da sua alma, você poderá começar a enxergar a sua vida como uma história importante que todas as pessoas compartilham.

As histórias pertencem à esfera da alma. Elas são uma forma sagrada de comunicação. A alma se deleita com histórias, fábulas, mitos, lendas. A mente enxerga as imagens em flashes, mas a alma consegue sentir o desdobramento de um grandioso drama. Talvez seja por isso que as crianças gostam tanto de ouvir a mesma história incontáveis vezes. Talvez seja por isso que a Bíblia não é um livro jurídico. O Grande Narrador sabe como contar uma boa história que instiga a alma.

Então, em que ponto você está na sua jornada de quarenta e dois passos? Deixe que Neshamá, a Força Eterna, o ajude a enxergar a verdadeira narrativa da sua vida. A sua alma pode ajudá-lo a ver a história sagrada que você não consegue enxergar. Permita que ela lhe ensine a enxergar por que você está aqui agora.

EU REZO PRA QUE VOCÊ CONSIGA VER A SUA VIDA COMO UMA HISTÓRIA COM UM SENTIDO. EU REZO PARA QUE VOCÊ CONSIGA VER QUE ATÉ OS CONTRATEMPOS O FAZEM PROGREDIR.

QUE VOCÊ HONRE A MISSÃO DA SUA ALMA EM TODOS OS LUGARES AONDE VOCÊ VÁ E QUE VOCÊ SEJA ABENÇOADO O BASTANTE PARA REALIZÁ-LA. AMÉM.

36
ENTENDENDO COMO OS CONTRATEMPOS PODEM TE ERGUER AINDA MAIS

As sete semanas da minha reconstrução nasal definitivamente serviram para eu me orientar na minha jornada de quarenta e duas etapas. Eu havia passado pela primeira cirurgia, mas ainda havia duas cirurgias ao longo daquelas sete semanas. Eu compreendi que passaria muitas semanas presa dentro de casa com uma horripilante tromba de elefante dependurada em meu rosto. Afinal de contas, quem quer sair de casa parecendo o Homem Elefante? Sete semanas. Quando percebi que me transformaria em uma reclusa, me sentia como se tivesse sido condenada a prisão. Eu pensei que iria enlouquecer. Eu imaginei que ficaria contando os dias.

Mas o que a princípio parecia um tempo na prisão se tornou algo novo e inesperado. Pouco depois, eu parei de contar os dias. Eu perdi a noção do tempo. No início eu pensava, *Como é que vou fazer esse dia passar?* E então, não sei bem explicar como, mas o dia de alguma forma passava por mim de uma forma divina. Dias cheios de amplidão, de possibilidades e de amor.

Eu estava recebendo o amor da minha família e dos meus amigos, recebendo o amor que vinha da comunidade espiritual da Nashuva, além de suas bênçãos e preces. Tudo isso estava me tocando profundamente.

Eu acordava de manhã e rezava e meditava. Era como se eu estivesse em um retiro de silêncio de sete semanas em uma realidade paralela, tão amena. Normalmente quando eu medito, demora um pouco até que meus pensamentos se aquietem. Mas durante aquelas sete semanas, quando eu meditava, eu mergulhava de maneira tão profunda, tão depressa. Eu nunca havia sentido nada parecido com isso antes.

Cada dia que passava eu me sentia mais em paz comigo mesma e com a minha situação. Era uma aceitação. Estranhamente, fazia muito tempo desde que me sentira tão calma e tão feliz.

Uma nova hóspede começou a conviver comigo dentro da minha cabeça. Eu nem reconhecia mais a voz dela. Era tão gentil. Ela dizia, "Está tudo bem, você não precisa fazer nada que não queira fazer. Tire uma soneca, coma alguma coisa, não faça nada, tire outra soneca. Só deixe que o seu corpo faça o que ele precisa fazer para se restabelecer e não se preocupe com nada. Seja mais gentil com você mesma."

Eu tenho certeza de que era a voz da minha alma e, graças a ela, o meu tempo na prisão se tornou um local de libertação. Um tempo se tornou um espaço.

Eu acreditava que, com o passar dos dias, a vontade de sair de casa tomaria conta de mim. Assim, só dá para levar as coisas na esportiva por um tempo. Mas ao invés de ser consumida pela solidão, fui erguida por uma graça surpreendente.

Não era mais uma prisão. Era uma dádiva.

Eu estava tendo dificuldades em achar uma posição para dormir, então eu passava algumas horas da madrugada acordada. Mas isso não me incomodava. Eu estudava o Zohar, o livro judaico de sabedoria mística, e era lembrada de que os místicos também estudavam desta forma, na calada da noite, quando o mundo e todos os seus ruídos se aquietam e a mágica começa.

Durante aquelas sete semanas, comecei a compreender que aquilo que o apavora pode acabar se tornando algo que você estima. Pode se tornar um professor. E conforme os dias e as semanas passavam, e mais uma cirurgia se foi e a cirurgia final se aproximava, o que realmente me surpreendeu foi que eu não queria que aquilo acabasse, aqueles meus dias sozinha aconchegada em minha casa. É tão esquisito. Você pensaria que eu estaria contando as horas até o momento de ser libertada. É claro que eu queria que aquele suplício terminasse. Mas eu havia descoberto este lugar maravilhoso, tão divino, tão sagrado, que eu queria surfar aquela onda pelo máximo de tempo possível. Eu não queria partir. Eu não estava ficando agorafóbica, eu só sentia que algo estava mudando dentro de mim e eu estava com medo de perder isso. Eu temia que, ao voltar para o trânsito, as tarefas e a rotina diária eu perderia a dádiva deste plano mais elevado onde eu estava vivendo.

Pela primeira vez, eu entendi o que leva uma pessoa a largar tudo e ir viver como monge no alto de uma montanha. Porque viver no mundo real pode ser muito mais difícil.

Eu não parava de pensar no grande rabino Shimon Bar Yochai.

A lenda diz que ele não passou só sete semanas, mas doze anos dentro de uma caverna recebendo os mistérios e segredos divinos do Zohar diretamente da boca de Deus. Então, depois de doze anos, ele sai da caverna e se depara com um homem arando um campo, e ele não sente nada além de desprezo pelo pobre agricultor: "Como alguém pode fazer algo tão banal e baixo quando poderia estar contemplando os segredos do divino?"

Naquele mesmo momento, Deus disse a ele "Volte para a caverna porque você não aprendeu nada!"

Ele não entendeu!

Para mim, a história do rabino Shimon Bar Yochai fala sobre se entender que os segredos do Céu estão em arar um campo. Os segredos do Céu são o que você está fazendo quando os seus filhos estão choramingando e você fica presa no trânsito e a carga do seu trabalho começa a ficar muito pesada. É neste lugar que você vai conseguir vivenciar o que é sagrado.

É muito mais difícil permanecer no sagrado quando você está na terra, arando um campo.

Vivenciar este lugar das águas tranquilas é algo que jamais esquecerei. Mas a essência da vida está nas águas barrentas. Você não pode passar a vida no Monte Sinai. Você não pode. Mas será que você consegue realmente manter em mente aquilo que aprendeu no Sinai?

Eu me preocupava: "E se eu voltar para a minha vida e nada tiver mudado de verdade? Se eu simplesmente voltar para minha vida estúpida novamente, tudo que eu vivenciei e aprendi seria apenas tempo perdido, como se nem tivesse acontecido. "

O desafio da vida não é a sua capacidade de durar. O desafio é: será que você consegue manter essa mudança?

Como estabelecer uma mudança duradoura na sua vida quando o mundo o tenta e o testa todos os dias?

Eu estou rezando para que algo sagrado aconteça com você. Algo inesperado. Uma guinada. Um despertar. Um abrandamento do coração. Um adoçamento da voz na sua cabeça. Eu espero que você encontre um novo lugar, um lugar que você não esperava encontrar.

Esteja aberto para esta possibilidade — a de que existe um poder ao seu alcance que realmente pode agir sobre você. Como um raio que o atinge até o âmago e o muda. Eu rezo para que você vivencie algo poderoso, cheio de santidade e de deslumbramento. E eu o estou abençoando para que você ache uma forma de conservar essa santidade, para que ela permaneça e crie uma morada dentro de você.

Sim, é possível se ter uma experiência sagrada tão poderosa que você simplesmente não consiga incorporá-la a sua vida normal. Talvez isso o mude permanentemente de uma forma tão profunda que o impossibilite de continuar a fazer o que fazia antes. Ou talvez você aprenda a trazer aquilo que você testemunhou para dentro da sua vida e, por causa disso, você nunca mais será o mesmo.

E talvez a mudança duradoura, permanente, não se trate de se manter agarrado à experiência sagrada. Talvez não se trate de se agarrar a nada. Você não precisa estar no controle. Ao contrário, você só precisa abrir espaço para que algo possa possuí-lo cada vez mais, e permitir que este novo convidado se acomode dentro de você.

Em 24 de agosto de 2016 eu fiz a última cirurgia de reconstrução. Quando acordei na sala de recuperação, meu rosto ainda estava enfaixado. Uma semana depois, fui ver o Dr. Azizzadeh e ele começou a remover gentilmente as ataduras do meu rosto. Imediatamente me veio à mente a minha primeira consulta e a forma como ele removeu gentilmente as ataduras do meu rosto até revelar o meu nariz ausente, e como eu implorei a ele, "Não me mostre", pois eu tinha certeza de que parecia um monstro. Ele me prometeu que eu jamais precisaria ver aquilo.

Mas agora sete semanas haviam se passado e ele estava sorrindo, ele estava tão feliz, e desta vez ele me deu um espelho. Eu olhei para o meu rosto. Eu tinha um nariz!

Eu estava tão agradecida. Um novo dia chegara. Eu estava consternada. Meu coração estava transbordando, meus olhos se enchendo d'água. Eu repetia para ele, "Obrigada, obrigada, obrigada!" Depois que fui para casa, envie uma mensagem para ele, "Deus o abençoe, eu não tenho palavras para lhe agradecer! Apenas uma gratidão que vem das profundezas da minha alma. Eu serei eternamente grata, para sempre grata."

Uma semana se passou e o Dr. Azizzadeh disse que eu já havia me recuperado o bastante para passar maquiagem e cobrir as minhas cicatrizes — mas eu sei muito pouco sobre maquiagem.

Então eu fui até uma loja de departamentos e um sujeito chamado Gabriel era quem vendia maquiagem. Ele era tão gentil. Ele perguntou para mim, "Querida, o que aconteceu com você?"

Eu comecei a ficar comovida conversando com o vendedor de maquiagem e contei toda a minha história para o Gabriel. Ele também se emocionou.

Eu apontei para o meu nariz e disse para ele, "Esse não é o meu nariz. É meu couro cabeludo, minha testa e minha orelhas". Ele começou a examinar o meu rosto, maravilhado.

Eu disse, "Então, Gabriel, será que você poderia me ensinar a cobrir essas cicatrizes?"

E então eu acrescentei, "E, Gabriel, será que você consegue deixar esse nariz gordo e feioso um pouco mais fino e delicado? Ele é tão gordo, tão feio, tão grosseiro, tão inchado!"

Sete dias! Foi quanto tempo durou a minha gratidão "eterna". E foi quanto tempo durou aquela voz gentil e bondosa, a nova hóspede que estava vivendo na minha cabeça!

Deus, por favor, me perdoe! Dr. Azizzadeh, por favor, me perdoe!

Naquela mesma hora eu peguei o meu Iphone para mostrar ao Gabriel uma foto do meu nariz antigo, "Está vendo como ele era fino e delicado?"

Gabriel disse para mim, "Em primeiro lugar, guarde essa foto. Ela é o passado. Em segundo lugar, o seu nariz novo é muito mais gracioso, ele tem muito mais a ver com você, porque você é uma pessoa tão graciosa, e aquele seu nariz antigo era muito ossudo. E além do mais, esse seu nariz é um milagre. Será que você não vê isso? Então vamos esquecer aquele nariz ossudo, tá bem? E, querida, você vai ficar um ARRASO!"

O vendedor de maquiagem precisou lembrar a rabina de que ela era abençoada. E então o meu anjo Gabriel pegou um pincel e em três segundos todas as minhas cicatrizes desapareceram.

Enquanto eu dirigia para casa, me lembrei de um ensinamento sobre as quarenta e duas jornadas: "Sim, até os passos que você dá para trás podem ser seus professores." Eu certamente havia regredido bastante desde que deixara aquele lugar cheio de gratidão e bondade, e tudo isso em apenas uma semana!

E foi por isso que quando vi o Dr. Azizzadeh novamente, disse a ele, "Olha, eu queria pedir um favor para você."

Ele perguntou: "Como eu posso ajudá-lo?"

"Eu gostaria de ver a foto que você tirou de mim," eu disse. "Aquela que você tirou na minha primeira consulta. Eu quero ver como eu estava sem nariz."

"Você tem certeza de que está pronta para ver isso?" ele perguntou.

"Sim, eu estou pronta."

Então ele se levantou e se sentou atrás de sua mesa e encontrou uma foto minha em seu computador.

"Está bem...Você está pronta?" ele disse.

Então eu comecei a caminhar em direção ao computador dele. E naquele mesmo instante o computador deu um curto. A tela se apagou. Completamente morto!

Eu tenho Deus por testemunha!

Na verdade, eu nem preciso de Deus por testemunha nesse caso, porque eu tenho Dr. Azizzadeh!

Por um segundo eu pensei, *Meu Deus, será que isso é um sinal?*

E ele também pensou isso! "Talvez você não deva ver a foto..."

Mas eu disse, "Não, eu devo ver a foto."
Até aquele momento eu não tivera coragem de ver. Eu temia que meu rosto parecesse o de uma criatura de um filme de terror. Mas então o Dr. Azizzadeh encontrou a minha foto em seu iPhone. Eu estava me preparando. Eu fiquei com medo de chorar ou ficar enojada e vomitar o consultório todo. Eu fiquei com medo de me arrepender por ter visto aquilo que eu estava prestes a ver. Será que eu conseguiria? Será que essa imagem me perseguiria? Mas eu vi a foto. Eu fiquei tão aliviada ao descobrir que aquela voz terna e gentil dentro da minha cabeça, a voz da minha alma, estava comigo mais uma vez. Porque mesmo que eu estivesse sem uma grande parte do meu nariz, o que vi naquela foto fui eu em minha totalidade. E ao invés de nojo, só consegui enxergar a bondade nos olhos dela e só consegui sentir compaixão.

Eu disse o Dr. Azizzadeh, "Deus o abençoe. Obrigada por me mostrar aquela foto. Eu precisava compreender o verdadeiro arco narrativo dessa história milagrosa."

E qual é o verdadeiro arco desta história?

É o arco de todas as nossas histórias:

Você é abençoado mas, às vezes, perde isso de vista. Mas a alma dentro de você está aqui, agora mesmo, para ajudá-lo a lembrar disso, assim como o meu anjo Gabriel. Existe uma voz bondosa dentro da sua cabeça. Ela sempre esteve lá, tomando conta de você e lhe ensinando. Ela é a sua alma e sempre lhe mostra o caminho que leva ao seu verdadeiro propósito e ao seu destino sagrado. A alma tem poderes incríveis e pode ajudá-lo, erguê-lo e mudá-lo.

Que você aprenda a escutá-la.

As experiências que o apavoram, que você jamais desejaria a alguém, também podem surpreendê-lo e iluminar a sua vida das maneiras mais inesperadas. E a sua alma está torcendo para que você consiga entender isso.

Você é mais amado do que pensa, você não faz ideia de quanto você é amado pelas pessoas ao seu redor e Ele que o criou. Você não tem ideia da profundidade e da força deste amor. E a sua alma está aqui para ajudá-lo a sentir esse amor e deixar que ele entre.

TODOS OS DIAS UMA NOVA LUZ BRILHA SOBRE VOCÊ,
UMA LUZ QUE VOCÊ NUNCA VIU ANTES.

QUE NÓS TODOS SEJAMOS MERECEDORES, QUE TODOS
SEJAMOS PRIVILEGIADOS, QUE TODOS SEJAMOS ABENÇOADOS
PARA GOZAR DESTE RESPLENDOR. AMÉM.

37

VENDO O MUNDO QUE VIRÁ

HÁ NÃO MUITO TEMPO, minha mãe apareceu em um sonho. Ela estava sentada bem ao meu lado em um café, e eu sussurrei para ela, "Então, como é o céu, mãe?" Primeiro ela fingiu que não havia me escutado, mas eu insisti, "Vamos lá, mãe, conte para mim."
Ela disse, "Nomi, os banheiros são tão luxuosos!"
"Só isso?" eu disse.
Ela disse, "Os banheiros são maravilhosos."
Eu disse, "Mas e o clima?"
Ela disse, "É como aqui."
Eu disse, "Mas será que não existe nenhuma diferença entre aqui e o Céu?" Ela disse, "Os banheiros? Um luxo só!" E ficou por isso mesmo.

Talvez a minha mãe não conseguisse dizer quais as diferenças entre este mundo e o Mundo Por Vir porque estamos vivendo no Céu mas, infelizmente, não conseguimos ver isso. Não conseguimos enxergar todas as possibilidades e o que está ao nosso alcance.

No Ano Novo eu fui almoçar com uma amiga próxima e perguntei para ela, "Então, você fez alguma resolução?"
Ela disse, "Eu não quero falar sobre isso porque as minhas resoluções nunca se realizam!"

Eu comecei a rir e ela também começou a rir. Eu não estava rindo dela. Eu estava rindo daquela ideia. Essa é uma das coisas mais engraçadas que ouvi ultimamente. Uma resolução não é um pedido que você faz quando sopra a vela do bolo de aniversário.

Frequentemente confundimos nossas preces, nossos sonhos, nossas resoluções e nossos pedidos. Pedidos são para o gênio da lâmpada e você não veio aqui para falar com um gênio, você veio aqui para estar na presença do seu Criador, Aquele que conhece as suas verdadeiras aptidões.

Um dos meus personagens bíblicos favoritos é José, o sonhador. José compreendia que um sonho não é um pedido. Ela sabia que um sonho deveria ser acalentado, até mesmo quando seus próprios irmãos o abandonaram. Até dentro do poço, José continuou fiel à visão elevada de sua alma.

Os rabinos dizem que um sonho é um sexto de uma profecia — é uma semente. O que isso significa? Significa que um profeta não é alguém que vê o futuro, ou prevê o que acontecerá. Um profeta é uma pessoa que tem um sonho. Você talvez diga que todos nós temos sonhos. E isso é verdade. Todos nós temos vislumbres do que nossas vidas poderiam ser, vislumbres de um mundo que poderia ser, mas nós deixamos que esses sonhos se esvaiam.

Um profeta enxerga o mundo como ele poderia ser e simplesmente não consegue abandonar esta visão. Um profeta é capaz de se arriscar por seu sonho, enfrentar perigos, está disposto a sofrer e também carregar as cicatrizes deste sonho.

Todos já tivemos sonhos, vislumbres do Paraíso, mas na maior parte das vezes a urgência passa e nós voltamos às nossas rotinas. É por isso que as resoluções não se realizam.

Mas uma resolução não é aquilo que irá acontecer *com* você, é o que acontecerá *através* de você.

Essa é minha bênção favorita de todo o Talmude: "Que você veja o Mundo que Virá neste mundo." A sua alma está sempre tentando lhe ensinar essa verdade.

De vez em quando você consegue sentir o Criador trabalhando através de você. Você toca uma canção, e você sabe que alguém está guiando a sua mão. Você ergue a sua voz para cantar a melodia e pode ouvir o eco dos anjos. Você encosta a caneta no papel e percebe que as palavras não estão vindo de você, você está apenas escrevendo um texto ditado. Mas depois perdemos esta sensação e esquecemos os nossos sonhos e resoluções.

A escravidão não só prende o seu corpo, mas hipnotiza o seu espírito até o ponto em que ele não consegue mais ver como as coisas poderiam ser diferentes de como são agora. Você se acostuma com as mentiras: eu não sou forte o bastante, não sou bom o bastante.

E do que você precisa para se libertar do que o está prendendo? Você precisa de uma catástrofe. Algo ruindo dentro de você. Um terremoto que abala todas as estruturas que você tem como verdadeiras. De repente os muros que o restringiam e os grilhões que o prendiam desmoronam e você enxerga uma nova verdade.

A chave para a liberdade é uma única palavra: "*veyadatem,*" "e você saberá" — nos seus ossos, no seu coração, na sua alma, no seu âmago você verá e você saberá!

E o que você saberá? Que você é um filho de Deus. Igual a todos e escravo de ninguém!

Foi isso que o Dr. Martin Luther King quis mostrar quando ele disse "Eu tenho um sonho." É uma visão que atravessa as mentiras como um raio laser até a verdade que já não pode ser negada ou escondida. Um sonho é uma visão do Paraíso bem aqui.

O Dr. King também compreendia que um sonho precisa se acompanhado por ações. É por isso que ele disse: "O tipo mais perigoso de ateísmo não é o ateísmo teórico, mas o ateísmo prático — esse é o tipo mais perigoso. E o mundo, e até mesmo a igreja, está cheio de gente que louva a Deus com palavras, mas não com suas vidas."

Os grandes líderes são aquelas pessoas que enxergam o Paraíso aqui. Eles veem as possibilidades e eles precisam trazer isso para a luz do dia, criar uma imagem deste mundo para que os outros também possam vê-lo. Eles precisam ensinar e repetir isso até que se torne real.

Em um arquivo eu encontrei um sermão que o rabino Marcus fez justamente sobre esta ideia. Ele pronunciou estas palavras há mais de setenta anos, mas elas são tão vivas e verdadeiras hoje como no dia em que ele as disse:

> *Nunca houve um homem que não tenha, em algum momento, sonhado com um mundo mais justo, com um universo mais belo... Nunca houve um homem que, em algum sonho feliz, não tenha contemplado a promessa de uma existência superior. Mas logo este momento passa. E assim o sonho se vai. As batalhas de nossa vida econômica exigem muito de nós... E assim nosso mundo dos sonhos desaparece e nós, mais um vez, contemplamos o universo que é real, verdadeiro e, muitas vezes, desprovido de beleza e de cor.*

> *Entretanto, entre nós existem homens dotados de uma visão maior que a dos homens comuns. Eles têm olhos que penetram mais profundamente e contemplam coisas de uma maneira mais contínua... Eles conseguem pegar este momento que, de outra forma, seria curto e fugaz, e reformá-lo, recriá-lo com uma forma mais durável e relevante. Os profetas são homens de visão...*

O rabino Marcus compreendia que transformar um sonho em uma visão contínua e depois transformar esta visão em realidade não é algo que simplesmente cai do céu, nem acontece da noite para o dia. Lutar pela coisa certa é uma batalha, uma batalha diária.

A profecia é a própria presença de Deus trabalhando através de você, levando-o de uma experiência subconsciente até a experiência consciente. É um gostinho do que poderia ser.

Cada sonho que sonhamos para nosso futuro é apenas um reflexo do sonho que Deus sonhou para nós.

O que foi que Deus colocou dentro da sua alma? E como Deus tem trabalhado através de você e o abençoado? Comece a ver a sua grandeza, enxergue além das suas limitações, veja o quanto você pode crescer.

Você acha que eu estou dizendo que, se você abrir os seus olhos, verá que a vida é perfeita e a presença de Deus é constante? Não. A vida pode derrubá-lo e pode parecer que Deus está muito longe. As condições de nossas vidas, as condições de nosso mundo, podem parecer muito distantes do paraíso. As provações e os dissabores podem desorientá-lo. Os desafios podem desorientá-lo, mas jamais permita que eles o dominem.

Certa vez eu li um comentário que dizia que o inferno não é um lugar cheio de fogo e sofrimento. O inferno é Deus abrindo os seus olhos e mostrando toda a grandeza que poderia ser sua e como você está longe do lugar onde poderia estar. Se o inferno é isso, o paraíso é o quê? O paraíso é quando Deus abre os seus olhos e você vê todas as possibilidades do agora.

Pelo que você está lutando?

A maioria das resoluções que as pessoas fazem tem a ver com dietas e exercícios. Se ao menos você pudesse ver o que você poderia estar consertando e conquistando. Você nasceu com o poder de enxergar o paraíso e alinhar esta visão superior com a realidade — erguer este mundo.

Para que você possa ter um vislumbre do Mundo que Virá, é importante que você tenha uma visão do Mundo que Virá. Como você imagina o paraíso?

Há um comentário rabínico que nos alerta: se você não conseguir ter uma visão do Mundo que Virá, então você será um banco no Mundo que Virá. Veja bem, eu não disse que você se sentará em um banco no Mundo que Virá. Você *será* o banco. Você realmente quer ser um banco para que os outros sentem em você no Mundo que Virá?

Você tem o poder de captar uma visão do Paraíso.

A Terra Prometida não é um lugar muito distante. E o paraíso não está reservado apenas para os mortos. Ele está aqui, esperando que nós o enxerguemos e entremos nele.

Então aqui temos algumas perguntas profundas que você precisa responder caso deseje ver o Mundo que Virá neste mundo:

O que o mundo precisa que você dê? O que Deus quer de você? O que os seus talentos exigem de você? O que a sua alma quer de você?

Que mentiras você precisa esclarecer? Que barreiras você precisa derrubar? Quais são os véus que estão cobrindo a verdade?

O que você sempre quis superar e do que quer se libertar?

Como José, você nasceu com o poder de sonhar, de alinhar a visão superior da sua alma com a realidade, de erguer esse mundo. Qual o seu sonho? O sonho que ressoa as harmonias da sua própria alma?

O PARAÍSO ESTÁ AQUI. QUE VOCÊ ENXERGUE O MUNDO QUE VIRÁ NESTE MUNDO. AMÉM.

ATINGINDO UMA COMPREENSÃO MAIS ELEVADA SOBRE O TEMPO E A ETERNIDADE

"...Uma parte limitada no tempo e no espaço."

— DA CARTA DE EINSTEIN AO RABINO MARCUS

Einstein insistiu que todos nós somos parte de um todo, mas ele compreendia que nossa percepção limitada frequentemente nos impedia de entender esta verdade. Ninguém consegue ver a unidade de todas as coisas com claridade. Nós vivemos nossas vidas ansiando por conhecer a eternidade, mas acabamos presos na nossa própria temporalidade. O evento que realmente realça esta tensão entre o corpo e a alma, entre a nossa unidade e a separação, é a morte. Neshamá, a Força Eterna, espera para lhe mostrar como enxergar o tempo e a eternidade com novos olhos, como reconciliar o Céu e a Terra. Como enxergar o todo do qual fazemos parte e que engloba toda a criação.

38

VALORIZANDO AS BÊNÇÃOS QUE NUNCA NOS DEIXARÃO

Eu cresci em um lar repleto de comida, de amor, de risadas, de música e de histórias. E era a mais nova de quatro filhos e parte de uma tribo no Brooklyn, com a família do meu tio Nat morando no andar acima de nós, a família do meu tio Ruby morando do nosso lado e, no andar acima do deles, meus avós. Ninguém nunca batia antes de entrar ou precisava da chave. Estávamos sempre entrando porta adentro da casa um do outro.

Meus pais eram almas-gêmeas. Eles sempre estavam cantando juntos, andando de mãos dadas. Quando estava crescendo, um de meus irmãos mais velhos saiu de casa e foi para a faculdade. E logo só ficaram a minha mãe, o meu pai e eu. Tudo ficou menos agitado, mas ainda assim lindo.

Em um dia a vida era bela e no dia seguinte meu pai foi assassinado. Agora éramos só eu e a minha mãe. Como você pode imaginar, nós duas nos tornamos bizarramente próximas, dois corações partidos juntos, tentando entender o que acontecera.

Quando eu estava no ensino médio, me esforçava tanto para não chorar. Eu não queria que minha mãe tivesse mais um motivo para sofrer. Mergulhei nos estudos. Eu era uma criança tão estudiosa, uma *nerd*. Antes de um prova, eu ficava à beira de um ataque de nervos e então ia até minha mãe no dia da prova e dizia, "Mãe, me abençoe antes da prova. E abençoe a minha caneta também." E ela dizia, "Nomeleh, você não sabe que eu sou uma bruxa boa? Eu já sei como as coisas são e sei como elas serão." Então eu pegava minha caneta abençoada e corria para a escola.

Mas enfim chegou minha vez de ir para a faculdade. Sinceramente, eu não sei como ela conseguiu reunir forças para me deixar partir. Como você pode mandar o seu último filho embora quando não lhe resta nada em casa além das memórias de uma vida que não existe mais?

Eu não sei como eu consegui partir, mas eu parti.

E eu odiei.

Foi um choque cultural sair de um colégio judaico ortodoxo para a Universidade de Cornell. Tudo era tão *preppy*²³. Eu nunca tinha visto tantas faixas de cabelo e tantos mocassins. Eles ficavam repetindo que o aluno de Cornell ideal era um acadêmico e um atleta. Era uma espécie de ideal grego. Bem, eu estava longe de ser atleta e não me via como uma acadêmica. Então eu comecei a ligar para minha mãe todas as noites, chorando histericamente, "Eu quero ir para casa. Eu não gosto daqui." Ela foi tão forte. Ela dizia, "Eu quero que você fique. Confie em mim, eu sou uma bruxa boa." E então ela me dava sua bênção para a prova.

E ela estava certa.

Após seis meses e sete quilos, eu aprendi a amar a faculdade, fiz novos amigos e amei os aprendizados. No entanto, continuei não sendo uma atleta.

Minha mãe estava certa a respeito de tantas coisas. Ela sabia que o meu marido, Rob, era o homem certo para mim antes que eu mesma soubesse. "Confie em mim", ela disse, "eu sou uma bruxa boa. Esse é para casar." E no nosso casamento, ela me levou até o altar. Só nós duas. Eu e minha mãe, de mãos dadas. E mais uma vez, ela me deixou partir. Para ela foi difícil me deixar partir e ir morar tão longe de casa.

E então a viúva de coração partido se tornou uma vovó com um coração cheio e uma agenda cheia de amigos, netos, estudos e voluntariado. E, com oitenta anos, o seu bat mitzvah.

No seu aniversário de setenta anos, quando pensei que ela estava prestes a fazer um discurso, ela se virou para mim e disse, "Nomeleh, eu quero que você me abençoe."

Eu passei tantos anos abençoando os outros como rabina, ela passou tantos anos me abençoando, mas eu nunca a havia abençoado. Então eu coloquei minhas mãos sobre a cabeça de minha mãe, e a abençoei. Como eu poderia descrever o que aconteceu entre nós? Daquele dia em diante, este se tornou o nosso ritual. Ela me ligava todas as noites para pedir que eu a abençoasse. Ela sofria de insônia, então eu a abençoava dizendo, "Mãe, eu a abençoo com paz e com um sono que dure a noite inteira. Bons sonhos."

Ela tinha muitos problemas de saúde: seus olhos, suas pernas, seus pés, sua asma, seu estômago. Eu ligava para ela e dizia, "E então, mãe, como estão essas vísceras?"

---

23. NT – Termo norte-americano que designa um certo grupo social formado por jovens de famílias ricas que frequentam universidades particulares. A forma de se vestir deste grupo seria algo similar ao que no Brasil chamamos de "patricinha e mauricinho": roupas caras, de marca, de aspecto asseado e conservador.

Ela ria, nós conversávamos e depois ela dizia, "Eu preciso da minha bênção." E eu a abençoava. "Eu a abençoo com paz e com um sono que dure a noite inteira. Bons sonhos."
Eu guardava todas as suas mensagens de voz. As pessoas sempre estavam reclamando que não conseguiam deixar recardo por falta de espaço, mas eu não conseguia apagar as mensagens doces da minha mãe. "Shabat Shalom [um bom Shabat]," "Feliz aniversário," "Feliz dia das mães."
Eu diria que falávamos no telefone umas seis vezes por dia. Ela queria saber cada detalhe. Nas sextas-feiras em que tinha Nashuva, ela primeiro ligava para me abençoar e desejar boa sorte, e depois perguntava, "Então, sobre o que você vai falar hoje?" E depois as ligação de conclusão: "E então? Como foi a Nashuva? Foi bem? Como foi o sermão? As pessoas gostaram? Quantas pessoas foram?"
Se eu estava viajando para dar uma palestra, ela me ligava quando eu estava no táxi a caminho do aeroporto. Nós conversávamos e então eu dizia, "Eu tenho que ir, mãe, eu vou passar pela revista." E ela dizia, "Está bem, me ligue quando estiver do outro lado." Eu ligava, nós conversávamos, eu embarcava no avião.
Eu dizia, "Mãe, eu tenho que ir, eles já fecharam a portas."
Ela dizia, "Está bem, me ligue quando você pousar."

Nós conversávamos no táxi a caminho do meu hotel. "Como é o seu quarto de hotel? É bom? Sobre o que você vai falar hoje à noite?" E depois as ligações de conclusão: "E então? Sobre o que você falou? As pessoas gostaram? Tinha muita gente?" Ela gostava tanto destas ligações de conclusão que, quando dei por mim, eu estava fantasiando um pouco a realidade:
"Tinha muita gente?"
"Estava lotado!"
Ela dizia, "Tinha até gente de pé?"
Eu dizia, "Sim, mãe! Todos os lugares ocupados!"
"E as pessoas gostaram?"
"Sim, mãe, elas amaram!"
"Foi um 'uau'?"
"Sim, com certeza foi 'uau'."
Eu fui convidada para uma sessão sobre preces em um retiro para rabinos. E no final da minha palestra, eu disse, "Eu quero ensinar vocês a abençoar uns aos outros. Nós, rabinos, passamos a vida abençoando os outros, mas quem nos abençoa?"

Meus colegas disseram, "Mas como assim? Como podemos abençoar um ao outro?"

"Eu e minha mãe fazemos isso todas as noites," eu disse. "Vocês conseguem." E você tinha que ver como aqueles homens e mulheres feitos colocaram as mãos uns na cabeça dos outros e se debulharam em lágrimas.

Depois, a minha mãe me ligou para saber a resenha. "E então? Como foi com os rabinos? Eles gostaram? Foi um 'uau'? Estava lotado?"

O tempo passou, ela estava morrendo. A verdade é que eu não sei como uma mulher que estava tão intimamente envolvida nos detalhes das vidas de seus filhos, seus netos, seus amigos, conseguiu reunir a coragem para nos deixar. Eu disse para ela, "Mãe, me abençoe."

E ela disse, "Nomeleh, você já tem a fórmula em mãos. Agora você só precisa vivê-la."

E então eu abençoei. "Mãe, você já deu tudo que precisava dar. Agora você pode partir." Eu afaguei os cabelos dela e disse, "Eu a abençoo com paz e com o sono." E eu cantei uma canção de ninar para ela. Depois que ela ficou inconsciente, eu sussurrei para mim mesma "Me ligue depois que você passar da revista."

Quando alguém que amamos morre, precisamos reeducar diversos reflexos. Você põe três lugares na mesa e depois se lembra, *Ah, agora são só dois lugares.*

No meu caso, eu tive que me reeducar para não ficar pegando o meu telefone. Dez vezes por dia, eu pegar o telefone para ligar para minha mãe e precisava me lembrar, *Ah, você não pode ligar para ela.* Eu pensava em algo que eu queria contar para ela e tinha que me segurar. Depois de um culto Nashuva, eu percebia que estava perguntando para mim mesma as perguntas que ela fazia: E então? Como foi? Foi um 'uau'? Estava lotado?

Com o tempo, eu parei de pegava o telefone. Quando a minha mãe morreu, um dos meus mentores rabínicos me disse, "Naomi, o Kadish que você recita em abril não é o mesmo Kadish que você recita em novembro."

Uma amiga minha por acaso escutou isso e me perguntou "Mas realmemte existe um Kadish diferente para cada mês?" Eu disse, "Não, é o mesmo Kadish, mas você muda."

Primeiro temos o Kadish da angústia, o da ferida aberta, com uma dor oca, e com cada mês que passa, ele ganha novos tons e cores.

Há dias em que recito o Kadish como um robô. Às vezes eu sinto um puxão. Certos dias eu sinto uma sensação tão terna, sentada no culto da manhã, embrulhada no talit da minha mãe, o que ela vestiu em seu bat mitzvah, recitando o Kadish para ela.

Quando alguém próximo de você morre, o mundo diz, "Volte ao normal." Mas nós somos mais sábios que ele. Não, você não está normal. A sua alma sabe que você precisa de tempo para curar, então respeite este tempo. O tempo realmente cura. E, de alguma forma, você aprende a continuar sem a sabedoria e o consolo daqueles que se foram. Você aprende a se virar. Você aprende a tomar conta de si próprio. Nós aprendemos a incorporar os que se foram: "O que será que ele diria?" "O que ela faria?" Mas as festas chegam e reabrem as velhas feridas. Nós sentimos saudades da pessoa que estaria lá, sentada conosco na mesa durante a celebração.

O mundo pode esperar que sejamos fortes, mas não precisamos ser fortes o tempo todo. Você não precisa se virar sozinho sempre. A sua alma está aqui para lhe dar a permissão para buscar ajudar, sentir o puxão e revisitar as suas memórias ternas.

Nós não precisamos ficar nos segurando, não precisamos nos conter para não pedir ajuda. Nós podemos simplesmente desabar e sentir aquilo que precisa ser sentido, independentemente do que isso seja. Podemos dizer o que precisa ser dito, ouvir o que precisa ser ouvido. Podemos reservar um tempo para as memórias ternas. Para se lembrar daqueles que cuidaram de nós, nos amaram, tocaram, nos ensinaram. Todos eles vêm até nós, eles que nós amamos e perdemos, eles cujas almas e bênçãos jamais nos deixarão.

FOI EM 25 DE AGOSTO DE 2011. Era o aniversário da minha mãe, e em vez de comemorar com ela, eu estava sozinha no apartamento dela, empacotando os seus pertences, enchendo caixas com pratos, livros e quinquilharias que eu enviaria para Los Angeles. Eu tinha dificuldades em me desfazer até dos objetos mais aleatórios e inúteis. Cada caneca, cada lenço, tudo estava saturado com a essência dela. Como um cão, eu cheirava cada casaco, procurando pelo seu perfume. Naquela noite, eu dormi lá sozinha, aninhada no beliche da minha infância, abraçando um cobertor que minha mãe havia tricotado para mim quando eu tinha nove anos de idade. E naquela noite, ela me visitou em um sonho:

Eu entro na casa da minha mãe e lá está ela! Correndo de um lado para outro. Eu fico em choque. Eu não quero insultá-la lembrando de que ela está morta. Ela parece ignorar este fato completamente.

Eu fico tentando chamar o meu irmão Danny de lado e explicar isso para ele. Mas eu não quero que ela me ouça. Eu fico dizendo para mim mesma, "Mas nós a enterramos. Eu vi." Ela não é um espírito nem uma visão. Ela é palpável. Carne e osso. E está cozinhando, falando, nos recebendo e se deleitando.

Na casa ao lado, está a minha falecida tia Sophie com um enfermeiro. Ela também não faz ideia de que está morta. Ela simplesmente está velha e debilitada e eu me pergunto se ela vai morrer novamente.

Eu consigo puxar o Danny para um canto e pergunto se isso é medicamente, cientificamente, possível. Ele diz para mim, "Nomi, às vezes a alma não sabe que está morta."

Eu olho para ele e digo, "Essa é uma resposta rabínica. Não é uma resposta médica."

Depois eu pensei por um momento e disse para ele, "Mas o corpo dela está aqui, não só a alma dela. O corpo dela! E ele tem substância."

Danny parecia tatear procurando uma explicação, tentando dizer algo racional. Eu continuava tentando achar uma maneira de dizer para a minha mãe que uma empresa de mudanças viria de manhã para encaixotar todas as coisas que ela deixou para mim. Mas eu não tinha coragem de dizer para ela que ela estava morta. E me senti culpada por estar levando todas as coisas dela.

Eu ficava dizendo, "Mãe, eu quero lhe pedir uma coisa." Eu queria perguntar se ela poderia me dar algumas fotos. Mas eu não perguntei.

Então ela caminhou diretamente para mim e disse, "O que é, Nomeleh? Você quer me perguntar alguma coisa?"

E de repente eu não queria mais as fotos. Eu só queria abraçá-la. Eu havia passado esse tempo todo sem tocá-la porque eu estava com medo. E de repente eu simplesmente caí nos braços dela e comecei a soluçar. E ela apenas me abraçou.

Foi então que eu percebi que ela sabia que já estava morta. Eu chorei muito, por muito tempo, e ela me abraçou e me consolou e permitiu que eu chorasse.

*QUE AQUELES QUE VOCÊ AMOU E QUE PARTIRAM
O VISITEM EM SEUS SONHOS E EM TODOS OS SEUS DIAS.
QUE A MEMÓRIA, O LEGADO, O AMOR E A LUZ DELES
SEMPRE BRILHEM SOBRE NÓS. AMÉM.*

39

VIVENDO NO TEMPO DA ALMA

Certo dia, quando nossos filhos eram pequenos, meu marido, Rob, estava muito apressado de manhã e parecia particularmente ansioso. Naquela manhã ele era o motorista da rodada, então botamos as crianças nos seus lugares no carro e lá se foi o Rob. Alguns minutos depois ele me ligou do carro e disse, "Nomi, eu preciso de mais tempo." Eu senti tanta pena dele. Eu faria qualquer coisa para ajudá-lo. Mas a ligação ficou ruim e caiu. Eu estava pensando, *Para quem será que eu posso ligar? Será que posso remarcar alguma reunião dele?* Finalmente eu consegui falar com Rob de novo. "Querido, o que eu posso fazer por você? Como posso ajudá-lo?"
Ele disse, "Eu preciso de mais tempo"
Eu disse, "Está bem, está bem, mas como? O que eu posso fazer?"
Rob disse, "Nomi! Vá ao supermercado! Eu já tenho os ovos, o leite, o açúcar — eu preciso de tempo, sabe, a marca de fermento!"
Eu comecei a rir. E então eu fui ao supermercado e tive uma conversa filosófica muito profunda com o funcionário do supermercado. Eu disse para ele "Onde está o Tempo?"
Ele disse para mim, "O Tempo está ali."
Eu perguntei, "Quanto custa o Tempo?"
Ele disse, "Bem, vai depender de quanto Tempo você quer."
Eu disse, "Eu quero muito Tempo" e comprei o último frasco de fermento.

Tempo...
Ele segue se desenrolando fora do nosso controle. No Ano-Novo, as pessoas sempre dizem para mim, dá para acreditar que o ano terminou? Não passou depressa? Nossos anos passam por nós a toda velocidade, nossas semanas desembocam uma na outra. Nossos dias estão desaparecendo.
Parece que foi ontem, meus filhos em suas cadeirinhas no carro, se balançando no balanço do quintal e brincando pela casa nos seus pijaminhas fofos. E eu pisquei os meus olhos e agora os dois saíram de casa. O meu ninho antes barulhento agora está vazio. Como isso aconteceu?

Todo ano, durante a contagem regressiva para o Rosh Hashanah, todas as noites me pego olhando para a lua com medo. Quando a última lua cheia de Elul (o último mês no calendário judaico) está no alto do firmamento, eu sei que estou encrencada porque ainda não tenho nenhum sermão e faltam exatamente quinze dias para o Rosh Hashanah. Noite após noite eu encaro aquela lua decrescente e cito a Bíblia para ela. Eu digo, "Sol, congele no céu! Lua, fique imóvel — não se mova!" Mas o homem que vive na lua continua diminuindo e sorrindo para mim.

O Livro dos Salmos nos oferece uma descrição muito poderosa de como o tempo é fugaz. Ele diz, "Nossos dias são como a sombra passageira." Os rabinos, é claro, sentem a necessidade de analisar esta descrição, então eles perguntam: Mas que tipo de sombra? É a sombra de um muro? Ou a sombra de uma árvore? A resposta é: Não, é a sombra lançada por um pássaro que nos sobrevoa — vum! e se foi.

Como podemos desacelerar o tempo? Será que temos o poder para fazer algo assim? Desacelerar o relógio para que tenhamos mais tempo, só um pouquinho mais de tempo, com as pessoas que amamos?

Eu comecei a refletir sobre essa questão há muitos anos, quando eu estava em um retiro de silêncio com trinta outros rabinos. Sim, eu sei que é uma contradição em termos — rabinos e silêncio. Mas lá estava eu, uma semana sem palavras. No início eu fiquei inquieta com todo aquele silêncio, eu queria botar a fofoca em dia com meus velhos amigos. Mas depois eu deixei que o silêncio se acomodasse em mim e me rendi a ele.

Eu notei que a minha respiração estava diferente, mais lenta e regular. A minha comida tinha um sabor diferente. Tudo estava repleto de sabor. Eu via a luz no meu quarto de outra maneira, e pela primeira vez na minha vida eu entendi o que o famoso arquiteto Louis Kahn quis dizer quando falou sobre "as qualidades infinitamente mutáveis da luz natural, sob a qual um quarto se transforma em um quarto diferente a cada segundo do dia". Eu escutei sons da natureza que eu nunca havia notado, chilrados e múrmuros. Eu vivenciei algo que não acontecia há muito tempo: um único dia parecia uma semana inteira, talvez até um mês — não era porque eu estava entediada, encarando o relógio e contando os minutos até que eu pudesse falar novamente. Um dia parecia uma semana porque eu havia penetrado outra dimensão e tocado algo eterno. O tempo parou.

Naquela mesma noite eu tive uma revelação: De repente, um versículo dos Salmos me veio à mente e eu finalmente o compreendi como nunca havia acontecido antes: *"Orech yamim asbiehu"*

Esta frase normalmente é traduzida como: "Eu irei fartá-lo com a longura dos dias" — querendo dizer que "Eu o abençoarei com uma vida longa." Mas agora, naquele momento, naquele dia que parecia durar um mês, eu estava descobrindo o que essas palavras realmente significavam. Deus não está nos prometendo uma vida longa. Muitas pessoas excepcionais, santas, não viveram vidas longas. Ao invés disso, Deus está prometendo o seguinte: Eu irei fartá-lo com dias longos, orech yamin, Dias longos.

Não são aqueles longos dias cinzentos que você passa encarando o relógio e contando os minutos para sair do trabalho. Dias longos com cor e forma. Dias que parecem cheios, dias para serem intensamente vividos. Para se sentir vivo e apaixonado. Quando nos sentimos plenos e satisfeitos. Como se realmente houvéssemos feito aquele dia valer e nos conectado com as pessoas com quem queremos nos conectar, ao invés de perder o dia.

Todos já tivemos momentos assim, vislumbres. Quando o tempo parece ficar parado e você sente que o seu dia é abundante e proveitoso. Momentos em que o tempo é substituído pela eternidade e você vê o Mundo que Virá neste mundo.

Sim, nós podemos ir além da nossa existência temporal e experimentar o Paraíso aqui.

MINHA MÃE NÃO SABIA DIRIGIR, mas ela adorava passear de carro. Sempre que vinha me visitar em Los Angeles, ela inevitavelmente dizia, "Nomeleh, me leve para passear."

Eu dizia, "Aonde você quer ir, mãe?"

E então ela dizia, "Lugar nenhum, apenas me leve." Nós entrávamos no carro e não íamos para nenhum lugar específico. É difícil descrever o que eram estes passeios. Só dirigindo sem rumo, curtindo a companhia uma da outra. Nossos passeios eram tão mágicos. Nós conversávamos e conversávamos. E depois ficávamos em silêncio e só contemplávamos a beleza. Nós escutávamos música. E depois conversávamos mais...

Na última visita que minha mãe fez a Los Angeles antes de morrer, eu percebi que ela estava magra e debilitada. Uma parte de mim não queria acreditar que um dia ela partiria. O espírito dela ainda estava tão radiante quanto sempre foi, talvez até um pouco mais radiante. Mas eu estava dolorosamente ciente de que nosso tempo juntas era muito valioso.

Durante esta visita, minha mãe disse, "Nomeleh, me leve para passear." Eu estava bem ocupada, mas eu cancelei todos os meus compromissos e eu e minha mãe dirigimos com abandono, como Thelma e Louise. Nós estávamos escutando Barbra Streisand cantando, "Nothing's gonna harm you, not while I'm around."[24] Eu acho que escutamos essa canção umas dez vezes.

Eu peguei a Pacific Coast Highway e o único plano que tinha em mente era dirigir até Santa Barbara. Nós paramos em um café e ao invés de comer lá, minha mãe disse, "Vamos fazer um piquenique." Então nós levamos sanduíches para viagem, biscoitos com chocolate molhadinhos e suco de laranja espremido na hora. E então fizemos um piquenique no gramado em frente a um tribunal recoberto com azulejos azuis mágicos. A minha mãe estava cansada demais para subir a escadaria que levava até o campanário, mas a nossa vista era a melhor possível. Para uma mãe, existe alguma vista mais bonita do que o rosto da sua própria filha?

Ela olhou pra mim, eu olhei para ela. O tempo ficou parado. O ar estava cristalino. O sol, a grama, tudo parecia vivo e vibrante.

Depois a minha mãe quis passear pelo litoral. Eu pensei que, ao invés de dirigirmos, deveríamos ir de bicicleta. Não havia nenhuma possibilidade da minha mãe pedalar, então alugamos uma espécie de bicicleta-charrete e eu a pedalei pela ciclovia, cercada pela água, pela areia e pelas montanhas. E quando voltamos para casa de carro, pegamos a Pacific Coast Highway bem a tempo de assistir ao sol se pondo sobre o oceano com todos os seus rosas e lilases ao sol de Streisand cantando, "Nothing's gonna harm you."

Foi um dia longo e perfeito. Um gostinho do Éden neste mundo.

Esse dia continua comigo, junto com outros tantos dias longos. E apesar de minha mãe ter partido, aqueles longos dias eternos me visitam e me consolam.

Tudo que posso lhe dizer é que eu não me arrependo pelas oportunidades de avançar a minha carreira rabínica que eu perdi. Eu sinto arrependimento quando me pergunto se poderia ter compartilhado mais dias longos com meus filhos. E apesar deles já estarem crescidos, eu rezo para que Deus me conceda a oportunidade de compartilhar mais e mais dias longos com eles. Dias que nunca terminam.

Houve um grande rabino hassídico que estava em seu leito de morte. Seus discípulos se juntaram ao redor dele e o grande rabino começou a chorar. Seus discípulos perguntaram, "Rebbe, por que você está chorando?"

O rabino respondeu, "A minha vida inteira está passando diante dos meus olhos e agora eu vejo — eu fiz tudo errado! Eu me enganei! Os momentos da minha vida que achei que fossem extraordinários na verdade não eram comuns. E os momentos que julguei comuns, eram os mais brilhantes. Como queria ter compreendido isso antes!"

---

24. NT – "Nada vai te ferir, não enquanto eu estiver por aqui."

Os dias mais sagrados não são os mais vistosos — não é a sua formatura, nem o seu casamento. Os momentos mais sagrados são aqueles momentos inesperados, comuns, em que você relaxa e permite que a mágica tome conta de você. Só ficar sentado na grama com os seus filhos sem fazer nada. Segurar a mão de alguém.

Eu já ouvi pessoas dizendo que não devemos matar o tempo. Não devemos fazer cada momento valer? Mas com o passar dos anos eu compreendi que precisamos matar o tempo. Jogar o relógio pela janela. Abrir mão de nossa temporalidade e estar disponível para que algo sagrado e surpreendente possa acontecer, algo que não pode ser planejado.

Eu amo a palavra "schmoozing" do ídiche. Uma pessoa acabou de ter uma conversa com um ente querido e você pergunta para ela: "E então? Sobre o que vocês conversaram?" E ela responde, "Sobre nada. Nós só ficamos schmoozing." Só jogando conversa fora.

Nós precisamos de mais schmoozing.

Precisamos reservar mais tempo para nos apaixonarmos um pouquinho todos os dias. Nos apaixonarmos novamente pelas pessoas que amamos. Nos apaixonarmos pelos nossos amigos. Nos apaixonarmos pelo nosso trabalho. Nos apaixonarmos por um completo desconhecido. Nos apaixonarmos por Deus.

Nossos egos precisam de metas. Eu não estou propondo que você desperdice os seus dias ou ignore as suas responsabilidades e ambições. Mas, confie em mim, a sua alma está sedenta por encontros despropositados. Se encontrar com alguém sem ter nada a ganhar com isso.

Os rabinos chamam este estilo de vida de *lishmah*. Fazer algo por amor. Sem segundas intenções. Tempo incondicional. Eu rezo para que você se conceda a dádiva dos dias longos com aqueles que você ama.

Tempo incondicional, ele é seu e você pode compartilhar. Nós podemos parar o relógio e nadar nas águas do Éden com as pessoas que amamos. Atravesse o temporal e penetre no eterno. Mate o tempo!

EM 2012, MINHA AMIGA AIMEE, que estava morando na Índia, veio visitar Los Angeles. No jantar de Shabat, ela se viu sentada de frente para o famoso ator e cantor judeu Theodore Bikel. Ele era um charme só, com suas histórias e sua presença magnética e, ah, aquela voz! Mas eles se encontraram no momento errado. Theo era viúvo e ainda estava de luto após a morte de sua esposa, Tamara, e Aimee estava morando na Índia. E ainda por cima havia a diferença de idade. Aimee tinha cinquenta anos e

Theo tinha oitenta e oito. Mas às vezes o momento errado é o momento certo. O temporal e o eterno se cruzam e nós conseguimos enxergar. Eles se apaixonaram perdidamente.

O relacionamento deles não fazia *nenhum* sentido e fazia *todo* o sentido do mundo. Aimee disse, "Deus colocou um presente na minha frente, todo embrulhado, com um laço e o meu nome na etiqueta. Eu deveria ignorá-lo? Fugir dele? Ou abri-lo e agradecer a Deus."

Aimee se mudou para Los Angeles e ela e Theo se casaram poucos meses depois. Foi um turbilhão de emoções. Rostos reluzentes, almas interligadas.

Aimee e Theo tinham certeza de que foram almas-gêmeas em outra vida. Eles acreditavam que antes de nascerem nesta vida, suas almas haviam feito um pacto jurando que se reencontrariam no momento em que uma mais precisasse da outra. E este era aquele momento. E eles o viveram intensamente.

Em um Shabat, Aimee e Theo vieram jantar em nossa casa. Theo já estava bastante doente, mas ainda era o centro das atenções, contando histórias e cantando. Aimee estava irradiando amor — os dois estavam.

Para mim, receber Theodore Bikel era como receber Paul McCartney para o jantar. Eu queria tanto pedir para ele autografar os meus discos, mas eu tive vergonha. Eu não queria que ele me visse como uma fã, mas eu era uma fã. Eu cresci com as canções de Theo em ídiche e em hebraico. A música dele foi o meu leite materno.

NÃO MUITO TEMPO depois do dia perfeito que passei com minha mãe em Santa Barbara, eu voei para Boston para ficar com ela. Minha mãe pediu, "Nomeleh, bote alguma música em ídiche" e eu botei um disco de Theodore Bikel. Eu queria que você pudesse ver como a voz de Theo fez o rosto da minha mãe se iluminar no hospital e a ajudou a suportar sua dor. Ela fechou os olhos e sorriu, e pude ver que estava viajando para os doces dias longos em que meus pais, de mãos dadas, faziam a corte ao som daquelas mesmas canções.

Aimee contou que quando Theo estava morrendo, ele também queria ouvir música. E ele queria ouvir o seu artista favorito: Theodore Bikel! Enquanto Theo se preparava para deixar Aimee, eles fizeram um pacto sagrado de que, na próxima vida, eles se encontrariam mais cedo.

No funeral de Theo, Aimee falou sobre cartografia, sobre mapeamentos. Ela disse que uma medição mais rudimentar de um litoral é feita por milhas. Mas você deixa de ver tantas coisas desta forma. Se as medições fossem feitas por jardas, você começaria a ver as curvas e os contornos do litoral. E se você medisse esta mesma costa em milímetros, você conheceria intimamente até as menores curvas. Aimee disse, "Então Theo e eu decidimos medir tudo em milímetros, e isso expandiu os nossos litorais o máximo possível, quase até o infinito."

Quando Aimee disse estas palavras, eu sabia que ela estava falando sobre o dom que Deus nos deu de transformar nosso breve tempo de vida em dias longos.

Nós temos o poder para fazer isso. De viver dias ricos e plenos, cheios de curvas. Em que o pouco tempo que temos com os que amamos passa em câmera lenta e fica gravado em nossas memórias. Dias que não desapareçem, se misturando um no outro. Nós temos o poder de matar o tempo e penetrar na eternidade e ver o Mundo que Virá neste mundo.

Nós podemos aprender a viver no tempo da alma.

Todos os dias nós recebemos uma abertura especial por onde podemos penetrar nos canais do temporário e do eterno para vivenciarmos momentos de graça — doces momentos de graça..

Menos de um mês após antes de sua própria morte, o melhor amigo de Einstein, Michele Besso, morreu, e Einstein escreveu estas palavras para consolar a família de Michele: "Ele partiu deste mundo estranho um pouco antes de mim. Isso não significa nada. Para nós, devotos da física, a distinção entre o passado, o presente e o futuro não passa de uma ilusão teimosa."

Na esfera da alma, o passado, o presente e o futuro são um só.

Nossas almas estão aqui todos os dias para nos lembrar de que o tempo e a eternidade não estão afastados um do outro. É uma separação que não é uma separação. A sua alma quer lhe mostrar o que você está perdendo e o que ainda está ao seu alcance: dias longos e nutritivos. Não importa o quanto eles sejam breves — como a sombra de um pássaro que nos sobrevoa.

Cada dia abençoado carrega em si o poder mágico de nos mudar se nós assim permitirmos, se nós deixarmos de lado nossas mentes racionais e enxergarmos tudo através da alma.

Nossas almas podem nos ensinar como abençoar cada dia. Todos os dias nós recebemos incontáveis oportunidades para levantar a cortina e tocar e abençoar outra dimensão. Nós recebemos o poder de nos conectarmos com aqueles que perdemos.

Eu gostaria de lhe pedir para fazer algo sagrado comigo agora. Eu gostaria que você fechasse os seus olhos. Imagine um momento terno com alguém que você amou e que partiu. Tente imaginar essa pessoa ao seu lado. Olhe nos olhos dela. Deixe que o tempo pare. Só jogue conversa fora. Observe o que ela está vestindo. Você consegue ver o sorriso dela?

Pegue a mão dela e apenas se sente com ela em silêncio. Veja se você consegue se lembrar do cheiro dela.

Compartilhe um momento na eternidade com ela. Se lembre de uma lição que esta pessoa lhe ensinou.

Quando você estiver pronto, peça a sua bênção.

E agora ofereça a sua bênção a ela. Diga-lhe tudo o que ela foi para você, pelo que você é grato. O que você aprendeu com ela. Aquilo que você sempre terá dentro de si.

Eu ofereço a você uma prece fúnebre. Ela é uma conversa que você pode ter com alguém que você amou e que partiu. Abençoados sejam, e que as bênçãos deles sempre brilhem sobre você.

UMA PRECE FÚNEBRE

EU NÃO O ESQUECI, APESAR DE JÁ FAZER ALGUM TEMPO DESDE QUE VI O SEU ROSTO, TOQUEI A SUA MÃO, OUVI A SUA VOZ. VOCÊ SEMPRE ESTÁ COMIGO.

EU ACHAVA QUE VOCÊ HAVIA ME DEIXADO. MAS AGORA EU COMPREENDO. VOCÊ ME VISITA. ÀS VEZES EM MOMENTOS FUGAZES EU SINTO A SUA PRESENÇA PRÓXIMA. EU AINDA SINTO A SUA FALTA.

E NADA, NENHUMA PESSOA, NENHUMA ALEGRIA, NENHUMA REALIZAÇÃO, NENHUMA DISTRAÇÃO, NEM MESMO DEUS, PODE PREENCHER A LACUNA QUE A SUA AUSÊNCIA DEIXOU NA MINHA VIDA.

MAS JUNTO COM TODA A MINHA TRISTEZA, EXISTE A IMENSA ALEGRIA POR TÊ-LO CONHECIDO. EU QUERO LHE AGRADECER PELO TEMPO QUE PASSAMOS JUNTOS, PELO AMOR QUE VOCÊ ME DEU, PELA SABEDORIA QUE VOCÊ DISSEMINOU.

OBRIGADO PELOS MOMENTOS MAGNÍFICOS E TAMBÉM PELOS CORRIQUEIROS. HAVIA BELEZA NA NOSSA SIMPLICIDADE. SANTIDADE NOS NOSSOS DIAS EXTRAORDINÁRIOS. E EU SEMPRE LEVAREI AS LIÇÕES QUE VOCÊ ME ENSINOU.

A SUA VIDA TERMINOU, MAS A SUA LUZ JAMAIS SE APAGARÁ. ELA CONTINUA A BRILHAR SOBRE MIM ATÉ NAS NOITES MAIS ESCURAS, ILUMINANDO O MEU CAMINHO.

EU ACENDO ESTA VELA EM SUA HOMENAGEM E EM SUA MEMÓRIA. QUE DEUS O ABENÇOE ASSIM COMO VOCÊ ME ABENÇOOU COM AMOR, GRAÇA E PAZ. AMÉM.

40

VIVENDO A UNICIDADE

JERRY TINHA OITENTA E SETE ANOS e eu era uma rabina de vinte e seis. Mesmo que de início ele não soubesse bem o que pensar sobre essa "menina rabina", logo ficamos bem próximos. Pouco depois, Jerry me convocou para visitar o seu centro para idosos, o Israel Levin Center, todas as sextas-feiras à tarde para conduzir a cerimônia do Shabat. Ele disse, "Os velhinhos estão precisando muito de um gás."

Apesar de tecnicamente pertencer àquele grupo, Jerry era tão forte e em forma que parecia décadas mais jovem do que os seus companheiros da terceira idade. E então Jerry pediu que eu conduzisse o Sêder de Pessach para os idosos. Eu já tinha uma congregação que era um trabalho em tempo integral, mas o círculo de idosos do Jerry se tornou a minha segunda congregação.

Quando Rob e eu nos casamos, convidamos a minha congregação para a cerimonia, e quando Jerry recebeu o convite, ele decidiu espalhar as boas novas para todo o Israel Levin Center. Havia mais de setecentas pessoas no nosso casamento, e sempre que eu assisto ao vídeo do nosso casamento, eu começo a rir quando vejo eu e minha mãe tentando caminhar até o altar com as mulheres do Israel Levin dançando e batendo palmas no nosso caminho.

Pouco depois disso, a saúde de Jerry começou a piorar. Ele parou de ir à sinagoga, parou de ir almoçar no Israel Levin Center. Eu ia visitá-lo, nós conversávamos por telefone. Ele sempre estava alegre e bem disposto.

Um dia, quando fui visitá-lo, Jerry pegou minha mão e agarrou-a com certa urgência. A pele dele estava quase transparente. Ele perguntou, "Rabina, posso lhe chamar de Naomi?"

"É claro que você pode, Jerry," eu disse, "é o meu nome."

Ele disse, "Eu sempre amei o nome Naomi... *Para onde fores, irei...*" E então ele continuou, "Naomi, eu tenho medo de morrer. Eu pensei que, conforme ela se aproximasse, eu ficaria mais tranquilo com a morte, mas eu não estou. Eu quero morrer com dignidade, mas estou apavorado."

Eu segurei a mão de Jerry e disse, "Eu nunca conheci alguém que acolhesse a morte com total serenidade. Até Moisés, que viveu até os cento e vinte anos, clamou a Deus por mais tempo na terra."

Jerry disse, "Eu não sabia disso."

Eu disse, "Em um conto rabínico, Moisés implora aos céus e à terra, ao sol e à lua, para que eles intercedam junto a Deus em seu nome. Ele recorreu às montanhas e aos mares, mas ninguém podia ajudá-lo a prolongar o seu tempo de vida."

Jerry disse, "Estou muito aliviado em saber disso."

Eu continuei, "Sim, até Moisés queria mais tempo." Vendo a reação de Jerry a esta interpretação rabínica, eu disse, "Se você quiser, quando eu voltar na semana que vem, eu posso lhe mostrar alguns dos meus ensinamentos judaicos favoritos sobre o encontro com a morte, aqueles que mais me confortam."

"Sim, isso parece ótimo", Jerry disse.

Então eu comecei a reunir os ensinamentos judaicos sobre a morte que mais me inspiram e tranquilizam. Recortes dos Salmos, do Talmude, e também dos místicos. Eu recortei, colei e fiz cópias.

Na semana seguinte, no fim da tarde, eu fui ao apartamento de Jerry. Eu acendi a luz da cabeceira dele e comecei a ensinar a ele sobre a alma. Nós conversamos sobre como a alma vem de um lugar de eternidade e hesita em entrar neste mundo e como Deus precisa convencê-la a descer. Nós falamos sobre como a descida da alma acontece para que uma ascensão possa ocorrer — ela entra no Mundo da Separação para cumprir uma missão sagrada.

Depois eu li para Jerry uma passagem do Zohar sobre como a alma é apegada ao corpo: "Não há nada mais difícil para a alma do que se separar do corpo. Nenhuma pessoa morre sem antes ter visto a Presença Divina. Devido ao profundo anseio da alma pela Presença, ela deixa o corpo para saudá-la."

Jerry queria saber mais a respeito desta relutância da alma em deixar o corpo. Eu voltei para os relatos rabínicos sobre a morte de Moisés. Eu contei para ele sobre como Deus se recusa a adiar a morte de Moisés e insiste que toda vida tem um limite. Depois que Deus consegue convencer Moisés a partir, Ele também precisa persuadir a alma de Moisés. Isso se revela mais difícil do que se pensava. Deus chama a alma de Moisés de volta para casa dizendo, "Venha, minha filha, está na hora de partir, não se atrase. Eu o levarei para o cume dos Céus." Mas a alma se recusa a partir.

Ela diz, "Deus, eu sei que Você é o Mestre de todas as almas, mas eu amo Moisés. Por favor, não me faça deixá-lo." Por fim, a alma só parte quando Deus pessoalmente a induz a sair de Moisés com um beijo nos lábios. Só então ela concorda em voltar para o mundo superior.

Jerry começou a sorrir. Ele disse, "Então talvez o medo da morte não seja uma fraqueza ou uma falta de fé. Será que a minha alma está dividida entre os dois mundos?"

"Exatamente," eu disse.

Umas duas semanas depois, eu falei para Jerry sobre outros dois ensinamentos judaicos sobre o final da vida que fazem a morte parecer menos assustadora. O primeiro vem do Zohar: "No momento da morte de uma pessoa, lhe é permitido ver os parentes e companheiros do outro mundo."

Jerry disse, "Você acredita nisso, rabina, quer dizer, Naomi? Você acha que eu verei o rosto da minha Florence antes de ir?"

Eu disse, "Eu não posso lhe prometer isso, mas eu posso lhe dizer que a nossa tradição diz que essas experiências e visões são possíveis."

E então eu mostrei para Jerry mais um texto sobre a visão expandida no final da vida. Eu contei pra Jerry que a pessoa que está morrendo recebe uma alma adicional. Eu expliquei que quando recebemos esta alma adicional, conseguimos enxergar a unidade que passamos nossa vida inteira sem conseguir perceber. Eu imagino que aquilo que conseguimos ver seja a perspectiva mais elevada que estávamos buscando, uma visão do paraíso aqui que nos trás uma sensação de bem-estar arrebatadora. Um sensação de alívio e libertação. E quando você vê a Unicidade radiante, você está pronto para fazer a transição para o próximo mundo.

Jerry se interessava pela ideia de que a pessoa moribunda enxergava aquilo que ela havia ignorado a vida inteira, e como esta nova forma de ver as coisas é uma libertação.

Nossas discussões sobre a morte continuaram por muitas semanas e Jerry continuava perdendo suas forças. Ele agora estava recebendo cuidados paliativos. Um dia, quando fui visitá-lo, Jerry me perguntou, "A morte é dolorosa?"

Eu estava de frente para a sua enfermeira, que se chamava Gloria, e disse, "Eu não sou médica ou enfermeira, mas posso lhe contar o que o Talmude diz sobre o que sentimos ao morrer."

Jerry disse, "O Talmude fala sobre o que sentimos ao morrer?"

"Sim," eu disse. Eu percebi que Gloria também estava muito interessada na nossa discussão. Ela era uma cristã evangélica e nós a convidamos a escutar.

Eu compartilhei com Jerry uma história surreal do Talmude. Certa vez, um rabino chamado Rava estava sentado ao lado do leito de morte do seu amigo, o rabino Nachman. Rava pediu ao rabino Nachman, "Venha me visitar depois que você morrer." Então o rabino Nachman morreu e realmente, pouco tempo depois da sua morte, Nachman apareceu para Rava.

Rava perguntou à alma de seu amigo, "Me diga como é, a morte é dolorosa?"

Nachman disse, "O momento da morte é tão indolor e simples quanto remover um fio de cabelo de um copo de leite." Mas depois ele acrescentou, "Ainda assim, se me pedisse para retornar ao mundo dos vivos, eu recusaria, porque o medo da morte é tão esmagador."

Os olhos de Jerry começaram a lacrimejar. Ele disse, "Você não sabe o que significa para mim saber que o medo da morte não é um sinal de fraqueza."

Eu disse, "Jerry, não existe nada de fraco em você. A morte me apavora."

Ele disse, "Mas você tem a vida toda pela frente." "Não há nada garantido," eu disse a ele.

Jerry refletiu por um tempo sobre aquela cena talmúdica e perguntou, "Naomi, você acredita que os mortos podem voltar e se comunicar com os vivos"?'

"Sim, eu acredito."

Na semana seguinte eu contei para Jerry o conto Hassídico a seguir:

Quando o rabino Bunam morreu, um de seus discípulos foi consolar o filho enlutado do rabino. O filho chorou na frente do discípulo, "Agora quem irá me ensinar"?'

O discípulo confortou o filho do rabino com este pensamento: "Até agora o seu pai lhe ensinou enquanto vestia um casaco; agora ele vai lhe ensinar sem casaco".

Jerry disse, "Eu nunca tinha imaginado o meu corpo como o casaco da minha alma. Esta é uma imagem bonita. Eu gosto dela;" Glória deu uma palmada em sua perna com alegria. Ela disse que também havia gostado.

Muitas semanas mais tarde, eu fui ver Jerry e o encontrei deitado na cama, muito pálido e fraco. Desta vez Gloria nos deixou sozinhos. Ela estava com um ar sombrio. Jerry sussurrou para mim, "Naomi, o judaísmo diz alguma coisa sobre reencarnação? Eu sempre me interessei pela ideia de reencarnação e estava pensando, será que é um sacrilégio pensar sobre isso?"

"Jerry, não é um sacrilégio," eu disse. "Os textos místicos judaicos nos falam sobre a reencarnação da alma. Esses ensinamentos estão até nas nossas preces diárias." Em hebraico isso se chama *gilgul*. Mas poderíamos traduzir como *transmigração*. Jerry perguntou, "Em que parte de nossas preces diárias falamos sobre reencarnação?"

"Na prece do Shemá que fazemos todos os dias antes de dormir, o mesmo Shemá que a pessoa recita no momento da morte. Todas às noites dizemos: 'Senhor do universo, eu perdoo qualquer um que tenha me irritado, me hostilizado ou que tenha pecado contra mim... seja através das palavras, das ações, dos pensamentos ou dos juízos, seja nesta transmigração ou em outra transmigração..."

Jerry disse, "Ai, meu Deus. Por que nunca ensinaram isso para mim no curso de hebraico? Perdoar as pessoas pela forma como elas o trataram em outra vida?" Eu pude ver que Jerry estava entusiasmado. A mente dele estava começando a fazer conexões, começando a criar relações e dar saltos, combinando pensamentos e experiências díspares.

Alguns dias mais tarde, Gloria me ligou para dizer que o fim de Jerry estava próximo. Eu corri para lá e Jerry parecia muito plácido, com o rosto relaxado. Ele perdia e recobrava a consciência. Quando ele abriu os olhos e me viu ao seu lado, ele sussurrou, "Rabina, estou pronto para dizer o Shemá final com você." Dava para ver que ele estava.

Jerry estava morrendo com dignidade, da forma como desejou. Ele parecia ter encontrado a paz que estava buscando. Nós lemos as confissões finais e as palavras da prece do Shemá, "Ouve, Israel, o Senhor é nosso Deus, o Senhor é Um." Naquele momento, naquele quarto, tudo parecia se combinar em uma unicidade. O tempo parou. Eu podia escutar Jerry respirando com dificuldade. Eu podia sentir que todas as preocupações o tinham abandonado. O amor foi tudo que permaneceu.

Eu agora ofereço a você este ensinamento que compartilhei com Jerry.

QUE A VISÃO QUE A SUA ALMA TEM DA UNICIDADE POSSA LHE PENETRAR, TRANQUILIZÁ-LO E ILUMINÁ-LO. QUE ELA ENCONTRE SEU LUGAR DE DIREITO DENTRO DE VOCÊ. QUE VOCÊ CONSIGA ENXERGAR A SUA PRÓPRIA ETERNIDADE. AMÉM.

41

DANDO PRAZER À ALMA

Quando Rob e eu estávamos prestes a nos casar, mais ou menos um mês antes do casamento, eu pedi que ele fosse comigo para Nova Iorque. Ele ficou entusiasmado, pensou, *Ótimo, nós vamos comer pizza em Nova Iorque, ver a família, assistir a um espetáculo na Broadway.* Eu disse, "Eu quero ir para Nova Iorque para que possamos convidar o meu pai para o casamento." Eu andava me sentindo triste porque meu pai não poderia me levar até o altar. Rob apenas olhou para mim. Naquela época, fazia treze anos que meu pai havia morrido.

"Do que você está falando?" Rob perguntou.

Eu disse, "Convidar os seus entes queridos falecidos para o casamento é uma tradição judaica."

Rob disse, "Está bem."

Então nós pegamos um voo para Nova Iorque, alugamos um carro, e dirigimos de Manhattan, na hora do rush, até New Jersey, passando pelas casas suburbanas até que chegamos ao grande cemitério com fileiras e fileiras de lápides onde meu pai está enterrado.

Nós ficamos parados em frente do túmulo de meu pai em silêncio. Então eu reuni a coragem, respirei fundo, e disse, "Oi, papai, esse aqui é o Rob. Eu o amo. Eu tenho certeza de que você também vai amá-lo. Nós vamos nos casar em catorze de abril e eu queria convidá-lo para o casamento. Nós esperamos que você possa ir."

Às vezes, quando estou conduzindo as preces na minha comunidade espiritual, a Nashuva, eu penso nos patriarcas e matriarcas bíblicos — Abraão, Isaque, Jacó, Sara, Rebeca, Raquel e Lia. Eu sinto a proteção deles. Eu me pergunto quantos *nachas* eles não devem sentir vendo que, no século XXI, ainda temos judeus dando continuidade ao seu legado com todo o coração. Quantos *nachas* eles devem sentir em saber que ainda nos lembramos deles, que até mencionamos os seus nomes em nossas preces.

Nachas. Eu estava conversando com uma amiga católica e contando para ela como os meus filhos me enchem de *nachas*. Ela olhou para mim intrigada. "O que é *nachas?*"

O que é *nachas*? Não há nenhuma palavra na língua inglesa para essa experiência sagrada. Como descrever o que é *nachas*? *Nachas* é a experiência de prazer única que os pais sentem com seus filhos, ou que um professor sente com seus alunos, ou um tio ou tia sente com seu sobrinho ou sobrinha, ou os avós com seus netos.

Mas *nachas* não é só alegria. É orgulho, é prazer, é contentamento. É uma sensação espiritual. Um gostinho do Céu na terra. A palavra ídiche *nachas* na verdade vem de uma frase em hebraico, *nachat ruach*, que significa "tranquilidade do espírito". *Nachas* é o momento em que a alma se sente completa, quando ela comemora um trabalho bem feito — a boa criação de um filho ou de um discípulo.

Nachas é um suspiro, um alívio, uma sensação de paz, ao mesmo tempo euforia e orgulho.

Como já vimos, às vezes os pais não permitem que suas almas recebam a dádiva de *nachas* porque eles não se permitem aceitar seus filhos como eles são. Desta forma, eles jamais conseguem vivenciar o profundo *nachas* que vem das almas lindas e singulares que seus filhos têm.

É claro, nem todas as pessoas têm filhos ou vivenciam o *nachas* daqueles que tem filhos. Mas todos nós somos filhos de alguém e temos a oportunidade de dar *nachas*. Dar *nachas* a um pai não custa nada. Basta jogar uma migalhinha de reconhecimento. Um pouquinho de amor. Um pouquinho de atenção. Como filhos, muitas vezes não valorizamos o que nos foi dado.

Eu me lembro de passar noites insones andando de um lado para o outro no quarto do meu filho quando ele ainda era pequeno, conversando com ele mentalmente, *Eu estou fazendo tantas coisas por você agora e nunca nem saberá. Você jamais saberá dos sacrifícios, da preocupação ou de quanto espaço você ocupa na minha cabeça e no meu coração.*

Como filhos, esquecemos facilmente.

Dar *nachas* a um pai não custa nada, mas às vezes somos um pouco avarentos.

Eu estava explicando isso para minha amiga católica e ela me olhou com os olhos rasos d'água e me perguntou, "Naomi, será que podemos dar *nachas* a um pai mesmo depois de ele ter morrido?"

Essa é uma pergunta tão comum. Quantas vezes eu mesma não senti isso? Eu queria que minha mãe visse as minhas conquistas. Eu gostaria que meu pai visse como eu vivo o legado judaico que ele me deu. Eu gostaria que ele conhecesse o Rob, que ele pudesse dançar nos casamentos de seus filhos. Eu gostaria que ele tivesse o *nachas* de ter tido onze netos que se sentaram em seu colo.

Quantas vezes ouvi as pessoas revelarem este anseio para mim: eu queria que minha avó estivesse aqui neste momento. Eu queria que a minha mãe estivesse comigo quando tive meu filho, se ao menos meu pai tivesse conhecido o seu neto. Se ao menos meu avô pudesse ver isso... Se ao menos... Eu olhei para a minha amiga católica e disse, "Eu acredito que você pode dar *nachas* aos mortos." E ela simplesmente desabou. Ela me disse que jamais demonstrou amor livremente para sua mãe quando ela estava viva. E agora se arrepende muito.

Eu disse para ela, "*Nachas* transcendem a morte."

Você pode dar *nachas* para os seus entes queridos falecidos se lembrando deles. Dizendo para eles o quanto é grato por tudo que eles lhe deram, por todos os sacrifícios que fizeram por você. Você lhes dá *nachas* quando vive a sua vida de acordo com os valores que eles buscaram incutir em você, quando valoriza o legado que lhe foi transmitido, quando compartilha com os outros a sabedoria que lhe foi ensinada. Você dá *nachas* para eles quando mantem as suas tradições familiares com orgulho.

Existem muitos textos rabínicos e místicos que descrevem as interseções entre mundos espirituais. Os rabinos descrevem uma atmosfera saturada de fluxo espiritual. Existem mundos de existências, inacessíveis para nossas mentes conscientes, que estão interligados com o nosso mundo. Estas esferas não estão distantes, elas estão bem aqui entre nós. Nossas mentes não conseguem percebe-las, mas nossas almas as conhecem e veem tudo.

Para mim, a maior representação deste fluxo espiritual que une todas as coisas são as pinturas de Vincent van Gogh. Visualize *A noite estrelada*. Você consegue ver todas aquelas pinceladas? Como o firmamento e a terra estão conectados por aqueles canais rodopiantes? Correntes que fluem para cima e para baixo, eternamente se misturando e fluindo, descendo e subindo.

Existem coisas que não podemos enxergar com nossos olhos. Sons que não podemos escutar com nossas nossos ouvidos. Pessoas que partiram há muito tempo cuja presença continua conosco, invisível, mas palpável.

Talvez seja por isso que minha mãe pode me dizer, depois do bar mitzvah de meu filho e do bat mitzvah de minha filha, "Eu quero que você saiba que o papai está aqui hoje, comemorando."

E eu disse para ela, "Eu sei."

Os judeus mantem a tradição de recitar uma prece fúnebre especial para pais dos noivos que já faleceram, pois existe uma tradição que diz que as almas dos pais falecidos se unem aos seus filhos sob o pálio nupcial e sentem *nachas*.

E é por isso que eu e Rob ficamos parados de frente para o túmulo de meu pai um mês antes de nos casarmos e o convidamos para o nosso casamento. Rob me disse que, como era de se esperar, ele ficou um pouco relutante no início. Ele não acreditava naquilo. Ele não achava que algo aconteceria.

Mas no dia do nosso casamento, conforme eu e minha mãe orgulhosamente caminhávamos pelo altar até o pálio nupcial de mãos dadas, Rob sentiu uma presença invisível cheia de *nachas*. Eu senti isso nas profundezas da minha alma. O meu pai havia vindo para entregar a noiva.

TODOS NÓS QUE JÁ PERDEMOS um ente querido sabemos a dor destes vazios enormes que não podem ser preenchidos. O lugar vazio na mesa durante o feriado, o abraço, o beijo, as palavras gentis que tranquilizam e que nós queríamos tanto ouvir mais uma vez. Mas eu acredito, com todo o coração e a alma, que nossos entes queridos nunca estão longe de nós. Diariamente eles nos abençoam, nos guiam e se alegram com nossas vidas.

Deus nos deu o poder para oferecer um presente à alma. Deixe que ela dê e receba *nachas* neste mundo e no próximo. Deixe que a sua alma o ensine a olhar os seus filhos e os seus discípulos com deslumbramento. Deixe que a sua alma sinta prazer com o fato de que eles são pessoas únicas.

Se os seus pais, seus avós e mentores ainda são vivos, não esconda o seu coração. Mesmo que eles lhe causem frustrações, mesmo que eles o envergonhem. Compartilhe a sua alegria com eles, compartilhe as suas realizações, sua gratidão, seu amor. Dê um pouco de *nachas* para as almas deles.

E caso seus entes queridos já tinham achado seu lugar no reino da eternidade, saiba, no fundo do coração, que o *nachas* transcende a morte.

QUE VOCÊ RECEBA A BÊNÇÃO DE DAR E RECEBER
O SAGRADO PRAZER DA ALMA CHAMADO NACHAS. AMÉM.

42

CONTEMPLANDO OS FIOS DE CONEXÃO

HÁ TRÊS ANOS eu acidentalmente me deparei com uma citação de Albert Einstein que me paralisou porque captava tudo aquilo em que acredito e tudo que tenho como verdade em relação à forma como estamos todos intimamente conectados.

E então o rabino Marcus — que ajudou tantas crianças, mas não conseguiu salvar a vida de seu próprio filho de onze anos, Jay — surgiu no meu caminho. Durante seu luto, ele procurou ajuda e escreveu para Einstein em busca de palavras de consolo, palavras que o ajudassem a compreender aquela perda trágica. Assim ele recebeu de Einstein uma poderosa descrição de um mundo em que todos são um.

Ao longo destes três anos, eu venho procurando pelo mundo os garotos de Buchenwald que pudessem me dar informações sobre o rabino Marcus, que faleceu em 1951.

Mas o garoto de Buchenwald com quem eu mais queria conversar, quem eu achava que conseguiria contextualizar a história do rabino Marcus para mim, era Elie Wiesel.

Eu ansiava tanto por uma entrevista com Elie. Eu já havia escrito, telefonado, enviado e-mails. A assistente dele sempre me dizia que a agenda estava completamente lotada.

Uma amiga minha que conhecia o Elie me disse que a saúde dele era frágil e ele talvez não se expressasse tão bem quanto antes. Talvez Elie não se lembrasse do rabino Marcus. Talvez fosse por isso que eu não conseguia encontrá-lo.

Ainda assim, passadas algumas semanas, eu escrevia um novo e-mail pedindo uma entrevista.

Eu esperei e por três anos o contatei até que, um dia, recebi uma resposta! Elie queria conversar comigo. Na tarde em que fui entrevistá-lo, eu estava tão empolgada que o meu coração batia mais forte.

Eu ainda me preocupava com a possibilidade de Elie não ter muito a dizer sobre o rabino Marcus, mas eu estava muito grata e honrada pela oportunidade de falar com ele.

E então eu fiz a minha primeira pergunta: "Você se lembra do rabino Robert Marcus?"

Elie disse, "Se eu me lembro dele?"

Ele disse, "Eu vi um soldado com a Estrela de Davi bordada em seu uniforme militar." Elie me explicou, "Isso tinha um significado enorme para nós, até aquele momento, a Estrela de Davi era a marca da morte. E agora, de repente, era uma marca da liberdade!"

Isso não é o tipo de coisa que você esquece.

Mas Elie me falou sobre o grande poder do momento em que o rabino Marcus conduziu o primeiro culto no campo de concentração de Buchenwald. "Todos nós rezávamos o tempo todo em Buchenwald," Elie disse, "mas dessa vez foi diferente. Foi uma grande alegria, foi surpreendente. Poder rezar com ele significava muito para nós."

Elie me contou que ele ficou maravilhado com o rabino Marcus. Ele disse, "Naomi, a distância entre nós, os garotos, e o rabino Marcus, era como a distância entre a terra e o sol." Setenta anos se passaram, mas as lembranças daquele tempo permaneceram.

E então eu conversei com Elie sobre Judith, a jovem que assumiu o comando do orfanato após a liberação. Eu perguntei a Elie, "O que você mais lembra a respeito de Judith?"

Ele disse, "O sorriso dela."

Eu perguntei a ele, "Você sentia que ela era confiante?"

"Ah, sim," ele disse, "completamente, todos nós sentíamos. Ela era cheia de segurança e alegria. Ela criou um lugar seguro para nós. Judith sabia do que nós precisávamos."

Gentilmente, Elie permitiu que eu sondasse os dias que ele passou com Judith. Eu perguntei a ele, "Você sabia que quando vocês chegaram a Ecouis, que você e todos os outros garotos foram diagnosticados como casos perdidos?"

Ele me respondeu com a voz cheia de dor e compreensão, "Sim, eu tinha consciência disso."

Ele me contou sobre o dia em que Judith reorganizou os quartos, dividindo-os por vilas. "Foi um momento marcante," ele disse.

Eu perguntei para Elie se ele se lembrava de Niny. E no fim das contas Elie também era perdidamente apaixonado pela bela Niny.

Então eu falei com Elie sobre o dia em que os meninos debateram se deveriam ou não deveriam recitar o Kadish do enlutado para as suas famílias. Elie foi um dos garotos que ficou para recitar a prece para os mortos. Ele me disse que mesmo depois de setenta anos, falar sobre aquele dia era difícil para ele.

Eu disse para Elie, "Judith me disse que ela viu os garotos recobrarem as esperanças. A Judith lhe deu esperanças?"

Elie disse, "Essa é uma palavra forte demais, 'esperança', eu não sei se usaria esta palavra."

"Qual palavra você usaria?"

"Eu tenho esperanças de que a encontrarei. Um dia a encontrarei."

Quando estávamos no fim da nossa conversa, eu fiz a pergunta que tanto queria fazer: se ele sabia a respeito da carta que o rabino Marcus havia escrito para Einstein após a morte de seu filho, Jay. Elie me disse que não sabia. Eu li a carta de Einstein para o rabino Marcus e então perguntei a Elie, "Qual foi a coisa mais importante, que o ajudou a atravessar os seus momentos mais difíceis?"

Sem hesitar, Elie respondeu, "A amizade... sem dúvidas, a amizade."

Sim, a amizade, é claro! Enquanto Elie falava, eu começava a ver os fios de conexão. A forma como você até pode ser amigo de um completo desconhecido. Como o rabino Marcus havia estendido a mão para Elie Wiesel e como Einstein estendeu a mão para o rabino Marcus. Desconhecidos que foram além para erguer e salvar outra pessoa — aqueles que enxergaram além da "ilusão de ótica da separação."

Todos fazemos parte de um todo.

Você não sabe se um desconhecido vai entrar na sua vida, o salvar, o erguer e o libertar da ilusão de que você está só.

Naquele momento eu estava prestes a agradecer e desligar o telefone, mas então percebi o quanto era grata a Elie Wiesel. Não pode ele ter concordado com essa entrevista, mas por um ato de bondade que ele fez por mim muitos anos antes sem nem mesmo saber disto. Eu precisava agradecê-lo, e talvez eu nunca mais tivesse outra oportunidade.

Então antes de desligar, eu hesitei, mas reuni a coragem porque sabia que precisava dizer para ele que ele tinha salvado a minha vida. Eu disse a Elie, "Eu preciso lhe falar uma coisa. Eu imagino que você deve ouvir isso de muitas pessoas, elas devem lhe dizer que você as ajudou, mas eu preciso contar o impacto que você teve na minha vida."

"Você não faz ideia de como eu estou comovido," Elie falou. "Me conte o que aconteceu."

Então eu comecei: "Eu cresci no Brooklyn. Meu pai me ensinou. Desde quando eu era pequena, ele me ensinava a Torá e os comentários e as preces. Ele sempre me levava com ele para o Shabat na sinagoga, e eu sentava ao lado dele e brincava com as franjas do talit dele."

Eu contei para Elie sobre o assassinato do meu pai quando tinha quinze anos e como me tornei uma garota cheia de raiva, de tristeza, perdida. Eu disse que não planejava me matar, mas também não planejava viver.

Eu tinha só quinze anos e sentia que tudo havia chegado ao fim. Meu pai havia partido. A minha mãe não era a mesma mulher. O Shabat não era o mesmo. Eu não era a mesma. As preces? Como as preces poderiam ser as mesmas? De que servia Deus?

Eu disse, "Quando eu estava no pior momento da minha vida, minha mãe viu que você daria uma palestra e pediu que eu fosse com ela. Eu não queria ir, mas ela me encorajou e eu fui. Era uma noite congelante de dezembro e nós pegamos o metrô de Boro Park até a 2nd Street Y." Eu disse, "Eu entrei em um auditório gigantesco cheio de gente velha e eu queria tanto estar em outro lugar. Nós estávamos sentadas na penúltima fila e eu me arrependi tanto de haver concordado em ir àquela coisa. Mas de repente as luzes se apagaram e você entrou no palco e se sentou em uma mesa com um único faixo de luz o iluminando, e começou a falar. No início eu estava perdida em meus pensamentos enquanto você falava, mas depois as suas palavras começaram a ser absorvidas pelo meu coração cheio de muros. Sim, as suas palavras estavam me atingindo, a bondade na sua voz. E as suas mãos estava fazendo uma espécie de balé no escuro. Era como se as suas mãos tivessem vida própria e estivessem fazendo uma performance ao som das palavras que você falava. Eu me lembro de ficar hipnotizada pelas suas mãos e perceber que era a primeira vez que eu vivenciava algo belo desde que meu pai morrera. Eu fiquei totalmente absorta. Ver e ouvir você, um homem que havia sobrevivido ao inferno, e ver você oferecer beleza ao mundo, isso me deu uma faísca de esperança. De alguma forma, naquela noite, você abriu uma porta para mim. Aquela noite foi o começo, o primeiro de muitos passos que me levariam, pouco a pouco, para fora das profundezas que estavam prestes a me engolir. Muitos anos se passaram e eu tive muitas razões para me alegrar. E eu gostaria de lhe agradecer por ter me ensinado que havia esperança no futuro e que um dia eu teria razões para comemorar e ser grata.

Eu disse para Elie, "Um homem fica no palco de um auditório de frente para duas mil pessoas e ele não faz ideia de que ele abriu uma nova porta para uma garota de quinze anos perdida que estava escutando e absorvendo tudo aquilo."

Elie disse para mim, "Você não faz ideia de como eu estou emocionado."

VOCÊ NÃO PRECISA fazer muito esforço para erguer o véu que separa uma pessoa da outra.

Você não consegue enxergar, não consegue entender, pode levar uma vida inteira até que você perceba que estamos intimamente interligados.

Durante o verão em que eu estava me recuperando da minha cirurgia de reconstrução, eu me deparei com uma história muito ilustrativa da compreensão de Einstein sobre a forma como estamos todos entrelaçados em uma única trama.

A história era sobre uma jovem que estava noiva e cujo pai morreu. Não havia ninguém para levá-la até o altar no dia do seu casamento. Enquanto eu lia isso, me lembrei da sensação de nudez que eu tinha quando antecipava o dia do meu casamento.

Eu passei os olhos pelo texto e comecei a soluçar. Então eu entrei em contato com a noiva para ouvir a história diretamente da fonte.

Eu estava me preparando para a nossa conversa quando finalmente li o artigo do New York Times que antes eu lera apenas de relance. Eu subitamente comecei a tremer porque eu não fazia ideia da proximidade que a história de Jeni Stepian tinha com a minha própria vida.

Há dez anos, quando ela tinha vinte e três, o pai de Jeni, Michael, foi assassinado durante um assalto. Ele foi baleado em um beco e o deixaram morto sob a chuva.

Quando nos falamos pela primeira vez, não queria contar para Jeni que meu próprio pai foi assassinado durante um assalto, eu só queria ouvir a história dela. Então eu perguntei a ela, "Será que você poderia descrever o seu pai? Quem ele era para você?"

Jeni me disse, "Meu pai era uma pessoa muito generosa, carismática, sempre estendendo a mão para os outros. Ele parecia atrair as pessoas, falava com todo mundo, era muito sociável. Ele adorava esportes e estar em movimento, e o coração dele era tão forte."

Quando o pai da Jeni estava morrendo, ela viu na carteira de motorista dele que ele havia optado por doar seus órgãos, então a família decidiu entrar em contato com uma organização chamada Core — o Centro para Recuperação de Órgãos e Educação.

Jeni disse, "A morte de meu pai foi tão absurda, nós queríamos homenageá-lo ajudando outra pessoa. E logo as pessoas da Core nos disseram que eles conseguiriam usar o coração dele."

Ela disse, "Nosso luto foi aliviado em sabermos que os órgãos de meu pai poderiam salvar uma vida. Três ou quatro dias depois, encontramos alguém para receber o coração do meu pai."

Na mesma noite em que o pai de Jeni, Michael, foi baleado, havia um homem chamado Arthur Thomas, um orientador educacional de uma universidade, casado com a Nancy e pai de quatro filhos. Ele é conhecido como Tom.

A situação de Tom era muito grave. Eu também conversei com ele. Tom me disse, "Rabina, o meu coração estava tão fraco que eu tinha insuficiência cardíaca congestiva e não conseguia dar mais de dois passos sem parar para descansar."

Quando ele foi ao cardiologista, o médico explicou, "Tom, está na hora de fazer um transplante. O seu coração simplesmente não está funcionando direito."

Tom sabia que a sua situação era crítica. Ele disse que passava noites terríveis sofrendo, aterrorizado achando que estava preste a morrer, sempre na iminência da morte.

Tom me disse, "Então eles me internaram no hospital. Meus outros órgãos começaram a fraquejar... E então um dia eu estava deitado na cama e o médico entra e diz: 'Boas notícias! Parece que temos um coração para você.'"

Quando deu por si, Tom estava sendo levado para um centro cirúrgico e o coração estava vindo de Pittsburgh de avião. A operação não teve complicações.

Tom me disse, "Rabina, você não vai acreditar nisso, mas em apenas quarenta e oito horas eu estava caminhando por aí, falando com as pessoas."

Ele disse, "Duas semanas depois do transplante, eu escrevi uma carta de agradecimento para os Stepians. E depois eu voltei para o trabalho. Eu tinha ganhado uma vida nova.

Tom acrescentou, "Seis meses depois, eu estava esquiando!"

Jeni me contou que no 24 de dezembro do ano em que seu pai morreu, sua família recebeu uma carta no correio. Ela disse, "Foi uma época muito difícil. Aquele era o primeiro Natal sem o meu pai. Quando abrimos a carta, eu li: "Olá, meu nome é Tom, você me mandou um coração e eu só queria lhe agradecer". Eu passei tanto tempo doente, esperei tanto por um coração."

Jeni disse, "Ficou claro que Tom passou muito tempo pensando bem sobre o que ele queria dizer."

Ela continuou, "Eu chorava enquanto lia a carta. Foi maravilhoso saber que essa pessoa que recebeu o coração do meu pai estava progredindo."

Eu pedi que Tom descrevesse o que ele estava sentindo quando escreveu a carta.

Tom disse para mim, "Eles tomaram a decisão de doar o coração do Michael quando estavam enfrentando a maior dor imaginável, perdendo uma pessoa essencial da família e, naquele momento, eles decidiram dar vida a uma pessoa que eles nem conheciam."

Jeni me contou que pouco depois de receber a carta, um lindo relacionamento começou a brotar entre Tom e a mãe dela. Eles começaram a se falar por telefone todo mês, cartas, cartões, flores no aniversário dela e nos feriados mais importantes.

Jeni disse, "Tom é tão grato por ter conseguido sua vida de volta, tão, mas tão agradecido."

Eu perguntei a Tom o que significavam aqueles dez anos que se passaram depois dele receber o coração de Michael.

Ele disse, "Rabina, o coração que eu recebi da família do Michael permitiu que eu envelhecesse com a minha família e visse os meus filhos se formarem no ensino médio, irem para a faculdade, estar vivo para ver meus dois filhos se casarem. E eu ainda esquio! Eu estou vivendo uma vida normal e nada disso seria possível sem a generosidade deles. Eu sinto que tenho a obrigação de viver a vida intensamente, ser gentil com as outras pessoas. Eu me sinto tão bem por estar vivo."

E então Tom me disse, "Eu sinto o meu coração batendo. Eu antes pensava nele como meu coração, mas agora eu sei que é o nosso coração, eu digo que o nosso coração está bem."

E então Jeni conheceu Paul, a sua alma-gêmea. Eles se apaixonaram e logo estavam noivos.

Eu perguntei a Jeni, "O que você estava sentindo quando você percebeu que o seu pai não estaria no seu casamento?"

Ela disse, "Sempre que eu pensava no meu casamento, eu ficava triste porque o meu pai não me levaria até o altar."

Ela explicou, "Todas as vezes que eu ia a um casamento, eu me sentia alienada, triste. Alguém roubou isso de mim. Eu tinha inveja das minhas amigas que ainda tinham seus pais."

Depois Jeni me contou, "Eu tive uma ideia. Não seria incrível se Tom pudesse vir ao meu casamento para trazer uma pedacinho do meu pai com ele? Eu queria convidá-lo e pedir que ele me levasse até o altar." Jeni não queria pressionar Tom, então escreveu a seguinte carta para ele:

> Tom, aqui é a Jeni, filha do Michael. Você tem o coração do meu pai. Eu fico tão feliz por ter você em nossas vidas. Eu recentemente fiquei noiva e gostaria de saber se você viria ao meu casamento e se você estaria disposto a me levar até o altar.

Ela botou a carta no correio. Dois dias depois Tom abriu o envelope.

Tom me disse, "Quando eu recebi a carta de Jeni eu fiquei chocado. Eu precisei me sentar. Era tão linda. Assim que li o seu pedido, eu soube que o atenderia. Foi uma sensação maravilhosa de estar no lugar certo em relação àquela pessoa. Era simplesmente perfeito. Aquilo significava que o pai dela iria ao casamento!"

Ele disse, "Eu pensei comigo mesmo, eu estou tão feliz, não sei o que eu vou fazer para não chorar durante a cerimônia inteira."

Na véspera do casamento, Jeni encontrou Tom pela primeira vez na sua vida. Jeni, sua irmã e a mãe delas, Bernice, e Tom e a esposa dele, Nancy, combinaram de se encontrar.

Jeni disse, "Quando eu o vi, senti todas as emoções possíveis ao mesmo tempo. Eu chorava tanto que não conseguia falar."

Ela acrescentou, "Durante esse tempo todo eu fiquei me perguntando quem essa pessoa seria. Eu li as cartas dele, mas vê-lo em carne e osso, vivo... Eu fiquei abismada com cada segundo desse encontro. Foi arrebatador."

E Tom me disse, "Encontrar a Jeni foi tão emocionante. E depois eu peguei a mão dela e botei no meu pulso para ela sentir o coração do pai dela batendo."

Jeni também descreveu esse mesmo momento para mim: "E de repente ele me perguntou se eu queria sentir o pulso dele. Eu senti... E então eu ergui a minha mão e pousei ela sobre o coração dele."

Ela disse, "Era como se fosse um milagre, um sonho que se realizou, sentir que estavam me devolvendo algo que havia sido tirado de mim, uma conclusão final, e eu não conseguia parar de soluçar."

E então chegou o dia do casamento. Um dia de celebração e alegria. E ambos conseguiram se segurar quando Tom pegou o braço de Jeni e a levou até o altar cheio de orgulho.

Jeni disse, "Eu só sentia que meu pai estava sorrindo para mim lá de cima e me senti muito tranquila, muito feliz, como uma garotinha que realiza o casamento dos seus sonhos. Na hora da dança do pai e da filha, eu dancei com o Tom. Nós dançamos uma canção da Jessica Simpson chamada 'You Don't Have to Let Go'."

Ela disse, "Eu a escolhi pensando em meu pai,"

Jeni disse, "Naomi, eu sinto que o meu pai, que sempre foi um personagem muito expansivo, precisava de mais tempo e agora ele continua vivendo. Ele tinha um propósito mais elevado, ele sabia que faria algo grande com a sua vida, e agora ele pode continuar vivendo, ter uma segunda chance."

Jeni continuou "Eu aprendi com isso tudo. Você nunca sabe como alguém vai entrar na sua vida. Então trate todos como se fossem parte da família."

Enquanto ela falava eu estava pensando no "todo" do Einstein e como é lindo, emocionante e restaurador quando essas paredes de separação desabam na frente dos nossos olhos e percebemos que as paredes jamais foram paredes, mas apenas "ilusões de ótica".

Este foi o momento da conversa em que eu disse, "Jeni, eu não sabia que o seu pai tinha sido assassinado até ler o artigo do New York Times com mais cuidado esta manhã. E eu só queria lhe contar que o meu pai foi assassinado durante um assalto quando eu estava no ensino médio. Eu só queria que você soubesse disso."

"Meu Deus, eu vou chorar," Jeni disse. "Você é a primeira pessoa com quem eu falo que sabe o que eu estou sentindo. Eu tenho amigos que perderam seus pais, mas sempre por causa de uma doença, e eu sempre senti que ninguém consegue entender pelo que eu passei."

Eu disse, "Jeni, eu entendo."

Ela disse, "Você não sabe o que isso significa pra mim."

E então ela disse, "Uma história chega até você quando você mais precisa dela."

Sim, as histórias o encontram e de repente você vê claramente, você recebe um saber, uma visão do mundo que Deus deseja que nós tenhamos.

A alma dentro de você compreende que o véu da separação é uma ilusão. Ela está lá para te mostrar que os muros que você está vendo não são reais, que as fronteiras que separam uma pessoa da outra podem ser derrubadas gerando uma cura, para que possamos estender a mão um para o outro e possamos nos confortar, fortalecer e nos salvar.

Sefer Yetzirá, o Livro da Criação do misticismo judaico, nos ensina: "Seu fim está dentro do seu início e seu início está em seu fim..." Se você deixar que isso entre no seu coração, se você deixar que a sua alma o guie, se você conseguir ver que tudo pode recomeçar, e que tudo se mistura e nos traz algum conforto.

Quando eu falei com a Jeni, ainda estava me recuperando da minha cirurgia de reconstrução. Eu ainda não tinha como perceber, mas logo eu entendi como essa história que compartilhei com vocês sobre o meu câncer de pele e o médico que me tornou uma pessoa completa novamente, como essa história também continuaria e se fecharia em um ciclo.

E foi assim que, exatamente um mês após a minha cirurgia final, às 6h30 da manhã, eu acabei dividindo um momento de prece com o meu cirurgião, o Dr. Azizzadeh, enquanto ele se preparava para uma cirurgia. Mas dessa vez, ele era o paciente que seria operado. Enquanto eu conversava com ele e o abençoava, as barreiras que nos separavam desabaram. Assim como os rótulos: médico, paciente, rabina.

O ciclo havia se fechado.

E tudo que resta, tudo que resta... é a alma.

No ÚLTIMO VERÃO, no final de junho, eu estava em um avião voltando para casa com a minha filha, Noa. Por alguma razão nós duas tínhamos sido mandadas para a classe executiva, e nós duas estávamos tão felizes, nos refestelando como se fôssemos da realeza. Nós estávamos próximas e aconchegadas e magicamente acabamos tendo uma daquelas conversas francas entre mãe e filha.

Começamos a lembrar da minha mãe. De repente a Noa ficou muito comovida e me disse, "Mãe, eu acho que eu simplesmente não sou mais a mesma desde que a Vovó morreu. Eu me sinto tão perdida sem ela." Ela estava soluçando. E eu também.

Eu disse, "Você sabe que a Vovó está sempre com você, não é?" Mas eu também não queria roubá-la de seu direito de se sentir triste, então disse a ela, "Eu sei que você sente muita falta dela. Eu também sinto. Ela deixou um vazio tão grande."

Toda aquela história louca e inesperada do meu nariz e da cirurgia de reconstrução aconteceu só duas semanas depois deste voo.

Eu cheguei em casa depois da cirurgia completamente acabada, uma tromba de elefante, um buraco na minha testa, sangue escorrendo do meu olho.

E naquela manhã, Noa foi me ver. Ela é a minha bebê. Não importa quantos anos ela tenha, eu quero sempre protegê-la. Nenhuma filha quer ver sua mãe no estado em que eu estava. Eu temi que aquilo tudo pudesse ser demais para ela.

Mas Noa entrou no meu quarto e simplesmente se aninhou comigo na cama. Ela é tão mais alta do que eu, isso é notável quando estamos juntas. Eu estava lá, deitada, olhando para cima, para ela. E lá estava ela, tomando conta de mim maternalmente, esfregando o sangue que escorria do meu olho com todo cuidado e todo carinho. E naquele momento parecia que havíamos trocado de papel. Naquele momento, ela era a mãe e estava cuidando de mim.

De repente eu me virei para ela e disse, "Sabe, Noa, eu acho que você não precisa sentir mais tanta falta da Vovó, porque acho que você incorporou a Vovó."

E nós duas choramos.

As fronteiras podem desaparecer. Os véus entre nós e Deus, os véus entre nós e os nossos entes queridos que já se foram, os véus entre uma pessoa e a outra, esses véus podem cair, e de repente você consegue enxergar que todos estamos juntos em uma unicidade mágica e abençoada. A sua alma está aqui para lhe mostrar, tudo que ela mais quer é ajudá-lo a ver como estamos todos interligados. Tom disse, "Eu antes pensava nele como meu coração, mas agora eu sei que é o nosso coração." Você não precisa de um transplante de coração para aprender que o "nosso coração" está batendo dentro de você. Todos somos Um. Einstein disse ao rabino Marcus que temos paz de espírito quando nos vemos como parte de um todo. E foi isso que Elie Wiesel estava tentando explicar quando perguntei o que nos ajudar a atravessar os momentos mais difíceis: "Amizade," ele me lembrou, "sem dúvidas, a amizade."

INFELIZMENTE ELIE WIESEL faleceu pouco tempo depois de nossa conversa íntima. Eu sempre guardarei a sabedoria inestimável que ele compartilhou comigo e as últimas palavras que trocamos.

Ele disse, "Naomi, você achou o seu caminho."

"Você é uma bênção," eu respondi.

"Você também é," ele disse. "Não se esqueça disso. Acredite nisso. Cada vez mais bênçãos."

CADA VEZ MAIS BÊNÇÃOS PARA VOCÊ, ELIE,
NESTE MUNDO E NO PRÓXIMO.

E CADA VEZ MAIS BÊNÇÃOS PARA VOCÊ, LEITOR.
QUE VOCÊ ENXERGUE AS CONEXÕES E QUE VOCÊ BUSQUE CONEXÕES.
OS FIOS SAGRADOS QUE UNEM TODOS NÓS. AMÉM.

FECHANDO O CICLO: A CARTA

Foi aquela carta de Einstein que me lançou em uma busca a respeito do funcionamento da alma e como podemos aprender a acolher níveis cada vez mais elevados da alma.

Mas ainda faltava a carta do rabino Marcus para Einstein que estava cutucando a minha alma. Eu queria entender o que ele queria de Einstein. Eu ansiava por ouvir a sua pergunta nas palavras dele. Eu procurei, mas não achei nada. Talvez eu jamais solucionasse o mistério da carta desaparecida. Eu precisaria encerrar essas questões, eu disse a mim mesma.

Mal sabia eu que o ciclo desta história ainda se fecharia, como aquele guisado mágico que está sendo mexido que eu apresentei para os meus filhos quando eles eram pequenos.

Qual é a oportunidade que você está procurando? Jamais perca as esperanças. Uma porta pode se abrir quando você menos esperar. Uma história pode encontrá-lo quando você mais precisar dela.

Eu achei que já tinha aceitado o fato de que a carta do rabino Marcus para Einstein jamais seria encontrada. Eu achei que já tinha aprendido tudo que eu precisava saber sobre o rabino Robert Marcus. Eu achei que eu poderia seguir em frente. Infelizmente, eu me enganei. Eu não conseguia tirá-lo da minha cabeça. Eu o sentia me puxando, me incitando a procurar mais.

A busca não foi fácil. Eu não conseguia achar os filhos do rabino Marcus ou a sua esposa. Eu liguei para o World Jewish Congress, mas a pessoa com quem eu falei me disse que ninguém lá se lembrava de um homem que tinha morrido nos anos 50.

E então eu descobri uma pista.

Eu estava procurando fotos do rabino Marcus na internet e encontrei um comentário escrito por alguém chamado Fred Kahn em que mencionava ter conhecido o rabino Marcus na Bélgica no outono de 1944, antes da liberação. Ele descrevia o rabino Marcus como um "herói desconhecido". Não muito tempo depois, eu estava falando no telefone com Fred. Fred era uma criança sobrevivente que tinha doze anos quando encontrou o rabino Marcus foi liberado. Fred me falou sobre a bondade, o cuidado e a proteção que o rabino Marcus oferecia. Ele disse que até hoje ele tinha diversos papéis timbrados dados a ele pelo rabino Marcus.

Eu perguntei, "Fred, você sabe algo a respeito de uma carta que o rabino Marcus escreveu para Einstein?"

Fred disse, "Sim, Einstein escreveu para o rabino Marcus, mas a primeira carta, ninguém sabe o que o rabino Marcus escreveu, nem o que aconteceu com ela."

Mas então Fred revelou algo novo. Ele disse que quando o rabino Marcus morreu, sua esposa, Fay, estava grávida de sete meses, e uma menina nasceu dois meses após a morte dele. Ela batizou a menina de Roberta, homenageando o pai.

Fred disse que ele já estivera em contato com Roberta e me passou os contatos dela. O meu coração batia depressa com emoção. Assim que desliguei o telefone, comecei a pesquisar o nome dela. Ela realmente tinha puxado muito ao pai. Assim como seu pai, Roberta dedicou a sua vida a cuidar dos outros. Eu li sobre como Roberta era profundamente comprometida com a justiça social.

No dia seguinte eu deixei um recado de voz no telefone dela.

Enquanto eu esperava pela ligação da Roberta, eu me peguei imaginando as palavras que o rabino Marcus teria escrito para Einstein. Eu queria entender o que ele estava sentindo e pensando. Ele deve ter escrito uma

A CARTA

carta realmente impressionante já que suas palavras levaram Einstein a escrever uma resposta tão eloquente. Imagino que Einstein era um homem muito ocupado.

Então enquanto eu esperava uma resposta da Roberta, tentei entrar em contato com uma mulher chamada Alice Calaprice, que trabalhava no Arquivo Einstein no Instituto de Estudos Avançados e que escreveu diversos livros sobre Einstein. Encontrei o nome dela na lista telefônica e deixei um recado em seu telefone: "Eu não sei se você é a Alice Calaprice certa, mas sou rabina e estou procurando uma mulher que é especialista em Einstein porque tenho uma pergunta para ela."

Uma hora mais tarde, recebi um telefonema. "Rabina, aqui é a Alice Calaprice, como posso te ajudar?"

Eu contei toda a história do rabino Robert S. Marcus para Alice e ela disse, "Ah, sim, sim, sim, Einstein escreveu uma carta para ele."

"Sim," eu disse. "Sei tudo a respeito *daquela* carta. O que estou procurando é a primeira carta, a carta que o rabino Marcus escreveu para Einstein."

"Bem, deixe-me ver o que eu consigo descobrir," Alice disse, "depois eu te digo."

No dia seguinte recebi um e-mail da Alice: "Rabina, estamos com sorte."

E lá estava a carta que o rabino Robert Marcus escreveu para Albert Einstein. Eu a imprimi e comecei a ler...

De repente tudo ficou claro para mim, porque Einstein tinha escrito aquilo que ele escreveu. Como aquelas palavras poderiam consolar um pai de luto.

Enquanto eu estava lendo a carta em minhas mãos, recebi um telefonema. Era a Roberta. A filha do rabino Marcus que nascera após a morte dele.

Nós começamos a conversar. Disse para ela que estava fazendo uma pesquisa sobre o seu pai, bendita seja a sua memória, e como eu ficara maravilhada com o altruísmo e a devoção dele. Ela me falou sobre como ele era um grande homem e como era doloroso não tê-lo conhecido ou o seu irmão, Jay, e como esta morte precoce fora devastadora para seu pai.

Ela disse, "Meu pai morreu de um ataque cardíaco, mas não posso deixar de pensar que ele morreu de dor no coração. Uma perda irreparável, um filho lindo, tão promissor."

Então ela disse para mim, "Rabina, queria tanto saber o que o meu pai escreveu para Albert Einstein."

Comecei a tremer, disse: "Eu estou com a carta do seu pai em minhas mãos neste segundo. Você quer que eu a mande por e-mail?"

"Não," ela disse. "Leia para mim."

Com as lágrimas correndo pelo meu rosto, comecei a ler. Enquanto lia, eu imaginava a voz do rabino Marcus nos alcançando do além:

Caro Dr. Einstein,

No verão passado meu filho de onze anos morreu de poliomielite. Ele era uma criança atípica, um rapaz muito promissor que tinha uma verdadeira sede de conhecimento pois ele queria se preparar para poder contribuir para a sua comunidade. A morte dele abalou a estrutura da minha existência, a minha vida se tornou um vazio desprovido de quase todo significado — pois todos os meus sonhos e minhas aspirações estavam, de alguma forma, atrelados ao futuro dele e suas lutas. Durante os últimos meses eu tentei achar algum consolo para o meu espírito angustiado, alguma forma de consolação para me ajudar a suportar a agonia de perder alguém que se ama mais do que a própria vida — uma criança inocente, obediente e talentosa que foi vítima de um destino tão cruel. Eu já busquei consolo na crença de que o homem tem um espírito imortal — que, de alguma forma, em algum lugar, o meu filho está vivo em um mundo superior...

Qual seria o propósito do espírito se ele perecesse junto ao corpo... Eu já disse a mim mesmo, "A ciência diz que a matéria jamais pode ser destruída; as coisas mudam, mas a essência jamais deixa de existir... Será que podemos dizer que a matéria segue vivendo e o espírito perece; será que o inferior sobreviverá ao superior?"

Eu já disse a mim mesmo: "Será que devemos acreditar que aqueles que deixaram a vida ainda na infância, antes de alcançar o fim natural de seus dias, foram lançados em um mundo de escuridão e esquecimento para sempre? Será que devemos acreditar que os milhões que morreram como mártires pela verdade, sofrendo as dores da perseguição, pereceram completamente? Sem a imortalidade, o mundo é um caos moral..."

Eu estou lhe escrevendo pois acabo de ler o seu "O mundo como eu o vejo". Na página 5, você declarou: "Qualquer indivíduo que sobreviva a sua morte física estaria além da minha compreensão... tais ideias pertencem ao medo ou ao egoísmo absurdo das almas mais fracas." E é em um espírito de desespero que pergunto, em sua opinião não existe nenhum conforto, nenhum consolo para o que aconteceu? Devo então acreditar que meu lindo e amado filho — um botão em flor, que virou sua face para o sol e foi arrancado por uma tormenta implacável — foi para sempre reduzido a pó, que não há nada dentro dele que desafie o túmulo e transcenda o poder da morte? Não há nada que possa aplacar a dor de um anseio insaciável, um desejo intenso, o interminável amor que sinto por meu filho querido? Será que posso receber uma resposta sua? Eu preciso muito de ajuda.

Atenciosamente,

Robert S. Marcus

Eu podia ouvir Roberta fungando. Podia sentir as lágrimas dela do outro lado da linha.

Então ela disse, "Obrigada. Um telefonema aleatório de uma desconhecida e a peça que faltava no quebra-cabeça achou o seu lugar."

Ela acrescentou, "Era exatamente isso que eu achei que meu pai escreveria."

Eu prometi que ficaria em contato com ela, que prometeu que me enviaria escritos de seu pai e nós desligamos.

Eu estava tremendo.

Eu ficava reprisando a carta do rabino Marcus mentalmente. Esse homem que havia protegido e cuidado de tantas crianças não conseguira proteger o seu próprio filho. Esse homem, que havia dado fé a tantos que perderam a fé, que havia restituído as esperanças de tantos que perderam a esperança, agora não conseguia ter esperança. Ele havia desaprendido o caminho para a esperança.

Ele era um rabino em meio a uma crise espiritual e, até onde eu sabia, ele não buscou a ajuda de outro rabino. Como diretor político do World Jewish Congress, tinha acesso às maiores mentes rabínicas do século XX. Talvez tenha buscado a sabedoria de algum mentor rabínico, mas não conseguiu encontrar o conforto que estava procurando.

Ao invés disso, ele se voltou para a maior mente científica do seu tempo e disse, "Me diga que existe uma alma eterna. Me diga que a alma é real." Ele precisava saber que a alma sobrevive, que a morte não pode tocar o espírito. *Não me diga para acreditar. Não me peça que deposite minha fé nisso. Eu preciso que isso seja um fato. Um fato científico.*

E depois de tudo aquilo que ele tinha visto com seus próprios olhos, todas as mortes que havia testemunhado, só a garantia de um cientista seria capaz de confortá-lo.

E foi então que me virei e peguei a carta que Einstein escreveu para consolar o rabino Marcus e a li inteira, sozinha e em voz alta, mais uma vez.

Caro Dr. Marcus,

O ser humano é parte de um todo chamado por nós de "Universo", uma parte limitada no tempo e no espaço. Ele vivencia a si próprio, seus pensamentos e sentimentos, como se fossem algo separado do resto, uma espécie de ilusão de ótica da sua consciência. A batalha para libertar-se desta ilusão é a grande questão da verdadeira religião. Não alimentar esta ilusão, mas tentar superá-la — esta é a única forma de termos alguma paz de espírito.

Com os meus cumprimentos,

Sinceramente,

Albert Einstein

Essa foi a carta que Einstein escreveu para confortar o rabino Marcus. Era pessoal? Não, na verdade, não. Era profunda? Eu meditei sobre ela todos os dias por três anos.

Einstein ofereceu a nós e ao rabino Marcus uma visão do Céu na terra. Será que as palavras de Einstein deram algum conforto ao coração partido do rabino Marcus? Eu gostaria de acreditar que o rabino Marcos realmente se sentiu consolado pelas palavras de Einstein, mas jamais saberemos com certeza. Eu imagino que se o rabino Marcus quisesse palavras de consolo mais diretas, ele teria procurado algum de seus mentores rabínicos ou amigos. Mas ele buscou um homem da ciência que estava buscando a Teoria do Campo Unificado e jamais a encontrou, mas nunca perdeu a sua fé na unicidade de todas as coisas.

Quando você procura alguém como Einstein para consultá-lo sobre a alma, você está fadado a receber uma resposta incomum.

APENAS DOIS DIAS DEPOIS de ter falado com Roberta, ela me apresentou a sua irmã mais velha, Tamara, a bebezinha que Fay teve em agosto de 1944. Tamara é uma mulher pequena, com quase setenta anos, mas uma chama intensa arde dentro dela. Tamara me contou que encontrou seu pai pela primeira vez quando tinha dois anos de idade. Ela me lembrou de que tinha somente seis anos quando seu pai morreu, e ela tem apenas vagas lembranças dele, mas ele era como Deus aos olhos dela.

A CARTA

Quando lhe perguntei qual era a sua lembrança mais forte de seu pai, o que se sobressaiu foi o seguinte. Ele fumava charutos, me disse, e de noite, quando ele voltava para casa do trabalho, ele a alegrava fazendo um anel para o dedo dela — feito com o papel dourado da anilha de seu charuto. Muitas vezes são os pequenos gestos que permanecem, não as oferendas mais espalhafatosas. Um anel de papel que não valia nem um centavo é a imagem que permanece gravada no coração de uma filha.

Era visível que Tamara também tinha puxado ao pai. Ela era uma acadêmica que recebera seu Ph.D. em Estudos Clássicos na NYU e foi presidente do departamento de Estudos Clássicos da Hunter College da Nova Iorque. Apesar de seu foco na academia e seu pensamento racional, Tamara narrou a seguinte história para mim:

Ela disse que quando sua mãe, Fay, estava com a idade avançada e morando em um lar de idosos, ela continuava vivaz e rápida. Um dia, quando Tamara estava a visitando, Fay disse, com total clareza, "O Jay me visitou hoje."

Tamara perguntou a ela, "O que ele disse?"

Fay respondeu, "Ele disse, 'Eu estou esperando você, Mamãe.'"

Há sessenta e cinco anos, um rabino que sofria voltou-se para Einstein, um homem da ciência, para receber sabedoria espiritual e consolação. Ela estava buscando a solução de um cientista para uma profunda crise espiritual. Como interpretar aquela tragédia sem sentido? Seria o nosso universo um lugar frio e indiferente? Resta alguma esperança? Qual seria o nosso consolo? O que podemos fazer quando sentimos que estamos em queda livre dentro de um vácuo de desespero? Será que a alma continua viva?

Eu me deparei com um rabino que não via a religião e a ciência como inimigas e que não se sentia ameaçado pelas perspectivas que a ciência tem para nos oferecer. Ele era um homem de Deus que foi procurar uma resposta do homem que conhecia os meandros do universo mais do que qualquer outra pessoa naquela ocasião. Um homem que mudou a forma como entendemos o tempo, o espaço e a matéria. Como Einstein disse tão pontualmente: "A ciência fica aleijada sem a religião, a religião fica cega sem a ciência."

A resposta que Einstein deu ao rabino Marcus não era nem afetuosa nem cândida. Ele nem chega a dizer "minhas condolências". Ele não menciona a terrível agonia do pai que perde um filho, ou de uma vida jovem que é ceifada antes do tempo. A verdade é que apesar de ter passado tanto tempo pensando na carta de Einstein, eu nunca tentei ler os seus pensamentos como palavras de condolência. Eu as encarei como aspirações, como uma forma de ver as conexões em toda parte.

Eu me peguei tentando imaginar como me sentiria se recebesse a carta de Einstein quando o meu pai foi assassinado. Será que suas palavras me confortariam? Será que elas me ajudariam a superar a minha perda devastadora? Provavelmente não. Em sua casa, Einstein nunca fala sobre o amor. Nunca menciona os mortos. Jamais discute o vazio, a ausência, a perda. E ele jamais fala sobre a memória ou sobre as coisas que a morte não consegue destruir. Receber esta carta de condolências seria perturbador. Eu acho que provavelmente ficaria chateada e decepcionada.

Por outro lado, recebi tantos gestos de conforto desastrosos quando o meu pai morreu. As pessoas não sabem o que dizer diante de uma tragédia. Elas nos brindam com chavões. Em vão, procuram as palavras certas. Nada pode corrigir a morte. Nada. Enquanto pesquisava sobre Einstein, aprendi que ele era uma pessoa generosa que tinha dificuldades em ter intimidade e se conectar com os que o amavam, até mesmo seus próprios filhos. Ele era um homem que vivia com a cabeça, não com o coração.

Muitos dias depois, eu pensei novamente sobre a carta de Einstein para o rabino Marcus e percebi que desde o começo eu me interessei por ela porque estava me confortando agora pelo assassinato absurdo de meu pai há tantos anos. Aquele não era o tipo de carta que eu entenderia nos dias, semanas e meses que seguiram a morte do meu pai. Mas da distância de trinta e sete anos, eu vejo que as palavras de Einstein dentro do conjunto da minha vida e o contexto geral que me foi apresentado nos anos que se seguiram. Eu agora posso ver que o meu pai jamais me deixou. Eu não conseguia ver isso naquela ocasião. Eu agora enxergo pequenos sinais da eternidade que antes eu não conseguia acessar. Eu me tornei rabina com vinte e seis anos e sou rabina há vinte e seis anos. Eu já passei metade da minha vida abençoando as almas que entram neste mundo, abençoando as almas que se unem sob o pálio nupcial e as almas que entram no Mundo que Virá. Eu consigo sentir o gosto de Éden. Eu estou plena. Os anos e todas as almas que encontrei, amei e pedi, deixaram sua marca em mim, e a minha alma aprendeu a falar com mais paixão sobre a eternidade e a unicidade. O meu coração se abrandou e as minhas mãos estão abertas para receber o que a vida me dá todos os dias. Eu sei quem eu sou.

Eu amo as palavras "verdadeira religião", que Einstein usa. Eu sonho que um dia todas as pessoas ao redor do mundo se unirão não porque negaram sua própria fé singular, seus rituais ou tradições, mas porque erguerão as mãos e as vozes juntas. A ilusão de ótica da separação está despedaçando o nosso mundo. Nós precisamos aprender a nos libertar das barreiras cognitivas que fazem com que pensemos que somos desconhecidos. As barreiras que nos tornam indiferentes ao suplício daqueles que não conhecemos.

Todos os dias rezo para que possamos aprender a se importar, a agir e expandir o alcance da nossa compaixão. Eu rezo para que você se junte a mim. Juntos, nós podemos destruir a ilusão da nossa separação e criar um mundo em que o versículo profético da Bíblia possa se concretizar ainda no nosso tempo: "Naquele dia um será o Senhor, e um será o seu nome." Um. Todos nós fazendo parte de um todo.

Eu imagino o rabino Marcus abrindo a carta de Einstein e compreendendo que ele jamais estaria longe do seu amado Jay porque todas as coisas estavam conectadas nesta Unidade. Mesmo quando nos sentimos distantes daqueles que amamos e que se foram, eles estão mais próximos do que imaginamos. O tempo desemboca na eternidade, as fronteiras entre a vida e a morte não são nada além de um borrão.

Eu rezei para que o rabino Marcus tenha conseguido ver que Jay estava com ele, que ele sempre estaria com ele.

E foi então que encontrei outra carta...

APRENDI QUE MUITOS dos documentos e discursos que o rabino Marcus gerou em seus anos no World Jewish Congress estavam no Arquivo Judaico Americano em Cincinnati. Quando eu estava dando uma palestra em Ohio, me planejei para passar o dia vasculhando os escritos do rabino Marcus. Eu achava que só folhearia algumas pastas, mas a bibliotecária me trouxe dois enormes carrinhos de dois andares carregados de caixas. Eu estava sem tempo e tinha só um dia. Era uma corrida contra o relógio.

Eu não sou uma acadêmica. Eu não sou historiadora. Essa era a primeira vez na minha vida em que eu fazia esse tipo de pesquisa. E sou asmática e aquelas páginas empoeiradas estavam se desfazendo em minhas mãos, fazendo meu peito chiar. Mas além de pânico, também me senti profundamente honrada em estar segurando essas páginas que foram escritas pelas próprias mãos do rabino Marcus. Eu segui as letras dele com meus dedos.

Eu acho que a arquivista chefe se compadeceu de mim. Ela começou a passar os olhos pelos documentos comigo, me ajudando a separar os documentos importantes daqueles que poderiam ser deixados de lado. Ela então examinou uma pasta cheia de correspondências e disse, "Acho que você vai querer olhar essa daqui." E me deixou sozinha com a pasta.

Eu estava em pé, folheando página por página. Havia cartas do rabino Marcus para figuras da política. Cartas para o New York Times. Cartas para rabinos e colegas. Em meio a estes documentos oficiais, eu me deparei com uma página sem endereço no cabeçalho e sem uma saudação. Ela começava desta forma:

"Hoje foi o Dia de Ação de Graças, meu filho, nosso primeiro Dia de Ação de Graças sem você e faz três meses que você nos deixou..."
Eu comecei a tremer, lágrimas começaram a correr pelo meu rosto. Eu me sentei e continuei a ler.
Hoje nós sentimos a sua falta mais do que nunca, meu filho precioso — todos nós, até a Tammy. Sentando no restaurante, sentimos a sua presença próxima e quando fomos ao cinema assistir "Ichabod and Mr. Toad" você estava no assento ao meu lado... Eu vejo você nadando em todos os lagos por onde passo e ouço a sua voz me chamando ao longe, me pedindo para ir até você...
Desde que você partiu, filho querido, eu passei muitas horas contemplando o sentido da imortalidade...
O que me nutri com a esperança e me consolo com a crença de que, de alguma forma, em algum lugar, nós nos encontraremos. O amor interminável que sinto por você é imortal, meu filho; ele é uma torrente que emana diretamente da fonte de Deus e jamais irá se secar; ela se satisfará na eternidade; naquela vida superior que nos é revelada pela morte. Eu acredito em tudo isso, meu precioso Jay...
...nós nos reuniremos novamente na eternidade, meu querido. Que Deus redima a sua alma das garras do túmulo, como sei que ele te acolheu, meu filho precioso, na morada da vida eterna e lhe insuflou com o sopro da vida eterna.
Sentada sozinha no arquivo, encharcada de lágrimas e com essa carta assombrosa e devastadora em minhas mãos, cercada por pilhas de escritos e ensinamentos do rabino Marcus, eu sabia que minha busca havia chegado ao fim. Eu me senti esvaziada e plena. Eu imediatamente percebi que o rabino Marcus tinha a resposta para a pergunta sobre a alma que ele fizera a Einstein. Ele conhecia o "segredo do Mundo Superior", já estava dentro dele.
As palavras sagrados do místico Livro da Criação me vieram à mente de novo: Seu fim está dentro do seu início e seu início está em seu fim. Todo o ciclo havia se fechado.
Silenciosamente enterrada há décadas, a carta do rabino Marcus agora encontrou uma nova vida. Eu ouço sua voz através do tempo, compartilhando seus ensinamentos: Dentro de nós há uma alma que é eterna e imortal. Uma alma repleta de sabedoria e amor que emana do Criador. Uma alma que nos une em vida e jamais pode ser extinta.
Enquanto eu me sentava, congelada em meu lugar, cada frase solta do livro que eu estava escrevendo há três anos também acho o seu lugar de direito.

A CARTA

Até um livro tem alma, uma mensagem que nunca morre. Palavras que infiltram e penetram em nossos corações cheios de defesas e continuam lá muito depois de termos fechado a capa e devolvido o volume para a estante.

O rabino Marcus sabia a resposta que ele estava buscando sobre a alma eterna. Qual é a resposta que tem escapado de você? O que é que você já sabe? Talvez você venha procurando por alguma coisa que você não perdeu. Há uma verdade esperando dentro da sua alma que está ansiando para se revelar através de você. A acolha. E que você possa espalhar a sua sabedoria e o seu amor por toda parte.

Sim, o rabino Marcus sabia a resposta que ele estava buscando sobre a alma eterna. E logo sua própria alma retornou para a Fonte. Catorze breves meses depois de ter escrito aquelas palavras para Jay, o rabino Robert Marcus, aos quarenta e um anos, se juntou ao seu amado filho do reino superior, na morada da vida eterna.

Que a lembrança deles seja uma bênção, que o amor deles se satisfaça na eternidade.

EU DESCOBRI UMA CITAÇÃO de Einstein sobre a forma como estamos todos interligados e isso me levou até um rabino extraordinário cuja história heroica precisava ser contada. E a história deste rabino e as cartas que ele e Einstein compartilharam me trouxeram até você. Essa é a história da alma que une todos nós, a alma que nunca morre.

Caro Leitor,

Eu acredito que dentro de cada um de nós há um espaço que é sagrado, um espaço de pureza e sabedoria. Nem mesmo a morte pode tocá-lo. Todos têm acesso a ele. É o trono de Deus dentro de cada um de nós. O Deus que nos dá forças para sonhar, que tranquiliza cada um de nós, *Você não está sozinho, Eu estou com você.*

Eu quero te agradecer por procurar pela alma comigo. A sua alma está à sua disposição. A acesse, a escute, a receba. A Força Vital, a Força do Amor e a Força Eterna estão dentro de você, querendo te guiar até visões Dele e até a vida que já foi colocada dentro de você. Se você estiver pronto, se você nutrir a sua alma esfomeada e despertá-la do seu estupor, ela se erguerá e nutrirá na sua vida, nos seus amores e no seu trabalho. As ascensões místicas estão ao seu dispor, você pode vislumbrar um mundo que é mais belo do que o Céu.

Eu acredito que somos parte de um guisado cósmico e ele está próximo e distante e que ele foi, é e será. Acredito que o tempo não se sustenta e uma grande unicidade nos mantem juntos, assim como todos os seres vivos e mortos e todas as almas que já amamos e que nos amaram, e que os espíritos delas iluminam nossas vidas e aclaram os Céus. Nós podemos nos lembrar deles, personificá-los e acolhe-los em nosso consciente e em nossos corações e almas.

Eu acredito, com cada fibra do meu ser, que existe uma dimensão superior que podemos acessar não só no próximo mundo, mas bem aqui, onde estamos agora. Conhecer a sua alma, se afinar com a sua alma e seguir a sua alma são as chaves para acessar o Céu agora. Você tem o poder de enxergar através da visão mais ampla, você pode se libertar das prisões que nós mesmos criamos, você pode sonhar e encontrar a energia para agir, você pode aprender a amar, perdoar, e ouvir o chamado da alma. Você pode começar a enxergar a unicidade que tem lhe escapado e enxergar além da ilusão da sua separação.

Deixe que a sua alma o guie.

QUE VOCÊ CONSIGA VIVENCIAR O "EU DENTRO DE MIM." QUE VOCÊ SEJA ABENÇOADO COM OLHOS PARA VER A UNICIDADE QUE A SUA ALMA ANSEIA POR LHE MOSTRAR. SAIBA QUEM VOCÊ É. O SELO DO CRIADOR ESTÁ EM VOCÊ. QUE VOCÊ VEJA O MUNDO QUE VIRÁ NESTE MUNDO. QUE VOCÊ TENHA DIAS REPLETOS DE SIGNIFICADO E QUE VOCÊ VIVA PARA DAR NACHAS AO CRIADOR QUE TE CRIOU EM UM SONHO.

E QUE DEUS SORRIA E SUSPIRE ALIVIADO E RIA DE PURA ALEGRIA AO VER QUE A SUA ALMA ATENDEU O CHAMADO DELA. AMÉM.

AGRADECIMENTOS

Minha agente, Esther Newberg, tem sido o meu porto seguro, minha guardiã, minha defensora e minha paladina durante os últimos vinte anos. Eu a adoro e sempre confio nela — não existiria livro algum sem ela. Sou grata ao meu editor, Bob Miller, por seu apoio incansável, sua orientação e sua fé neste projeto desde o primeiro dia. Em agradeço a minha preparadora, Whitney Frick, pela sua perspicácia e encorajamentos e por haver sabiamente me redirecionado para a alma. Agradeço a Jasmine Faustino, a editora associada, por todas as suas contribuições e ajudas indispensáveis. Devo um agradecimento especial ao meu querido amigo Dan Adler por haver me apresentado ao Bob Miller há muitos anos, e que sempre me apoia com seus poderes mágios e misteriosos e seu amor.

Eu não tenho palavras para agradecer a Roberta Leiner and a Dra. Tamara Green por terem compartilhado seus lares, seus corações, suas histórias e seu precioso legado comigo. O rabino Robert S. Marcus, bendita seja a sua memória, o amado pai delas, era um grande homem. Sua vida e seus ensinamentos me inspiram diariamente. Rezo para que seu legado, sua apaixonada dedicação à justiça social e sua palavras sinceras possam inspirar e iluminar a vida de muitas outras pessoas.

Qualquer agradecimento ficaria incompleto sem mencionar Albert Einstein. Sua carta ao rabino Marcus tem me oferecido um conforto profundo e prolongado. Ela me lançou em uma viagem de três anos que me inspirou a escrever este livro, que a sua memória seja uma bênção. Eu tenho uma compreensão muito limitada sobre as tentativas de uma Teoria do Campo Unificado, mas o seu desejo por um Mundo Unificado renova minhas esperanças todos os dias.

Sou grata aos garotos de Buchenwald que generosamente compartilharam suas histórias comigo para este projeto. Eu serei eternamente grata a Elie Wiesel por ter me oferecido o seu tempo, seu coração e suas memórias. Infelizmente, Elie Wiesel e Naphtali Lau-Lavie faleceram antes da publicação deste livro, que suas memórias sejam uma bênção. Sou grata a Henry Oster, Perry Shulman, Szaja Chaskiel e Robert Waisman.

AGRADECIMENTOS

E a todos os membros do Kibutz Buchenwald / Kibutz Netzer Sereni: Avra-ham Ahuvia, bendita seja a sua memória, que faleceu antes da publicação deste trabalho, David Rosen, Tzvia Shoham, a arquivista do Kibutz, Simcha e Neomi Appelbaum, Mali Lamm e Shmuel Goldstein, o marido de Sarah (Feig) Goldstein, bendita seja a sua memória.

Agradeço a todos que compartilharam suas poderosas histórias comigo e que aparecem neste livro: Roberta Leiner e Dra. Tamara Green, Carol Taubman e Dra. Helene Rosenzweig, meus anjos da guarda, o rabino Stuart Geller, Alan Golub, Ibolya Markowitz, Laurie Goldmith-Heitner, a incrível Judith (Feist) Hemmendinger, Dr. Alan Rabinowitz, Scott Tansey, Dra. Ruth Westheimer, Elaine Hall, Neal Katz, Byrdie Lifson Pompan, Dr. Babak Azizzadeh, Naomi (Salit) Birnbach, Jeni Stepian Maenner, Tom Thomas, Rachel, Jerry, bendita seja a sua memória, Aimee Ginsburg Bikel e o grande Theodore Bikel, bendita seja a sua memória, e Louis Sneh e sua amada Dina Sneh, bendita seja a sua memória. E minha gratidão a Fred Kahn, que me levou até Roberta Leiner.

Devo um agradecimento ao meu querido amigo, o rabino Stewart Vogel, que generosamente leu diversas versões deste manuscrito e me aconselhou e encorajou em momentos de dúvida. E a rabina Toba August, minha companheira de estudos, que também leu diversas versões deste manuscrito e me agraciou com a sua sabedoria e seu amor.

Os seguintes amigos e colegas leram este manuscrito e deixaram suas inestimáveis marcas sobre ele: o rabino Burton Visotzky, Teresa Strasser, rabino David Wolpe e David Suissa. Dr. Ginger Clark escutou muitos capitulos lidos em voz alta e sempre fez com que eu me aprofundasse. O incrível Don Was meditou comigo sobre Música e a Alma. O rabino Moshe Re, que contribuiu para o Amor e a Alma. Minha sobrinha Sari Thayer conversou e desenvolveu O aprendizado e a Alma comigo. Barry Michels me ajudou a sair de um bloqueio criativo, Deus te abençoe e Deus abençoe a minha sombra.

Agradecimentos ao Hevraya na IJS e aos meus professores, o rabino Jonathan Slater, Dra. Melila Hellner-Eshed e a rabina Sheila Peltz Weinberg.

As seguintes pessoas forneceram ajuda indispensável a minha pesquisa: Dr. Michael Berenbaum, Patricia Glaser e Sheri Kaufer. O professor Hanoch Gutfreund, o diretor acadêmicos do Albert Einstein Archives. Chaya Becker, assistente de curadoria, Barbara Wolff e Dr. Roni Grosz, curador do Albert Einstein Archives. O incrível Dr. Kip Thorne, Professor Feynman Emérito de Fisica Teórica da Caltech. Dr. Gary Zola, director executivo, o Jacob Rader Marcus Center of the American Jewish Archives, Dra. Dana Herman, editora executiva and e acadêmica associada da AJA, e Elisa Ho, arquivista associada. Margo Gutstein, arquivista no Simon Wiesenthal Center, William C. Connelly no United States Holocaust Memorial Museum, Karin Dengler e Timorah Perel da Yad Vashem, Miri Hakim da Mikve Israel. Sou muito grata a Alice Calaprice, que localizou a carta do rabino Marcus para Albert Einstein. Yossi Cohen, director dos arquivos nos Arquivos do Estado de Israel. Marissa Poock, Elie Wiesel Foundation. Susan Edel na Magen David Adom Tracing Service, Serena Woolrish da Allgenerations.com, Sherly Postnikov, especialista em rastreamento da HIAS, Eric Arnold Fritzler, arquivista na American Jewish Historical Society, e ao National Jewish Welfare Board Military Chaplaincy Records. Gunnar Berg, arquivista da YIVO. Sima Borsuk, assistente social do Geriatric and Holocaust Survivors' Programs Pesach Tikvah. Eve Kahn, do New York Times. Yael Kaufman da Atlit Detention Camp, Clandestine Jewish Immigration Information and Research Center. Jonathan Kirsch, Baruch Weiss, Dr. Chana Kronfeld, Dr. Esther Dreifuss-Kattan, Barry Fisher, Professor Kenneth Waltzer, que me levaram até diversos garotos de Buchenwald, Dr. Alex Grobman, Ted Comet, Albert Weber e Tom Sawicki. Martin Barr, William e Gladys Barr e Phyllis Lasker, of bendita seja a sua memória. Sou grata ao rabino Amichai Lau-Lavie e a Joan Lau-Lavie.

Devo muitos agradecimentos a Arielle Eckstut, da Book Doctor, e Alexandra Romanoff, que me ofereceram importantes conselhos editoriais.

A Nashuva, a minha comunidade espiritual e seus líderes são verdadeiras bênçãos para mim. Com vocês, o Judaísmo ganha vida. Juntos, nós criamos algo extraordinário.

Agradecimentos especiais para Brett e Rachel Barenholtz, Dra. Helene Rosen-zweig e Dr. Richard Bock, Carol Taubman e Norman Manrique, Carin e Mark Sage, Andrea Kay, Julie Drucker, Jon Drucker, Dina Shulman, Jennifer Krieger e Dra. Lauren Krieger, Laurie e Stan Weinstock, Ed Greenberg e Jane Kagon, Holly e Harry Wiland, Lori Brown e Tom Beaulieu, Phil e Brenda Bubar, Laurie Berger, Bill e Ethel Fagenson. E à Banda Nashuva, por restaurar a minha alma e encher a minha vida com lindas canções e preces a Deus: Jared Stein, Justin Stein, Andrea Kay, Ed Lemus, Bernadette Lingle, Fino Roverato, Jamie Papish, Alula Tzaddik e Avi Sills.

Meus pais, George e Ruth Levy, bendita sejam as suas memórias, sempre estão comigo. Eu agradeço a Deus por estes pais carinhosos que me guiaram, acreditaram em mim, me apoiaram e me ensinaram dia a dia. Seu amor, seu legado, sua sabedoria e sua luz estão sempre brilhando sobre mim e iluminando o meu caminho. Eu agradeço aos meus irmãos, com quem sempre posso contar: Dra. Miriam Levy, Dr. Daniel Levy e David

AGRADECIMENTOS

Levy. Meus sogros, Sari e Aaron Eshman, são verdadeiras fontes de inspiração na minha vida, oferecendo amor, apoio e sua energia incrível todos os dias. Eu agradeço meus cunhados e cunhadas e meus sobrinhos, sobrinhas e primos. Eu me lembro de todos os meus parentes já falecidos com gratidão e amor.

Meu marido, Rob Eshman, é minha alma-gêmea. Quando minha mãe conheceu Rob pela primeira vez, antes mesmo de estarmos namorando, ela disse, "Esse é para casar." Eu a ouvi e estamos casados há vinte e cinco anos e que Deus nos conceda muitos e muitos mais anos juntos na saúde, na diversão, nas risadas, nas bênçãos e no amor. Rob é o meu primeiro e o meu último editor e tudo entre esses dois extremos. Sua influência permeia todo o livro, com cada leitura ele elevava a mim e a este trabalho. Ele me deu seu coração, sua sabedoria, seus ouvidos, suas críticas, seus encorajamentos constantes, sua paciência e seu amor. E ele ainda tenta me ganhar com comidas incríveis todos os dias de nossa vida compartilhada.

Como é incrível chegar a esta altura da vida em que podemos pedir a ajuda, o apoio e os conselhos de nossos filhos. Adi e Noa, nossos filhos, são uma dádiva de Deus. Eles são as minhas luzes, meus mentores, minhas maiores bênçãos, meu conforto. Ambos leram este livro, ofereceram suas contribuições e edições e ambos o deixaram melhor do que antes. Eles estão sempre me melhorando.

Inteiro e completo, este trabalho é minha prece a Deus, a Alma das Almas, o Criador de tudo.

Purim! 14 Adar 5777
12 de Março, 2017
Venice, Califórnia

NOTAS

2
EINSTEIN E O RABINO

19 *"O ser humano é parte de..."*: Albert Einstein para Robert Marcus, 12 de fevereiro, 1950, Albert Einstein Archives, Universidade Hebraica de Jerusalém, AEA 60-426.

21 *"Querido filho"*: As cartas do rabino Robert Marcus citadas neste capítulo, assim como muitos dos matérias biográficos, fazem parte dos documentos pessoais do rabino Robert. S. Marcus. Cortesia de Roberta Leiner e Dra. Tamara Green.

22 *"Você está livre!"*: de acordo com o relato de Judith Feist Hemmendinger.

22 *"Nós encontramos 1000 crianças judias..."*:Judith Hemmendinger, *Survivors: Children of the Holocaust* (Bethesda, MD: National Press, 1986), 13.

23 *"Com lágrimas correndo por seu rosto"*: Margalit Fox, "Rabbi Herschel Schacter Is Dead at 95; Cried to the Jews of Buchewald: 'You Are Free,'" *New York Times*, 26 de março, 2013.

24 *"Eles têm vacas..."*: Documentos pessoas do rabino Robert S. Marcus.

24 *"Minhas crianças adentraram..."*: Relatórios, 1944–1945, World Jewish Congress Records, MS-361, Caixa B39, Pasta 4, American Jewish Archives (AJA), Cincinnati, Ohio.

25 *"O ano novo foi recebido..."*: 1950, World Jewish Congress Records, MS-361, Caixa B39, Pasta 8, AJA.

3
SE ENCONTRANDO DENTRO DE SI

31 *"algo profundamente oculto..."*: Walter Isaacson, *Einstein: His Life and Universe* (New York: Simon & Schuster, 2007), 13.

5
ENCONTRANDO OS TRÊS NÍVEIS DA ALMA

39 *Os três níveis da alma* Para uma análise mais aprofundada sobre a alma, ver Isaia Tishby e Fischel Lachower, *The Wisdom of the Zohar: An Anthology of Texts*, vol. 2, trad. David Goldstein (Portland, OR: Littman Library of Jewish Civilization, 1989).

6
SATISFAZENDO A SUA ALMA

49 *"Se todos os prazeres do mundo..."*: C. G. Montefiore and H. Loewe, eds., *A Rabbinic Anthology* (Philadelphia: Jewish Publication Society of America, 1960), 314.

7
A MEDITAÇÃO É UM REMÉDIO PARA A ALMA

58 *uma pessoa que se sente completa*: Adin Steinsaltz, *The Thirteen Petalled Rose: A Discourse on the Essence of Jewish Existence and Belief* (New Milford, CT: Maggid Books, 1980), 99.

11
RESTAURANDO A ALMA COM A NATUREZA

78 *"A coisa mais bela que podemos vivenciar..."*: Alice Calaprice, ed., *The Ultimate Quotable Einstein* (Princeton, NJ: Princeton, University Press and the Hebrew University of Jerusalem, 2011), 330.

78 *"Quando uma pessoa volta"*: Rabino Nachman, *Outpouring of the Soul: Rabbi Nachman's Path in Meditation* (Jerusalem: Breslov Research Institute, 1980), 50.

79 *"Mestre do Universo"*: Traduzida para o inglês pelo rabino Shamai Kanter.

13
RECUANDO PARA VER MAIS LONGE

92 *George Harrison disse...*: The Beatles, *The Beatles Anthology* (San Francisco: Chronicle Books, 2000), 339.

93 *"Olha, este é o manuscrito de um livro acadêmico"*: Viktor E. Frankl, *Man's Search for Meaning* (Boston: Beacon Press, 2006), 14.

93 *"Como eu poderia interpretar tamanha 'coincidência'"*: Ibid., 115

15
ENXERGANDO ATRAVÉS DAS "VERDADES" QUE CRIAMOS

106 *Aaron era um dos garotos de Buchenwald do rabino Marcus...*De acordo com um relato feito por Judith Feist Hemmendinger. A história também aparece em Judith Hemmendinger e Robert Krell, *The Children of Buchenwald: Child Survivors of the Holocaust and Their Post-War Lives* (Jerusalem: Gefen, 2000), 76.

16
VISLUMBRANDO A TRAMA

110 *Setenta anos depois, o* New York Times *recontou o caso*: Eve M. Kahn, "A Pilot and Holocaust Survivors, Bound by War's Fabric, Are Reunited in Brooklyn," *New York Times*, 8 de novembro, 2015.

111 *Einstein amava se perder em pensamentos lá...* Para uma descrição de Einstein em Caputh, veja Isaacson, *Einstein*, 359–360.

111 *"O veleiro, a vista panorâmica"*: Ibid., 360.

112 *"A coisa mais bela que podemos vivenciar..."*: Ibid., 387.

112 *"Olhe bem para ela"*: Ibid., 401.

111 *"Por causa de Hitler"*: Ibid., 403; e Albert Einstein Archives, AEA 50-834.

112 *"A vida é uma grande trama"*: Calaprice, ed., *The Ultimate Quotable Einstein*, 230.

DESCOBRINDO A ENERGIA PARA AGIR

115 *"Se o espírito, o corpo é um cadáver"*: Abraham Joshua Heschel, *Moral Grandeur and Spiritual Audacity: Essays*, ed. Susannah Heschel (New York: Farrar, Straus & Giroux, 1996), 112.

115 *"Nossas pernas proferiram canções"*: Scott A. Shay, *Getting Our Groove Back: How to Energize American Jewry* (New York: Devora, 2007), 247.

17
SE LIBERTANDO DOS PADRÕES JÁ CONHECIDOS

119 *"Agarrei-me a ele e não o larguei"* Aqui fui inspirada por um comentaria do rabino Sholom Noach Berezovsky, *Sefer Netivot Shalom* [Paths of Peace], vol. Devarim, em hebráico (Jerusalem: Machon Emunah Ve-Daat Yeshivat Bet Avraham Slonim), 78.

23
ENCONTRANDO UMA ALMA GÊMEA

158 *"De cada ser humano se ergue uma luz..."*: Anita Diamant, *The New Jewish Wedding* (New York: Simon & Schuster, 1985), 109.

26
BOTANDO A ALMA NA CRIAÇÃO DOS FILHOS

170 Quem revelou o segredo do mundo superior: See Berezovsky, *Sefer Netivot Shalom* [Paths of Peace], vol. 182–184.

171 *Mas quando lidamos com as grandes questões sagradas*: Meus pensamentos sobre o instinto da alma foram inspirados por um ensinamento de Rav Kook que pode ser encontrado em Chanan Morrison,*Gold from the Land of Israel: A New Light on the Weekly Torah Portion from the Writings of Rabbi Isaac HaKohen Kook* (Jerusalem: Urim, 2006), 142.

27
ATENDENDO AO CHAMADO DA ALMA

178 *"Nossos maiores dons..."*: Parker J. Palmer, *Let Your Life Speak: Listening for the Voice of Vocation* (San Francisco: Jossey-Bass, 2000), 52.

178 *a palavra 'vocação'"*: Ibid., 4.

179 *"Meu amor, Voltei para o quartel"*: Documentos pessoais do rabino Robert S. Marcus.

28
SABENDO QUE VOCÊ É A PESSOA CERTA PARA O SERVIÇO

181 *Knowing You Are the Right Man for the Job*: As informações encontradas neste capítulo vem das seis entrevistas que realizei com Judith Feist Hemmendinger e de Hemmendinger e Krell, *The Children of Buchenwald*.

181 *Os especialistas que observaram estes garotos*: Para uma descrição dos garotos em Ecouis, ver ibid., 28–32.

182 *"O capelão nos devolveu nossas almas"*: Ibid., 31.

183 *"Os garotos eram psicopatas de nascença"*: Ibid., 33.

184 *reparar a relação que os garotos tinham com a comida*: Para mais detalhes, ver ibid., 35–36.

184 *por fim as brigas*: Para mais detalher sobre como Judith reorganizou os quartos, ver ibid., 35.

185 *"Seria horrível e desonroso"*: Ibid., 37.

185 *"Mas você estava em Auschwitz!"*: Ibid.

186 *"O que os pais de vocês fariam?"*: Ibid., 70.

187 *"Meus dois irmãos me receberam muito bem"*: Ibid., 81–82.

188 *Dá para imaginar esse encontro?*: Para mais detalhes sobre esse encontro, ver ibid., 91–94.

188 *"O encontro de hoje serve como uma continuação"*: Ibid., 92–93.

189 *"Querida Judith"*: Ibid., 10–12.

29
SENTINDO OS PUXÕES DA ALMA

192 *a palavra 'decidir'"*: Roy F. Baumeister and John Tierney, *Willpower: Rediscovering the Greatest Human Strength* (New York: Penguin Books, 2011), 86.

NOTAS

193 *se encontrar com a alma é como se encontrar com um veado na floresta*: Palmer, *Let Your Life Speak*, 7.

194 *nossas orelhas não conseguem ouvir o chamado*: Este trecho foi inspirado por um comentário de Berezovsky, *Sefer Netivot Shalom* [Paths of Peace], vol. Vayikra, 12–15.

195 *"Às vezes também acontecerá"*: Rabino Kalonymus Kalman Shapira, o Piaseczno Rebbe, *Hachsharat Avrekhim 9:3, Jewish Spiritual Practices* (Lanham, MD: Jason Aronson, 1990), 484–486.

30
TRANSFORMANDO O SEU PONTO FRACO EM UM PONTO FORTE

197 A revista Time o descreveu: Bryan Walsh, "The Indiana Jones of Wildlife Protection," *Time*, January 10, 2008.

200 *a área da sua vida em que você se sente mais travado*: Ver Berezovsky, *Sefer Netivot Shalom* [Paths of Peace], vol. Devarim, 127.

32
DERROTANDO O ADVERSÁRIO DA SUA ALMA

208 *com os bolsos furados*: Ver Berezovsky, *Sefer Netivot Shalom*, holiday vol. B, Shavuot, 352–354.

210 *"Venha comigo"*: Quando eu estava passando por um bloqueio criativo, aprendi esta lição com Barry Michels, meu amigo e meu professor.

35
PERCEBENDO AS QUARENTA E DUAS JORNADAS DA ALA

233 *Quarenta e duas jornadas da alma*: Para uma análise das quarenta e duas jornadas da alma que inspiraram este capítulo, ver Berezovsky, *Sefer Netivot Shalom* [Paths of Peace], vol. Bamidbar, 175–184, e vol. Shemot, 280–281.

37
VENDO O MUNDO QUE VIRÁ

245 *"O tipo mais perigoso de ateísmo"*: *A Knock at Midnight: Inspiration from the Great Sermons of Martin Luther King, Jr.*, ed. Clayborne Carson and Peter Holloran (New York: Warner Books, 2000), 15.

245 *"Nunca houve um homem"*: Speeches, 1937–1946, World Jewish Congress Records, MS-361, Caixa B39, Pasta 9, AJA.

246 *um banco no Mundo que Virá*: Eu elaborei uma ideia de Berezovsky, *Sefer Netivot Shalom* [Paths of Peace], vol. Bereshit, 260.

39
VIVENDO NO TEMPO DA ALMA

258 *Eu entendi o que o famoso arquiteto*: Michael Kimmelman, "Decades Later, a Vision Survives," *New York Times*, 12 de setembro, 2012.

260 *"...que julguei comuns eram os mais brilhantes"*: Eu elaborei uma ideia de ibid., vol. Bamidbar, 198.

263 *"Ele partiu deste mundo estranho"*: Isaacson, *Einstein*, 540.

40
VIVENCIANDO A UNICIDADE

266 *"Não há nada mais difícil para a alma"*: Parafraseando Tishby e Lachower, *The Wisdom of the Zohar*, vol. 2, 851.

NOTAS

266 *"Deus, eu sei que Você é o Mestre de todas as almas"*: Parafraseando Hayim Nahman Bialik e Yehoshua Hana Ravnitzky, eds., *The Book of Legends, Sefer Ha-Aggadah: Legends from the Talmud and Midrash*, trad. William Braude (New York: Schocken Books, 1992), 104.

267 *"No momento da morte de uma pessoa"*: Simcha Paul Raphael, *Jewish Views of the Afterlife*, 2nd ed. (Lanham, MD: Rowman & Littlefield, 2009), 290.

267 *a pessoa que está morrendo recebe uma alma adicional*: Ibid., 287.

268 *"Até agora o seu pai lhe ensinou"*: Martin Buber, *Tales of the Hasidim: The Later Masters* (New York: Schocken Books, 1947), 269.

42
CONTEMPLANDO OS FIOS DE CONEXÃO

279 *jovem que estava noiva e cujo pai morreu*: Katie Rogers, "Bride Is Walked Down the Aisle by the Man Who Got Her Father's Donated Heart," *New York Times*, 8 de agosto, 2016.

283 *"Seu fim está dentro do seu início"*: Aryeh Kaplan, *Sefer Yetzirah: The Book of Creation; In Theory and Practice*, rev. ed. (Boston: Weiser Books, 1997), 57.

FECHANDO O CICLO:
A CARTA

290 *"Caro Dr. Einstein"*: Robert S. Marcus to Albert Einstein, February 9, 1950, Courtesy of the Albert Einstein Archives, Universidade Hebraica de Jerusalém, AEA 60-423. Com a autorização de Roberta Leiner e Dra. Tamara Green.

292 *"Caro Dr. Marcus"*: Pode ser que os leitores especialistas em Einstein sabiam a respeito de uma segunda carta de Einstein que começa exatamente como esta, mas termina falando sobre uma expansão da nossa compaixão. Por um tempo eu pensei que esta carta era uma deturpação da primeira. Mas Barbara Wolff do Albert Einstein Archive em Jerusalém me explicou que Einstein na verdade escreveu esta segunda carta para outro pai de luto e se "plagiou". Descobri que, exatamente dezenove dias depois do rabino Marcus ter escrito para Einstein, outro pai que havia perdido um filho e escreveu para Einstein em busca de algum conforto. Por alguma terrível coincidência, o autor da segunda carta também era um rabino de luto. Assim como o rabino Marcus, o rabino Norman Salit era um ilustre rabino de Nova Iorque que também se formou em Direito na NYU. A filha de dezesseis anos do rabino Salit, Miriam, morreu de encefalite só um mês depois da morte de Jay, o filho do rabino Marcus. O rabino Salit estava desesperadamente tentando consolar a sua filha ainda viva de dezenove anos, mas não conseguia dizer as palavras de consolo que ela precisava escutar. O nome dela era Naomi (Salit) Bimbach. As duas Naomis se encontraram em Manhattan. Nós nos sentamos em um café e eu pedi que Naomi me contasse sobre o pedido que ela fizera ao seu pai. Ela disse, "Einstein era o homem mais inteligente do mundo e a doença e a morte de Miriam, minha irmã, me deixaram perplexa." Ela me disse que achou que Einstein era a única pessoa no mundo que poderia abordar a morte absurda da sua irmã.

293 *"A ciência fica aleijada sem a religião"*: Isaacson, *Einstein*, 390.

296 *"Hoje foi o Dia de Ação de Graças"*: Publications, 1932–1933; 1943–1950, World Jewish Congress Records, MS-361, Caixa B41, Pasta 2, AJA.

BIBLIOGRAFIA

BAUMEISTER, Roy F.; TIERNEY, John. *Willpower: Rediscovering the Greatest Human Strength*. New York: Penguin Books, 2011.

THE BEATLES. *The Beatles Anthology*. San Francisco: Chronicle Books, 2000.

BEREZOVSKY, Sholom Noach. *Sefer Netivot Shalom* [Paths of Peace]. Jerusalem: Machon Emunah Ve-Daat Yeshivat Bet Avraham Slonim. Bialik, Hayim Nahman, eYehoshua Hana Ravnitzky, eds. *The Book of Legends, Sefer Ha-Aggadah: Legends from the Talmud and Midrash*. Traduzido por William Braude. New York: Schocken Books, 1992.

BUBER, Martin. *Tales of the Hasidim: The Later Masters*. New York: Schocken Books, 1947.

BUXBAURM, Yitzhak. *Jewish Spiritual Practices*. Lanham, MD: Jason Aronson, 1990.

CALAPRICE, Alice, ed. *The Ultimate Quotable Einstein*. Princeton, NJ: Princeton University Press, 2011.

CARSON, Clayborne e Peter HOLLORAN, eds. *A Knock at Midnight: Inspiration from the Great Sermons of Martin Luther King, Jr*. New York: Warner Books, 2000.

DIAMANT, Anita. *The New Jewish Wedding*. New York: Simon & Schuster, 1985.

FOX, Margalit. "Rabbi Herschel Schacter Is Dead at 95; Cried to the Jews of Buchenwald: 'You Are Free.'" *New York Times*, 26 de março, 2013.

FRANKL, Viktor E. *Man's Search for Meaning*. Boston: Beacon Press, 2006.

HEMMENDINGER, Judith. *Survivors: Children of the Holocaust*. Bethesda, MD: National Press, 1986.

HEMMENDINGER, Judith, and Robert KRELL. *The Children of Buchenwald: Child Survivors of the Holocaust and Their Post-War Lives*. Jerusalem: Gefen Publishing House, 2000.

HESCHEL, Abraham Joshua. *Moral Grandeur and Spiritual Audacity: Essays*. Editado pr Susannah Heschel. New York: Farrar, Straus & Giroux, 1996.

ISAACSON, Walter. *Einstein: His Life and Universe*. New York: Simon & Schuster, 2007.

JACOB RADER MARCUS CENTER OF THE AMERICAN JEWISH ARCHIVES (AJA) World Jewish Congress Collection (MS-361).

KAHN, Eve M. "A Pilot and Holocaust Survivors, Bound by War's Fabric, Are Reunited in Brooklyn." *New York Times*, 8 de novembro, 2015.

KAPLAN, Aryeh. *Sefer Yetzirah: The Book of Creation: In Theory and Practice*. Rev. ed. Boston: Weiser Books, 1997.

KIMMELMAN, Michael. "Decades Later, a Vision Survives." *New York Times*, 12 de setembro, 2012.

DOCUMENTOS PESSOAIS do rabino Robert S. Marcus Roberta Leiner e Dra.Tamara Green.

MONTEFIORE, C. G., e H. Loewe, eds. *A Rabbinic Anthology*. Philadelphia: Jewish Publication Society of America, 1960.

MORRISON, Chanan. *Gold from the Land of Israel: A New Light on the Weekly Torah Portion from the Writings of Rabbi Isaac HaKohen Kook*. Jerusalem: Urim, 2006.

Rabino NACHMAN. *Outpouring of the Soul: Rabbi Nachman's Path in Meditation*. Jerusalém: Breslov Research Institute, 1980.

PALMER, Parker J. *Let Your Life Speak: Listening for the Voice of Vocation*. San Francisco: Jossey-Bass, 2000.

THE PAPERS OF ALBERT EINSTEIN. Albert Einstein Archives. Universidade Hebraia de Jerusalém.

RAPHAEL, Simcha Paul. *Jewish Views of the Afterlife*. 2nd ed. Lanham, MD: Rowman & Littlefield, 2009.

ROGERS, Katie. "Bride Is Walked Down the Aisle by the Man Who Got Her Father's Donated Heart." *New York Times*, 8 de agosto, 2016.

SHAY, Scott A. *Getting Our Groove Back: How to Energize American Jewry*. New York: Devora, 2007.

DTEINSALTZ, Adin. *The Thirteen Petalled Rose: A Discourse on the Essence of Jewish Existence and Belief*. New Milford, CT: Maggid Books, 1980.

TISHBY, Isaiah, e Fischel LACHOWER. *The Wisdom of the Zohar: An Anthology of Texts*. Vol. 2. Traduzido por David Goldstein. Portland, OR: Littman Library of Jewish Civilization, 1989.

WELSH, Brian. "The Indiana Jones of Wildlife Protection." *Time*, 10 de janeiro, 2008.

DADOS INTERNACIONAIS DE CATALOGAÇÃO NA PUBLICAÇÃO (CIP)
(CÂMARA BRASILEIRA DO LIVRO, SP, BRASIL)

Levy, Naomi
Einstein e o rabino : em busca da alma / Naomi Levy ; [organização Emilio Cesar Magnago ; tradução Julia Debasse]. -- 1. ed. -- Rio de Janeiro : Red Tapioca, 2019.
316 pg.

Título original: Einstein and the Rabbi : searching for the soul.

ISBN 978-65-80174-05-8

1. Alma – Judaísmo 2. Cientistas judeus – Alemanha – Biografia
3. Einstein, Albert, 1879-1955 – Religião 4. Judeus – Alemanha – Biografia
5. Levy, Naomi 6. Rabinos de mulheres – Biografia

I. Magnago, Emilio Cesar. II. Magnago, Emilio Cesar. III. Título.

19-27400   CDD-296.32

ÍNDICES PARA CATÁLOGO SISTEMÁTICO:
1. Alma : Judaísmo : Mulheres : Autobiografia   296.32

Iolanda Rodrigues Biode —
CRB-8/10014

r.ed
R-ED.NET.BR
emilio@r-ed.net.br

Esta obra foi composta em EB Garamond, Electra LH e Montserrat.